JN252809

ロス市警警察犬隊スコット・ジェイムズ巡査と相棒の雌のシェパード，マギーは，とある住宅街で逃亡中の殺人犯を捜索していた。匂いを頼りにマギーがたどり着いた家のなかには，容疑者らしい男が倒れており，さらに大量の爆発物が。同日，同時刻，同じ住宅街。私立探偵のエルヴィス・コールは失踪した会社の同僚を探しているという女性の依頼を受けて調査をしていた。単なる偶然か，それとも？嘘をついているのは誰か。幾重にも重なる偽りの下に真実はあるのか。警察と探偵，スコット＆マギーとコール＆パイク，固い絆で結ばれたふた組の相棒の物語。

# 登場人物

エルヴィス・コール……ロサンゼルスの私立探偵
ジョー・パイク……コールのパートナー、元海兵隊員
ジョン・ストーン……民間軍事請負業者
スコット・ジェイムズ……ロサンゼルス市警、警察犬隊の巡査
マギー……警察犬、スコットのパートナー
エイミー・ブレスリン……エネルギー会社の製造部門の部長
ジェイコブ……エイミーの息子。自爆テロ事件で死亡
トマス・ラーナー……ジェイコブの友人
メリル・ローレンス……エイミーの同僚、コールの依頼人
チャールズ・ロンバード……エイミーの恋人（？）
ロリンズ……犯罪者
ブラッド・カーター……ロサンゼルス市警、重大犯罪課刑事
グローリー・スタイルズ……同
ドミニク・リーランド……同、警察犬隊の主任指導官

ジム・ケンプ……………同、警察犬隊の警部補
マイク・イグナシオ…………同、警備部の副部長
ジョイス・カウリー…………同、強盗殺人課刑事
ジャネット・ヘス……………国土安全保障省の主任捜査官
ラス・ミッチェル……………国土安全保障省の特別捜査官
ロイヤル・コリンスキー……犯罪者
イーライ・スタージェス……強奪犯

# 約　束

ロバート・クレイス
高橋恭美子訳

創元推理文庫

THE PROMISE

by

Robert Craais

Copyright © 2015 by Robert Crais
This book is published in Japan
by TOKYO SOGENSHA Co., Ltd.
Japanese translation rights
arranged with The Biplane Co.
c/o The Aaron M. Priest Literary Agency, Inc., New York
through Tuttle-Mori Agency, Inc., Tokyo

日本版翻訳権所有
東京創元社

目次

# 約束

パイロットで、外科医で、相棒で、友人でもあるランディ・シャーマンに
背後を守ってもらうのに、あるいは鉛を飛ばすことにかけて、きみに勝る男はいない

# 第一部　隠れ家

# 1

## ロリンズ氏

その女は薄暗い部屋の隅に立ち、排水のなかの魚のように影に身を潜めていた。小柄で、丸くて、全体的にずんぐりしている。フリンジのついた革のジャケットのせいでいっそう丸く見えるのかもしれないが、この女が器量よしと言われたことはないだろう。ロリンズ氏の目には熟《う》れすぎた桃のように見え、その桃はまちがいなく怯えていた。

雲に覆われた夜空から雨が小やみなく降っている。エコー・パークの西にある寝室がひとつのみすぼらしい平屋には漂白剤とアンモニアのにおいがたちこめているというのに、窓は閉めきられ、日除けはおろされ、ドアは施錠されていた。二十五ワットの黄色っぽい裸電球が唯一の光源だった。化学薬品のにおいで頭痛がするが、窓を開けることはできない。ねじ留めで固定されている。

ロリンズは本当の名前ではないが、目の前の男女もおそらく本名を使ってはいないだろう。エイミーとチャールズ。ふたりがここへ来てから、エイミーは三言もしゃべっていない。話をするのはチャールズで、そのチャールズはいらだちをつのらせていた。

「いったいいつまでかかるんだ」

答えた化学者の声は腹立たしげだった。

「二分ってとこかな。まあ落ち着け。実験には時間がかかるんだよ」

化学者は筋骨隆々の腕全体にタトゥーのあるいかつい男で、コーヒーテーブルに覆いかぶさっている。架線工事の作業員用LEDランプが額で煌々《こうこう》とともっている。男はガラス瓶の中身を小型のバーナーで熱しながら、テレビのリモコンを太らせたような計測器二台をじっとにらんでいた。八年前に覚醒剤のメタンフェタミンを製造しているのをロリンズが見いだし、以来たびたび使っている男だった。

チャールズは四十代の身だしなみのよい男で、きちんと整えた茶色の髪にテニス選手ばりの引き締まった身体をしている。ロリンズ氏はこの一年で三回チャールズから買い物をしており、いずれも首尾よくいった。だから、チャールズが女を連れてくるのを許したが、こうしていざ会ってみると、この女がなぜ同行したがったのかよくわからない。身体検査をしてふたりに手袋をつけさせたとき、女はいまにも怒りだしそうになった。この家に足を踏み入れる者にはかならずビニールの手袋をつけさせることにしている。飲食はいっさい許さない。ガムも煙草も厳禁。禁止事項のリストは非常に長い。ロリンズ氏にはルールがあるのだ。

手袋をきちんとはめながら、ロリンズは愛想よく言った。

「手袋のせいで手に汗をかいてるんじゃないかな、エイミー。不快だろうが、あと少しで終わる」

チャールズが女に代わって答えた。

「彼女はだいじょうぶだ。われわれがここから引きあげられるように、その男に早くしろと言ってくれ」

化学者は顔もあげずにつぶやいた。

「うるさい」

ロリンズはまたエイミーに笑いかけ、化学者のそばにある丸いプラスティック容器に目をやった。なかに詰まっているのは、見た目はヨーグルトで感触は細工用の粘土という物質だ。

「これをどこで手に入れた?」

またしてもチャールズが代わりに答えた。

「入手先はもう言った」

チャールズのケツに拳銃を押しつけて一発ぶっぱなしたくなったが、そんな気持ちはおくびにもださなかった。

「ただの雑談だ。エイミーが緊張してるようだから」

チャールズがちらりとエイミーを見る。

「彼女はだいじょうぶだ」

ようやく口を開いたエイミーが、蚊の鳴くような声で言った。

「わたしが作りました」

化学者がふんと鼻を鳴らす。

「ああ。だろうよ」

そう言って身体を起こし、ロリンズに顔を向けた。

「だれにしろ、これを作ったやつがまともな仕事をしてるのはたしかだな。こいつは上物だぜ、兄弟」

チャールズが腕組みをした。自慢げだ。

「だろう?」

ロリンズは感心した。タッパーウェアの中身はそう易々と手にはいる代物ではない。この女は二百キロ持っているとチャールズは言っている。

「タグはどうだ?」

化学者はバーナーを消して計測器のプラグを抜いた。

「エチレンはゼロ。うちでサンプルを検査すれば、百万分の一の精度までわかるだろうよ。タグはなし。足はつかない」

ロリンズが礼を言うと、化学者は装置をまとめて緑色のバックパックにしまい、キッチンを抜けて出ていった。冬の小雨が屋根をたたいた。

チャールズが言った。「さて、どうする? 取引にはいるか?」

ロリンズはタッパーウェアのふたを閉めた。

「買い手は自分でもテストするだろう。その結果が同じなら、可能性は大いにある」

エイミーがふたたび口を開き、このときは不安げな声だった。

「買い手がたしかなら、もっと作ります。先方がほしいだけ作ってもいい」

チャールズがエイミーの腕を取って向きを変えさせようとした。

「それは金を見せてもらってからにしよう」

エイミーは動かなかった。

「買い手と直接会わせてもらいます。言ったでしょう、それが条件よ」

「いまはだめだ」

チャールズがショッピングカートのようにエイミーを誘導して玄関へ向かわせた。ロリンズはすかさずふたりを制した。

「勝手口からだ、チャールズ。表は使うな」

チャールズが女をくるりと回転させてキッチンのほうに向けた。来るようにうながしても、エイミーの足取りは重く、なかなか家の外に出ようとしなかった。

ロリンズは勝手口のドアを開け、ふたりの手袋を回収した。エイミーに穏やかな笑みを向ける。

「買い手は直接会うことを望んでない、でもあんたの場合は例外ってことにしてくれるだろう、エイミー。約束する」

エイミーはいまにも泣きそうな顔になったが、チャールズが外に引っぱりだし、ふたりは雨のなかへと姿を消した。

ロリンズは勝手口を施錠し、玄関ドアへと急いで、のぞき穴から外を見た。チャールズとエイミーが表の通りに出ると、キッチンへとって返し、換気のために勝手口を開けた。猫の額ほどの裏庭は真っ暗で、伸び放題の低木や枝を大きく広げたアボカドの木が隣人たちの視線をさえぎっていた。

戸口に立ったロリンズは、アンモニア臭のしない空気を深く吸いこみ、買い手に電話をかけた。

「いいニュースだ」

テストの結果が合格だという暗号。

「よし。使いを送ろう」

「今夜だ」

「わかった。すぐに」

「ほかにここで預かってる荷物もある。一週間以内に引き取りにこいと言ったはずだ」

「すぐに使いを送る」

「さっさと引き取ってくれ。ひとつ残らず」

「そいつが運びだす」

ロリンズはタッパーウェアを寝室にあるほかの荷物といっしょにして、キッチンへもどった。

手袋はまだつけたままで、はずすのはここを立ち去るときだ。シンクの下から一リットル入りの漂白剤のスプレー容器を取りだし、キッチンのカウンターと床とドアに吹きつけた。化学者が作業をしていたコーヒーテーブルと、すわっていたスツールにも吹きつけた。キッチンと居間のあいだの戸枠と居間の床にも。漂白剤が指紋や唾液のなかに残された酵素と油分を破壊し、DNAの証拠を消してくれると信じていた。事実かどうか確信はないが、それが賢明な行動だと思われるので、この家を使ったあとはかならず漂白をしていた。

この家を手に入れたとき、ロリンズ氏は目的に少しでもかなうよう多少の変更を加えた。窓を封鎖したり、ドアにのぞき穴をあけたり。派手なこと、金のかかること、近隣住民の目を惹くようなことはいっさいしない。隣人のだれも自分のことは知らず、言葉をかけたことも、運がよければ姿を見かけたことすらないだろう。見苦しくならない程度に最低限の手入れだけはしていた。ときどき人に貸すこともあるが、個人的な知り合いは絶対に避け、隣人たちがここは貸家なのだと考える程度の期間にとどめる。この家を手に入れたのは要塞を造るためではなく、犯罪行為をできるだけ安全に行う場所がほしかったからにすぎない。

漂白剤を片づけて居間にもどり、明かりを消した。鼻につく不快なにおいのなかで暗闇にすわり、雨の音に耳を傾けた。

午後九時四十二分。

２１４２。

グリニッジ標準時の０５４２。

ロリンズ氏は待つのが嫌いだったが、チャールズとエイミーが本物だとしたら、これには大金がかかっている。

チャールズはエイミーを殴ったりするのだろうか。いかにもやりそうなタイプだ。女のほうもそういうタイプに見える。ロリンズの姉は長年にわたって夫から虐待《ぎゃくたい》を受けていた。ロリンズがそいつを殺すまで。

ふたたび時間を確認する。

九時五十一分。

拳銃をカウチに置いた。銃の上に手をのせて、時計を確認し、目を閉じる。

九時五十三分。

雨がやんだ。

十時十四分。

だれかが玄関ドアをノックした。

ロリンズははじかれたように立ちあがり、急いでキッチンに隠れた。買い手の使いの者が玄関から出入りすることはありえない。それがルールだ。だれだろうとみな勝手口を使う。勝手口を静かに閉めて鍵をかけるあいだも、玄関からノックが聞こえた。

コンコンコン。

ロリンズは靴を脱いで玄関へ急いだ。

コンコンコンコン。

のぞき穴から外を見ると、黒っぽいレインコートの男が立っていた。フードはかぶっておらず、開いたレインコートの前から派手な柄のシャツがのぞいている。中背、白人、濃い色の髪。男は呼び鈴を押したが、音が鳴らないので、またノックした。

ロリンズは拳銃を身体につけてようすを見た。

男はしばらく待ち、やがてあきらめて立ち去った。

ロリンズはさらに二分ようすをうかがった。車が何台か通過し、雨はもうやんでいるというのにカップルが傘の下で身を寄せ合いながら通り過ぎた。世間は一見したところ平常どおりだったが、遠くでサイレンが鳴った。いやな予感がした。

十時三十二分。ロリンズはもう一度買い手に電話をかけた。

「おまえの使いだが、勝手口へまわることは知っているだろうな」

「ああ。もちろんだ。前にもそこへ行ったことがある」

「使いを出したのなら、そいつは現われなかったということだ」

「待て。いま確認する」

二台めのサイレンが鳴っていた。さっきより近くで。

買い手が電話にもどってきた。

「とっくに着いてるはずだ。おかしい」

「こっちは身動きがとれない。早くここを出たい」

「ブツを持ってきてくれ。ここじゃない。マッカーサー・パークにだれか行かせるから渡してくれ、北東の角で」

ロリンズは一瞬むっとしたが、冷静な声を保った。この男にはたっぷり稼がせてもらったし、これからも稼がせてもらわねばならない。

「ルールはわかってるだろう、イーライ。おまえの荷物をおれの車に積んで走りまわるつもりはない。さっさとブツを取りにこい」

電話をポケットに入れたとき、裏庭で湿った足音が聞こえ、勝手口のドアをたたく音がした。ロリンズはキッチンへ急ぎ、のぞき穴から見ると、見覚えのある顔だった。カルロスだかカエサルだか、たしかそんな名前だ。ドアを開けてやると、目をぎらつかせ、荒い息をついていた。

ロリンズはポケットから手袋を引っぱりだした。

「手袋をつけろ、まぬけ」

カルロスは手袋を無視して、泥と草の足跡を残しながら居間へ駆けこんだ。いちばん近い窓まで行き、素手でブラインドに触れて外をのぞいた。ヘリコプターがかなり低空を通り過ぎ、小さな家が揺れた。

「手袋なんかどうだっていい。あれが聞こえるか？　警察が追ってんのはこのおれなんだぜ、兄弟。すごいと思わねえか？　サツをまいてやったぞ！」

ヘリコプターの轟音《ごうおん》はいったん遠ざかったが、まだこの一帯を旋回していた。

ロリンズは恐怖に駆られた。泥と草とブラインドの指紋のことは意識から完全に消えた。ブラインドの隙間から見ると、サーチライトの明々とした光線が一本隣の通りをなめるように移動していた。

「おまえが警察を連れてきたのか」

カルロスは振り向いてげらげら笑った。

「やつらをまいてやったんだ、兄弟。おれがどこにいるかわかるもんか」

怒った蛆虫《うじむし》が頭のなかにぎっしり詰まっているような気分になった。ヘリコプターが頭上を旋回しながらブラインドを照らす。ゆっくりと弧を描きながら次第に遠ざかっていった。

「どうしてこんなことになった」

「サツに顔を見られたんだよ。なんせ逮捕状が出てるからな。まあ落ち着けって」

カルロスはカウチにどさりとすわり、アドレナリンと薬物でハイになってへらへら笑った。泥まみれの靴がクッションにのっている。

「やつらはおれの居場所を知らない。おれたちの頭の上をいつまでもぐるぐるまわってるしかないいんだよ」

ロリンズは頭のなかで考えをまとめた。この家は二度と使えない。寝室にある荷物はあきらめるしかない。泥や草のことなどもうどうでもいい。寝室にある荷物やカウチでへらへら笑っているまぬけ野郎といっしょにここで見つかるわけには絶対にいかない。ロリンズはこれらの事実を受け入れ、受け入れたことで平静を取りもどした。

こうなると拳銃を使うのはまずい。漂白剤をしまってある棚にもどり、長さ三十五センチほどのさびついたパイプレンチを手にした。重さは一・五キロほどある。

居間にもどると、カルロスはまだカウチにだらしなくすわっていた。無言のままカルロスのもとへつかつかと歩いていき、レンチを力任せに振りおろした。最初の一撃で頭が陥没するのを感じたが、さらに二度、振りおろした。レンチを捨てて、新しい手袋をつけた。拳銃をカルロスの両手に押しつけて、この男が持っていたように見せかけてから、レンチの横に落とした。万一つかまった場合、銃を所持しているのは避けたかった。

ヘリコプターがまた通過した。ブラインドが一瞬まばゆく白い四角形になって浮かびあがり、ふたたび真っ黒になった。

ロリンズは急いで玄関へ行き、のぞき穴から外を見た。警官がひとり歩道を歩いていき、別の警官が向かいの住人と話している。ロリンズは目を閉じた。落ち着いて規則正しい呼吸を繰り返しながら、百まで数えた。もう一度のぞき穴に目をあてる。警官たちはいなくなっていた。

ロリンズはキッチンへ引き返した。いま身につけているのは濃い色のジャケットとズボンだ。血が飛び散ったはずだが、黒っぽい布地についた血は夜目にはわかりにくいだろう。ナイロンのレインコートもあるが、それは着ないことにした。ジャケットのほうがいい。警察がさがしているのは黒いTシャツを着たラテン系の若い男であって、きちんとした身なりの中年白人男性ではない。車は数ブロック先にある。この家から脱出して警察の警戒区域の外に出られれば、まだ生き延びるチャンスはあるかもしれない。

サーチライトがふたたび窓をなめるように通過していった。

暗くなった隙にロリンズは動きだした。勝手口のドアを開けて手袋をはぎ取り、裏庭に足を踏みだした。目の前に警官とジャーマン・シェパードがいた。胸板の厚い犬で、怒ったような目と短剣なみの牙《きば》をしている。犬が突進してきて、警官が大声をあげた。

# 2

## エルヴィス・コール

　その雨の夜、メリル・ローレンスはエイミー・ブレスリンを見つけるためにわたしを雇うにあたり、三つのものを提供してくれた。エコー・パークの住所と、現金二千ドルと、行方不明の友人に関する情報が満載された会社の人事ファイルで、ファイルはＮＳＡ――国家安全保障局が集めたものかもしれなかった。おそらくそうだろう。この三つは渡してくれたが、それだけだ。それ以外はすべて秘密だった。

　エコー・パークの住所は四、五年前のもので、おそらくもう役には立たないと思われたが、そこはわたしの帰宅途中にあった。その夜の九時四十分――エイミー・ブレスリンをさがすことに同意した五十二分後――穏やかな霧雨のなか、エコー・パークのその家から一ブロック離れた街灯の下にわたしは車をとめた。できればもう少し近くにとめたいところだが、そこが唯一の空いている場所だった。消火栓のおかげだ。

　正面にある家の窓辺を、ティーンエイジの少女が少年を追いかけて通り過ぎた。隣の家では紫色のタイツの中年女性がエクササイズ用の自転車をこいでいた。背後では、禿《は》げかけた男性が壁の一面を埋めつくすほどの大型テレビを観て笑い声をあげた。九時四十分はまだ宵の口だ。そのブロックのどの家でも日々の暮らしが営まれ、唯一の例外がわたしの目当ての家だった。その家は真っ暗で森閑《しんかん》としており、どう見ても時間の無駄と思われた。

紫の女性を観察していると、電話がかかってきた。

「エルヴィス・コール探偵事務所。雨天決行がモットーです」

ユーモア。わたしの最高の観客はわたしだ。

メリル・ローレンスの声が闇のなかでひっそりと聞こえた。

「彼女の自宅の鍵が出てきた。コンソールボックスから落ちたんでしょう。前の座席の下にあった」

メリル・ローレンスとは、パサデナにある〈フローマン書店〉の裏手にとめた彼女の車のなかで会った。駐車場でわたしを雇ったのは、ミズ・ローレンスがわたしといっしょにいるところを人に見られたくなかったから。現金で支払ったのは、わたしたちのつながりをいっさい記録に残したくなかったから。エイミー・ブレスリンに関する多くのことと同様、わたしとメリル・ローレンスとの関係も〝極秘〟なのだった。

わたしは言った。「よく見つけてくれた。これで煙突からもぐりこむ必要がなくなった」

「取りにこられる？　鍵と警報装置の暗証番号を教えるから」

「今夜は無理だ。いまトマス・ラーナーの家にいる」

メリルの声が一段高くなった。

「エイミーに会ったって？」

「まだトマスとは話していない。雨がやむのを待っている」

「そう」

がっかりした声。渡された住所にはトマス・ラーナーという作家の卵が住んでいるという。トマスはエイミーの息子のジェイコブと幼なじみだった。大学を卒業後、トマスは作家になりたくて、エコー・パークの安い家を借り、執筆に取りかかった。ジェイコブ・ブレスリンのほうはジャーナリストとして仕事をはじめ、順調に世界を旅してまわっていたが、やがてナイジェリアで自爆テロに巻きこまれ、ほかの十三名といっしょに命を落とした。ジェイコブが死んでからエイミーは変わったとメリルは言った。殻《から》に閉じこもり、すっかり人が変わってしまったと。ジェイコブの死から一年四カ月がたったいま、エイミーは黙っていなくなり、姿を消して、行方をくらまし、完全に消息を絶った。エイミーがトマスと連絡をとりあっていたのかどうかも、あるいはトマスがまだエコー・パークのこの家に住んでいるのかどうかもわからないが、エイミーの秘密を知る者がいるとするなら、彼女にとって息子との最後にして唯一の接点である人間ではないかとメリルは考えていた。

「住人がいるようには見えない。もしトマスがいたら、なにか知らないか訊いてみよう。もう引っ越していたら、行き先を調べるという手もある」

「エイミーが恋人のことをなにか言ってなかったか訊いて」

〈フローマン書店〉の駐車場でも、その恋人のことをしつこいくらい口にしていた。その男に会ったこともなければ、名前も知らない、容貌も説明できないのに、エイミーの失踪の裏には男がいるはずだと、メリル・ローレンスは百パーセント確信している。ときには相手に気のすむまで言わせるしかないときもある。

「訊いてみよう」

「トマスとは一度しか会ったことがないけど、向こうは覚えてるはず。トマスには、エイミーと連絡がとれなくてわたしが心配していると伝えて、でもわたしに雇われたことは言わないで。それから、わたしがあなたに話したほかのことも、いっさい口にしないでもらいたい」

「やり方は心得ている」

「でしょうね、でもあなたがきちんと理解したかどうか確認しておきたい。わたしがあなたに話したことはすべて絶対に他言無用だと」

「これ以上深く理解するには、タトゥーにして頭に彫りこむしかない」

　メリル・ローレンスがわたしに秘密を誓わせるのは、恐れているからだった。メリルは〈ウッドソン・エナジー・ソリューションズ〉という会社の上級管理職であり、エイミー・ブレスリンはそこの化学製品部門の技術者として十四年間勤めてきた。この会社は国防総省の依頼で燃料を製造しており、すなわちその業務は機密扱いということだ。

　わたしは言った。「はい、わかりました、そうします」

「誓って。ひとことももらさないと誓って」

「約束する」

四日前、エイミー・ブレスリンは事前の予告もなく、理由の説明もなしに休みをとった。連絡はメールで届いた。メリルと上司たちはエイミーと連絡をとろうとしたが、電話にもメールにも応答はなかった。翌日、メリルは自宅を訪ねた。エイミーは留守だったが、異状はなさそうだった。その翌日、エイミーの部署の金が四十六万ドル消えていることを発見した。メリルはその件を自分の胸におさめておいた。友人はだれかに強要されたにちがいないと考え、できれば警察を介入させずに問題を処理しようと思った。そこで会社にはなにも知らせず、非公式にわたしを雇った。さらにメリルは、エイミーのオフィスや仕事用のメール、業務にかかわる情報にはいっさい接触しないようにとわたしに言った。安全のために。

「自宅の鍵はあしたの朝受け取ろう。同じ場所で落ち合う?」

「だめだめ、絶対に。危険すぎる。あしたはウェスト・ハリウッドに行く予定があるの。場所を指定してくれたら、そこで七時に会う」

わたしはサンセット大通りとフェアファックス通りの交差点の角にある駐車場を提案した。メリル・ローレンスは駐車場が好きだ。

「わかった、あしたの七時に、もしそれまでに連絡がなければ。あなたが今夜のうちに解決して、会う必要がなくなるかもしれないし」

人けのないこの小さな家を見るかぎり、とてもそんな気はしない。

「雨はまだ降ってる?」

「ああ」

「雨天決行なら、さっさと車から降りて彼女を見つけなさい」

仕事をはじめて一時間、わたしは早くも不機嫌になりつつあった。

街灯の薄暗い照明の下でエイミー・ブレスリンのファイルをなぞった。会社案内に掲載されている写真ではぽっちゃりとした女性で、薄茶色の髪、温厚そうな顔、そして、まっとうな人間にはとうてい理解できない理由でたったひとりの子供を失った者の悲しい目をしていた。化粧をしているのかもしれないが、そうは見えなかった。カリフォルニア大学で化学工学の博士号を取っているという事実を除けば、人ごみにあっさりまぎれてしまいそうな平凡な女性だ。わたしはエイミーの写真をポケットに入れた。

まもなく雨がやんだので、通りの先にあるトマス・ラーナー宅の玄関に行った。ドアの横にポーチの外灯がついているが、家のなかと同様、電球は真っ暗だった。ドアをノックし、しばらく待って、もう一度ノックした。呼び鈴を押してみたが、そちらも外灯と同じくやる気がなかった。すばらしい。

さらに何回かノックして、それから車にもどった。

十二分後、ここで待つか朝に出直してくるか悩んでいたとき、爆音とともにロサンゼルス市警のヘリコプターが頭上に現われ、あまりの低空飛行に車が振動した。サーチライトが近所の家々をゆっくりと照らし、濡れたばかりの屋根をきらめかせた。わたしは首を伸ばしてようすをうかがった。回転灯を光らせたパトカーが突然現われて、三ブロック先の通りをふさぎ、バックミラーにも明かりがいくつか映った。二台めのパトカーが一ブロック後ろの交差点に進入した。ヘリコプターがまたしても騒々しく頭上を通過して、ライトで地上を容赦なく照らした。わたしはきょろきょろあたりを見まわした。なにが起こっているにしろ、事態は急展開している。最初の二台に応援のパトカーが加わって、赤と青のストロボで家々を照らし、制服巡査の一団が降り立って通りを封鎖した。

住人たちはようすを見に窓辺に姿を現わしたり表に出てきたりした。わたしも車を降りて彼らといっしょに見守った。ロサンゼルス市警が、迫りくる雷雨よろしく近隣地区を包囲しつつあった。

背後の家の玄関口に色あせたスウェットシャツを着た小柄な男が現われ、スペイン語なまりで叫んだ。

「なにごとだ?」

「非常線を張っている。だれかをさがしているんだろう」

男はわたしの立っている歩道まで出てきた。次に玄関に現われたのは赤ん坊を抱いた女性だった。

ヘリコプターは三、四ブロックほどの範囲をゆっくりと旋回しながら、サーチライトで地上を煌々《こうこう》と照らしていた。思わず目を細めるほど強烈な白い光の洪水を浴びせられたが、光はまもなく去った。

男は両手の親指をポケットに引っかけた。

「ここらは犯罪が多すぎるよ。うちには小さい子が何人もいるっていうのに」

わたしはラーナー宅を指さした。

「隣のブロックのあの真っ暗な家。あそこにトマス・ラーナーはまだ住んでいるかな」

男は家のほうをじっと見た。

「だれのことだい？」

「若い男。白人。歳は二十八か二十九くらい。トマス・ラーナー」

言い終わらないうちに男は首を振った。

「ここに来て三年になるけど、ラーマーなんて男は知らないね」

「ラーナー」

「うちが越してきたときは黒人の女たちが住んでたけど、いなくなった。フィリピン人の男が何週間か住んでて、それからエルサルバドル人もいたけど、それは二年ほど前の話。いまはだれも住んでない」

それはあながち悪いニュースでもなかった。トマスがあの家に住んでいるとき、あるいはその前後に貸家だったとすれば、家主が転居先の住所か入居申込書を持っているかもしれない。申込書があれば、雇い主や身元保証人、うまくいけば両親の氏名と住所がわかる。そうなればトマスは簡単に見つかるだろう。

巡査が数人で戸別訪問をしながらだんだんこちらへ向かっていた。濃い色の髪をした警官が歩道にやってきた。巡査部長の襟章をつけており、名札には《アルヴィン》とある。

わたしは訊いた。「なにごとだ？」

「容疑者の追跡。ラテン系の男で、歳は二十五から三十。胸にドクロの絵のついた黒いTシャツ。このあたりでそういう男を見かけませんでしたか」

ふたりとも見かけなかったと答えた。

自宅から出てきた男はちらりと妻を振り返り、声を落とした。

「うちには小さい子供たちがいるんだ。ここで撃ち合いは困る」

「ドアと窓に鍵をかけて、いいですね？　警察がかならず見つけます。空にも目があるし、人手もあるし、犬も出動してる。家のなかにいれば心配いりません」

男はあわてて家に引き返した。

わたしは訊いた。「仕事帰りの人とか夕食からもどってくる人とか、そういう人たちはなかにはいれるのかな」

「ああ、だいじょうぶ、ただし犬が放されるまで。犬が走りまわっているあいだは、だれもなかにはいれない」

わたしは交差点を封鎖しているパトカーの列に目をやった。

「ここから立ち去るのは？　封鎖の外に出てもいいのかな」

「かまわないけど、その前に戸別訪問を終わらせなきゃならない。だれかの手が空き次第、パトカーを移動させよう」

「わかった、巡査部長。ありがとう」

長い夜になりそうだ。

車のなかに腰を落ち着けてから数分後、ヘリコプターから録音済みの警告メッセージが流れた。住民にはこれから警察犬が放たれることを事前に伝え、容疑者にはこれが投降する最後のチャンスだと告げる放送だ。犬の吠える声がしたが、かなり遠かった。

警官たちがようやく戸別訪問を終えて交差点へと引き返してきた。アルヴィンの姿が見えたので、立ち去る潮時と判断し、イグニッション・キーを差しこんだそのとき、トマス・ラーナーの家からひとりの男が出てきた。顔はよく見えないし、黒いTシャツ姿でもなかったが、見るからに挙動が不審だった。普通の人が自宅から出てくるときの無造作な足取りでもなければ、足をとめてヘリコプターを見あげるでもなく、ぶらりと通りへ出ていくでもなかった。建物に張りつくようにして、ところどころにある影にまぎれて、あきらかに身を隠そうとしている。もっとよく見ようと車から降りたが、闇のなかで見失ってしまった。そのとき家の裏手の木立のなかが一瞬明るくなり、犬が近くで激しく吠えた。影が動き、男は隣接する庭のなかへと走り去った。

わたしは声を張りあげ、背後の警官たちに手を振った。

「アルヴィン！　逃げたやつがいる！　こっちだ！」

アルヴィンも叫び返したが、わたしはすでに男を追って全力で走りだしていた。

男は急に向きを変えて通りを渡り、薄暗がりのなかを駆け抜けた。黒っぽいジャケットに黒っぽいズボン、濃い色と思われる髪が見えたが、そのあと男は二軒の家のあいだに逃げこんだ。アルヴィンが叫んでいる。わたしは差を縮めつつあったが、トマスの家の前まで来たとき、防弾ベストをつけた警官が前庭に飛びこんできた。警官が大声で叫んで拳銃を構えた。

わたしはあわててとまり、両手をあげた。

「男が出てきた。あっちだ。通りの反対側へ逃げた」

防弾ベストの警官が拳銃越しにどなった。

「とまれ！　動くな！」

わたしは動かなかった。背後でアルヴィンが、その男は一般人だと叫ぶと、防弾ベストの警官は家の裏手に駆けもどった。アルヴィンとふたりの警官が後ろから追いついてきた。警官ふたりはそのまま走っていったが、アルヴィンはわたしの腕をつかんだ。

「おい、なんのまねだ。撃たれたいのか」

「この家から男が出てきたんだ。通りの反対側へ走っていった」

「追跡中の男か？　長髪？　黒いTシャツのラテン系？」

「だと思ったんだが、どうかな。髪は短い。ジャケットを着ていた」

アルヴィンは無線で、この家から出てきたところを目撃された男を警官二名が走って追跡中と報告し、おおよその方角を伝えた。ヘリコプターが上空で小さく旋回し、機体を傾けて捜索へと向かう。バリバリという音が耳を聾さんばかりだった。

アルヴィンが轟音《ごうおん》に負けじと声を張りあげた。

「で、あんたはヒーローを演じるつもりだったのか？」

「別にどんなつもりもなかった、アルヴィン。男を見かけて、警察がさがしているやつだと思った。そいつが逃げて、あんたは一ブロック後ろにいた。だからこうするのが正しい気がした」

アルヴィンがいきなり無線機を持ちあげて、問題の家を一瞥した。

「やつをつかまえた」

「わたしが追いかけていた男か？」

アルヴィンは無線機を傾けてトマスの家を示した。

「いいや、ちがう。あんたが追いかけてるつもりだった男。警察が追跡してたコード187、殺人の容疑者だ。そいつもこの家にいた、やつの逃亡の日々もこれで終わりだ」

わたしはトマス・ラーナーの家を凝視し、刺すような不快な痛みが胸をよぎるのを感じた。ドアの向こう側にいるとも知らずにノックしていた自分の姿が浮かんだ。殺人犯の目と鼻の先にいる自分の姿が。

「警察が追っていた逃亡犯はこの家のなかにいたということか？」

「いまもいる。あんたが目撃した野郎に殺されたようだ」

アルヴィンは立ち去ろうとしたが、わたしは動かなかった。

「アルヴィン、わたしはこの家に以前住んでいた男をさがしている。二十分前にここのドアをノックした」

アルヴィンは話が読めないとばかりにじっと見返した。

「なかにははいっていない。何度かノックして、応答がなかったから、車に引き返した。帰ろうとしたときにあんたたちが現われた」

アルヴィンは身分証の呈示を求めてきた。わたしは運転免許証と私立探偵の免許証を渡した。探偵の免許証を見てアルヴィンが顔をしかめた。

「じゃあ、コールさん、ちょっと待って。話を聞かせてもらうことになるだろうから」

アルヴィンはふたたび無線で連絡をしたが、答えはなかなか返ってこなかった。旋回してもどってきたヘリコプターがトマスの家を強烈なライトで照らした。アルヴィンの無線にいきなり大音量の送信が重なってはいった。知らせを耳にしてアルヴィンが顔を曇らせ、唐突にわたしの腕をつかんで、非常線のほうへ誘導した。

「行こう。だれかが話を聞きにくる」

アルヴィンの態度が一変した。警察車両のまわりに集まっていた警官たちのようすも変わった。周囲の家も庭も頭上の夜の雲もすべてが変わり、一瞬にしてあたりは緊迫感に包まれ、空気がぴりぴりした。

アルヴィンはわたしを引っぱって通りの真ん中をどんどん歩いていった。まるでせかすように。数分前に非常線のところへ来たばかりの警官たちがいっせいに持ち場を離れて近隣一帯に散らばり、不安をにじませたむずかしい顔で、もう一度家々のドアをたたいた。

「どういうことだ、アルヴィン。なにがどうなっているんだ？」

アルヴィンがいきなり駆け足になったので、わたしもいっしょに走った。

通り過ぎる家々の住人たちが外に出されていた。ためらう者もいる。あわてて通りに飛びだす者もいる。警官たちの動きがあわただしくなり、声が次第に大きくなった。目が見開かれ、眼光も鋭くなったように見える。

「なあ、どうしてみんな自宅から出てくるんだ?」

アルヴィンが足を速めた。

ふたりで交差点まで行くと、紺色の覆面パトカーの脇で、くたびれたグレーのスーツの中年の刑事と濃紺のパンツスーツの女性刑事が待っていた。制服を着た指揮官がそばに立っているが、こちらを見向きもしない。

アルヴィンが言った。「この男です」

男の刑事が上着をめくってわたしにバッジを見せた。

「コールさん、ボブ・レドモンです。ランパート署の刑事。こちらはファース刑事。われわれといっしょに来てください」

ファースはわたしをちらりと一瞥しただけだった。非常線の外へぞろぞろと歩いていく男性や女性やティーンエイジャーや幼い子供たちをじっと見ている。怒って仏頂面をしている者もいれば、不安に怯えている者もいる。住民はふくれあがって群衆と化し、歩道沿いに広がった。

わたしは訊いた。「なにが起こっているのか教えてほしい、レドモン。住民を自宅から引っぱりだしているのはどういうわけだ?」

わたしの質問は無視された。

「記憶が薄れないうちに、いいかな。長くはかからない」

「わたしを逮捕するつもりか？」

レドモンは車の後部ドアを開けて、乗るよう手振りでうながした。

「終わったら車でここまで送ろう」

「わたしの車は一ブロック先にある」

ファースがはじめて口を開き、いらだちをあらわにした。

「車に乗って、さもないと無理やり乗せますよ。ほら、ボビー、さっさとここを離れましょ」

わたしは重ねて訊いた。

「どうして住民を避難させているんだ？」

レドモンが無言でドアを押さえているので、わたしはやむなく車に乗った。レドモンとファースも乗りこみ、ファースがエンジンをかけた。

交差点の反対側でけたたましくサイレンが鳴り響いた。屋根に青い回転灯をつけた黒い大型のサバーバンが現われ、交差点に進入してきた。不吉な気配を漂わせた車で、車体に描かれた文字がわたしの疑問に答えてくれた。

ファースがゆっくりと車を出し、人垣のなかを徐行で進んだ。わたしはサバーバンを凝視した。頭上のどこかから聞こえるヘリコプターのパラパラという音がわたしの鼓動と一致した。陸軍時代、それは心安らぐ音だった。ローターの力強い脈動は、だれかが自分の命を救いに来てくれたことを意味した。

この場に居合わせた本当の理由を、わたしは警察に話さなかった。エイミー・ブレスリンの名前は口にしなかった。これまでも、このあとも黙っていたが、もしもこのとき口にしていたなら、状況はまるでちがっていたかもしれない。

メリル・ローレンスはエイミー・ブレスリンについてごくわずかなことしか話してくれなかったが、その事実がここへきてにわかに危険な意味を持ちはじめたような気がした。

エイミーの秘密は守るとメリル・ローレンスに約束した、だから口にしなかった。多くのことを、わたしはいまも胸に秘めている。

車は、音もなく点滅する回転灯をつけた黒いサバーバンの横を通り過ぎた。歩道に立つ人々は、蛇ににらまれたねずみよろしく、その光景に見入っていた。わたしも見入っていた。サバーバンの車体の文字が、住民を避難させている理由を物語っていた。

《爆発物処理班》

## 3

### ロサンゼルス市警　警察犬隊　スコット・ジェイムズ巡査

小雨が断続的に降り注ぐなか、頭上を飛び去る航空隊のヘリコプターの強烈なサーチライトがスコット・ジェイムズの目をくらませた。スコットはパートナーの目を覆った。

「この次はふたりとも忘れずにサングラスを持ってこような」

三千万燭光のサーチライト〈ナイトサン〉は優秀だが、航空隊員たちにとっては、ヘリコプターに搭載された高倍率カメラと前方監視型赤外線による熱線映像装置のほうがはるかに現場のようすがよくわかることをスコットは知っていた。警察官、警察犬、車のエンジンなど、熱を発するものはすべてモニター上で明るく光って見える。警察のヘリコプターの映像装置にはX線の透視画像に次ぐ能力があるが、絶対に確実とは言いきれない。

「それ以上の能力が必要なときは、K9に要請がくるんだ。そうだよな、マギー」

マギーはスコットの指をぺろりとなめて、両脚のまわりを一周した。

マギーは体重三十八キロの黒と褐色の被毛を持つメスのジャーマン・シェパードだ。いちばんの楽しみはスコットとの遊びの時間。今夜の遊びは、カルロス・エターナという逃亡中の殺人容疑者をさがすことだった。

スコットが防弾ベストをつけていると、ポール・バドレスが指令所からやってきた。バドレスはK9の上級訓練士だ。

「エターナの人相に合致する男を見かけた女性がいる。臭跡をたどれるかもしれない」

「それはよかった。みんなもう来てるのか？」

出動している犬はマギーだけだが、バドレスとほかに指導手《ハンドラー》二名が捜索を手伝うことになっている。一般市民と正規のパトロール警官たちはすでに現場一帯から退避させてあった。

バドレスが嚙み煙草の唾液をぺっと吐きだした。

「なかで待ってる」

「パーティーをはじめるとしよう」

スコットはマギーに引き綱《リード》をつけ、バドレスのあとから捜索区域にはいった。通りや庭に人けはなかったが、住民たちが、警察犬を見せてやろうと幼い子供を抱きあげて自宅の窓辺に立っているなか、ヘリコプターから録音済みの警告メッセージが流れて近隣一帯に響き渡った。住民には家から一歩も出ないように、容疑者には一分以内に投降しなければ犬を放すと警告するメッセージだった。あまりの大音量に、『地獄の黙示録』でアメリカ軍のヘリコプターが『ワルキューレの騎行』を轟《とどろ》かせながらヴェトコンの村を破壊していく場面をスコットは連想した。警告メッセージが流されたのはこれが二度めで、いずれもスペイン語と英語の二カ国語だった。

バドレスが両耳をふさいだ。

「やつを重罪でぶちこむまでに何回警告しなきゃならないんだ、まったく」

次の角を曲がったところの私道でエヴァンスキとピーターズが待っていた。スコットが片手をあげると、ふたりのハンドラーが私道の先へと誘導した。

エヴァンスキが目撃者から聞いた話を伝えてくれた。

「その女性が言うには、ラテン系の男が私道を走ってきて、このフェンスを乗り越えたそうよ。長髪で、ドクロの絵のついた黒いTシャツ。わたしたちが追ってる男にまちがいない」

警官四人はそれぞれ懐中電灯を取りだしながら、蔦《つた》と蔓薔薇《つるばら》のからみついた低い金網フェンスまで行った。むしられた葉や折れた茎《くき》が地面に散らばり、蔓に引っかかっていた。フェンスの向こうの庭をよく見ると、だれかが足を踏ん張ったような泥の窪みがいくつかある。これは予想外の収穫だった。

マギーは不特定の人間のにおいをたどる訓練を受けているが、不特定のにおいの捜索には手順があり、時間がかかる。マギーを連れて一軒ずつ庭とガレージを見てまわり、人が隠れていそうなあらゆる場所のにおいを嗅がせなくてはならない。においが特定できたことで、スコットは予定を変更した。マギーがカルロス・エターナのにおいをわずかでも感知できれば、犬を連れて一軒ずつ家をまわる必要はなくなる。マギーはエターナの臭跡をたどり、まっすぐ獲物へと向かうだろう。

「うまくいきそうだ。みんな準備はいいか?」

「いつでもこいよ、兄弟」

そこでスコットは自分の両膝をばしんとたたき、マギーの頭を荒っぽくなでた。甲高い声は称賛と遊びを意味する。命令《コマンド》の声は毅然としていて力強い。スコットは甲高い声をあげた。

「さあ、さがしものだぞ、マギーお嬢ちゃん。悪いやつをつかまえてくれるか？」

マギーは身をくねらせてスコットに身体を押しつけた。飛びはねるようにして離れ、また急いでもどってくる。これは狩りで、狩りは遊びだ。マギーは遊びたがっている。

スコットは背筋を伸ばし、声に威厳をこめた。

「伏せ」

マギーはすかさず腹這いになる。両耳がぴんと立って前を向き、瞳はスコットの目を一心に見つめる。これがふたりの訓練開始の姿勢だった。

スコットはゲートを明確に指さした。

「マギー、においを嗅げ。やつのにおいだ、マギー。嗅げ」

スコットの身振りに従い、マギーは蔦のほうへ歩いていった。

その動きとボディランゲージを見守っていると、マギーは葉っぱや蔓の下の地面や植物の周囲の空気をしきりに嗅いだ。指示された区域内でいちばん強くにおう人間のにおいを嗅ぎつけてその源をさがすこと、それが自分に求められていることだとマギーは理解していた。マギーが尻尾をさげてフェンスに前脚をかけたので、においを嗅ぎつけたことがわかった。スコットは拳銃を抜き、ゲートを開けてマギーのあとに続いた。

「マギー、やつを見つけろ。さがせ」

バドレスとほかのふたりもあとに続き、ゆるいV字形で両側に広がった。〈ナイトサン〉が通過して、全員をくっきりと照らし、そのまま飛び去って、あたりはまた闇に包まれた。

マギーには警官たちの懐中電灯もヘリコプターも必要なかった。迷いのない軽快な足取りでさびついたブランコを通過し、生け垣を抜けて、隣家の庭にはいっていった。

「いい調子ね！　マギーを見て！」エヴァンスキが言った。

においを追いかけながら隣家の庭を通過し、その隣の庭まで行くと、マギーは不意に臭跡を見失ったようだったが、そこで鼻を上に向け、目の前にフェンスがあることに気づいた。スコットはフェンスの向こう側に犬がいないか、危険物はないか確認してから、マギーを抱きあげて越えさせ、自分もあとに続いた。通路が狭いので、バドレスとほかの警官たちはやむなく縦一列になって後ろに広がった。

バドレスが声を張りあげた。

「ゆっくり進め」

スコットはマギーのあとについてカーポートと低木の茂みを通過し、大きな金属の日除けの下を進み、さらに生け垣を通り過ぎて、アボカドの木が鬱蒼《うっそう》と枝を茂らせている小さな庭にはいった。木の下にうずくまるようにして建つ下見板張りのこぢんまりとした家が目の前にあった。窓にともる明かりはなく、家は枝を大きく広げた木の影にすっぽり覆われている。

スコットが懐中電灯で家を照らしたとき、勝手口からきちんとした身なりの男が現われた。

髪を短く刈りこんだ中年の白人男性で、ジャケットにズボンという恰好だ。男が驚いて飛びあがると、マギーが吠えながら突進した。

スコットはすぐにやめさせた。

「マギー、やめ！　やめ！」

マギーはスコットの脇へもどったが、男はあきらかに動揺していた。

「なんの騒ぎだ？　こんなところでいったいなにをしてる」

「なかにもどってください。逃亡犯がこのあたりにいるんです」

「このヘリコプターはいったいどういうことだ？　うるさくて頭がおかしくなりそうだ」

「どうか家のなかへ。お願いします」

男は顔をしかめつつ、それでも家のなかへもどった。

ドアが施錠される音を聞いて、スコットはマギーの背中をなでた。

「こっちだって死ぬほどびっくりしたよ」

バドレスががさごそ音をたてて生け垣をくぐり抜けてきて、エヴァンスキとピーターズもすぐそのあとに続いた。

「いまの声は？」

「一般人だ。驚かせてしまった」

バドレスがぺっと唾を吐いた。

「よし、捜索を続けさせろ」

スコットはマギーを生け垣までもどらせて、地面を指さした。

「においを嗅げ、マギー。嗅げ。さがせ、さがせ、さがせ」

マギーはドアのところへ走っていって吠えた。

スコットは呼びもどした。

「あの人じゃない、マギー。もうひとりのほうだ」

もう一度、においのした場所までもどらせ、さがせと命じた。

マギーはふたたびドアに向かって突進した。

スコットはアドレナリンがざわめくのを感じた。

「ポール、ここだ。エターナはこの家のなかにいる」

スコットはマギーを黙らせ、ドアの脇に張りついた。バドレスが無線で現況を伝え、ピーターズとエヴァンスキは家の左右の角へ移動した。

スコットはドアをどんどんたたいた。

「開けてください。警察です。ドアを開けなさい」

男は応答しなかった。

スコットは懐中電灯で窓とブラインドの隙間を照らした。黒いTシャツの若い男がカウチの上に手足を投げだして倒れていた。Tシャツについている白いドクロの絵が見えるが、ドクロの一部は赤くぎらぎらと光り、顔はたたきつぶされて血と骨と毛髪にまみれている。

心拍数が急激にあがるなか、スコットは無線のキーを押した。

「容疑者が家のなかで倒れている、救援をよこしてくれ。もうひとり別の容疑者が家のなかにいる、白人男性、五十代、ジャケット」

そう告げたとたん、ジャケットの男が表の玄関からこっそり逃げたかもしれないことに気づいた。

「ポール、表だ！」

スコットが急いで表側の庭へまわると、ジャケットの男が走って通りを渡っていくところで、そのとき反対側からだれかの叫ぶ声がして、また別の男が三人の警官に追われながらこっちへ走ってくるのが見えた。スコットが拳銃を構えると、男はあわててとまり、ジャケットの男のほうを手で示した。

「男が出てきた！　あっちだ！　通りの反対側へ逃げた！」

「とまれ！　動くな！」

するとその男を追いかけてきた警官が叫んだ。

「一般人だ。その男は一般人だ！」

スコットはすぐに拳銃を脇へおろし、バドレスのところへ駆けもどった。

「さっきおれが見た男が逃走した。警官たちが追跡中だ」

バドレスが懐中電灯で窓のなかを照らし、ドアに向かった。

「そっちはいい。こいつは死んでるか死にかけてる。なかにはいるぞ」

バドレスが勢いをつけて取っ手の上部を蹴った。ドアが吹っ飛んで開くと、スコットは犬を放した。

「やつをつかまえろ、マギー。つかまえろ」

マギーは家のなかへ飛びこんでいった。

スコットも拳銃を構えてあとに続いた。キッチンに人がいないのを確認してから居間にはいった。マギーが遺体の前でぴたりと足をとめて吠え、獲物を見つけたことを知らせた。

バドレスが遺体のそばにあった拳銃を蹴り飛ばした。

「先へ進め。家のなかを全部調べろ」

スコットはマギーを連れて廊下に出た。浴室と狭い寝室のドアは開いていたが、廊下の突きあたりのドアは閉まっていた。

浴室と寝室はにおいを嗅ぐだけであっさり通過したが、閉まったドアの前に来るとマギーの動きが遅くなった。一瞬ドアをうかがうようなようすを見せたあと、腹這いになってドアを凝視した。しきりに鼻をひくつかせながらも、なかに人がいれば吠えるはずなのに吠えなかった。

バドレスが言った。「表側の部屋は全部確認した。マギーはなにを見つけたんだ?」

「わからない。このにおいはなんだ?　化学薬品?」

「漂白剤だ。目がひりひりする」

スコットはドアに近づいた。マギーが誇らしげにちらりとこちらを見て尻尾を振ったが、伏せの姿勢は崩さない。こんな警報の姿勢は見たことがなかった。

バドレスが声を張りあげた。「警察だ。ドアを開けて出てこい。いますぐだ!」

ドアに耳を押しあてたが、なにも聞こえない。スコットは肩をすくめた。バドレスがドアを指さして、うなずく。

スコットは一気にドアを開けて室内を照らした。

背後からバドレスがささやく。

「リードをつけろ。マギーをなかに入れるな」

マギーにリードをつけてから、スコットは無線のキーを押した。

「いま家のなかにいる。この家に近づくな。繰り返す、この家に近づくな」

指揮官の声が無線から響いた。

「どういうことだ。状況を説明しろ」

どう説明すべきかよくわからなかった。

「爆発物。家のなかに大量の爆発物がある、この地区を丸ごと吹っ飛ばせるほどの」

バドレスを振り返ると、もどってこいという合図が返ってきた。

「もどれ、スコット。さっさとここを離れよう」

スコットは犬を連れて部屋から退散した。

4

# ロリンズ氏

降ったりやんだりを繰り返す雨がフロントガラスにダイアモンドのような水滴をつけた。身体から発せられる熱気で窓が曇ったので、ロリンズ氏はデフロスターを最強にした。それでも鼻にしみついた漂白剤の不快なにおいはいっこうに消えなかった。

非常線から三ブロック離れた車のなかで、ロリンズ氏は顔にかかった雨をぬぐいながら、どうにか不安を抑えこんだ。いま大事なのは、問題を解決できるような方法でこの場をうまく切り抜けること。

「とんだ使いをよこしてくれたな、イーライ。警察がやつを追ってうちまで来た」

「待て。カルロスか?」

「おまえの使いが警察をうちまで連れてきた。やつはつかまった。たぶんおれたちのことをばらす」

「あんたヤクをやってんだろ」

「だといいがな」

イーライの声が鋭くなり、なまりがひときわ強くなった。

「ちゃんとわかるように言ってくれ。いったいなんの話だ？」

ロリンズ氏はほんの数ブロック先でヘリコプターの鋭い光線が闇を切り裂くのを見守った。狩りはまだ続いている、ただし今度の獲物はこの自分だ。

イーライの声は冷ややかだった。

「二度と言わないぞ。カルロスを電話に出せ」

イーライは危険な男だが、ロリンズ氏はこの男を恐れてはいなかった。本名と偽名で、窃盗《せっとう》や武装強盗、州をまたぐ積み荷の強奪などの犯行を重ねるうちに、ロリンズ氏は他人が盗んだものを売買するほうが金になると悟った。過去に三度、重罪の有罪判決を受け、二度服役したことがある。義兄を含めてこれまでに七人を殺害しており、買い手か売り手と直接会うときはいつでも相手を殺す覚悟をしている。だがいまは、声を抑えた。

計画を練り、その計画を実行する。常に。

それがルール。

「無理だ、イーライ。いいから聞け。やつは警察につかまった」

「ほんとか？」

「警察はやつを追っていた。徒歩で、ヘリコプターで、犬で。やつは血を流してわめき散らしていた。いまごろ死んでるだろう。おれはかろうじて逃げだした」

「ほんとなんだな」

もはやそれは質問ではなかった。

「あの家はもう終わりだ。二度ともどれないし、使えない。あの家にあったものは全部失われた。警察がすべて押収する」

ようやくイーライの声に不安がにじんだ。不安はいいことだ。

「あれがないと困る」

「次はカルロスよりもっとましな使いをよこせ」

「期日は延ばせない。こっちにも予定がある」

「全部失われたんだ、イーライ。警察を引き連れてこいとカルロスに頼んだ覚えはない」

ロリンズはそこで間をおき、イーライが頭のなかで計算できるようにした。イーライの予定はすでに遅れており、失われたものを穴埋めして、どうしても必要なその物質を入手しないかぎり、ますます遅れるだろう。そのためにはロリンズ氏が必要で、時間はなくなりつつある。

どちらも一分近く沈黙を続け、やがてイーライが折れた。

「今夜テストしたブツはどうなんだ」

「どうとは?」

「売り手が言ったとおりのものか?」

「うちの化学者はそう言ってる。さらにテストを重ねるが、あれは本物だ、イーライ。製造者も、配給者も、下請け人も、ここから足がつくことは絶対にない」

「そんなものがあるわけないだろ」

「うちの化学者はあると言ってる」

イーライは口ごもり、考えこんだ。

「その連中はすぐに納品できるか？」

「冗談もたいがいにしろ。ニュースで事件のことを知ったら、連中はさっさとおれを見限るだろう。取引はご破算だ」

「そいつらを説得しろ。いまある分は全部買う」

「イーライ、じつを言うと、いまおれはそれよりもっとでかい問題をかかえてる」

「なんだ」

「K9の警官に顔を見られた。ライトで顔を照らされて、話をした。その警官はおれがあの家にいたのを知ってる」

また沈黙が続き、ロリンズ氏はそれを吉兆と見た。イーライは頭のなかでさらに計算し、必然的な結論に達するだろう。

「顔を見たらその警官だとわかるか？」

「ああ。まちがいなく」

「ここは助け合いの精神でいこう。化学者の手元にはどれぐらいある」

「百グラムほど。たいした量じゃない」

「そっちの問題を解決するには充分だ、こっちの問題を解決してくれるなら」

「言ってみろ」

「売り手と話をつけてくれるか？」

「ああ」

「大急ぎでやってくれ」

「そっちもな。おれの問題は一刻も早く解決しないとまずい」

「あした片をつける」

ロリンズ氏は電話をおろした。旋回するヘリコプターをにらみ、指で拳銃を作ってその動きを追う。家に残してきたあの荷物があれば、ヘリコプターを火だるまにしてやることもできるのに。

車を発進させて流れに乗り、ゆっくりとその場を離れた。リストを頭に浮かべ、復唱する。

急がない。

右車線を維持する。

ブレーキは早めに。

雨の日のロサンゼルスのドライバーは最悪だ。

ルールを決めることで秩序が得られ、そのルールに従うことで心の安定が得られる。いちばん重要なのは、最初に学んだルールのひとつだ。目撃者を残すべからず。

あの家と自分を結びつけられる唯一の人間は、犬を連れたパトロール警官だ。刑事ですらない。犬を連れたピエロ。

ピエロに用はない。

## 5

# エルヴィス・コール

ランパート署まであと一ブロックというところで、レドモンの電話が鳴った。レドモンは黙って耳を傾け、電話を下におろすと、肩越しに振り返った。

「予定変更。ダウンタウンに来てほしいと言ってる」

ファースがハンドルをぴしゃりとたたいた。

「なんなのよ、まったく」

わたしは訊いた。「だれが言ってるんだ？」

「重大犯罪課」

ファースが聞こえよがしにため息をつく。

「おいしいところは全部かっさらってく。やな連中」

重大犯罪課《メジャー・クライム・デイヴイジヨン》は、ほかのエリート刑事たちの捜査班とともに本部庁舎を本拠地とする特別捜査班だ。通称ＭＣＤが扱うのは、たちまちトップニュースになるような話題性のある事件で、その守備範囲は、多重殺人や被害者が著名人の事件から、治安を脅かしかねない犯罪にまでおよぶ。ファースのような分署勤務の刑事よりもMCDの刑事たちのほうが、毎晩のニュース番組で取りあげられる確率ははるかに高い。当然着るものも向こうのほうがぱりっとしている。MCDは花形部署なのだ。

わたしは言った。「希望を捨てちゃいけない、ファース。きみが警察のトップにのぼりつめる日が来ないともかぎらない」

ファースはバックミラーのなかでわたしをにらみながらも、目つきをやわらげた。

「ありうる」

警察の本部庁舎はガラスとコンクリートからなる美しい建物で、クリスタルガラスでできた船の舳先《へさき》といった趣の三角形のアトリウムがある。ここに勤務する警官たちからは〈ボート〉と呼ばれていた。反対側はボーグ級航空母艦のように見える。

ファースは車に残り、レドモンがわたしを誘導した。それきりファースに会うことはなかった。

重大犯罪課の刑事部屋は広々として明るく、衝立《ついたて》で仕切られた小部屋がびっしり並んでいた。内壁に沿って会議室がいくつかある。外側の壁沿いには外の景色が眺められるオフィスの列。ひとつはドアが開いているが、それ以外の部屋は全部閉まっていた。小部屋のうち三つは現在使用中で、ドアの開いたオフィスのそばに三人の刑事が立っていた。

レドモンが言った。「さて、行こうか。ショーのはじまりだ」

ブロンドの髪が後退しかけた長身痩軀の男の刑事が、出迎えてくれた。青いピンストライプのシャツ、黄褐色のスラックスにサスペンダー。レドモンが親指でわたしを示した。

「例の男です」

それだけ言うと、背を向けて立ち去った。それきりレドモンにも会うことはなかった。

新たに登場した男はにこやかに笑い、タラバガニ大の手を差しだした。

「ブラッド・カーターです。コールさん？」

「そうです。エルヴィス・コール」

カーターはタラバガニなみの力でわたしの手をがっちり握った。

「ご足労いただいてどうも。なかで話しましょうか」

わたしを会議室のほうへ誘導した。

「コーヒーか紅茶でもいかがです？　アールグレイ。わたしの秘蔵のお茶です」

「いや、おかまいなく。ありがとう」

「トイレはだいじょうぶですか」

おもてなし精神あふれる警官だ。

「いや、けっこう。ご心配なく」

会議室は狭いながらも気持ちのよい部屋で、楕円形のテーブルがひとつあり、壁の一面がガラス張りだった。いまはカーテンが引かれてガラスは覆われている。好きな場所にすわるようにとカーターが言い、本人はわたしの向かいの席についた。ドアは開けたままだった。

「名前と住所を言ってもらえますか。それから運転免許証を見せてください」

わたしは氏名と住所を告げ、運転免許証とカリフォルニア州の私立探偵の免許証も呈示した。しばらく預かるつもりなのか、カーターはそれらを脇へ置き、それからエコー・パークの家の住所を復唱した。

「さてと、コールさん。今夜の十一時もしくはその前後に、この住宅から立ち去る男を見たんですね?」

「はい。見ました」

「その男を追いかけたそうですね」

「はい。つかまったんですか?」

「まだ、でもかならず見つけますよ。その男の人相を教えてもらえますか」

アルヴィンに伝えたとおり、わたしはジャケットの男の人相を伝えた。カーターは何度か手帳にメモをとったが、もっぱらわたしの顔を、主に口元を凝視していた。わたしの言うことを理解するためには唇を読む必要があるみたいに。

「情報は多くないが、いたしかたない。もう一度顔を見たら、その男だとわかりますか」

「顔は見えなかった。距離があったし、真っ暗だった。ジャケットの色すらはっきりとはわからない、濃い灰色か、紺色か、濃い紫か」

カーターはまたすばやくメモをとった。

「わかりました。では訊きますが、その男を追いかけたのはなぜです?」

「アルヴィンという警官から、あの地域に容疑者が潜んでいると聞いたから。あの家からこそこそ出てきた男を見て、ひょっとしたらその容疑者かもしれないと思った。わたしがいちばん近くにいたので、警官たちに大声で知らせて、その男をつかまえようとした。うまくいけば追いついてつかまえられたかもしれないけど、どうだろう。家の裏から現われた巡査が銃を向けてきたので、そこで追跡は終わった」

「それはアルヴィン巡査だった？」

「いや、K9の巡査。犬を連れていた。アルヴィンとほかの警官たちはわたしの後ろにいた」

カーターの電話からメールの受信を知らせる音がした。メールを読んだカーターは、わたしの免許証二枚を手にして立ちあがった。

「これはコピーを取ってからお返しします。本当になにもいらない？　コーヒーか紅茶は？」

「では、答えを。今夜なにがあったのか」

なんの話かわからないというようにカーターは首を振った。

わたしは言った。「あの近隣一帯が避難させられた。そして爆発物処理班が登場した。あの家のなかになにがあったんだ？」

「すぐにもどります。ここでお待ちを」

カーターはドアを閉め、一時間以上わたしを放置した。三十分たった時点で、わたしは立ちあがった。鍵がかかっている。あらためて確認するまでもなかった。カーターはアルヴィンに話を聞いているのだろう。届いた現地報告と現場の捜査官たちの話からわたしの証言の裏を取り、再度尋問するかどうか決めてからもどってくるのだろう。

部屋を出ていってから一時間と二十六分後、もどってきたカーターは、ジーンズとブレザー姿の魅力的なアフリカ系アメリカ人女性を伴っていた。片手にカップ、もう一方の手にシルバーのノートパソコンを持っている。カーターもカップを持っていたが、それは巨大なタラバガニサイズの手のなかにすっぽりおさまっていた。

女性はグローリー・スタイルズ刑事と名乗り、素敵な笑みを浮かべた。

「まったく、なんて夜かしら。感激だわ。お待たせしてごめんなさいね」

「待った甲斐はあったよ、きみに会えて」

笑みが千ワットに輝いた。

「あらま！　お上手だこと」

「ミスター・お上手と呼ばれている」

グローリー・スタイルズはすらりと背が高く、ベリーショートの自然な髪、爪はきれいに塗られた明るいブルー。カーターは先ほどの椅子にもどり、スタイルズもすぐそばにすわった。ノートパソコンを開くときに右手の親指に一瞬金色のものが光ったが、その正体はよくわからなかった。

カーターは人が変わっていた。お茶を勧めた男はもういない。顔つきは険しく毅然としており、すごみを効かせるよう意図されていた。こういう表情なら見たことがあり、しかもこれよりもっとうまかった。

カーターが言った。「さてと、ミスター・お上手。きみが追いかけた男のことをもう一度話してもらおうか。そいつの人相を聞かせてくれ」

「人相はさっき話した」

「待ってるあいだに思いだしたことがあるかもしれない。最初からもう一度」

わたしはにこやかな笑みを浮かべてカーターのほうに身を乗りだした。

「いいかい、カーター、わたしがここに来てからもう何時間もたっている。逮捕したいなら、さっさとすればいい」

グローリー・スタイルズが言った。「いまのところそんな理由はないわ」

わたしはスタイルズを見なかった。カーターを凝視していた。

「ここにいさせたいなら、今夜なにがあったのか話してくれ」

カーターはお茶を飲んだ。

「男がひとり殺された」

「そのことじゃない。爆発物処理班が出動してきた理由だ」

カーターは答えず、またお茶を飲んだ。スタイルズが代わりに答えた。

「遺体といっしょに爆発性の物質が見つかったからよ、コールさん。詳しい報告はまだ届いてないけど、これからそれを運びだして処分することになる。危険な状況なの」

うなずきながら、エイミー・ブレスリンと彼女の政府機関との契約仕事のことを考えた。

カーターがカップの向こうからこちらを見ている。

「報告はコール氏から聞けるかもしれないな」

「その件についてはなにも知らない」

グローリー・スタイルズが言った。「カーター刑事がもう質問したと思うけど、わたしからも質問させてもらうわ。あなたがあそこでなにをしていたのか、いったいどんな理由があってあの男を追いかけたのか」

トマス・ラーナーという作家をさがしていた、とわたしは答えた。トマスが警察に目をつけられるようなことは避けたかったので、ここまでその名前は伏せていたが、どのみちわたしが近所の住人にトマスのことを訊いたのは警察に知られるだろうし、すでに知られているかもしれない。カーターは反応しなかった。グローリー・スタイルズは目にもとまらぬ速さでキーをたたいてパソコンにメモをとった。話しながら同時にキーボードを打つ人など見たことがなかったが、彼女は脳がふたつあるみたいにそれをやってのけた。ちょっとした見物だった。わたしは近所の住人やアルヴィンとの会話を再現し、ジャケットの男がいつどんなようすであの家から出てきたかをもう一度詳しく説明した。〝こそこそ〟という言葉を使って。

カーターが言った。「つまり、警察が戸別訪問をしているあいだ、きみは自分の車のなかにいたわけだ」

「ああ。そこを離れてもいいかとアルヴィンに訊いたけど、人手がなくて警察の車両を動かせないと言われた」

カーターはわたしの言葉を信じたらしく、それはすでにアルヴィンから話を聞いたということだろう。

「きみが追いかけた男以外に、だれかがあの家に出入りするのを見たか?」

「いいや」

スタイルズがキーボードを打ちながら次の質問をした。

「玄関先にいたとき、家のなかからなにか聞こえなかった? 声とか物音とか、なんでもいいわ」

「なにも。何度かノックした。呼び鈴も押してみた。でも鳴らなかった」

スタイルズがちらりとカーターを見た。呼び鈴が鳴らないことをだれかから聞いているのだろう。

カーターが身を乗りだした。

「においはしなかったか?」

「どんな?」

「こっちが訊いてるんだ。においはしたのか、しなかったのか」

例の爆発物のことを言っているのだろうかと思いながら、わたしは首を振った。

「しなかった」

カーターは疑わしげに身体をもどした。

「だれに会いにあそこへ行ったって?」

「トマス・ラーナー」

「だれかに依頼されてその人物をさがしていたのか?」

「いいや」

「きみは私立探偵だ」

「仕事じゃない。共著で本を書く気がないかたしかめたかった」

グローリー・スタイルズがキーボードを打ちながら言った。

「すごいわね！　実現したら素敵じゃない？」

明るく陽気な声だったが、わたしの言葉をひとことも信じてはいなかった。

「ラーナーさんとはどういうお知り合い？」

話は核心に近づきつつあり、状況はきわどかった。わたしはトマス・ラーナーに標的の印をつけてしまい、トマスのことを話せば話すほどその印は大きくなる。カーターはわたしの話の裏をとるためにトマスをさがそうとするはずだから、なんとしても先に彼を見つけなければ。

「四、五年前、『ロサンゼルス・タイムズ』主催のブック・フェスティバルで知り合った。わたしの仕事について話を聞きたいと言われて、連絡先を交換した。でも連絡はなかった。何日か前に彼の連絡先を見つけて、電話をかけた。電話が通じなかったので住所を訪ねてみた」

わたしはスタイルズからカーターへと視線を移した。

「そういうことだ」

「その電話番号を教えてくれないか」

わたしは声にいらだちをこめた。我慢の限界だというように。

「もう通じないとわかって捨てた。持っていてもしかたがない。住所はわかっていたから、試しに訪ねてみた」

「今夜」

トマス・ラーナーの住所は自分の名刺に書き写してあった。ポケットからその名刺を出してテーブルにぴしゃりと置いた。

「そう、今夜。今夜じゃなければ、あしたか、あさってか、来月にでも訪ねていただろう、でもたまたま今夜を選んで、おかげでこうして拘束されるはめになったが、いいことを教えてやろう、カーター。拘束はもう終わりだ」

わたしは席を立った。

「用はすんだから、帰らせてもらう」

カーターはおもむろに名刺の向きを変えて、読み、テーブルに置いたままにした。わたしはすみやかに回収した。カーターは怒りもせず、脅しもしなかった。いらだちが見えた。

「ご不便をかけて申しわけない、コールさん。また話を聞くことになると思う」

そう言って立ちあがり、ドアに向かった。

「あとは頼む、グローリー。おれはコールさんを送る車の手配をする」

カーターが立ち去ると、グローリー・スタイルズはパソコンを閉じて立ちあがった。

「じゃあ、コールさん、あなたが話してくれたことを調書にまとめて印刷するわね。それを読んで、自分の供述がまちがいなく正確に記録されていると確認できたら、サインしてもらいたいの。いいかしら」

よくはなかったが、言われたとおりにした。調書にサインするよう警察が証人に頼むことはめったにない。通常は自分たちの報告書のなかに証人の供述を組みこんで、証人ではなく自分たちでサインするほうを好む。裁判になった場合、そのほうが検察側にとって融通がきく。証人がサインすれば、事実誤認や証言の食いちがいもすべて被告側にとっては確たる事実となってしまう。

わたしはスタイルズと彼女のパソコンのあとについて会議室から刑事部屋に出た。

「ちょっと待ってて、すぐにもどるから」

わたしをその場に残して、スタイルズは足早に部屋を横切っていった。カーターは小部屋の前でふたりの刑事と合流していた。そのうちのひとりがちらりとわたしを見て部屋のなかにはいった。

レドモンとファースにここへ送り届けられてから三時間、重大犯罪課の刑事部屋は人であふれかえってあわただしくなっていた。うちへ帰ってベッドにもぐりこみたいといった顔つきの十数人の刑事たちが、小部屋のなかで仕事をしたり、あるいは大儀そうに壁沿いを歩きまわる制服巡査をつかまえて話しこんだりしている。

そばの机で巡査が脚を投げだし腕組みをしてすわっていた。長い一日を過ごし、しかもそれはまだまだ終わりそうにないという顔で、じっとわたしを見ている。

その巡査が言った。「あんたか、運がよかったな、生きてて」

なんの話かわからなかった。

「どこかで会ったかな」

「まあね。警察がさがしてる容疑者を追いかけるなんてばかだよ。あやうくあんたを撃つところだった」

肩についているK９の記章を見て、ようやく見覚えがあることに気づいた。

「撃たないでくれてありがとう」

「山のような書類仕事になるから」

巡査が身をかがめて片手を差しだしてきた。

「自分から危険に飛びこむのは褒められた行為じゃないけど、協力しようという姿勢には礼を言うよ」

握手をしているところへ、グローリー・スタイルズがもどってきた。そばの空いた机にわたしを誘導し、調書に目を通すように言った。わずか二ページだが、わたしの供述が正確に記録されていた。じつは嘘である事実までも。わたしは調書にサインをしてもどした。

「さてと、コールさん、これで用はすんだわ。わたしたち、あなたのご協力に感謝してます」

「カーターの感謝の表わし方はおもしろい」

「たぶんもう一度話を聞かせてもらうことになると思うの。かまわない？」

「遠慮したい、たとえきみに会えるとしても」

一瞬、まばゆい笑みが浮かんだ。

「だったら、こっそりあなたに接近するしかないわね、そうでしょう？　表に車が待ってる。

下まで送るわ」

立ち去るわたしをカーターがじっと見ていた。その目に悪意はなかったが、この男とはまた会うことになるだろうとわかっていた。

白髪まじりの髪をスポーツ刈りにした年配の巡査がわたしの車のところまで送ってくれた。雲が最後にまたぱっくりと口を開けて、バケツをひっくり返したような激しい雨をたたきつけ、ワイパーが役に立たなくなった。巡査は襲いかかる雨の向こうに目をこらしながらも、速度は落とさなかった。先の状況がまったく見えないのに、とまろうとはしなかった。

わたしも同じだった。

# 第二部　依頼人

# 6
# エルヴィス・コール

翌朝、メリル・ローレンスのレクサスの前部座席で顔を合わせたとき、空は晴れ渡っていた。駐車場はサンセットとフェアファックスの交差点の南西の角にあり、チェーン店の薬局と朝食が人気のカフェの陰に隠れていた。そこに着いたとき、メリル・ローレンスは人目につかないことを喜んだが、わたしが状況を伝えると身を震わせた。

「気はたしか？　なんで自分からかかわったりしたの」

「そのときはいい考えだと思った」

「とんでもない。最低最悪の考えよ！」

メリルは携帯電話をさがしてバッグをかきまわした。顔に深いしわが何本も刻まれ、皮膚が鎧《よろい》のようになった。

「ニュースになってる？　なってるでしょうね」

「『タイムズ』のウェブサイトを見るといい。それでわかる」

メリルは画面をにらみながら両手の親指を使って狂ったような速さでキーを打った。

「わたしに雇われたことも警察に話した？　エイミーのことはなんて言ったの？」

「なにも。きみのこともエイミーのこともおたくの会社のこともひとことも言わなかった、オーケイ？　落ち着いて」

指の動きが速くなった。目が大きくなる。胸が上下した。

わたしはメリルの腕に触れた。

「いろいろ話し合うことがある」

メリル・ローレンスは四十代なかばで、砂色の髪と、健康に留意している女性らしい引き締まった均整のとれた身体つきをしている。唇を湿らせながら画面を凝視し、思案の末ようやく顔をあげた。

「警察にはなんて言った？」

「きみの名前は出していない、でもトマスのことは話した」

その言葉がスローモーションで届いたみたいに、ふしぎそうにわたしの顔を見たあと、また画面に目をもどした。

「これだわ。ひどい」

「話すしかなかったんだ、メリル。警察は近隣の住民に片っ端から聞きこみをするだろう。わたしがトマス・ラーナーのことを訊いたのはいずればれる。自分から話しておくほうがいい」

しばらく記事を読んでから、メリルは顔をあげた。

「あなたの話の裏をとるために警察はトマス・ラーナーをさがすでしょうね」

「ああ。警察は疑っている。わたしがあの家の前にいたのが気に入らない。とことん締めあげてわたしの証言を突き崩すつもりだ」

メリルは祈りを唱えるように下唇に触れながら、記事を読み進めた。

「信じられない。殺人なんて。だれかが、よりにもよってゆうべ、この男を殺さなきゃならなかったわけ？」

「トマスは少なくとも三年前にはあの家から引っ越しているから、先に見つけだせるかもしれない。警察もさがすだろう、でもトマスが最優先事項にはならない。ほかにやることが山のようにあるはずだ」

メリル・ローレンスが急に携帯電話をおろし、よくある白い封筒を差しだした。

「トマスのことはもういい。彼のことでこれ以上時間を無駄にしないで。ここに鍵と暗証番号がはいってる。エイミーの自宅にはきっと恋人の手がかりがたくさんあるはず」

わたしは封筒を受け取らなかった。

「エイミー・ブレスリンはおたくの会社でどんな仕事をしているんだ？」

「言ったでしょ、製造部門の部長。それがなにか関係ある？」

「ゆうべエイミーのファイルを読んだ。おたくの会社は燃料や触媒や化学エネルギーシステムを作っている。化学エネルギーシステムというのは、要するに〝爆発物〟のことだろう？」

だんだん怒りがこみあげてきたみたいに顔が険しくなり、また鎧が現われた。

「うちが作っているものはすべて爆発物よ。それがなにか？」

わたしは手を伸ばしてメリルの携帯電話の画面をスクロールした。『タイムズ』がこの事件の第一報を載せたのはけさの三時二十分。わたしは四時十五分にそれを読んだ。記事に添えられた写真には、トマスの家の前にとめられた爆発物処理班の車両が写っていた。三時三十四分に配信された最新記事には、その家から武器弾薬が押収されたとあった。

「これはトマス・ラーナーの家だ。これは爆発物処理班の車。警察はこの家のなかで、ロケット弾を四発、四十ミリの弾薬を十数発、それにプラスティック爆弾を見つけた」

写真を凝視するメリルをじっと観察した。

「偶然にしてはいささかできすぎだな、おたくの会社が爆発物を作っていることと、この家にこれだけの武器弾薬があったこと」

メリルは首を振って電話を下におろした。

「ロケット弾なんて、たとえお尻の下にあってもそれとはわからない、エイミーだってそう」

「ファイルを読ませてもらったよ、メリル。エイミーの経歴には彼女の専門知識が仰々しく並べられていた。二種、三種の混合燃料。スラリーに、ゲルに、キャスタブル推進薬。可塑化促進剤。いったいどういうものなのか、グーグルで調べなくてはならなかった」

「武器を作ってるわけじゃない」

「作っているのはその中身だ。爆薬を作っている」

「まさかエイミーがこのとんでもない事件に関与してると思ってるんじゃないでしょうね」

「きみはエイミーが会社の金を盗んだと思っている」

メリルはなにか言いかけて、やめた。私立探偵を雇う人間にありがちなことだ。彼らはわたしに聞かせたいと思うことを口にする。それは真実とはかぎらない。

わたしが知る必要のあることはすべて記事に書かれていると言わんばかりに、メリルは携帯電話を手で示した。

「なんとも言いようがないわ。ロケット弾のことも、死んだ男のことも、なぜあなたが巻きこまれるはめになったのかも、わたしにはまったくわからない。あの青年の住所を教えたのは、彼がエイミーと近しかったから。もう引っ越したのなら、彼女とのつながりも切れたかもしれないし、いずれにしても彼のことはもうどうでもいい、エイミーのつきあっている男をあなたが見つけてさえくれれば。鍵を受け取って。彼女のろくでもない恋人を見つけて」

あらためて封筒を差しだした。

「とにかくエイミーを見つけてほしいの。見つけると言ったわよね」

話はまた恋人の件にもどり、このときのメリルには怒りというよりも必死さが感じられた。なぜここまで必死になるのか。わたしはまだ封筒を受け取らなかった。

「話してくれてないことがあるだろう」

「全部話した」

「いや。まだだ」

「いいから鍵を受け取って。エイミーを見つけて。わたしはどうしてもこれを正さなければならないの」

封筒がかすかに震えた。

「そもそもどうしてまちがえるはめになった？」

メリルはゆっくりと深い吐息をつきながら、膝の上で封筒を折りたたんだ。視線がカフェのほうに向けられ、そこではごく普通の暮らしを送るごく普通の人たちが、ワッフルやオムレツを楽しもうと店にはいっていく。メリルのつぶやき声はあまりに小さく、聞き逃すところだった。

「エイミーがこんなことをしたのはわたしのせいだから」

「こんなこととは？」

「エイミーを雇ったのはわたし、そうでしょ？　とても物静かで控えめだからすぐにはわからなかったけど、本当に心の優しい人で、会えばだれでも好感を持つはず。おまけに女手ひとつで息子を育てていた。彼女の生活はとにかくジェイコブを中心にまわっていたの」

「息子の父親はどこに？」

メリル・ローレンスは鼻で笑った。

「ジェイコブが生まれる前にエイミーを捨てた。彼女の自尊心をぼろぼろにして。妻を精神的に虐待《ぎゃくたい》するろくでなし」

「それはエイミーの言葉か、それともきみの意見？」

メリルはわたしをにらんで、顔をしかめ、カフェに目をもどした。

「わたしの」

「なるほど」

「ええ、なんとでも言って。とにかく、エイミーはひとりぼっちだった。この十四年間、男性とつきあったことはなかったと思う。仕事と息子が人生のすべてで、実際のところ本人もそれでかまわないと思っていたみたい。彼女は自分の仕事を愛していた。息子を愛していた。なのにそのジェイコブを亡くして――」

不意に黙りこみ、おもむろにわたしを見た。

「エイミーはひどく孤独だったの、わかる？　痛々しかった。だからネットの結婚相談サービスを利用してみたらどうかと勧めた。強引に。エイミーみたいな女性たちは――」

適切な言葉をさがしたが、満足のいく結果は出てこなかった。

「――なかなか逆らえない。わたしは彼女を説得した」

「自分のせいでこうなったと思っているわけだ」

「だってそうでしょ？　わたしがしつこく勧めた。そそのかした。エイミーはだれかとメールをやりとりしはじめた。だから、男がいるのはわかってる。わたしはよかったと思ったし、その相手のことをいろいろ知りたかったけど、エイミーはなにも話そうとしなかった。おかしいと思わない？　わたしはおかしいと思う。彼は興味深い人だと言ってた。彼のことは好きだと。そして、こんなことになってしまった」

「相手は普通の男かもしれない。エイミーの失踪や横領とはなんのかかわりもないかもしれない」

メリル・ローレンスは自己嫌悪をこめて小さく鼻を鳴らした。

「あなたがエイミーを見つけてくれたら本人に訊いてみる」

わたしは封筒を受け取った。

封筒がしまわれるのを見守りながらも、メリルの不機嫌な顔は変わらず、ほっとしたようにも見えなかった。

「ありがとう」

「約束したから」

メリルは力なく微笑んでみせた。

「ほかに知りたいことがあれば、いまのうちに訊いて。これから自殺しようと思ってるから」

「わたしが降りてからにしてくれないか」

「ふふん」

「今回のように〝極秘〟扱いとなると、調査はなかなか進まない。ゆうべ、エイミーのオフィスは立入禁止だときみは言った。だれかとメールをやりとりしていたのなら、その記録がオフィスのパソコンに残っているかもしれない」

「残ってない。アカウントを確認した」

「きみが見落としたことを見つけられるかもしれない。オフィスでほかになにか見つけられるかもしれない」

「それは無理でしょう。別にわたしが意地になってるわけじゃない。メールも電話もパソコンもすべて会社の保安部門が内容を把握《はあく》してる。インターネットの使用状況も、通話の内容も、記録されて調査される。あなたに会社じゃなくてわたし個人の携帯電話の番号を教えたのもそういうわけ。社内でのプライバシーはまったくないから、社員はだれも、会社のパソコンで私用メールを出したりはしない」

「すべて監視されているのに、きみはどうしてエイミーのメールを読めたんだ？」

「わたしが保安部門を監督しているから」

「なんと」

メリルは時計にちらっと目をやった。

「エイミーの自宅はまた別の話。なんなら壁を引きはがしたってかまわない。わたしはこれを正したい、でもエイミーの不正をいつまでごまかしきれるかわからない」

わたしは同情を覚えた。

「メリル」

「なに？」

「こうなったのはきみのせいじゃない」

そんな言葉は聞きたくないとばかりに顔をしかめて、メリルは車のエンジンをかけた。

「エイミーの鍵も暗証番号も住所も渡した。さあ、車から降りて、お金を稼ぐためになにかして」

わたしは車から降りた。あと十二分で八時。エイミー・ブレスリンの捜索をはじめてまだ十二時間もたっていない。メリル・ローレンスは走り去った。わたしも走り去った。
どちらにとっても、時は刻々と過ぎていた。

# 7

エイミー・ブレスリンの住まいは、赤いタイル屋根のついた二階建ての黄色い地中海風の家で、ハンコック・パークの南の端にあった。ハンコック・パーク一の高級住宅地ではないが、二十世紀に富裕層向けに建てられた家々は、いまも豊かさを感じさせた。極楽鳥花《ストレリチア》が窓を縁取り、細い私道が芝生をゆるやかにのぼって裏庭のガレージへと通じている。私道の脇に青と黄色の警備用の看板が立っていた。警備システム作動中。

通りをはさんだ向かいに車をとめて、家を観察した。かつて、家族に依頼されてハロルド・ジェスラーという引退した外科医をさがしたことがあった。ジェスラー医師は九日前から行方がわからず、そのあいだ、兄弟やふたりの姉妹、娘と息子、別れた妻らは何度となく電話をかけたり自宅を訪ねたりした。だれにも折り返しの電話はなく、いつ訪ねても留守だった。病状が悪化してどこかをさまよっているのではないかと家族は案じたが、わたしがドアをノックすると、ジェスラー医師は応答した。わたしには応答したのに家族を避けているのはなぜかと訊いてみた。答えは単純明快。家族に会いたくなかったのだ。

エイミーの家は手入れが行き届き、芝生はきれいに刈られていた。私道にたまった新聞もなし。自宅にこもって金を数えていたかテレビを観ていたのかもしれないが、そうではないかもしれない。四十六万ドルを横領する人間にはたいてい計画があり、その計画には通常、国を出ることが含まれる。

車から降りようとしたとき、メリル・ローレンスから電話がかかってきた。

「エイミーの家に行った？」

「行った。いま着いたところだ」

「なにかわかった？」

「いま着いたところだ」

わたしは電話を切った。エイミーがメリル・ローレンスを避けているとしても、責める気にはなれない。

女性の二人連れが歩道を歩き去るのを待って、玄関まで行った。応答がないので、自分でなかにはいった。アラームが鳴ったが、暗証番号を押すと、とまった。

「ブレスリンさん？　だれかいますか？」

応答なし。

玄関は広々として温かみがあり、壁は白の漆喰《しっくい》、床はスペイン風タイル、重厚なオークの幅木は乾いた血の色を思わせる濃い色に塗られている。右手はそのまま居間へ、左手はダイニングルームに通じている。玄関ドアの正面に二階へあがる階段がある。壁に掛けられた額入りの写真のなかからひとりの少年がこちらを見ていた。玄関からはいってきた者がまず目にするのがそれだった。歳のころは八、九歳、青白い肌にぽっちゃりした頬、黒っぽい巻き毛。これがジェイコブだろう。
「だれかいますか？　もしもし？」
ドアに鍵をかけて、だれもいないのをたしかめるために家のなかをひとめぐりした。エイミーの家はきれいに片付いており、清潔で、人けのないホテルなみに整然としていた。倒れた家具も、血しぶきも、犯罪行為を示唆する身代金要求の手紙もなし。ジェスラー医師はずっとベッドの下に隠れていたが、エイミー・ブレスリンはちがった。だれもいないと確信したところで、ガレージを調べた。車はなかったが、だからといってエイミーが逃亡したとか、ましてや街を出たということにはならない。〈スターバックス〉へ行っただけということもありうる。

先に二階を調べることにして、エイミーの寝室からはじめた。寝具はぴしっと整えられている。衣類は散らかっていないし、引き出しからはみだしてもいない。ベッドの両側に黒檀《こくたん》のナイトテーブルがあり、対のドレッサーの上はきちんと整理され、ショールームなみに塵《ちり》ひとつなく、引き出しのなかには丁寧にたたまれた衣類が整然と並んでいた。旅行のパンフレットも、ラブレターも、鏡にテープで貼られた男の写真もなし。一目瞭然の手がかりはあきらめよう。

同じく異様なほどの几帳面さと秩序はクローゼットと浴室でも証明された。衣類は形と色別に整理され、きちんとハンガーにかけるか棚に納められている。クローゼットの奥に〈トゥミ〉のスーツケースがふたつあった。浴室には歯ブラシや洗面道具が大量にあり、エイミーがロマンティックな逃避行のために荷造りをして大急ぎで出発した、あるいは自宅を放棄したという証拠はどこにもない。エイミーにしろだれにしろ、まだここに住んでいることをうかがわせるものもなにひとつなかった。ごみ箱は全部空っぽだ。

二階には部屋が三つあり、寝室の隣は仕事部屋として使われていた。片隅に光沢のある長い机が置かれ、机の背後の壁一面に引き出しのついたファイルキャビネットがある。残りの壁に並べられた低い書棚には本がぎっしり詰まっており、『化学技術者のためのハンドブック』『反応抑制剤』『液体圧縮力学』『先端高分子熱力学』といったタイトルが目についた。本棚の上にはエイミーとジェイコブの、あるいはジェイコブひとりの額入りの写真が並んでいる。玄関で見た少年は、母親の背丈を追い越してひょろりとした長身の青年に成長していた。エイミーが大きなブラウニーの積まれたトレイを手にしている写真があった。高校の学校新聞の編集室とおぼしき場所で息子やその友人たちに囲まれている。ティーンエイジのジェイコブときれいな女の子がエイミーと並んで家の前に立っている写真もあった。ジェイコブと女の子はタキシードとドレスでめかしこみ、おそらくこれから卒業記念のダンス・パーティーに向かうところだろう。ジェイコブは楽しそうに笑っている。エイミーも微笑んでいるが、どこか悲しげだった。悲しいわけではないのになぜかいつも悲しげに見える、そんな人たちのひとりなのかもしれない。

ドレッサーやナイトテーブル同様、エイミーの机もきれいに片付いていた。電話機、大型モニター二台、最新式のワイヤレス・キーボードとマウスが、ぴかぴかの机の上に完璧に配置されている。モニターの電源は切ってあった。《海軍省入札要件》と題された紺色のバインダーがキーボードの横にまっすぐに置かれている。わたしの机には、ペーパークリップ、請求書、領収書、ポストイット、メモ、さらに請求書、捨てようと思いつつそのままになっている雑誌類、送り状、使用済みナプキン、テイクアウトのメニュー、おまけに染みが散乱している。エイミーの机にはこうしたものがひとつもなかった。彼女の日々の暮らしや活動の証拠となるものをだれかが完全に消し去ってしまったみたいに。

その机がなんとなくひっかかった。

椅子にすわってキーボードに触れた。モニターはどちらも反応しなかった。スイッチを押すと電源がはいったが、画面があざやかな青に変わっただけだった。視線をおろして机の周囲に目を向けた。必要な装置は一式そろっていて、唯一欠けているのが、それらをつなぎ合わせる頭脳だった。コンピューター本体がどこにもない。

「うーむ」

探偵がこの種の言葉を口にするのは疑念を抱いたときだ。

次に電話機を確認した。ダイヤルトーンは聞こえるので、着信と発信の記録を呼びだしてみた。記録は一件もなかった。受話器についている電話帳も同様。電話機が新品で一度も使われていないか、あるいはだれかが記録を消去したのか。

自分の電話を取りだして、メリル・ローレンスにかけた。

「エイミーの家のなかにいる。いま話せるかな」

「話せる。なにかわかった？」

警戒するように声を抑えている。壁に耳ありと言わんばかりに。けさ聞かされた会社の保安部門の話から察するに、本当に耳があるのかもしれない。

「ひょっとしたら。先週ここへ来たと言ったね」

「ええ。エイミーのメールを受け取ってから三回行った。なぜ?」

「そのときコンピューターの本体はあった?」

「わたしがさがしていたのはエイミーよ。コンピューターは気にしてなかった」

「どこにもないんだ。きみが持っていったのか?」

驚いたような冷ややかな声が返ってきた。

「いまなんて?」

「エイミーのコンピューターを持っていったのか?」

「それどういう意味? わたしが持っていくはずないでしょう」

「会社の保安部門でエイミーのメールを調べるつもりだったのかと思って」

「いいえ、わたしは持っていってない」

「念のために訊いたまでだ。たぶんノートパソコンを使っていて、それを持ち歩いているんだろう」

「だったら、エイミーの居場所を突きとめればパソコンも見つかるでしょ。あのろくでもない男といっしょにいるはず」

またぞろ恋人の話にもどるのは避けたかった。

「あとひとつ。ここへ来たとき、この家の電話機を使った?」

「どうして電話のことなんか訊くの？」

「ここの電話機からどこかにかけたとか、エイミーがかけた相手を確認するのにリダイヤルボタンを押したとか？」

「いいえ。そんな知恵はない。気がつけばそうしていたでしょうけど。あの悪党の番号がわかったの？」

「どこの番号もわからない。通話記録が消去されている」

「電話会社に訊けばわかるんじゃない？」

「どこの会社のサービスを使っているかによる」

「たぶんあのろくでなし男が消したんでしょう。そいつがエイミーに言って――」

わたしは通話を切り、ファイルキャビネットに目を向けた。横幅のある低いキャビネットで、ファイルが手前から奥ではなく左から右に向かって吊るされている。銀行やクレジットカードの取引明細書があればと思ったが、中身は息子の死亡事件とその後の捜査状況を報じたニュース記事ばかりだった。エイミーがインターネットで見つけた大量の記事や論説や記録、そして彼女が国務省に宛てて書いた、回答の得られない質問を書き連ねた何十通もの手紙が綴じられていた。エイミー個人または彼女の仕事や生活にかかわる書類はいっさいなかった。引き出しのなかにはジェイコブが詰まっていた。

自分の記録のためにエイミーの仕事部屋の写真を撮り、最後の部屋へと移動した。

そこはジェイコブの部屋だった。クローゼットには衣類がかかったままで、机と壁には男子が溜めこみそうなものがごちゃごちゃとあった。ベッドの上部の壁に高校の卒業記念写真が飾ってある。ガウンと帽子姿で、あごに盛大なニキビの花を咲かせた不器用そうなティーンエイジの少年が写っていた。たぶん本人はこの写真が嫌いで、自分の部屋に飾りたくはなかっただろう。母親が飾ったのだ。

棚から卒業記念アルバムが三冊、ジェイコブの机から〈アット・ア・グランス〉の住所録が見つかった。そこに書かれた名前と電話番号はごくわずかだったが、ラーナーの《L》とトマスの《T》を調べてみた。トマス・ラーナーは記載されていなかったが、アルバムでふと思いついたことがあった。エイミーの仕事部屋へもどり、ダンス・パーティーの夜の写真をフレームからはずして、アルバムにはさんだ。アルバム三冊と住所録を持って階下に降り、それを玄関に置いてから、一階をざっと調べた。

居間、ダイニングルーム、キッチンは時間の無駄に終わった。キッチンにも電話機があり、そこにも記録はなし。業界では〝不毛な朝〟と呼ばれる状態にわたしは陥っていた。

残るは居間とキッチンのあいだの狭い空間だけ。キッチンと向き合う位置に朝食用のガラステーブルがあり、中央にカットグラスの花瓶が空っぽのまま置かれていた。壁ぎわに引き出しがひとつだけついたアンティークのライティング・デスクがある。その小ぶりの机はわたしがエイミー・ブレスリンの自宅で調べた最後の場所だったが、さがしものが見つかったのはまさにそこだった。

引き出しのなかに十五から二十冊ほどの薄いファイルがあり、《家計簿》《医療》《車》《VI

SA》《AMEX》といった手書きのラベルがついていた。ファイルを見つけたことでわたしは得意になったが、メリル・ローレンスはがっかりするだろう。《恋人》のラベルはどこにもなかった。

クレジットカードのファイルを抜き取って請求明細書にざっと目を通した。ドバイ行きの航空券も、〈ティファニー〉での散財も、世界一周の船旅もなし。過去三回分の明細書に、エイミーの所在のヒントになるような、あるいは四十六万ドルの横領を示唆するような記載はひとつもなかった。

クレジットカードのファイルを脇に置き、《庭師》《保険》といったラベルを飛ばして《現金領収書》のファイルをぱらぱらめくっていたわたしは、思わず身を起こして彼女の名前を口にしていた。

「エイミー」

六カ月前、エイミー・ブレスリンは、ルガー・セミオートマティック拳銃、拳銃使用説明書、クリーニング・キット、九ミリ弾二箱、ナイロン製拳銃ケース、防音用のイヤー・マフを購入し、〈Xスポット〉屋内射撃練習場の年会費を支払っていた。領収書には〝現金払い〟とある。

それらの品を目にした覚えがないので、寝室をもう一度調べた。靴箱を全部開け、高い棚の上を確認し、スーツケースとバッグのなかも見た。マットレスのあいだ、ドレッサーの引き出しの衣類の下、ナイトテーブルのなかものぞいた。仕事部屋、ガレージ、キッチンの戸棚、冷蔵庫と冷凍庫のなかまで調べた。なにも出てこなかった。拳銃も、拳銃用の金庫も、クリーニング用品も、弾丸も、付属品もなし。

なんのために拳銃が必要だったのか。それを持って姿を消したのだろうか。

ライティング・デスクからファイルを出して玄関へ持っていき、アルバムの上に重ねた。

八歳のジェイコブが壁からじっと見ている。

「ママはどうして銃なんか買ったんだろうな、ぼうや」

ジェイコブは答えない。

この子はどんな大人に成長したのだろうかと考えた。地球の裏側で、爆弾が破裂したとき彼はなにをしていたのだろう、笑っているときに突然の死を迎えたのだろうか。

家のなかはジェイコブでいっぱいだった。写真がいたるところにある。彼の部屋は聖廟だった。

「きみはまだここにいる、だからエイミーもここにいる。きみを置き去りにするはずがない」

八歳のジェイコブは笑っている。ひどい歯並びだった。

わたしも笑い返した。

「きみの持ち物はちゃんと返すよ。約束する」

警報をセットし直し、外に出て、車にもどった。アルバムとファイルを助手席に置いたが、すぐには車を出さなかった。拳銃のことを考えた。エイミーは思い直したのかもしれない。拳銃はあまりに大仰、あるいはあまりにきな臭い、あるいは単に楽しくないと判断したのかもしれない。家に拳銃を置いておくのはなんとなく物騒だと感じて処分した可能性もある。なぜ拳銃が家にないのか、単純な理由はいくらでも考えられるが、推測はあくまでも推測で事実ではない。

メリル・ローレンスに訊いてみようかとも思った。おそらく、拳銃は例の恋人が持ち去ったのだと言われ、わたしはこう答えるはめになる。恋人がいた証拠はなにひとつ見つからなかったし、その男の存在を証明するものも、エイミー・ブレスリンがその男もしくはほかのだれかといっしょに逃げたことを示唆するものも、なにひとつなかった、と。

存在するかどうかもわからない恋人のことを考えていたとき、通りの反対側で緑色のトヨタのセダンが速度を落とし、エイミーの自宅前に停車した。

がっしりしたラテン系の女性が大きなかごバッグを手にして降りてきた。ゆったりしたコットンのパンツに南カリフォルニア大のスウェットシャツ、髪にはヘアバンド。バッグを肩にかけてのんびりと私道を歩いていき、鍵を使ってエイミーの家の玄関を開けた。ドアが閉まる前に、慣れた手つきで警報装置のパネルに腕を伸ばすのが見えた。

座席にもたれて、わたしは家を凝視した。

この家の家政婦だろう。エイミーは逃亡中と思われる、それなのに、家政婦がすでにぴかぴかの家の清掃をしようとこうしてやってきた。エイミーが休暇をとっているとは知らず、家にいると思っているのだろうか。エイミーはなにも伝えていないのかもしれないが、家政婦が鍵を持っていて暗証番号を知っているということは、よほど信頼されているということだ。鍵を渡されるほど長いつきあいだとしたら、エイミーの人生に新しい男が現われたかどうか知っているだろうし、わたしより詳しいのはまちがいない。

家政婦の到着が六分早ければ、鉢合わせするところだった。六分遅ければ、彼女とすれちがいで走り去っていただろう。私立探偵の神さまが微笑んでくれるときもある。

家政婦がなかで落ち着くまで五分待ち、エイミーの自宅の玄関に向かった。

# 8

鍵と暗証番号のはいった封筒を取りだして、呼び鈴を押した。さっきの女性がドアを開けたので、驚いてみせた。

「おっと、これは失礼。てっきりだれもいないと思ったもので」

「はい？　なにかご用ですか？」

わずかにスペイン語なまりのある穏やかな声だった。おそらく四十代後半、優しげな目をしている。

家のなかを見ようとするように、彼女の背後に目を向けた。

「エイミーは留守なんだね？　街を離れていると聞いたけど」

女性は微笑んだ。にこやかに。

「はい、お留守です。先週出かけました」

メリルから聞いた話と合致するが、それでも意外だった。

家の鍵をちらりと見せながら、〈ウッドソン・エナジー・ソリューションズ〉のロゴが相手に見えるように封筒を掲げた。

「そう、だと思った。だから鍵を預かってきているんだ。ぼくはエディ・コール。エイミーの同僚。エイミーが返却するのを忘れたファイルを取ってくるように言われてね」

じわじわと前に出たが、相手は動かない。

「すみません。エイミーさんからなにも聞いてないです」

エイミーは知らなくて当然とばかりに、わたしはにっこり笑ってうなずいた。

「だいじょうぶ。エイミーがファイルの置き場所をメリルに伝えたから。二階の机の上と言っていた。海軍の紺色のバインダー。会社でそれが必要になってね」

さらに前進し、ふたたび封筒を掲げてみせた。バインダーはどうでもよかった。会話を続けるための口実だ。

女性は一歩さがった。

「どこにあるって言いました?」

「二階の仕事部屋に。見ればわかるから」

「ご案内しますよ」

「そうしてもらえるとほんとに助かるよ。なんてお礼を言ったらいいか」

相手の横をすり抜けてなかにはいり、片手を差しだした。わたしが本気で愛敬を振りまけば、効果は絶大なのだ。

「ぼくはメリルの下で働いているんだ。きみの名前は?」

「イメルダ・サンチェス」

「イメルダ、きみは最高だ。すぐに失礼するからね、じゃまはしないよ」

必要以上に長く手を握ったあと、振り返って家のなかを褒めたたえた。

「なんてきれいな家なんだろう。じつを言うと、ここへ来たのははじめてでね。どこもかしこもぴかぴかだ。すばらしい仕事ぶりだね」

イメルダが満面の笑みを浮かべる。

「そんなに大変なことじゃない。エイミーさんはきれい好きです」

気さくにおしゃべりをしながらあとについて階段をのぼっていくと、イメルダ・サンチェスも気さくにおしゃべりをしてくれた。人は自分がされたことを返す。わたしをせかすそぶりもまったく見せなかった。家のなかはあまりにきれいで、やることはなにもないのだ。

「ここでどれくらい働いているのかな、イメルダ」

「この五月で六年半です、週に二回」

「きょうみたいにエイミーが留守のときも？」

「ええ、はい」

仕事部屋の前で立ちどまり、わたしの腕にそっと触れた。内緒で入れてあげると言わんばかりに。

「お掃除する必要もないんですけどね。エイミーさんが来させてくれるから、お給料が減らずにすみます。ほんとに親切な方です」

「ああ、そうだね。会社でもみんなに好かれているよ」

ふたりで仕事部屋にはいったが、奥へは行かなかった。

「いつまで留守なのかな」

「三週間分のお給料をもらってます、でもそれより早く帰ってくるかもしれません」

「それより早く帰ってくるかもしれないって、本人がそう言った？」

「ええ、はい。なるべく早く帰ると言ってました」

興味深い。エイミーは家政婦に留守の期間を伝えていた。休暇届のメールに期間は書かれていなかった。

「そうか、休暇を楽しんでいるといいね、いつまで休むにしろ。それだけの働きはしているから」

イメルダは思案するように顔をしかめ、両手を腰にあてた。

「出張のはずですよ。休暇じゃないです」

「出張だと本人が言ったんだね」

イメルダはうなずいた。

「はい。ときどき出張があります」

「ほんとに？　どこへ行くと言っていた？」

ますます顔をしかめたので、ちょっとやりすぎたかと不安になった。不審に思いはじめたら、ただちに口を閉ざすだろう。

わたしは意味ありげににやりと笑って、顔を近づけた。

「出張じゃないよ、イメルダ。友だちと旅行に出たらしいって噂だ」

イメルダはじっと見返し、先ほどよりひときわ明るい笑みを浮かべた。

「そんなこと言ってなかったです」

わたしは眉をひくひく動かしてにやりと笑った。

「男の友だち」

イメルダがくすくす笑いだしたので、わたしもにやにや笑いを大きくした。

「恋人がいるんじゃないかとみんな思ってるんだ。なにか知ってるんだろう、イメルダ。エイミーには男友だちと呼べる相手がいるのかな」

顔が赤くなり、その赤面が、メリル・ローレンスの言葉は正しかったとはっきり物語っていた。

恥じらうような顔で、イメルダは答えた。

「たぶんいるんじゃないかと思います」

「その相手に会ったことは？」

手を振った。

「いいえ、まさか！」

「エイミーがその人のことを話してくれたのかな？」

イメルダはなにか知っていて、それを話したくてたまらず、そわそわしている。

もうひと押しした。

「ねえ、イメルダ、頼むよ！　みんな知りたくてうずうずしているんだ。じらさないで教えてほしいな」

「男の人から薔薇《ばら》が届いたんです。カードがついてました」

家のなかのどこにも薔薇の花はなかった。

「それはエイミーが留守にする前の話？」

「ええ、はい。先々週。もう枯れました。だから捨てました」

「でもカードを見たんだね」

「ええ、はい」

「贈り主の名前は？」

しばらく考えて、首を振った。

「覚えてません。花を贈ってくれる男の人がいてほんとによかったです。いい人だといいんですけど。ジェイコブが亡くなってから、エイミーさんはずっと悲しんできました」

「いい人だといいね、ぼくもそう思うよ、イメルダ」

イメルダの顔が明るくなった。

「カードは取ってあります。ファイルを持ってきてください、そしたらカードを見せます」

海軍の紺色のバインダーを持って、イメルダのあとから階下にもどり、キッチンの奥のダイニングテーブルまで行った。

「エイミーさんはなにも言わなかったけど、花瓶がすごくきれいだからいちおう残しておきました。カードもいっしょにここに置いてあります、忘れないように」

カードは花瓶の下にあった。水色の長方形のカードの端に花屋の店名が浮きだし模様で描かれ、花の贈り主である男性の手書きの文字が書かれている。

《美しい友情のはじまりに乾杯　チャールズ》

なんと独創的。『カサブランカ』のハンフリー・ボガートの名台詞《ぜりふ》をもじっている。永遠の愛の告白ではないが、証拠としては充分だろう。

花屋の名前は〈エヴェレットのナチュラル・クリエイション〉だった。

「この人が薔薇を贈ってきたんだね？」

「ええ、はい。ピンクの薔薇。すごくきれいでした」

「花が届いたのは、きみがここにいるとき？」

「あら、いいえ。あたしは週に二日だけですから」

しばらくカードを眺めてから、わたしは携帯電話で写真を撮った。

「職場の女性陣もこれを見たら信じるだろうからね、イメルダ。みんなもエイミーのために喜ぶと思うよ」

わたしも喜んでいるふりをしたが、喜んではいなかった。残念だった。男の件に関してメリル・ローレンスは正しかった。となると、ほかのこともすべて彼女が正しいということになるのかもしれない。

イメルダがカードを花瓶の下にもどすのを見届けてから、必要もないバインダーを持ってあとに続いた。玄関に着いて、壁からこちらを見ているジェイコブを振り返った。

「きみはジェイコブのことを知っていた?」

イメルダは写真を見つめた。

「ええ、はい。とても優しい子でした。お母さんに似て」

「そう。それはよかった。いろいろ世話になったね、イメルダ。ありがとう」

ジェイコブの写真から視線をもどしたとき、イメルダの顔は楽しそうではなかった。笑みは消え、目には不安の色があった。

「あの、さっきの男の人のこと、あたしが話したって言わないでくださいね」

わたしは安心させるようににっこり笑った。

「きみはなにも話してない。ぼくがバインダーをさがしていてカードを見つけたんだ」

イメルダはうなずいたが、不安がやわらいだようには見えなかった。

日差しの下に出ていくと、玄関ドアの閉まる音がした。

エイミー・ブレスリンに関しては、あらゆることが〝極秘〟だった。花でさえも。

# 9

エルヴィス・コール探偵事務所は、サンタモニカ大通りにある四階建てビルの四階にある。ジョー・パイクという男が共同で運営しているが、パイクの名前はドアに書かれていない。わたしではなく、本人の希望だ。パイクは客の応対をしない。

オフィスの備品は、机一台、ディレクターズチェア二脚、小型冷蔵庫、そしてウェスト・ロサンゼルスから海まで一望できる眺めのよいバルコニー。壁のピノキオ時計はいつだってうれしそうにわたしを見ている。なにがあっても笑みを絶やさず、目を左右に動かしてチクタク時を刻んでいる。さぞかし疲れるだろうと思うが、彼は疲れない。あっぱれな信念だ。

アルバムと写真を机に置いたとき、留守番電話のメッセージに気づいた。

〝コールさん、ゆうべ会ったスタイルズ刑事です。覚えてますよね。あといくつか訊きたいことがあって、時間を決めたいので、連絡をいただけないかしら、どうぞよろしく〟

どうぞよろしく。

スタイルズがメッセージを残したのは、けさの七時二十八分で、わたしが調書にサインをしたほんの数時間後だ。カーターにもう一度追及されることは覚悟していたが、まさか翌朝さっそくとは思っていなかった。

警察はトマス・ラーナーを見つけたのだろうか。スタイルズがトマスに話を聞いて、わたしが嘘をついていたことがカーターにばれたのかもしれない。いや、そうとはかぎらない。カーターはわざわざ事前に連絡をくれるようなタイプではない。あの男ならいきなりやってきてドアを蹴破るだろう。

番号案内のオペレーターが、局番747地区にトマス・ラーナーをひとり、310地区にトム・ラーナーをふたり見つけてくれた。まず747の番号にかけると、男の声で留守番電話が応答した。別のラーナーかもしれないが、いちおう折り返しの電話をくれるようメッセージを残した。310のひとりめのラーナーも留守番電話だったが、ふたりめは少しだけ運に恵まれた。声の感じからして年齢的に人ちがいだとわかったが、少なくとも相手は生身の人間だった。

「ラーナーさん、わたしはジェイコブ・ブレスリンの代理で電話をかけています。ジェイコブはトマス・ラーナーさんと親しかった。これはあなたのことでしょうか」

「わたしはトム・ラーナーだ。トマスじゃない」

「失礼。ご親戚にトマス・ラーナーさんはいませんか。二十代後半くらいで。作家です。何年か前、エコー・パークに住んでいた」

「はて、どうかな、いないと思うが。叔父がたしかトマスだったが、だいぶ前に死んだよ」

電話調査はこれにて終了。

インターネットの検索では、アメリカ国内でトムもしくはトマス・ラーナーは九十七人見つかり、そのうち三人がロサンゼルス地区に住んでいた。わたしが電話をかけた三人だ。〝トマス・ラーナー　作家〟で検索したが、インターネットの映画データベースにも、脚本家協会にも、各種の書籍販売業者のウェブサイトにも、情報はなかった。トマス・ラーナーが物書きだとしたら、探偵業界におけるわたしと同様、出版業界で運に恵まれていないようだ。

手元にあるエイミー・ブレスリン関係の資料を開き、あらためて写真をしみじみ眺めた。四十六万ドルを横領しそうな人間には見えないが、人は見かけによらない。外見は、だれかの気弱なおばさんを悲しげにしたような感じ——実用的な靴をはき、少々野暮ったく、他人のことをとやかく言わない、親切な女性。

わたしはバルコニーに出て、景色を眺めた。ほぼ毎日、ありがたいことに海が見えるが、きょうは海辺に建つホテルや分譲マンションも朝日にくっきりと浮かび、四十キロほど南にあるカタリナ島の先端まではっきりと見えた。視界が澄んでいるのはひとえに嵐のおかげだ。

部屋のなかにもどり、水のボトルを開け、ピノキオのほうに傾けた。

「どうして嵐が来ないとこうならないのかな」

ピノキオは目をチクタクさせ、だが答えてはくれなかった。

机にもどって、アルバムをめくった。

子供たちがよくやるように、ジェイコブと友人たちも互いのアルバムに記念のメッセージを書きこんでいた。交友関係が重なる部分もあるだろうから、ジェイコブの卒業アルバムに書きこみをした子たちはおそらくトマスとも知り合いで、何人かはまだ連絡をとりあっているかもしれない。表表紙の裏側から書きこみを読んでいって、名前をメモした。《これで学校とは永遠におさらば！　お互い別々の道を歩んでも、ずっと友だちでいような！》卒業時に書かれる言葉はおおむね決まっているものだが、最初のページの三人のメッセージのなかに同じ名前が登場しているのがすぐさま目についた。《ジェニーとうまくやれよ、兄弟！》《ジェニーとはいつ結婚するんだ？》《ジェニーはおまえみたいなへなちょこ野郎にはもったいないぜ！》次のページでもジェニーの名前が四回、残りのページでさらに九回も登場した。そして裏表紙の裏側にはほぼ全面を使って大きな赤いハートマークが描かれていた。赤のサインペンで描かれたハートのなかのメッセージはこんなふうだった。

《わたしのJへ
きょうはJがふたり
あしたもJがふたり
ふたりのJは永遠に
IラブU
あなたのJ》

ジェイコブのダンス・パーティーのパートナーがジェニーだと断定はできないが、その可能性は高く、トマス・ラーナーのことを尋ねるとしたらジェニーが最適だろう。ジェニーの苗字はどこにも書かれていないが、アルバムの三学年の写真の六ページめで、下から三段めの右からふたりめにいるのを見つけた。名前はジェニファー・リー。

「やあ、ジェニー」わたしは言った。

ジェイコブの住所録の《J・K・L》のページにも載っていた。苗字はなしで、ジェニー、局番は310。

電話番号はもう変わっているだろうが、高校時代のこの番号はおそらく実家の電話だろう。録音された男性の声が、名前と電話番号を残すようにと告げた。向こうは名乗らなかったので相手はだれとも知れないが、ジェニファー・リーと話がしたい、用件は高校の同級生だったジェイコブ・ブレスリンのことだと伝えた。ジェニファーさんを知っているか否かにかかわらず折り返しの電話がほしいと頼み、あまり懇願口調にならないように注意した。

やりきれない気分で電話を切った。だれもかれも電話に出ない。折り返しの電話は別の言葉でフラストレーションとも言う。

次はジェイコブの住所録と同級生名簿を突き合わせて、一致しそうな名前を七件見つけた。二件はまだ有効だった。リッキー・スタンリーは現在オーストラリア在住、カール・レンベックはホーソーンで警察官をしている。スタンリーの母親は息子にメールを送ると約束し、レンベックの母親は、息子からはもう何年も連絡がないと言った。どちらの母親もトマス・ラーナーを覚えておらず、スタンリーの母親のほうはジェイコブ・ブレスリンを思いだしてくれた。

わたしはメモとアルバムをまとめ、チャールズをさがすことにした。

〈エヴェレットのナチュラル・クリエイション〉はロス・フェリスにある。午前なかばの道は空いており、車は順調に進んだ。地元のラジオ局のトーク番組が、エコー・パークで遺体といっしょに発見されたロケット弾と手榴弾のことをしきりに伝えた。警察の本部長補佐と市会議員がまもなくゲストとして登場するという。ふたりは、当然ながら事態を憂慮《ゆうりょ》して電話をかけてくる市民の熱意を感じるだろうし、その熱意は部下であるカーターに、そしておそらくはわたしにも影響を及ぼすことだろう。

カーターのことを考えながら、ラ・ブレアで黄色信号を通過したとき、背後でクラクションが鳴った。バックミラーに目をやると、水色の二ドアのダッジが二台後方で赤信号に突っこんでくるのが見えた。ダッジはガソリンスタンドのなかへ消えたが、抗議のクラクションは延々と鳴り続け、中指がこれ見よがしに突き立てられた。まるでドラマ。

ラジオを切って、エイミーのことを考えながらフェアファックスまで行ったとき、さっきのダッジがまた現われた。信号待ちでウィンカーを出している。わたしはその前を通過した。運転手はてっぺんだけ髪を伸ばして立てたラテン系。助手席にはブロンドの長髪の白人。わたしが前を通過するあいだふたりはそっぽを向き、必要以上に間をおいてわたしの後ろについた。

三ブロック先のタコス屋に寄り、卵とチョリソーのブリトーを買って、窓ぎわのテーブルで食べた。ばかばかしいと思いつつ、ダッジが交差点を曲がるときに間をおいたのが気にかかった。あっさり曲がってすぐ後ろにつけるのに、わざわざ待ってあいだに車を一台はさんだ。ロサンゼルスのドライバーは決して待たない。ほかの車になめられる。

ブリトーを食べ終え、車に乗りこみながら通りの両側を確認した。水色のダッジはどこにもいなかった。少しだけ気が晴れたが、次の交差点の角にある小型ショッピングセンターの駐車場で、UPSの宅配トラックの陰にいる水色のダッジを見つけた。大型車の陰に隠れるとはなかなかやるが、車線変更した拍子に薄い青色が見えたのだ。運転手は頭のてっぺんだけ髪を伸ばして立てた例のラテン系の男。エンジンをかけたまま出口に鼻先を向けているが、駐車場から出てきてわたしの後ろについてはこなかった。そのままやり過ごした。ぎりぎりまで出口をうかがっていたが、車は出てこない。ということは、最低でももう一台、多ければ三台でチームを組んでいるのだ。

カーター刑事はわたしを最優先事項にしたらしい。

監視車両は、命令がないかぎりわたしをとめることはしない。任務は監視することだ。後ろに控え、尾行し、報告し、しかるのちに特捜班の刑事たちがわたしの立ち寄り先を訪問し、わたしが話をした相手に質問する。エイミーのことを尋ねまわったと知れたら、彼女を護ることができなくなる、となれば監視チームにはお引き取り願うしかない。

複数台の車を駆使した監視チームから逃れるのは至難の業だが、わたしには秘密兵器がある。

花屋のことはひとまずおいて、友人に連絡した。

ジョー・パイクに。

## 10

# スコット・ジェイムズ

痛みを伴う虚無のなかへ引きこまれそうになっていたスコットは、女性の声で目を覚ました。セラピーを受ける前、マギーがスコットの人生に登場する前は、ステファニー・アンダースが毎晩三回か四回は夢のなかに現われた。

「ジェイムズ巡査?」

ステファニーがやってくる。窃盗《せっとう》団が自分たちふたりに向けてオートマティックのライフルを乱射するなか、出血多量で瀕死《ひんし》の状態にあったあの最期の瞬間に永遠に囚われたまま。

「スコット?」

ステファニーがやってくる。ふたりで大量の銃弾を身体に撃ちこまれながら、助けて、置いていかないでと訴えて。

おれはここにいるよ、ステフ。

どこへも行かない。

きみを置いていったりしない。

「スコット？　起きて」

びくんとして目が覚めると、上から見おろしているグローリー・スタイルズの顔が見えた。その顔がほころんで最高に美しい素敵な笑顔になり、コーヒーのカップが差しだされた。

「ブラック、お砂糖二杯。気をつけてね、熱いから」

三時近くまで似顔絵の作成に協力していたスコットは、そのまま会議室のソファに倒れこんだのだった。身体を起こそうとして顔をしかめた。朝起きて動きだすときは決まって痛みがある。脇腹を走る傷痕が眠っているあいだに萎縮《いしゅく》するみたいに。スコットはコーヒーを受け取り、ぎこちない動きでゆっくりと両足を床におろした。

スタイルズが言った。「こういうソファで寝たあとって最悪よね？　なにを隠そう、わたしもしょっちゅうやってるの」

スコットが立ちあがると、カーターが部屋にはいってきた。歯で一枚の紙をくわえ、携帯電話でメールを打ちながら。

身体がこわばっている本当の理由についてはなにも言わず、スコットはコーヒーに口をつけた。時間を確認すると、驚いたことにもう午前のなかばだった。昨夜〈ボート〉に出頭を命じられたので、バドレスに頼んで、マギーをＫ９の訓練施設へ連れていってもらった。

「犬を迎えにいかないと。あの子はおれと離れるのをいやがるんだ」

スタイルズがカーターに向かってにこりと笑った。

「まったくもう、ブラッド、いまの聞いた？　この人たちが犬といっしょにいるときどんなだかわかるでしょ?」

　カーターがメールを打ち終えて、くわえていた紙をスコットに差しだした。完成した似顔絵のスケッチだった。

「どう思う?　描き直したり調整したりするところはないか?」

　絵描きの手腕にスコットは感銘を受けた。手描きのスケッチは写真のようにはいかないが、それでも充分に似ている。描かれていたのは、高い頬骨と長い鼻、短い茶色の髪をした五十代前半の白人男性だった。あざ笑うようにすぼめた唇の特徴がみごとにとらえられていた。

「ありません。よく描けてる。おれが見たのはこの男だ」

　スタイルズが両眉を吊りあげた。

「さっきは忘れていたかもしれない点はない?　傷痕やタトゥーは?　耳になにかついてたとか?」

　そう言って自分の耳たぶのスタッド・ピアスに触れた。

「いや、なかった」

　カーターの電話がメールの着信を知らせた。すばやく文面を読んだあと、カーターはスコットに向き直ってテーブルの端に腰かけた。

「じゃあ、この絵で話を進めていいな?」

「はい」

「きみの証言をもとに顔写真帳から引っぱってこよう。きみにも写真を見てもらわなきゃならないが、その前に少し休んだほうがいいんじゃないか？」

「そうですね。もう帰れますか？」

「あといくつか質問したら、解放しよう」

スコットはもう一度時計に目をやり、手短にしてくれることを祈った。

カーターが言った。「きみが最初に家のなかにはいったんだな？」

この件についてはゆうべもさんざん訊かれた。

「ええ。おれと、バドレス巡査が」

「どうやってなかにはいった？」

「勝手口から」

スタイルズがにこやかな笑みを浮かべた。

「彼が言ってるのは、どうやってドアを開けたかってこと」

「蹴破った。鍵がかかってたから」

ふと考えて、言い直した。

「バドレスが蹴破った。ドアが開いたので、マギーを入れて、おれもいっしょにはいって、そのあとにバドレスが続いた。まず犬を行かせることになってる」

スタイルズがテーブルに寄りかかって腕組みをした。

「じゃ、あなたたちがなかにはいるまで、ドアには鍵がかかっていて、傷はなく、壊されてもいなかったのね？」

「そうです」

うっかり手順に反することをしてしまったのだろうか、とスコットは考えた。

「おれたちがなにかまずいことをしたのかな」

「いえ、ちがうの、そんなわけないでしょ。これでいいのよ」

スタイルズが満足げにカーターを見やり、カーターがうなずいた。

「普通ならまず考えられるのは、あの悪党が逃亡を企てて、隠れ場所をさがし、適当な家に押し入ったということだ。ところが、カルロス・エターナは押し入っていない。やつは鍵を持っていなかった、ということはだれかがなかに入れてやった、つまりその人物はエターナを知っていたということになる、わたしがどう考えているか、わかるか？」

スタイルズがにやりと笑う。これがお約束の手順と言わんばかりに。

「教えてほしい、ブラッド。あんたはどう考えているんだ？」

「わたしが考えているのは、あの家にいた男、きみの男は――」

似顔絵のスケッチを手で示す。

「――エターナと取引をしていて、やつが来るのを待っていたんじゃないかということだ。ところが、やつが警官の一団を引き連れてきたものだから、彼はこのケチな悪党を始末した」

スタイルズがうなずく。

「そうね。そう考えれば辻褄が合いそう」

カーターがスタイルズをちらりと見た。

「メキシカン・マフィアのメンバーを調べるとしよう。特に〈ラ・エメ〉を。麻薬カルテルとかかわりのある連中、武器弾薬で前科のある連中。今回は軍隊級の代物だ、密輸先はメキシコだったのかもしれない」

カーターは〝メ・ヒ・コ〟と発音した。

家のなかにはいったとき目がひりひりしたことを思いだし、皮膚にしみついているかのように、あの強烈なにおいがまた鼻をついた。

「あの家には化学薬品が充満してた。あそこにあった化学兵器だか毒物だかなんだかがおれの犬に害を及ぼす可能性は？」

ふたりは困ったような視線を交わし、カーターが咳払いをした。

「爆発物処理班と鑑識がいま確認している。わかっているかぎり、漂白剤とアンモニアがたっぷり使われていた。容器も見つかっている」

ますます不安がつのり、スコットはまた腕時計に目をやった。万一マギーになんらかの兆候があれば、バドレスかハンドラーのだれかがメールをくれるはずだが、自分の目でたしかめたかった。コーヒーを下に置いた。

「もういいかな。犬のようすを見にいかないと」

「あと少し。時系列を正しく把握《はあく》しているか確認したい」

スコットはうんざりした。その点については何時間か前にさんざん話したはずだ。

「これ以上話せることはないと思う」

「コールに出くわす前、きみはバドレスやほかの警官といっしょに裏庭にいた、まちがいないか?」

スタイルズが言った。「エヴァンスキとピーターズ」

「まちがいない」

スコットはまた腕時計に目をやり、いらだちを強調した。カーターは気づかないふりをした。

「ジャケットの男——われわれの容疑者——は家のなかにもどっていた。きみはエターナがカウチで血を流しているのを見て、男がこっそり玄関から逃げたかもしれないと思った。だから表の通りへ走っていった」

「ああ。ゆうべ話したとおりだ」

スタイルズは腕組みをしてじっとこちらを見ている。

「表のほうからなにか聞こえたのか、そいつが逃げだしたと思わせるような音が」

これははじめて訊かれた。スコットは記憶をたどり、首を横に振った。

「いや。ふとそう思っただけだ。表側はだれも見張ってなかったし」

カーターはうなずいた。

「そうか。で、きみは走って表へ出た、するとコール氏が見えた」

「ああ。いやでも目につく。通りのど真ん中にいたんだ」

「彼が車から降りるところは見たか?」

「どこから来たかはわからない。見たら、彼が通りにいて、警官が何人か追ってきていた」

スタイルズがまた眉を吊りあげる。

「ゆうべ、あなたは容疑者が逃げるのを見たと言ったわね」

「コールが叫んだんだ。アルヴィンだったかもしれないけど、たぶんコールだったと思う」

カーターは唇をとがらせながら思案した。

「なるほど」

スタイルズが言った。「で、コール氏が叫び、見ると、彼はあなたに向かって走ってきていた？」

「おれに向かってじゃない。おれは通りまで出てなかった。でも、そう、たしかにおれのほうに向かって走ってきた」

また着信音が鳴り、カーターが受信したメッセージを見て顔をしかめた。横を向いて返信し、スタイルズはなにごとかと首をかしげた。

「どうして犬をけしかけなかったの？」

スコットは苦笑した。警察犬を放すという行為は、ロサンゼルス市警のガイドラインに定められたルールと必要条件に則って行うべきで、拳銃を発砲するのとなんら変わりない。

「そう簡単にはいかない。アルヴィンがすぐ後ろにいたし」

「コールにじゃなくて。容疑者に。あなたがいちばん近くにいたのよ。通りを走っていくのを見たんでしょ」

「通りの反対側の、家と家のあいだの路地だった。だから応援を呼んだ」

「そうね。距離はかなり遠かったの？」

おれに落ち度があったと言いたいのだろうか、そう考えたが、他意のないただの質問だろうと判断した。

「家のなかにエターナがまだそのままになっていた。警官たちが追跡していたから、おれは仲間のところへもどることにした。犬を先に入れるほうがいいんだ、人間より」

スタイルズはうなずき、満足したようだった。

「あなたとコール氏が話してるのを見たわ。なにを話してたの？」

「ゆうべ？」

「この部屋で。わたしたちが彼を解放したとき」

コールのことをしつこく訊かれるのにいらいらして、スコットはまた腕時計に目をやった。

「容疑者を追いかけるなんてばかだと言ってやった。あやうく撃つところだったんだ」

スタイルズは笑った。

「なるほどね。で、ばかと言われてコール氏はなんて？」

「撃たないでくれてありがとうと」

「そんなことを？」

「ああ、ほんとにそう言った。自分をおもしろいやつだと思ってる、そういうタイプなんだ」

「だれだってそうじゃない？」

カーターがメールを打ち終えて、唐突に片手を差しだした。

れ」

「ひとまずこんなところだ、スコット。長時間ご苦労さん。犬にビスケットをやりに行ってく

「これで終わり?」

「また訊きたいことが出てこないかぎりは」

スタイルズがドアのほうを手で示した。

「そして、また訊きたいことはかならず出てくるのよ。顔写真の件で連絡させてもらうわ」

スコットはエレベーターへと急いだ。疲れて、空腹で、眠かったが、マギーのことが心配でそれどころではなかった。車に向かいながらバドレスに電話をかけてマギーのようすを訊いた。

「マギーならだいじょうぶだ。おれも確認したし、リーランドも確認した。もう解放されたのか?」

「ああ。聞いてくれ、あの家のにおいは漂白剤とアンモニアだった。毒物と化学物質の影響は二、三日たたないとわからないだろう」

「あのなあ。マギーは心配ない。落ち着け」

バドレスはK9で十六年ハンドラーを務めてきた。長年の経験がある。

「本当に?」

「ああ。あの子は無事だ。自分の目でたしかめろ」

バドレスと話したことで気分は少しよくなった。車のところに着いたとき、スタイルズのことと彼女に再度質問されることが頭をよぎり、そうなると今度はその件が気にかかりはじめた。

## 11

## マギー

アメリカ合衆国海兵隊の軍用犬、マギーT415は、気がつくとアフガニスタン・イスラム共和国中部の砂ぼこり舞う路上にいた。午前なかばの日差しは強烈で、周囲の海兵隊員たちはサングラスで目を覆っている。海兵隊のK9ハンドラーであるピートと並んで立っているマギーは、自分が軍用犬であることを知らない。《T415》というシリアルナンバーが左耳の内側に彫られていることも、自分がアフガニスタンにいることも、周囲の男たちが海兵隊員であることも、知らない。マギーはジャーマン・シェパードだ。知る必要のあることは知っている。自分の名前がマギーであること、ピートは仲間であること、そしていまピートが頭と背中に水をかけてくれていることも。夢のなかでは、猛烈な暑さも、足の裏の焼けつくような砂も、目に飛びこんでくる砂ぼこりも、ピートが手で被毛をかき分けながら地肌にかけてくれる冷たい水のむずむずするような感触も、マギーは感じない。夢のなかで思いだすのは、ピートの強いにおい、ピートがかまってくれる喜び、尻尾を振りまわすことで示す幸福感だけ。ほかの海兵隊員たちは、においや実体を持たない影でしかない。ピートと、ピートにまつわる記憶だけが、マギーにとっての現実だった。夢のなかで、ピートの命があと十二分しか残されていないことは思いださない。

マギーは人間のように連続した映像として夢を見るのではない。人間の夢は視覚的。マギーの夢は、最初は嗅覚で、それが引き金となってそのにおいにまつわる感情と映像が呼び起こされる。

ピート。ピートの装備や戦闘用ライフルや汗や石鹸、そしてふたりをつなぐナイロンとスチールでできたリードのにおい。

ピートのポケットに隠されたグリーンのテニスボール。フェルト、ゴム、接着剤、インク。グリーン・ボールはマギーの大好きなおもちゃで、ピートから見つけるよう訓練された特別なにおいを嗅ぎ分けたときのご褒美《ほうび》だった。グリーン・ボールのにおいは、約束のにおい。褒美をくれるというピートの約束。

ふたりでやるゲーム。マギーはふたりのゲームの夢をよく見る。どこまでも続く道で、身を潜めた海兵隊員たちのはるか前方をふたりで歩いている。ピートから見つけるよう訓練された特別なにおいを、マギーはさがす。特別なにおいがしたら、腹這いになって、そのにおいの源をじっと見つめると、ピートが褒美をくれる。マギーの身体をなで、甲高い声で褒めそやし、グリーン・ボールを投げてくれる。ピートは幸せ。マギーも幸せ。チームは幸せ。マギーはグリーン・ボールを追いかけるのが大好き。ふたりでゲームをするのが大好きだ。

マギーの夢の光景が突然はじけて細かい破片と破裂音と閃光《せんこう》になり、それらが全部つながるときもあれば、そうでないときもある。ピートといっしょに長い道を歩いている夢を見る。ふたりでハマーに乗っているときのディーゼル燃料の甘いにおい。優しくなでられ、ピートが水をくれて、食べ物をふたりで分け合う夢を見る。

砂漠で過ごした晩に襲ってきたアフガニスタンの野犬たち、ピートが急いでそばへ来てくれて仲間同士で寄り添ったときの銃撃の強烈なにおい、断末魔の叫びをあげる凶暴な犬たちの夢を見る。犬たちの血の味に感じた激しい高揚感、その後の圧倒的な勝利感のなかで毛繕いをする心温まるような喜びの夢を見る。咬まれた傷がないか調べるピート、その顔についた硝煙をなめてやるマギー、ピートは安全、マギーも安全、チームは安全。

犬同士の闘いの夢を見るとき、マギーの四肢は小さく痙攣《けいれん》し、まぶたの下で眼球が激しく動き、呼吸が少し荒くなる。

夢のなかで、現実でもそうであったように、マギーとピートは並んで休憩をとり、砂漠の冷えこむ晩には身を寄せ合って眠り、ほかの隊員たちとは別に食事をする。ほかの隊員が近づいてくると、自分のためでなくピートのために、マギーは警戒を強める。本能がピートを護れと告げるのだ。ピートは仲間。ほかの隊員はちがう。

マギーの夢の光景がふたたび変わる。

マギーとピートがいつものゲームをしていると、山羊の群れとコリアンダーの香りのする男たちのにおいが突然鼻をつく。四肢がぴくりとして小さく震える。においの記憶が警告の叫びをあげる、でも暴走列車のように向かってくるその恐ろしいにおいから逃れることができない。

山羊の群れ、コリアンダー、あの特別なにおいの最初の一陣、ご褒美を約束するにおい。

パン、パン、パン――マギーの夢の記憶がはじける。

そのにおいの源が男たちのひとりだとわかる。

マギーは警告を発し、ピートが横にやってくる。

その男のほうへ近づいていくピートの不安をマギーは全身で感じ、その瞬間マギーの世界が炸裂《さくれつ》する。

悪夢が万華鏡のようにめまぐるしく回転する。

ピートが傷つき、目の前で死んでいく。

ピートの死が発する苦いにおいに、マギーは眠りのなかでクーンと鼻を鳴らす。

身体を引きずるようにしてピートのそばへ行く。マギーとその仲間の種に十万世代にわたって受け継がれてきた本能に突き動かされて。保護する。見張る。癒やす。護る。

激しい一撃がマギーを吹き飛ばし、身体をごろごろ回転させる。マギーは腰の焼けつくような痛みに咬みつき、起きあがって、ピートのそばへもどる。身体の上に覆いかぶさるようにして立ち、ピートを護る。

二度めの強烈な一撃でマギーは宙に飛ばされ、悲鳴をあげて、くるくる回転し、抜けるように青い砂漠の空の高みへ――

そこで悪夢がいきなり形を変えて、ロサンゼルス川近くの倉庫へと移り、マギーはスコットを見おろしている。焦げたような硝煙のにおいがふたたび鼻を刺す。スコットの死にゆく身体のにおいがどんどん強くなる。

マギーには時間を計る物差しなどないが、アフガニスタンでピートを失ってから二年ほどたち、気がつけばロサンゼルスでスコットといっしょにいる。

いまはスコットがボス。

スコットとマギーは仲間。

スコットとピートのひどく忌まわしい死のにおいが、マギーのにおいの記憶のなかで溶け合ってひとつになる。またしても仲間が危険にさらされている。

悪夢がまた形を変える。マギーは建物のなかを疾走する。スコットを襲った人間が残したにおいの源を必死に追う。これはもういつものゲームではない。狩りの相手は獲物。さがすのはグリーン・ボールという褒美のためではない。

獲物の臭跡は火のついた小道のようにマギーにははっきりとわかる。スピードをあげて全速力で追う。山に棲む狼や野生の犬属から受け継がれてきた飢餓感を覚えて。彼らは何キロも獲物を追い、その牙《きば》を深く食いこませ、獲物を仕留めて、その鼻先から血が滴るまで決してあきらめず、決して満足しない。

前方に獲物が見え、においが燃えさかる炎となる。

男の恐怖が嗅ぎ取れる。

男がこちらを振り向いて両手を持ちあげ、その挑戦的な行為が、マギーの原始の怒りに油を注ぐ。

スコットの苦痛と血のにおいに急き立てられてマギーは一気に距離を詰める。身体に深く刻まれた本能が命じる――仲間が危険にさらされたら、その危険を撃退するか破壊せよ。

そうすればこの男は二度とスコットを傷つけない。

スコットは安全。

仲間は安全。

マギーの無償の愛は揺るがない。

分厚い胸の内で低くうなり、ぎらりと光る牙をむいて、マギーは燃えさかる炎のなかへと身を躍らせる……

# 12

## スコット・ジェイムズ

捜索活動に問題はなかったとスコットは確信している。バドレスもエヴァンスキもピーターズもみんなよくやったと褒めてくれたが、一方でスタイルズが疑問を抱くのもわかる気がした。スコットは容疑者が路地に姿を消すのを目撃していたし、だれよりも容疑者の近くにいて、マギーならその四十メートル近い距離を二・八秒で走れた。だが、カルロス・エターナの生死も、家のなかにほかの人間がいるかどうかも、あの時点ではわかっていなかった。容疑者を追跡すれば、マギーの協力なしに仲間を未知の危険にさらすことになるかもしれない。だからチームメイトを援護するほうを選んだ。迷いはなかったし、スタイルズに指摘されるまでだれもそんなことは口にしなかった。グレンデールに着いたときも、スコットはまだその件をくよくよと考えていた。

警察犬隊の訓練施設はシンダーブロックの低い建物で、フェンスに囲まれた広い草地の端にある。建物のなかにはこぢんまりとしたオフィスが二部屋と簡素な造りの犬舎があり、訓練の合い間の時間を犬たちはそこで過ごす。警察犬隊の通常の勤務時間は午後のなかばからだが、駐車場にはすでにK9のパトカーが何台かとまっていた。一台だける爆発物探知犬隊のトラックは、牛の群れにまじった犀《さい》のように目立つ。

スコットはすみやかに車をとめ、建物のなかへと急いだ。わんわん吠える声に出迎えられるかと思いきや、なんの物音もしなかった。犬舎は空っぽらしいと思いかけたとき、耳になじんだクーンという声が聞こえた。

マギーはいちばん奥の囲いで眠っていた。怒ったように鼻を鳴らし、四肢が走っているように痙攣《けいれん》している。スコットと同じく、マギーも週に二、三度は悪夢を見る。PTSD——心的外傷後ストレス障害だ。マギーの悪夢もスコットの見るそれとおそらく大差はないだろう。

ゆっくりとゲートを開けて、マギーの肩に手をおいた。

「マギー」

マギーがびくんとして目を覚まし、おもむろに立ちあがって、横にふらついた。悪夢と同様、最初の動きが不安定なところもふたりの共通点だった。

「ただいま、お嬢ちゃん。だいじょうぶかい？　調子はどうだ？」

マギーは耳を寝かせ、うれしそうに尻尾を振りながらスコットのまわりをぐるぐるまわった。

表のドアが開き、バドレスが声をかけてきた。

「おう、来たか。リーランドが外にいる。おまえとマギーを待ってるぞ」

スコットはぎこちなく立ちあがった。

「その前に、ポール。訊きたいことがある」

バドレスがまたかという顔をした。

「マギーならもうちゃんと調べた。なんともない」

「そうじゃなくて。ゆうべのこと。マギーはあの男をつかまえようと思えばできた。追いかけなかったのは、おれの判断ミスだったんだろうか」

バドレスは唾を吐こうとして、屋内だと気づき、思いとどまった。

「やろうと思えばできるのと実際にやるのとはちがう。相手が一線を越えたら、逆にマギーがやられて、一巻の終わりだ」

「リーランドはなにか言ってたか?」

「気にするな。おまえの判断は正しかったんだ、あの時点でわかっていることを考えたら。ほら、リードをつけて外へ出ろ。リーランドがマギーをテストする」

スコットは新たな不安を覚えた。

「さっきなんともないと言ったじゃないか」

「においの記憶をテストするんだよ。とにかく行こう。楽しいぞ。警部補が来る前にやってしまおう」

バドレスはドアのほうを手で示したが、スコットは動かなかった。自分に問題があるのでなければ、警部補がこんな早い時間に出向いてくるはずがない。

「警部補はなにしに来るんだ?」

バドレスは口ごもり、はじめて困ったような顔を見せた。

「ゆうべの件だろう。たぶんあんまりいい話じゃないだろうな」

バドレスは背を向けた。

「ポール！　なにかあったのか？　警部補はなんで怒ってるんだ？」

「いいから、スコット。こいつを終わらせよう」

「ポール！」

バドレスは足をとめなかった。

スコットの鼓動は速まり、顔がほてった。ため息をついて、犬に目を向ける。

「きょうは最悪の一日になりそうだ」

マギーはじっと見返し、うれしそうに尻尾を振った。

スコットは犬にリードをつけ、運動場へと急いだ。

ドミニク・リーランド巡査部長は、長身で有刺鉄線なみに瘦せており、常に苦虫を嚙みつぶしたような顔で世の中を観察していた。白髪まじりの髪がコーヒー色の頭の周囲を縁取っている。左手の指が二本欠損しているのは、相棒である警察犬を護ろうとして獰猛《どうもう》なロットワイラー・マスチフの闘犬に食いちぎられたからだ。警察犬隊にはいって三十二年になるドミニク・リーランドは、ロサンゼルス市警の歴史のなかでもっとも長くK9の主任指導官を務めており、だれもが認める伝説的人物である。警察犬隊を管理するのは警備部の指揮官だが、犬たちとそのハンドラー、そしてK9内部での彼らの立場に関するすべてのことに最終的な権限と絶対的な支配権を持っているのはこのリーランドだった。

外に出ると、リーランドのそばに大柄な年配の男がいて、くたびれた黒い制服には爆発物探知犬隊の記章と巡査部長の袖章がついていた。

スコットが近づいていくと、リーランドが顔をしかめた。

「バドレス巡査部長の考えでは、このわれらがマギー嬢の警告によっておまえは爆発物を見つけたという。それは考えにくいというのが、ここにいるジョンソン巡査部長の意見だ。おまえはこの子の行動が警告だったと思うか？」

単刀直入。あいさつ抜き──目礼もなければ、捜索に関する感想も質問もいっさいなし。

スコットはジョンソンに片手を差しだした。

「スコット・ジェイムズ」

大柄な巡査部長が握手に応じた。

「フリッツ・ジョンソン。爆発物探知犬隊」

市警の爆発物探知犬部門は、ロサンゼルス国際空港に本拠地があり、運輸保安局や爆発物処理班と連携して仕事をする。ローズボウルのパレードやアカデミー賞授賞式、大統領の訪問といった大々的なイベントの際にも爆発物を探知する任務にあたっている。

スコットはリーランドのしかめっ面の裏にあるものを読み取ろうとしたが、なにも見えなかった。

「わかりません、主任。この子は吠えなかった。ただ黙って伏せをした」

警察犬隊では、捜索の対象物を見つけたら吠えるよう訓練している。警備犬は、リードをはずしてハンドラーの目の届かないところで仕事をすることも多いからだ。吠えることでなにかを見つけたとハンドラーに知らせる。

バドレスが嚙み煙草の唾をぺっと吐きだして言った。

「この子は警告したんだ。保証する、百ドル賭けてもいい」

ジョンソンがマギーの腰にはっきりと残る筋状の傷痕に目をやった。

「軍用犬か？」

「海兵隊。兼用犬として訓練されてる。爆発物探知と警備」

ジョンソンはマギーの全身を眺めた。この子を買いたいのに、手持ちの金が足りないという目で。

「なるほど。いつの話だ？」

「二年ほど前。ここへ来て一年になる」

ジョンソンはリーランドに向かって肩をすくめた。

「二年はずいぶん昔だな。うちでは感覚が鈍らないように毎日訓練をする。こういう犬たちは、においは忘れないだろうが、そのにおいを嗅いだらどうすることになってるかは忘れるもんだ」

バドレスがまた唾を吐いた。

「この子はただ黙って伏せをした。ドアに足をかけたり、なかにはいろうとしたりはしなかった。それは爆発物の警告だ。犬は吠えない、吠えないよう訓練されてるからだ」

リーランドは後ろにさがって腕組みをした。

「はじめてくれ、ジョンソン。ボスがまもなくここへ来る、ただでさえご機嫌斜めなんだ」

スコットはもう一度リーランドの表情を読もうとしたが、背を向けられてしまった。

ジョンソンが犬舎の壁ぎわの草地に並べられた五つの青い缶を指さした。スコットは言われるまで缶に気づかず、いまもさして興味はなかった。警部補の車が来るのではないかと駐車場ばかり見ていた。

「缶にはそれぞれにおいがある。うちで犬の訓練に使ってるやつだ。ひとつはキャットフード、ひとつはビーフジャーキー、あとはガソリンを垂らしたコットンに、レバーのおやつ。最後のひとつにはRDX、プラスティック爆弾の材料が少しはいってる」

スコットはうなずいたものの、気もそぞろだった。

「どの缶に?」

「それは言わないでおく。きみが知ってると犬の捜索に影響が出かねないから、知らないに越したことはない」

なるほどそのとおりだった。ハンドラーは、仕草や声音や表情の変化によって自分の犬が目的のものを見つけるよう無意識のうちに誘導してしまうことがある。犬はなにひとつ見逃さないし、仕草による手がかりを求めて絶えず自分のハンドラーを読んでいるものだ。

「リードをはずして、缶のところへ連れていってくれ。どっちからはじめてもいい、左から右でも、右から左でも。その子がどうするか見るとしよう」

スコットは駐車場をちらりと見た。

「聞いてるのか?」

スコットはマギーのリードをはずし、スタイルズに言われたことはもう考えるなと自分に言いきかせた。両腿をぽんとたたき、甲高い楽しげな声で呼びかけた。

「さあ、さがしものだぞ、マギーお嬢さん！　おれのために見つけてくれないか?」

マギーが身を低くして遊びの姿勢になると、スコットはすぐに建物のほうへ歩きだした。左端の缶を指さす。

「見つけるんだ、マギー。さがせ。さがせ！」

マギーは速足で左端の缶に向かい、だが途中でいきなり右に向きを変えた。耳がぴんと立ってスピードがあがったことで、レバーよりはるかにそそられるにおいを嗅ぎつけたのがわかった。すばやく缶のにおいを順番に嗅いで、右端の缶まで行くとぴたりと足をとめた。

背後からバドレスの声がしたが、スコットは聞き流した。

「さっきの百ドルはまだ有効だぞ」

スコットは犬をじっと見守った。

マギーは慎重に一歩近づき、鼻をあげて、右端の缶のまわりを一周したあと、雨どいのほうへ行った。そこで、エコー・パークでやってみせたように伏せをして、得意げな顔でスコットをちらりと見返し、視線を雨どいに向けた。

バドレスがヒューヒューとやじを飛ばす。

「警告だ!」

そばへ行ったスコットは、雨どいの陰に黒い小箱があるのを見つけた。みんなに見せようと振り向いたとき、警察犬隊の指揮官が犬舎からこちらを見ているのに気づいた。警部補の目はいつになく険しく、スコットはあわてて顔をそむけた。みんなのところへもどり、ジョンソンに向かって小箱を放り投げた。

「マギーをだまそうとしたんだな」

「犬じゃなくて、きみをだ。さっきも言ったように、きみはなにも知らないに越したことはない。きみがまちがったことを知っていれば、なおいい」

ジョンソンはリーランドに笑みを向けた。

「いやはや、賢い子だ。歳をとって警備ができなくなっても、この子ならうちで使えるかもしれない」

だれかに触れられるのを感じて、見るとリーランドが警部補のほうをあごで示した。こちらに向かって歩いてくる。

「ゆうべのことで話があるそうだ。冷静に、なにを言われても最後まで聞こう」

スコットはトイレに駆けこみたくなった。

ジョンソンが缶を回収しているあいだに、ジム・ケンプ警部補が一行に加わった。ケンプはハンドラーの経験が一度もなく、ドッグ・マンでもないが、すばらしい指揮官だった。まもなく警部になると目されており、いなくなれば残念に思うだろうが、その険しい表情はスコットを不安にさせた。

「彼をとどめておいてくれて礼を言うよ、ドミニク。きみたちがみんな疲れているのはわかっている」

ケンプはスコットをしげしげと眺めた。

「特にきみは」

「おれはだいじょうぶです、警部補。なにか問題でも?」

ケンプがリーランドを一瞥した。

「巡査部長、ゆうべのことの次第をきみはもう把握《はあく》しているのか?」

「ジェイムズ巡査とはまだ話してませんが、その件については、このバドレス巡査部長と、それにエヴァンスキやピーターズとも話し合いました。ことの次第はしっかり把握してますよ」

「では説明してもらおうか、ひっきりなしにかかってくるろくでもない電話にわたしが応対できるように」

リーランドが激しく顔をしかめ、結石を排出しているような顔だとスコットは思った。

「わたしの見るところ、そして慎重に考慮した結果、ジェイムズ巡査はじつにいい仕事をしてくれました。お手柄と言ってもいい。従って、表彰状を与えるのに警部補の賛同をいただきたく思います」

そう言ってスコットをにらみつけた。

「よくやった」

バドレスが不意にげらげら笑いだし、リーランドのしかめっ面が崩れた。ケンプも満面の笑みを浮かべた。

スコットはきょとんとして三人の顔を順に見つめ、ようやくなにが起こったのかを悟った。緊張感は大きな安堵感に押し流され、気がつくと自分もにこにこ笑っていた。K9の隊員として表彰されるのははじめてのことだった。

「脅かさないでくださいよ」

ケンプがスコットの肩をばしんとたたいた。

「おめでとう、スコット。ゆうべはいい仕事を、非常に重要な仕事をしてくれた。あれだけの武器弾薬が使われていたらどうなっていたことか。きみは大勢の命を救ったんだ」

スコットはバドレスにちらと目を向けた。

「おれたち、です。あれは共同作業だった」

バドレスが片目をつぶってみせ、ケンプがまたスコットの肩をたたいた。

「それはカメラの前で言ってくれ。ＰＩＯから連絡があった。取材の申しこみがきている。われわれの仕事ぶりを撮影したいとのことで、いま予定を調整しているところだ」

ＰＩＯというのはロサンゼルス市警の広報部のことだ。スコットはこれまで取材を受けたこともなければテレビに映ったこともなかった。

「いいですね。ちょっとわくわくします」

ケンプはうなずいた。

「警察犬隊にとっては名誉なことだし、われわれの仕事を市民に知ってもらう絶好の機会にもなる。さてと、きみはうちへ帰って、少し眠るといい。カメラには男前に映りたいだろうからな」

リーランドがまたしかめっ面にもどった。

「ボスがいいとおっしゃってるんだ。早く行け」

もう一度握手を交わし、スコットはマギーを連れて車にもどった。エンジンをかけてエアコンをつけたが、まっすぐ帰宅するつもりはなかった。このうれしいニュースを分かち合いたかった。

スコットは過去に二度銃撃を受けたことがあり、いずれのときも重傷を負った。一度めはステファニー・アンダースが殺されたとき。二度めは、それから一年もたたずに、スコットと強盗殺人課のジョイス・カウリー刑事がステファニーを殺した男たちを見つけたときだった。カウリーはたびたび病院へ見舞いに来て、退院後はもっと頻繁《ひんぱん》に訪ねてくるようになった。

カウリーが殺人課刑事の素っ気ない声で応答したので、どこかの犯行現場にいるのだとわかった。

「おれだ、ジョイス。いま話せるかな」

「ちょっと待って」

数秒後に電話にもどってきたときには陽気な軽い口調になっていた。

「ハーイ、相棒、どうかした？　いま現場にいるの」

「マギーとおれはエコー・パークで死体と軍用の武器弾薬を発見したんだ」

「待って。あれ、あなただったの？　ああ、スコット、すごいじゃない！　ニュースでちらっと聞いた。たしか爆弾処理班も出動したんでしょう？　近隣の住民を避難させたんだって？」

喜びにあふれるその口調がうれしく、彼女が爆発物回収の件を耳にしていたことにスコットは気をよくした。

「詳しく話すよ。予定はどうなってる？」

カウリーが電話の向こうでだれかに話しかけ、またもどってきた。

「こっちはいまローレル・キャニオン。そっちはどこ？」

「グレンデール」

「現場の作業はあと十分で終わる。本部にもどらなきゃならないけど、少しくらいなら時間がとれる。ラニオン・キャニオン公園の頂上で落ち合うのはどう？　マルホランド・ドライブをあがったところ」

「頂上のゲートのところで。わかった」

「二十五分で行く。キスを覚悟しといて」

スコットは電話をしまって駐車場から走りだし、ラニオン・キャニオンへと向かった。気持ちが昂《たかぶ》って眠れそうもなく、カウリーに会いたくてたまらなかった。スタイルズと彼女の気の滅入るような疑問は過去のこととなり、はるか彼方に消え去った。

バックミラーのなかでマギーがにっこり笑いかけた。

「おれはまちがってたよ。きょうは最悪の日じゃない」

マギーは仕切り板をなめ、熱い息をあえがせた。

スコットには、訓練所の向かいの建物の脇にとまっているありふれた白い車は見えていなかった。白い車のなかで見張っている男のことも。

## 13

# ロリンズ氏

ロリンズ氏は、ニコンの双眼鏡越しに、警官が犬どもを訓練する汚らしい施設に目をこらした。修理工場の脇に車をとめ、樹木と電柱と金網フェンスの陰にうまく隠れて、やってくる警官の顔を確認していた。きょうは朝からK９の車が三台と爆発物探知犬隊のトラックが一台到着した。例のピエロの気配はどこにもない。

ロリンズ氏はさんざんな一夜を過ごした。警察に自分とあの家とのつながりを知られた夢を見た。夢を見ていないときは、あの家を失ったことに激怒し、チャールズがこの取引から手を引いてしまうのではないかと心配した。

ついにはベッドで眠るのをあきらめ、アデロールを二錠口に放りこんで、イーライに連絡した。

そんなわけで、ふたりはこうして見張っているのだった。

四台めのK９の車が到着した。車から降りた警官が建物のなかへと向かう。ニコンの焦点を合わせたが、見えたのは警官の後頭部だけだった。

ロリンズ氏はアデロールをもう一錠のんで、チャールズに電話をかけることにした。ゲームを続けさせるのはむずかしいだろうが、ロリンズは金がほしかった。チャールズも金をほしがっている。わからないのは、あの女のほしいものはなにかということだ。

チャールズが口をふさがれたようなくぐもった声で応答した。

「もしもし」

ロリンズ氏はさっそく口説き文句を並べた。

「あんたたちが帰ってからえらい目にあった。まだニュースを見てないなら、見てくれ、その件で連絡をとりたかったんだ。なにも問題はない。ゆうべの事件はなんの影響もないはずだ、おれにも、あんたにも、おれたちのビジネスにも」

「ちょっと待ってくれ」とチャールズ。

言い争いになるものと覚悟していたが、チャールズの反応は意外だった。

「そっちの買い手はあの品をテストしたのか？」

なんともあっさりと、取引は継続となった。イーライがサンプルを別の計画に使うつもりでいることをわざわざ口にして波風を立てるようなことはしなかった。

「きっちりと。買い手は感心して、話を進めたがっている」

「だろう？　言ったはずだ。あれ以上のものはどこにも売ってない」

このくそ野郎。まるで腹をすかせたパートタイムのハスラーだ。

「では、具体的な話に移ろうか」

「買い手はどれくらいほしがっている?」

チャールズが提案していたのは二百キロだった。二百キロといえば、四百四十一ポンドだ。

「全部」

「冗談だろう?」

「あんたに冗談は言わない、チャールズ。二百キロ全部だ」

「どうかな。こっちの売り手がたったひとりの買い手に手持ちのものを全部売るとは思えない」

詐欺師め。

「彼女に話してみてくれ。値引きを期待してるわけじゃない。買い手はポンドあたり同じ金額をきっちり払う、買う量が四十だろうが四百だろうが関係なく。全部まとめて譲ってくれれば、あんたもそれだけ早く手数料が手にはいるだろう」

「たしかに。だが忘れないでほしい、彼女はその買い手と直接会う必要がある。それが条件だ」

「わかってる。問題ない」

「買い手も了承しているんだろうな」

「説得した。それが条件だ」

実際は、イーライにはまだその話をしていなかった。嘘も方便だ。ロリンズが取引相手に話すことは九割がた嘘だった。今回の取引がまだ継続中であることもイーライに伝えるつもりはない、あのピエロを始末してくれるまでは。

「チャールズ、あとひとつ――ちょっと待った」

五台めのK9車両がやってきて、駐車場にはいった。つやのあるSUVで、ほかの車より新しそうだ。双眼鏡をのぞくと、車から降りて建物にはいっていくのは長身の男だった。別のピエロだ。

「ゆうべあの女が言ったことだが、あれは本当か？」

「彼女がなんと言った？」

「もっと大量に作れると。このブツがあればあんたとおれは大儲けできる。言いたいことがわかるか？」

「なるほど」

「それを考えてみろ」

「それなら常に考えている」

チャールズが電話を切った。

ロリンズ氏は駐車場に目をこらし、チャールズのことを考えた。あの家で起こったことを心配しているようすはなかった。自分が顔を見られていることも理解できないほど愚かなのか、あるいはそんなことも気にならないほど欲に目がくらんでいるのか。過去三回の取引がうまくいったとはいえ、愚かで欲深い人間はいずれつかまる。幸いチャールズがロリンズ氏について知っているのは、偽名と、使い捨ての電話番号と、エコー・パークの家で会った日にちだけだ。

チャールズとやつが知っている偽の情報がロリンズ氏の害になることはありえない。

あのピエロは害になりうる。

十四分後、ロリンズ氏が伸びをしたとき、建物から犬を連れた警官が出てきた。すかさずニコンを手に取る。

犬はジャーマン・シェパードで、警官は目当ての男のようにも見えるが、確信できるほどはっきりとは見えない。確信する必要がある。それがルールだ。

警官と犬は、ロリンズ氏の記憶によれば、四台めにやってきた車に向かった。警官が後部座席のドアを開けると、犬が飛び乗った。ニコンをのぞきながら目をこらし、焦点を合わせたが、それでもまだ警官の顔は見えなかった。

それから警官は運転席にまわり、乗りこむ際に顔の向きを変えた。ロリンズ氏はその顔をしかと見て、そして確信した。

K9車両のナンバーを書き写して、すぐさまイーライに電話をかけた。

「いま車に乗りこんだ男。見えるか?」

「ああ。K9の車だな」

「たったいま車に乗った、男と犬が。セダン。SUVじゃない」

「セダン。ああ、車のなかに男がいる」

「そいつだ」

ロリンズ氏は電話をおろし、ようやく肩の力を抜いた。

あのピエロには消えてもらわなければ。
これでやつは片付いた。

# 14

## エルヴィス・コール

わたしがエイミー・ブレスリンと監視チームのことを話すのを、ジョー・パイクは無言で聞いていた。パイクはいつも無言だ。雷鳴が空を揺るがす前のシエラネバダ山脈も無言だ。

「その連中をどうしてほしい」

たとえば死体にして埋めるとか、放っておくとか？

「どうもしなくていい。相手は警察だ。なんとかして尾行をまきたい」

尾行車を一台まくのは簡単だが、監視チームとなると、子ガモのように標的の後ろをたどっていくるわけではない。標的をゆるく包囲しつつ、イルカの群れのように隊形を変えながら、前方、後方、平行する通りからそれぞれ追跡してくる。出し抜くにはその全員をどうにかしてひとまとめにするしかない。

「ケンター・キャニオン」パイクが言った。

聞いた瞬間にプランがわかった。

「車が必要になる」

「一時間くれ」

ケンター・キャニオンはブレントウッドの上の丘陵地帯にあり、ＵＣＬＡからも近い。途中で二カ所に立ち寄り、まずはガソリン、次に格安の家庭用娯楽機器で知られるディスカウント・ストアへ行った。そこで、テキストメールと留守番電話機能、四百分の通話時間のついたプリペイド式の使い捨て携帯電話を購入した。店のトイレでさっそく起動させ、オフィスと自分の携帯電話にかかってきた通話がこの使い捨て電話に転送されるよう設定した。車に向かいながら、新しい電話番号をメールでパイクに伝えた。

次にメリル・ローレンスにかけたところ、留守番電話につながった。折り返しの電話を待つのがわたしの商売なら、商売は繁盛している。

「これが新しい電話番号だ。古い番号を使わないように。電話をくれたときに説明しよう」

電話が鳴ったのは三十秒後で、着信音はわたしの趣味ではない小鳥がさえずるような音だった。

「新しい電話番号ってどういうことよ」

「警察に尾行されている。向こうは本腰を入れてきた」

メリルの声に勢いがなくなり、怯えがにじんだ。

「けさわたしと会ってるところを見られたの？　警察はあなたを尾行してエイミーの自宅まで行ったの？」

「それはないと思う。あのあと、たぶんわたしのオフィスからつけてきたんだろう」

「すばらしい。それはないと思う、なんて」

「これでもきみを護ろうとしているんだ、メリル。警察に通話記録を調べられたら、エコー・パークにいたときにきみと電話で話したことがばれてしまう、そうなったら警察はきみに連絡して理由を訊くだろう。いっしょにいるところは見られていないと思うが、万一見られていたら、きみの車のナンバーから身元を調べて、同じ質問をするだろう」

「信じられない、わたしの人生がこんなことになるなんて」

「警察に事実を話すか、それとも作り話でごまかすか、決めてもらいたい、口裏を合わせられるように。理解してもらえるだろうか」

メリルはため息をひとつついた。

「わたしの理解はこうよ。わたしの夫はギャンブルの問題をかかえている。わたしは夫婦の年金用の口座からお金が消えているのに気づいた、すると夫はそのお金を投資にまわしたとかなんとか言ってごまかした。だから真相をたしかめるためにあなたを雇った。あなたは夫を尾行してベルフラワーにある賭博クラブへ行き、わたしたちはその件について電話で話していた。こんなところでどう？」

「話はもうひとつ」

「少しはましな話？」

「チャールズという男が、十日ほど前、エイミーに薔薇《ばら》の花束を贈っていた」

長々と聞こえたヒューという音は、〝だから言ったでしょ〟と聞こえた。

「わかってたわ。エイミーがだれかに利用されてるのはわかってた」

「花を贈ったから彼女を利用していたということにはならない。花にはなんの意味もないかもしれない。エイミーの同僚にチャールズという男は？」

「いない」

「仕事で世話になったか頼みをきいてもらったかして、そのお礼をしただけとも考えられる。社外の取引相手はどうだろう」

ぴしゃりと言い返された。

「相手の正体がわかるくらいなら、あなたには頼まない。その男を見つけて」

通話が切れたので、ミラーを確認した。水色のダッジは後ろにいたが、まもなくいなくなった。その後さらに二回現われ、常に三、四台をあいだにはさみ、別の車と交代するところは一度も目にしなかった。あのときダッジが赤信号に突っこんでこなかったら、尾行されているとは気づかなかったかもしれない。信号無視は高くついた。

ウェストウッドのＵＣＬＡと国立墓地を過ぎ、ブレントウッドに着いたとき、パイクからメールが届いた。

《よし》

パイク――準備が整った。

《あと12》

わたし――あと十二分で着く。

ケンター・キャニオンは崖の切り立った深い峡谷で、サンセット大通りの北のブレントウッド山麓《さんろく》にある。峡谷には高級住宅が密集しているが、住宅街の先にある丘の中腹は開発されておらず、オークの低木や藪《やぶ》が深く茂っていた。消防隊のために未舗装の道路や遊歩道が切り開かれ、一般のハイカーやランナーにも開放されている。パイクとわたしはそうした小道をしょっちゅう走っているので、この峡谷には詳しい。

なんの変哲もない住宅街の一本道はやがて峡谷へと通じ、これが峡谷に出入りする唯一の経路とされている。比較的広いこの道をのぼっていくと、途中で分岐して、その先でまた枝分かれしている小道が何本もあるが、細い道は峡谷の奥へ通じて行きどまりになっているように見える。じつはそうではないが、この裏道を抜ける複雑なルートを見つけるのは容易ではない。パイクとわたしは複数のルートを知っているが、尾行してくる警官たちが知るはずはないし、知るころには、わたしはとうに姿を消しているというわけだ。

わたしはウィンカーを出さず、なんの警告も与えなかった。ぎりぎりで急ハンドルを切り、峡谷に通じる唯一の道へと曲がった。尾行車もいっしょに曲がるはめになり、側面部隊も同じ行動をとるしかなくなった。かくして、尾行車はひとかたまりになってわたしの後ろについた。

警官たちは一瞬あわてふためき、わたしを見失うのではないかと不安になるだろうが、地図を確認すれば少しは気分がよくなるはずだ。峡谷に出入りする道が一本しかないとわかれば、先頭車は後退し、車間距離をたっぷりとるだろう。一台はふもとに残って出口を見張り、残りの車はそのまま尾行するだろう、これでわたしは袋のねずみだと思いこんで。その思いこみをわたしはあてにしていた。まちがっていたと気づくのは、わたしが姿を消したあとだ。

蛇行しながら峡谷の頂上までのぼっていくと、頑丈な黒いゲートがあって道が行きどまりになり、その先に遊歩道が続いていた。ハイカーや犬を散歩させる人たちの車が道の両側に並んでいる。車をとめると、またパイクからメールが届いた。

《進め》

パイクはどこか近くで見張っている。

エイミー・ブレスリンにつながる資料をすべてかき集め、車をロックして、ゲートの向こう側へと急いだ。峡谷に出入りする道は一本しかないが、ここから立ち去る道は二本ある。十四分後にはわたしは消えているだろう。

アルバムをフットボールのように小脇にかかえ、軽いジョギングにはいった。

四百メートルの道標のところで、パイクからメールが届いた。

《1W2M》

一台めの車が到着し、男がふたり乗っている。わたしはペースをあげた。

八百メートルで、次のメールが来た。

《2W2MW》

二台めが到着し、今度は男女のチーム。

道標のところでペースを落とし、パイクにメールした。もう逃げきれたも同然だ。あと八百メートル。

《電話》

使い捨て電話が陽気にさえずった。いまいましい着信音だ。

「状況は?」わたしは訊いた。

「二ドアの水色のダッジに男ふたり。長髪ブロンドの白人。運転してるのは髪をおっ立てたラテン系」

「それだ。二台めは?」

「グレーのセントラ。男と女。女が運転してる」

セントラが来たということは、三台めの車もあるはずだ。出口を監視しないわけがない。

「みんなどうしてる?」

「ラテン系のやつがゲートの先まで歩いていったが、もうもどってきた。なにも気づいてない」

「車が引きあげたら教えてくれ」

わたしはふたたびペースをあげた。警察にはできれば引きあげてほしくない。わたしがこんな場所へ来た理由をあれこれ考え、徒歩で追跡すべきか残って待ち伏せすべきか迷って時間を無駄にしてほしい。話し合いができるだけ長びけばいい。一分無駄にしゃべってくれれば、わたしが姿を消すまでに一分の余裕ができる。

携帯電話がまたさえずった。

「セントラが引きあげた」

ジョギングのペースをあげると、門のある家々が見えてきた。残り三分。ひょっとしたら四分。

「ダッジは?」

「まだいる。ブロンドは電話中だ」

いずれにしても、彼らは地図を取りだして遊歩道の入口一帯を調べるだろう。最終的には地図の範囲を広げて、遊歩道をたどり、誘導された峡谷から離れた住宅開発地に行き着くだろう。そこではじめて尾行をまかれたのだと気づく。

パイクが言った。「ダッジが動きだした。そっちへ向かってる」

「あと百メートルだ」

袋小路の奥にある派手な黄色のゲートは、遊歩道の終わりを示していた。

パイクが言った。「緑のレクサス。キーは左後ろのタイヤの陰。ガソリンは満タン」

身体をひねるようにしてゲートを抜け、キーを手探りした。レクサスは十年前の型だが、エンジンはすぐにかかった。

フリーウェイまでの道を半分ほど降りたところで、グレーのセントラが猛スピードで丘をのぼっていったが、車内の男女はわたしに気づかなかった。丘のふもとまで行ったとき水色のダッジが目の前で道を曲がって猛然とのぼっていった。ダッジの男たちもわたしに気づかなかった。

警察の尾行をまくことは、いわゆる〝不審な行動〟にあたる。カーターはすぐさま反応し、厳しく追及してくるだろうが、エイミーとメリルに累が及ぶことはない。

わたしはフリーウェイに乗り、〈エヴェレットのナチュラル・クリエイション〉に向かった。

# 15

〈エヴェレットのナチュラル・クリエイション〉はロス・フェリスの粋な通りにあり、同じ通りには音楽学校やコーヒー職人のいるカフェ、〝手作り〟タコスを一個八ドルで売るタコス専門店などがある。粋には金がかかる。

店の近くに車をとめたが、外には出なかった。トマス・ラーナーの住んでいた家の所有者がだれにしろ、警察はその人物をさがしだすだろうが、現在の所有者がトマスの大家だったとはかぎらない。賃貸契約書は宝の山で、そこに雇用主や身元保証人や親族の連絡先が書かれている場合も多い。わたしはローラ・フリーマンという知り合いの不動産業者に電話をかけた。

ローラとは十一年前に一度デートをして楽しいひとときを過ごしたが、その翌日、彼女はのちに結婚する男と出会った。夫も不動産業者で、出会った当時は生活難にあえぐ開発業者だった。頭がよく、働き者で、ふたりは力を合わせて商売を建て直し、戸建て住宅からショッピングセンターへと事業を拡大した。わたしの損は彼女の得。最初の呼びだし音でローラが応答した。

わたしは言った。「頼みをきいてくれるなら、わたしが恋人だとみんなに触れまわってもかまわない」

「どちらさま?」

ユーモア。

「エコー・パークにある不動産の所有権の履歴が知りたいんだ」

「戸建て、それとも商業ビル?」

「戸建て」

家の住所と使い捨て携帯電話の番号を伝えた。

「ひさしぶりね。いつディナーに来てくれるの?」

「ドナルドが街を離れるのはいつだい?」

これもユーモア。一応は。

ローラはわたしを軽薄なお調子者と呼び、情報が手にはいったら連絡すると言って電話を切った。頼みごとはこれがはじめてではなかった。

車から降りてエヴェレットの店まで半分ほど行ったところで、電話がさえずった。パイク。

「ダッジが紺のフォードといっしょにもどってきた」

フォードを入れて尾行車は三台。

「わたしの車を見張っているか?」

「フォードが見張っている。ダッジの連中は二十分前に徒歩で遊歩道をのぼっていった。セントラはいまごろ下っているだろう。みんなでおまえをさがしている」

「みんながっかりするだろうな」

パイクはしばらく沈黙し、そのまま電話は切れた。期待しすぎるとがっかりすることになる。

エヴェレットの店は色の氾濫《はんらん》する世界だった。切り花のアレンジメントと鉢植えの植物がテーブルや花台に飾られ、天井から吊るされていた。さらに多くの花々が、バケツに入れられて床に迷路を作り、壁ぎわに並んだケースを埋めつくしている。花たちは生気にあふれて色あざやかだが、香りがしない。狭い店内で感じるのは植物の香りで、花の香りではなかった。

カウンターのなかで、ごついフレームの眼鏡をかけた黒っぽいショートヘアの若い女性が注文の電話を受けていた。背後の作業台ではもうひとりの女性と四十代の男性が花をアレンジしている。女性は白いタンクトップ姿で、肩には巨大な孔雀《くじゃく》のタトゥー。男性は分厚いガラスの鉢に薄紫色とピンクの薔薇をまとめている。みっちり詰まっているので薔薇でできた風船のように見える。

わたしは注文を受けている若い女性に微笑みかけた。ちょっと待って、という合図に指が一本立てられた。書き終えた注文書を背後の作業台にぴしゃりと置いて、急いでもどってくる。

「すみません。きょう配達する花をご希望じゃないといいんですけど。最終トラックに間に合わせるのにいま押せ押せなんです」

薔薇をアレンジしていた男性が肩越しに大声で叫んだ。

「押せ押せどころか、押しつぶされてる！　完全に押しつぶされてるよ！　美をクリエイトするプレッシャーにね！」

若い女性がくるりと目をまわす。

「彼、楽しんでるのよ」

男性がまた叫んだ。

「ちょっと、だれが楽しんでるって?」

若い女性はにこやかに微笑んだ。

「それで、えーと、わたしでお役に立てるかしら、って見てのとおりとてもお役に立てる状態じゃないんですけど」

男性が薔薇の花からちらりと目を向けてきた。

「きみはそうだろうね、ハニー。でもここには喜んで彼のお役に立ちたい人もいるんだよ」

若い女性はまたくすくす笑った。

わたしは言った。「きみたちは巡業に出るべきだな。おもしろい」

男性は薔薇の束をふくらませて整えた。

「世の中には多才な人もいるってこと」

若い女性がまた目をくるりとまわす。

「彼のことはおかまいなく。で、なにを差しあげましょう」

エイミー・ブレスリン宛ての花に添えられていたカードの写真を見せた。

「おたくの店から花が送られてきたんだけど、送り主がわからないんだ」

「チャールズと書いてありますけど」

「チャールズと書いてあるけど、苗字は書かれていない。知り合いにチャールズが五人いてね。

送り主を調べてもらえないだろうか。お願いします。礼状を出したいので」

薔薇の男性がうっとりしたような声を発した。

「お願いしますだって。聞いたよね、きみはこの困ってる男性を助けてあげなくちゃ、だってこの人〝お願いします〟って言ったんだから！」

若い女性は少し真顔になった。注文書を調べるには大きな集中力がいるとばかりに。

「配達先のお名前は？」

「エイミー・ブレスリン」

ブレスリンのスペルを教えた。

女性がパソコンに向かうと、男性がわたしをじっとりと見た。両手は休みなく薔薇をいじっている。

「お客さん、エイミーって感じじゃないけど。ひょっとしてドロシーとか？」

「エイミーは妻だ」

「がっくり！」

孔雀の女性が腰で男性を小突いた。

「いつまでやってんの」

「みんながハッピーになるまで！」

カウンターの女性がパソコンにエイミーの名前を打ちこみ、残念そうな顔になった。

「申しわけありません。素敵なお花でしたけど、お支払いは現金でした。お客さまの情報はありません」

だめか。クレジットカードを使ってくれていたら万々歳だったが、チャールズは現金で払っていた。現金かと思いながら女性の顔を見返し、それから防犯カメラがないか天井を見あげた。天井にはなにもなかった。

「防犯カメラはないのかな」

男性がブーイングをした。

「エヴェレットはしみったれだから。ぼくらがここでいやらしいことでもしてたら、喜んでカメラをつけるかもしれないけど、そうじゃなかったらまず無理だね！」

「チャールズの応対をした人が彼の風貌を覚えているんじゃないかな。どんな感じだったか教えてもらえれば、だれだかわかるかもしれない」

若い女性がむっとした顔になった。

「うちにはお客さんが毎日百人は来るんですよ」

男性がちらりと女性を見る。

「花の代金はいくら？」

「ジャレド！」

「素敵なお花だったたって言ったよね。ぼくはこの人の力になりたいんだ」

「三百六十ドルプラス税金。ガーデンローズのピンク・フィネスを一ダース」

ジャレドがにんまり笑った。

「よっぽど相手の気を惹きたかったんだね。注文はいつだった？」

若い女性がカードを読みあげた。

「九日前。ガーデンローズのピンク・フィネスを一ダース。一本三十ドル、花瓶も込みで。合計三百六十ドル、プラス税金」

ジャレドはしばし考えた。

「その日は店にいたけど、ぼくじゃなかったな。それなら覚えてるはずだからね」

孔雀の店員が手を動かしながら口をはさんだ。

「わたしもちがう。わたしが担当したのは桃色と黄色だった」

店員たちに思わず微笑みかけた。この店にはありとあらゆる色合いの薔薇が何百本と置いてある。

「きみたちはそんなにたくさんのアレンジを作っていて、特定の薔薇を覚えているのかい？」

ジャレドが答えた。「もちろん！　ガーデンローズには香りがあるんだ。こういうスタンダードローズのほうがうんと長持ちするんだけど、香りはしない。香りのない薔薇なんて、報われない恋みたいなもの、そう思わない？」

「わたしもけさまったく同じことを考えたよ」

「一度に少しずつしか注文しないんだ、あっという間に散ってしまうからね。ものすごく高価なのはそういうわけ。これ以上に悲劇的なことなんて想像できる？　美しいものほど生き急いでしまう」

ジャレドは詩人だ。

「ひょっとしてエヴェレットが注文を受けたのかも」わたしは言った。

ジャレドはまたブーイング。

「エヴェレットはぶきっちょだからね。えーと、九日前っていったら先々週か。たぶんステイシーは店にいた。ステイシーか、ひょっとしたらイランかな」

わたしは店のカードに自分の名前と新しい電話番号を書いた。

「ふたりに訊いてみてもらえないかな。ステイシーかイランがチャールズの苗字を聞いた覚えがないか。大事なことなんだ」

カウンターの女性が、どうしたものかというように困った顔でカードを見つめ、ジャレドがついに薔薇のアレンジメントからこちらに向き直った。興味津々の思案顔でわたしをしげしげと眺める。

「あらあら。なんだか訳ありって感じ」

いまや孔雀の女性もカウンターの女性もわたしに注目していた。

「え?」わたしは答えた。

ジャレドが悲しげに微笑む。

「ただお礼状を出すためにここまで手間をかける?」

わたしは目をそらした。気まずい表情を浮かべ、声をかすれさせた。

「エイミーはただの友人だと言ってるけど、添えられていたカードを見つけてしまって、なにを信じたらいいのかわからなくなってね。本当のことを知りたいだけなんだ」

ジャレドはひとしきりわたしを見つめ、カードを受け取った。

「みんなに訊いてみるよ」

カウンターの女性が眼鏡をかけ直す。不安げ。

「エヴェレットはいい顔しないんじゃないの、ジャレド」

「エヴェレットなんてなにもわかってない」

苦々しげな口調だった。

ジャレドはカードをポケットにしまって、花のアレンジにもどった。

「ありがとう、ジャレド」

「エヴェレットって救いようのないバカなんだから」

訳ありなのはわたしだけではなさそうだ。

店を出ると、携帯電話がさえずった。ラーナー姓のだれかかジェニファー・リーかと期待したが、メッセージの着信を知らせる音だった。ローラ・フリーマンが折り返しの電話をくれたのだ。

「メールを確認して。例の不動産の所有者はホアン・メディーヨ。ついでに納税記録も添付しておいた。わたしって偉いでしょ？　質問があれば電話して。なくても電話して。わたしたちがいちゃつくとドニーがいやがるから」ローラの笑い声は鈴の音のようで、わたしの気分を明るくしてくれた。

ローラは偉い。

レクサスに乗りこんだときもまだにやにやしていたが、エイミーの〈Xスポット〉の領収書を目にしたとたん、笑みは消え去った。

車を発進させて北のヴァレーへと向かいながら、わたしは考えた。エイミー・ブレスリンはどうして九ミリの拳銃を買ったのだろうか、それでなにをするつもりなのだろうか、と。

# 16

〈Xスポット〉屋内射撃練習場は、バーバンクのボブ・ホープ空港にほど近い白いコンクリートブロックの建物のなかにあった。通りには似たようなビルが並んでいて、それぞれ前に同じような狭い駐車場があるが、〈Xスポット〉の駐車場だけは、上部に蛇腹《じゃばら》形の鉄条網のついた高さ三メートルほどの金網フェンスに囲まれていた。屋根の周囲にも鉄条網が張られている。不法侵入防止策。

〈Xスポット〉の駐車場が満車だったので、わたしは路上に車をとめた。エンジンを切ると、屋内から立て続けにバキューンバキューンというくぐもった発砲音が聞こえてきた。

入口をはいるとロビーになっていて、ガラスの長いカウンターがあり、売り物や貸し出し用の拳銃が展示してあった。カウンターの奥に防音窓があり、そこから店員が壁の向こうの射撃レーンを監視できるようになっている。カウンターのなかには、禿《は》げかかった太っちょの男と、頬のこけた口ひげの若い男がいた。口ひげは作業台で拳銃のクリーニング中、太っちょはカウンターに向かってすわっていた。どちらも腰に拳銃を携帯している。射撃練習場で盗みを働くのはやめたほうがよさそうだ。

禿げかかった男がさして興味もなさそうにうなずいた。

「いらっしゃい。ご用件は？」

エイミーの写真と領収書をカウンターに置いて、探偵の免許証を見せた。

「エルヴィス・コール。この女性の失踪について調べている。彼女の射撃のインストラクターと、この領収書を書いた人に話を聞きたい」

男はおもむろに領収書を見やった。

「ここしばらくエイミーを見てないな。どうしてる？」

「行方不明なんだ。彼女がどうして拳銃を手に入れたかったのか、教えてもらえるとありがたい」

男は冷えた糖蜜《とうみつ》のようにスツールから滑りおりた。

「ジェフを呼んでこよう」

ジェフを呼びに、ロビーの奥にあるドアの向こうへと姿を消した。ジェフがだれだか知らないが。

「エイミーが行方不明だって？」

口ひげが火薬用の溶剤でスライド・レバーを掃除しながらこちらをうかがっていた。

「そうらしい。エイミーを知っているのかい？」

「変わった人だったよ。面倒なことになってなきゃいいけど」

わたしはカウンター沿いに移動して少し近づいた。

「面倒なことって、たとえば？」

相手は肩をすくめた。

「見てて哀れな感じだった。気の毒になったよ」

どうして気の毒になったのか訊こうとしたとき、禿げかかった男がもどってきた。ジェフは五十代のこざっぱりした男で、左胸に〈Xスポット〉のロゴのついたニットシャツにジーンズという恰好だった。心配とも悲しみともつかぬ表情で、すぐに片手を差しだしてきた。

「ジェフ・ロンバルディだ。エイミーになにかあったのか？」

「エイミーを見つけたら教えよう。なにかあったと考える理由でも？」

「行方不明なんだろう？」

「六日前から。拳銃も見あたらない」

ロンバルディが口ひげをちらっと見た。

「もう二カ月以上見かけてないな。三カ月近くになるか」

「六カ月前にここで拳銃を購入して、撃ち方を教わっている。だれかを恐れていたとか？」

禿げかかった男がスツールから口をはさんだ。

「いかれた女だったよ」

そちらに顔を向けたとき、カウンターの端の分厚いドアが開いた。くぐもった発砲音が突然大きくなり、ドアが閉まるとまた小さくなった。男女の二人連れがイヤー・マフをはずしながら出てきた。

ロンバルディがわたしの腕に触れた。

「オフィスで話そう」

案内されたのは、机とカウチとコーヒーテーブルのあるパネル張りの部屋だった。壁にはロンバルディが俳優やセレブと並んでいるサイン入りの写真が飾ってある。わたしにカウチを勧めてから、本人は机の向こうにすわった。

わたしは言った。「さっきのはどういう意味だろう、いかれてるって。もうひとりもエイミーは変わり者だったと言っていた」

ロンバルディは居心地悪そうにもぞもぞ動いた。

「エイミーの息子さん、ジェイコブのことは知ってるかい、どんなふうに死んだか」

「知っている」

「最初は息子のことなんかおくびにも出さなかったんだが、そのうち、だれかが湾岸戦争に行ってたとわかると、相手が返事に困るようなことをあれこれ訊いてくるようになったんだ」

エイミー・ブレスリンが赤の他人にジェイコブのことを熱心に語る場面を想像すると、胸がざわめいた。ロンバルディも同じ理由でそわそわしているのかもしれない。

わたしは言った。「あれこれというのは、ジェイコブのことで？」

ロンバルディは困惑顔でわたしを見返し、それからドアのところへ行った。

「おい、ゴードン！　ゴード！　ちょっと来てくれないか」

ロンバルディが机にもどると、口ひげの店員が現われた。ロンバルディがわたしたちを紹介した。ゴードン・ハーシェルは中東に二度出征し、陸軍で装甲車を運転していた。

「ゴード、エイミーになにを訊かれたか、コールさんに話してくれ」

ゴードンは肩をすくめた。半分当惑したような顔で。

「簡易爆弾《IED》とか。地雷とか。そんなことばっかり訊いてたよ、どうやって作ったのか、材料はどこで調達したのかって、どう考えても変な話だった。息子さんのこととかあって、気持ちはわかるけど、それにしても変だった」

ロンバルディもうなずく。

「もうひとつの話もしたらどうだ」

ゴードンはますます困惑顔になった。

「おれに話したことかい、それともティミーに？」

「おまえに」

わたしは訊いた。「ティミーって？」

ロンバルディが答えた。「お客さん。ほら、ゴード」

「彼女はあの連中と話したがってた」

「あの連中とは？」

「アルカイダ。連絡する方法を知らないかって訊かれた。それと、武器のディーラーを知らないかって訊かれたこともあった。どう考えても変だった」

ロンバルディがふたたびうなずく。

「ご苦労さん、ゴード。ドアを閉めていってくれるか？」

ゴードン・ハーシェルはドアを閉めて立ち去った。ロンバルディは机をこつこつたたき、目に苦悩の色を浮かべた。

「見るからに善良な、感じのいい女性が、テロリストだの、武器のディーラーだの、そんないかれた連中に会いたいと言うんだ。タリバンの爆弾製造者や秘密の掲示板のことを若い帰還兵たちに訊いたりもした、まるで彼らが事情を知ってるみたいに。それであちこちから苦情が出た。息子さんのことがあるから気の毒だとは思ったが、そういうことはやめてもらいたいと伝えた。それきり来なくなったよ」

ロンバルディは嘆息した。ほかにどう言えばいいかわからないみたいに。どう言えばいいかわからないのはわたしも同じだった。胸のざわめきは鋭い痛みに変わった。

「なにか理由があって会いたかった、つまりエイミーはそういう連中ならジェイコブの事件のことを知っていると考えたんだろうか」

「たぶん。あの気の毒な女性の頭のなかにあることはおれにはわからないよ」

「おたくにチャールズという名のインストラクターはいるかな」

「いや。チャールズという名前のやつはいないな。どうして？」

「エイミーはチャールズという男とつきあっていたらしい」

ロンバルディは椅子にもたれた。

「デートするようなタイプには見えなかった。もっとも、頭のおかしなタイプにも見えなかったが。最初のうちは」

わたしは礼を言って車に引き返した。

ヴァレーには陽光が降り注いでいた。空は澄みわたり、気温は上昇しつつある。

エイミー・ブレスリンがアルカイダやテロリストや武器のディーラーや簡易爆発物に興味を持っていて、そのことが〈Xスポット〉に来る男たちを悩ませ、ついでにわたしを悩ませていた。

携帯電話がさえずったが、このときは気にならなかった。

「連中が引きあげる」とパイク。

「二台とも？」

「フォードは十秒前に引きあげた。ダッジはいま引きあげる」

「いまから帰る。あとでうちに来てくれないか。協力してもらいたいことがある」

「わかった。なんだ？」

「一触即発の事態だ」

エイミー・ブレスリンは爆発物の製造方法をすでに知っている。次は爆弾を作ろうとしているのかもしれない。

# 第三部　標的

## 17

## スコット・ジェイムズ

カーブを曲がると、ラニオン公園のゲートのそばにカウリーの覆面パトカーが見えた。スコットはサイレンを鳴らし、手を振りながら公園にはいって、黒のＢＭＷの隣に駐車した。ハイキング・タイムのピークにはいつも混み合う駐車場だが、いまは数台しかとまっていない。

三級刑事のジョイス・カウリーは、小柄ながらも鍛《きた》えた身体をしており、濃い色の髪を肩のところで切りそろえている。濃いグレーのパンツスーツ、黒のパンツスーツ、紺のパンツスーツを持っていて、仕事のときはそれしか着ない。きょうはグレーだった。本人はそれらのスーツを〝殺しの服〟と呼んでいる。その表現にスコットは思わず笑った。彼女のそういうところが好きだった。

車から降りてマギーにリードをつけたが、カウリーが近づいてくるとリードを放した。

マギーが飛びはねるようにしてあいさつをしにいき、カウリーが小さい女の子のように甘い声で話しかける。

「わたしも会えてうれしいわ、マギー。なんていい子なんでしょう」

「カウリー刑事」とスコットは声をかけた。

カウリーも礼儀正しく応じた。

「ジェイムズ巡査」

それから顔をほころばせて満面の笑みを浮かべ、声を張りあげた。

「やったじゃない！　おめでとう！」

スコットに飛びつき、手足をからめて抱きついた。スコットは後ろによろめきながら笑い声をあげたが、マギーは楽しくなかった。両耳をぴんと立てて、ふたりのあいだに鼻を突っこもうとした。

スコットは膝でマギーを押しのけ、カウリーを地面におろした。

「おれたちが追跡していた男が、頭をぐちゃぐちゃにされてカウチに倒れていて、隣の部屋にはロケット弾と手榴弾が隠されてた。家のなかは漂白剤とアンモニア臭がぷんぷん。ひどいありさまだったよ」

「表彰されるの？」

「そうなんだ！」

「お祝いしないと。ディナー。なにかおいしいもの」

「いいね！」

「でも、とりあえずはこれで――」

カウリーがバッグから白い紙袋を取りだして口を開くと、粉砂糖のたっぷりまぶされた巨大なマフィンが現われた。

「近くに〈デュパーズ〉があったから、買ってきた。シナモンレーズンとクリームチーズ」

「気が利くね。ありがたい」

カウリーはスコットの腕に腕をからませて引っぱった。

「歩きながら食べましょ。あまり時間がないから」

公園のなかにはいると、スコットはマギーのリードをはずした。ラニオン公園では犬を自由に走らせることができるが、マギーがはぐれることはない。すれちがう犬のにおいを嗅いで遅れをとることもあるが、スコットが先へ進んで距離があくと急いで追いかけてくる。離れると不安になるのだ。

カウリーが言った。「全部聞かせて。一部始終を」

カウリーと話題を共有できること、そして彼女に聞かせる話があることがスコットには心底うれしかった。負傷したせいで長いあいだ控えにまわされ、もう二度と試合にはもどれないような気がしていた。話しだすと言葉がどんどんあふれてきた。捜索活動や遺体やコールのこと、あの家にたちこめていた強烈なアンモニア臭で目がひりひりしたこと、爆発物処理班が武器や弾薬を回収するのを見届けたかったのに、〈ボート〉に連れていかれたせいで見逃したこと。

カウリーが訊いた。「担当はだれ？」

「カーターとスタイルズ。知ってる？」

カウリーはマフィンを飲みこんだ。

「名前だけは知ってる。いえ、待って――」

顔をしかめて一瞬考えこんだ。

「カーターは何度か会ったことがある、でもスタイルズはない」

スタイルズの話題が出たことで、先ほどの疑念がよみがえった。

「彼女は優秀なのか？」

カウリーはマフィンをひとかけらスコットの口に押しこみ、自分の口にも入れた。

「でしょうね。優秀じゃなかったら重大犯罪課にはいない」

重大犯罪課はロサンゼルス市警のなかでも第一級の重要な任務を担っており、それは強盗殺人課も同様で、カウリーはその特別捜査班に属している。〝特別〟という言葉は、その犯罪が分署の刑事部という枠を超えた集団によって捜査されることを意味するが、この言葉はまた、そこに所属する刑事たちの評価にもなっていた。カウリーは制服巡査から刑事部へと一足飛びに昇進し、さらに異例の速さで特別捜査班に抜擢された。ふたりの立場のちがいを考えたとき、カウリーのような超エリート刑事がいったいどうしてこの自分を気に入ってくれたのだろうとスコットは思う。

「おれはあいつを追いかけるべきだったのかな」

カウリーは驚いたような顔になった。マフィンをもうひとかけらスコットの口に押しこむ。

「あいつって？」

「逃亡した男。容疑者」

「それはあなたたちが家のなかにはいる前の話でしょ？　ポール・バドレスが家の裏側にいて、あなたが表にいた」

「もし追いかけていたら、マギーはたぶんあの男をつかまえられたと思うんだ」

「ポールはどうなる？」

「わかってる、言ってみただけだよ。殺人の容疑者が野放しになってて、自分がそいつをつかまえられたかもしれないと思うとね」

カウリーはマフィンをひと口食べた。

「なるほど。スーパーコップとしては、同時に二カ所にいたいわけね」

スコットは目をくるりとまわした。

「そういう意味じゃないよ」

「いいから食べて――」

またスコットの口にマフィンを押しこんだ。

「――事実に目を向けましょ。追跡していた逃亡者を見つけたあなたは、ゆうべのヒーローで、これから――」

両手をメガホンのようにして口元にあて、大声で言った。

「――表彰される」

カウリーはひと息ついて、もう少しマフィンを食べた。

「終わったことをぐだぐだ言う人は愚か者、ってね」

スコットは噴きだし、迷いは消え去った。

「ありがとう」

「どういたしまして」

「いろいろ含めて」

カウリーが軽く身体をぶつけてきた。

「言いたいことはわかってる」

尾根の行きどまりにあるベンチに着くと、ふたりは景色を眺めようと腰をおろしたが、スコットはついついカウリーのほうばかり見てしまった。少し曲がった鼻やふっくらと曲線を描く唇も好きだが、いちばん好きなのは彼女の目だ。知性のきらめきがあり、笑うとしわが寄り、仕事で目にする悲惨なものが残した翳りがときおり見える。スコットはカウリーの頬に触れた。

「きみとこんなふうになれて、うれしいよ」

「わたしもうれしい」

スコットが身をかがめてキスしていると、カウリーの電話が鳴った。発信者を確認したカウリーは、ベンチにもたれてため息をついた。

「バッドから。行かないと」

もう少しここにいてカウリーのそばでまどろみたい気分だったが、スコットはにっこり笑い、ゲートへ引き返す彼女のあとを文句も言わずについていった。どちらかの部屋でともに過ごす時間は次第に長くなり、カウリーの部屋をあとにしたり、彼女が帰っていくのを見送ったりするのが次第につらくなってきていた。

ふたりの好きなテレビ番組や週末の予定などをとりとめもなく話しながら、遊歩道を引き返した。数人のハイカーが入れちがいにのんびりと公園にはいってきて、男性ふたりが競歩で猛然と追い越して出ていった。駐車場にもどると、とまっている車はほんの数台だったので、マギーにリードをつけるまでもなかった。競歩の二人組はBMWの横でストレッチをしており、鳥の巣みたいな灰色の髪をした年配の女性がボルボの車内から太ったパグを持ちあげていた。

パグ・レディがマギーをにらみ、自分の犬を丸々とした赤ん坊のように仰向けにして胸に抱いた。

「そのぼうや、うちの子を襲ったりしないでしょうね」

「いいえ、マダム。彼女がおたくの犬に危害を加えることはありません」

「公園を出たら、ぼうやにはリードをつけることになってるはずよ。警察官なら規則をちゃんと守ってちょうだいな」

「この子はメスですよ」とカウリー。

スコットが振り向きかけたとき、マギーが両耳をぴんと立てて鼻をあげた。小走りに前へ進み、立ちどまり、大気のにおいを嗅いでいる。その変化にスコットはすぐさま気づき、カウリーも気づいた。

「この子、なにしてるの？」

「なにか嗅ぎつけたんだ。においの素を突きとめようとしてる」

マギーはスコットのパトカーをじっと見て、それから突然頭を低くし、車に駆け寄った。

スコットの目にはなんの異状も見えなかった。二人組の男性は話をしているが、マギーは目もくれなかった。K9の車両の下側に沿ってにおいを嗅ぎながら後ろのバンパーまで行き、フェンダーとタイヤのところまでもどると、そこで突然伏せをした。いいものを見つけたとばかりに、スコットを振り返り、それから車の下をのぞいた。

カウリーが顔をしかめる。

「猫じゃないといいけど」

「猫じゃない。きみは自分の車の陰に隠れて、いいね」

胃のなかにしこりができて、それがどんどん締めつけられた。マギーのこのふるまいはテストでジョンソンに警告を発したときとまったく同じで、エコー・パークでもこれと同じことをした。

カウリーは動かなかった。

「車の陰ってどういうこと？　あの子なにをしてるの？」

「頼むから、ジョイス」

「お断り」

スコットはマギーを呼びもどして〝待て〟と命じ、車のところへ行った。かがみこんで下をのぞいたが、なにもなかった。腹這いになって車の下に少しずつ身体を押しこんだ。両肘に小石が食いこんだが、そのとき箱が見えて、痛みはもう感じなくなった。銀色のテープの巻かれた箱がガソリンタンクに固定されていた。箱はきれいで砂ぼこりや汚れはまったくついていない。たったいま車に取りつけられたばかりのように。

エコー・パークの家で会った男と、爆発物が大量に置かれていた部屋のことがすぐに頭をよぎった。あわてて立ちあがり、車から離れた。

「さがって、ジョイス！　車になにかある」

「なにかって？」

「爆弾だと思う。離れて！」

バッジを取りだし、男たちに向けて振った。

「警察です！　ゲートのなかにはいって。急いで、とにかく離れて！　これは冗談じゃないんだ！」

カウリーがパグ・レディを遠くへ押しやりながら叫んだ。

「わたしが通報する！　車に合図して追い払って！　だれも近づけないように！」

スコットはマルホランド・ドライブまで走り、合図を送って車をそのまま通過させた。マギーが〝待て〟の姿勢を解いて、不安そうに警戒しながらそばへやってきた。スコットのアドレナリンを嗅ぎつけ、自分のこととして受けとめているのだ。

スコットは身を低くして周囲のようすをうかがった。あの箱が爆弾なら、仕掛けた者は監視しているかもしれないし、起爆装置を持っているかもしれない。マギーにリードをつけて身体に腕をまわし、自分の車が業火に包まれるのを待ち受けた。エコー・パークで会った男の顔が写真のように鮮明に浮かび、あのとき撃っておけばと思った。閃光《せんこう》が目に浮かぶ。

マギーの被毛が逆立った。

スコットはあの男の顔を見ており、向こうもこちらを見た。だから消そうとしたのだ。

さらに二台の車を通過させ、それからまた身を低くして、マギーをそばに引き寄せた。マギーが低くうなり、それは自分の胸の内からわいてきた声のようにも聞こえた。

「そうだよな、マギー。おれたちを殺そうとしたのがまちがいだ」

十一分後に四台のパトカーが到着し、さらに三台が加わって、全員がコード3でやってきた。ジョイス・カウリーが応援を要請してから三十八分後、爆発物処理班が到着した。

## 18

## マギー

あざやかなグリーンのボールが空から目の前に落ちてきたとき、マギーの頭にピートのことはなかった。一瞬の緑のきらめきと見慣れたバウンドが引き金となって、においの記憶がどっと押し寄せた――ピート、特別なにおいを見つけるとピートがたっぷり褒めてくれたこと、ご褒美《ほうび》としてピートがグリーン・ボールを投げてくれるのがうれしかったこと。とっさにボールを追ってマギーは走りだしたが、においの記憶が薄れると、スピードを落とし、ボールが転がっていくのをただ見ていた。においを嗅いで、これはピートが触れたボールではないとわかったのだ。においでわかる、ピートはもういない。

痩せた白い犬がボールのあとを追っていったが、マギーは無関心だった。グリーン・ボールはもう大好きなおもちゃではなかった。

マギーはスコットのそばへもどった。

パタパタ。

スコットは仲間。マギーの大好きなご褒美はソーセージだ。

スコットは女の人と話をしている。ふたりが自分に話しかけているのではないことがマギーにはわかっていた。スコットは話しかけるときかならずマギーの顔を見るから。いまスコットと女の人はお互いを見ている。言葉は理解できないけれど、ふたりの口調は温かいし、それにスコットは何度も笑っている。笑い声は楽しい。スコットが笑うとマギーはうれしくなる。

パタパタ。

この女の人は仲間ではない。この女の人のそばにいるのは気持ちがいいけれど、スコットがマギーの全世界だった。

マギーはジャーマン・シェパードだ。自分の所有物を護るように生まれついており、その強い意欲を買われて海兵隊員に選ばれた。マギーはスコットのそばにぴったり張りついた。通り過ぎる犬や人間たちが攻撃してくる兆候はないか見張り、大気中になじみのないにおいや脅威となるにおいはないか確認する。夜明け前にこの道を横切ったコヨーテや鹿やうさぎたち、少し前にこの道を歩いた犬と人間たち、ユッカの木の根元にあるトカゲの死んだ卵のにおいがした。頭上の斜面のトンネルのなかに隠れている地リス、眼下の谷にあるフクロウの死骸のかすかなにおいもした。なじみのないにおい、とりたてて意味のあるにおいは、このなかにひとつもない。だいじょうぶ。マギーのジャーマン・シェパードの世界では、なじみのあるものは安全を意味する。

スコットは安全。

マギーは安全。

チームは安全。

パタパタ。

スコットの手が頭に触れた。

「いい子だ」

パタパタパタ。

マギーはスコットのそばにいるのが大好きだ。こうして近くにいると、スコットのにおいがマギーを包みこむ。自分が嗅いでいるのは、人が歩くたびに発する何百という皮膚細胞のにおい、その細胞を糧にしているバクテリアや、スコットの皮膚が生成するアミノ酸と皮脂のにおいだということを、マギーは知らない。この細胞が吹雪となって——落下したり、上昇したり、漂流したり、沈殿したりしながら——その結果、目に見えない船の航跡のように、においの素をあたりにまき散らしているのだということを、マギーは知らない。皮膚細胞やアミノ酸のことはなにも知らないけれど、知るべきことはちゃんと知っている。

自分たちは車のところにもどるのだとマギーは知っていた。ふたりの散歩のパターンはいつも同じだからだ。車に乗って、降りて、歩いて、また車にもどって、乗って、走りだす。そしていま、ゲートに近づいていくと、汗くさい男たちのにおいと、小さなパグを連れたおばあさんのにおいがした。男たちは汗のにおいがするけれど、脅威を感じるアドレナリンのにおいはしない。おばあさんは強烈な花のにおい、小さいパグは糞便と悪化しつつある感染症のにおいがする。

スコットのあとについてゲートを通過し、駐車場にはいった瞬間、マギーはかすかなにおいをとらえた。記憶をくすぐるにおい、でもにおいが弱すぎて特定できず、だからマギーは鼻をあげて、もう一度においを味わった。

くんくんくん。

鼻から空気を吸いこむたびに、においの微粒子が鼻腔《びこう》のなかの空洞に集められる。この微粒子は一度に少しずつ集まり、やがてマギーが判別できるだけの量に達する。それほど多くは必要ない。シェパードの長い鼻のなかにある二億個以上の嗅細胞と、脳のほぼ四分の一が費やされる嗅覚をもってすれば、一兆分の一の単位で計られるほどのわずかなにおいもマギーは嗅ぎ分けることができる。

くんくんくん。

くん。

ピートの記憶と、ピートから見つけるよう訓練された特別なにおいがどっとよみがえり、ゆうべとまったく同じように、マギーの心は喜びでいっぱいになった。あの特別なにおいを見つけることは褒美につながる。愛情。称賛。ソーセージ。

マギーは駆けだしながら、においの源の周辺を嗅ぎまわった。たどりついたにおいの源はスコットの車で、車の下の空気にあの特別なにおいが強く感じられた。この特別なにおいには絶対に近づいたり触れたりしてはいけないとピートに教えられたので、マギーはいちばんにおいの強い地点を見きわめ、そこで腹這いになった。誇らしげにスコットを振り返る。うれしい予感に胸をわくわくさせながら。

「マギー、もどれ！　もどれ！」

スコットがボスの声で命じている。

マギーはすかさず立ちあがり、スコットのそばへ駆けもどった。

スコットは甲高い声で褒めたたえ、マギーに〝待て〟と命じて、車に近づいていった。その足取りの変化から、マギーは異変を感じ取った。あとを追いたくてうずうずしたけれど、スコットに〝待て〟と言われた。命令を守りながらも、スコットが車の下にもぐりこんだときは不安のあまり鼻声がもれた。

スコットが緊張し、転がるようにして立ちあがったときのあわてぶりが目にはいり、あの女の人に話しかけたときの口調に緊迫感が聞き取れた。女の人が大声で叫び、スコットは道路のほうへ走っていった。スコットの発するにおいが鼻をつき、それは危険と恐怖の険悪なにおいをたっぷり含んでいた。

マギーの身体がぶるぶる震えた。

スコットの恐怖がマギーのなかに流れこんでくる。

危険。

脅威。

マギーは〝待て〟の姿勢を解いて、スコットのもとへ走った。スコットの荒れ狂う鼓動がマギーを怒りで満たした。

スコットを保護する。

防御する。

スコットが抱き寄せてくれたけれど、こうしてくっついていても安心はできなかった。スコットの恐怖が、自分たちは危険にさらされていると叫んでいる。身をよじり、自由になって脅威をさがしにいきたかったのに、スコットは放してくれなかった。

マギーは大きな耳を回転させたり傾けたりして、敵をさがそうとした。懸命に鼻を動かして大気中を捜索したものの、見つかったのはスコットの恐怖だけだった。

スコットの恐怖を感じるのはもうたくさん。

スコットはマギーのものだ。

マギーはうなり声を発した。分厚い胸の奥から轟《とどろ》くような低い声、だれとも知れぬ相手に対する本能的な警告。

この仲間はマギーのものだ。

背中と肩の毛が針金のようになって逆立ち、爪は鉤爪となってアスファルトをかきむしった。迫りくる危険は目に見えず、においもせず、音もしない、それでも一万世代の昔から受け継がれてきた情熱がマギーを奮い立たせた。知るべきことはちゃんと知っている。

狩る。

攻撃する。

脅威となるものをこの牙《きば》で引き倒し、破壊する。

それ以外のことを知る必要はない。
大事なのはそれだけ。

19

## スコット・ジェイムズ

ゲートの周辺区域から人が一掃されたあと、爆発物処理班の上級技術者ジャック・リビーがスコットに、車に仕掛けられた箱の形状と位置の説明を求めてきた。小柄で浅黒く、髪は角刈り、冷静な目をした男だった。リビーが爆弾を解除するのを、スコットはカウリーといっしょに見守りたかったが、道路の向こう側の安全な場所へ移動させられた。

マンツとネーグルという共謀罪担当のふたりの刑事が待っていた。ＣＣＳ――共謀罪部門は、重大犯罪課のなかで爆弾や爆発装置がらみの捜査を扱う。マンツが自己紹介をし、いっしょに指令本部の車両まで来るようスコットに要請した。

「犬を置いていけない」

「わかった。連れてきていい」

スコットがあとについていくと、途中でネーグルがカウリーに車の外で待つようにと言った。

「どういうことだ？　おれたちを引き離す必要はないだろう」スコットは言った。

「いいの、スコット。行って。これが決まりだから」とカウリー。

指令本部の車両はトレーラーハウスほどもあるバスで、なかには通信装置やコンピューター、ビデオモニターなどがぎっしり搭載されていた。マンツがスコットを長テーブルへ連れていってすわらせた。マギーは黒と茶色の島のように通路をふさぎながらスコットの足元に落ち着いた。

「さてと、その箱を爆発装置だと仮定して話を進めよう。エコー・パークの容疑者がかかわっているときみが考える根拠は？」

「おれはそいつの顔を見た。この男だと特定できる」

マンツはワイヤーフレームの眼鏡をかけた四十代の華奢《きゃしゃ》な男だった。エコー・パークで起こったことを要約するスコットの話に耳を傾け、顔に疑念の色を浮かべた。

「ということは、それは十二時間前の話なんだな？　その男はきみを見つけて、あとをつけて、車に爆弾を仕掛けた、それを十二時間でやってのけたと？」

「おれはK9だ。たぶん訓練所で張りこんでいたんだろう。あの界隈をぶらついて待つだけなら天才でなくたってできる」

マンツが手帳を取りだした。

「訓練所はたしかグレンデールだったな」

「けさ〈ボート〉を出て、午前中はそこにいた」

「グレンデールで車に爆弾を仕掛けたということか？」

「ちがう、ここでだ。車にもどってきたら犬が警告してくれた。グレンデールで仕掛けられたのなら、犬はあそこで警告したはずだ」

自分でも声が大きくなっているのがわかった。疲れて腹が立っていた。抑えろと自分に言いきかせた。

「すまない。ゆうべはほとんど寝てないんだ」

「気にするな」

マンツがマギーをしげしげと見た。マギーは伏せをして前脚のあいだにあごを出していた。両耳が傾き、額にしわが寄っている。話を聞いているのだ。

「爆弾探知犬か?」

「以前はそうだった。まだ覚えてるんだ。ゆうべ発見された爆発物もこの子が警告してくれた」

マンツはメモをとり、スコットの午前中の行動について一連の質問をした。スコットの行き先を知っていた者の氏名、〈ボート〉から公園へ行く途中に立ち寄った場所、通ったルート、それぞれの到着時刻と出発時刻などなど。質問が終わると、マンツは大声でネーグルを呼び、指示を与えた。

「カーターはどこだ?」

「いま向かってる」

「聞きこみをするのに容疑者の顔が必要だ。だれかにメールで送ってもらえ。ここで印刷する」

「もうやった」

「カウリーに訊いてくれ、スコットとここで会うことを知っていた者がいないか。出発と到着の時刻も。おそらく四十分はかかると思うが」

「四十三分と言ってる、出発から到着まで。ここへは彼女が先に着いた」

「そろそろカウリーを入れてやってもいいだろう」スコットは言った。

「だめだ。まだ訊きたいことがいろいろある」

マンツは眼鏡をかけ直し、ネーグルと話を続けた。

「スコットは尾行車には気づかなかった。カウリーに車を見た覚えがないか訊いてくれ、スコットのすぐあとに駐車場へはいってきたとか、通りへ出ていったとか、スピードをゆるめたとか、なんでもいい」

「もう訊いた。彼女は見ていない」

「付近の住宅の防犯カメラを調べろ、ここから東に八百メートルほどの範囲で。道路を確認しろ。K9の車が見えれば、だれが後ろを走っていたかわかるだろう」

「了解」

「ハイカーと犬連れの女性に写真を撮らなかったか訊いてくれ」

「わかった。すぐやる」

「リビーはどうしてる?」

「自前のロボットをいじくってる」

「行け」

ネーグルが出ていってドアがばたんと閉まると、マンツはマギーを見つめた。

「ジャーマン・シェパードの話は聞いたことがある。彼はアフガニスタンで吹っ飛ばされたんだろう?」

マギーの額にまたしわが寄った。

「彼女。撃たれたんだ。二度も。吹っ飛ばされたんじゃない」

マンツは傷痕を観察しようと身を乗りだして近づいた。マギーが低くうなり、マンツは身を引いた。

「トイレはいいか?　水でも飲むか?」

「早く終わらせたい」

「その箱のことを教えてくれ。リビーに話したのはわかってるが、もう一度話してほしい」

スコットが箱のことを説明していると、制服の警部補がはいってきて、この事件の指揮官だと自己紹介した。警部補はスコットに調子はどうかと尋ね、なにか必要なものはないかと訊いた。警部補が立ち去った五分後、今度はハリウッド署の制服の警部が割りこんできて、マンツがいらだちをつのらせるのがわかった。ふたりが仕事にもどった直後、ケンプ警部補とリーランドが到着した。ふたりが来るとは思っていなかったが、スコットはうれしかった。

ケンプは怒っていた。顔が茹《ゆ》だったように紅潮し、怒りのあまりあごに力がはいっていた。

「悪党はかならずつかまえるぞ、スコット。こんなことをしたくそったれの命もあとわずかだ」

「ありがとうございます、警部補。わざわざ来てくれて」

「われわれは当分ここにいる。なにか必要なものはないか？」

マンツが代わりに答えた。

「スコットに必要なのはひとりにしてもらうことだ、われわれが仕事を終えられるように」

ケンプがマンツのほうに顔をめぐらせた。

「この男はわたしの指揮下にある。なんなら、ここにテントを張らせてもらってもいいんだぞ」

マンツが両のてのひらを見せて、争う気はないことを示すと、リーランドがケンプに代わってゆっくりと前に進み出た。

「この子が警告したそうだな」

「ゆうべとけさもやったように。もしマギーがいなかったら――」

スコットは首を横に振った。

「マギーをわたしの車に乗せておいてもかまわないぞ、そのほうがよければ。おまえがここの用事をすませるまで」

マギーの視線がふたりのあいだを行き交うのがわかった。

「ここがいいようです」

リーランドがにやりと笑った。

「当然だろうな」

ケンプとリーランドが立ち去ると、マンツがドアのほうへ行った。

「ネーグル！　ネーグル、このドアをロックするにはどうするんだ？」

六分後、カーターとグローリー・スタイルズが到着した。スタイルズが先にはいってきて、ベティちゃんばりの目をしてみせた。

「なんてことかしら、ほんとにぞっとするわね、あなたの車から爆弾が見つかるなんて！　死ぬほど驚いたわ！」

その芝居がかったふるまいがだんだん鼻についてきた。

「おれの犬が見つけた」

「あら、じゃあこのわんこくんはきっと、今夜ビスケットを余分にもらえるわね、そうでしょ？」

「この子はメスだ」とマンツ。

カーターが電話を手にはいってきた。

「似顔絵は受け取ったか？　さっき送った」

「ネーグルが。容疑者の身元はわかったのか？」

カーターが電話でスコットのほうを示した。

「グローリーが顔写真のファイルを彼に送ったばっかりだ。勘弁してくれ」

マンツが眼鏡をはずした。

「それはノーという意味だろうな」
カーターの電話が鳴った。発信者を確認したカーターは、背を向けて応答した。マンツがスタイルズにエコー・パークのことを尋ねたので、スコットはその隙にカウリーにメールを送った。
《手間取ってる。ごめん》
数秒後にカウリーが返信してきた。
《バッドが来た。行かないと。あとで電話する》
スコットも返信した。
《キスを》
数秒後にカウリーが答えた。
《もっとキスを》
スコットが電話をしまったとき、ジャック・リビーがはいってきた。カーターはリビーの姿を目にしたが、そのまま通話を続けた。リビーがビニールの証拠品袋を持ちあげ、それをスコットに向かって投げた。袋の中身は切手大の金属の基板だった。
「これがあるからやつは待たなかった。携帯電話についてるアシスト型ＧＰＳチップ。これできみの位置情報の変化がわかる。きみが車を発進させていたら、いまごろわれわれは遺体安置所にいた」
スコットは小さいチップに目をこらした。

「これがあの箱のなかに？」

「それと、起爆剤と、百グラム強のプラスティック爆弾が」

リビーがにやりと笑った。

「放水銃で吹っ飛ばしてやった。車の下にロボットを送りこんで。ざまあみろ。爆弾は不発に終わった」

カーターがチップをよく見ようと近づいた。

「エコー・パークと同じプラスティック爆弾か？」

「色はどっちも真っ白だが、鑑識の結果待ちだな。もどったら破片を集めて科学捜査課《SID》に送る」

爆発物処理班の本部で爆弾を組み立て直し、設計と材料を詳細に調べて、警察が把握《はあく》している爆弾製作者の技法と照合するのだろう。

マンツが証拠品袋を手に取り、チップを観察した。

「百グラムじゃ、たいした威力はない」

「やり方次第ではかなりの威力がある。こいつを作ったのがだれにしろ、素人じゃない。非常によくできた装置だ。職人技と言っていい」

リビーがスコットに顔を向けた。

「車のガソリンタンクに仕掛けられていた」

スコットの脳裏に一瞬ステファニー・アンダーズの顔が、路上で光る彼女の血が、差し伸べられた血まみれの手が浮かび、記憶のなかにとらわれているところへ、リビーがふたたび口を開いた。

「トレーラーがきみの車を取りにいく。トラックで鑑識に運びこむつもりだ」

マンツが袋を返した。

「よくやった、ジャック。チップのシリアルナンバーをメールで送ってくれ、追跡してみる」

ジャック・リビーが立ち去ると、スコットは爆弾のことを考えた――その製作に費やされた労力、その爆弾を白昼堂々と公共の場で警察車両に仕掛けるリスクについて。

「おれを撃つほうが手っ取り早いのに」

マンツが腕時計を見て立ちあがった。

「犯人はきみを撃つことなど考えもしなかった。これを作った人間は爆発の持つ力に酔ってるんだ、放火魔が火をつけるように」

スタイルズが大げさに身震いしてみせた。

「そんな言い方をされると気味が悪くなるわ」

マンツはつかのま彼女を凝視し、その芝居がかったふるまいにやはり感心していないのが察せられた。

「となると、さしあたり、エコー・パークの容疑者かその仲間がジェイムズ巡査を狙ったと考えてかまわないんだな」

カーターとスタイルズが同時に答えた。

「かまわない」

「聞きこみをはじめよう。運に恵まれないともかぎらない」

カーターが電話でスコットを示した。

「うちにはこの男が必要なんだ。なにかわかったら、こっちにも送ってくれ」

マンツはマギーをまたいで出ていこうとして、途中で振り返った。

「犯人は危険人物だ。計画的で能力もある。自分の身は安全じゃないという前提で動くように」

スコットはなんと返してよいかわからなかった。

「どうしろっていうんだ」

「死なないようにしろ」

スコットはマギーの頭に手を置いた。マギーが立ちあがって身体をぶるんと震わせ、ふたりでマンツが歩き去るのを見送った。

## 20

ブラッド・カーターはマンツが使っていた椅子にどさりとすわった。

「ゆうべこの悪党を逃がしたことがさぞかし悔やまれるだろうな」

聞き流せとスコットは自分に言いきかせたが、胃のなかに固いしこりができた。

「けんかを売ってるのか、カーター」

カーターは両手を差しあげた。

「ただの冗談だよ。いいか、おれはこの悪党を見つけようとしてる人間なんだ」

「ブラッドもなにも悪気があって言ったんじゃないのよ」とスタイルズ。

マギーがもぞもぞ動いてクーンと泣いた。このバスに乗りこんでから二時間近くたっていることに気づいて、スコットは腰をあげた。

「トイレ休憩をとりたい」

カーターはいらだたしげに眉をひそめた。

「犬は待たせておけ。ゆうべのことであといくつか質問がある」

「カーター、あんたとこの犬の関係についてはあまり期待しないほうがいい」

スコットはマギーのリードを持ち、途中で水のボトルを取って車から降りた。外に出ると少しは気分が晴れたが、カーターのばかげた言いぐさには腹が立ったし、困惑してもいた。

指令本部の車両の背後でマルホランド・ドライブは市警の駐車場と化しており、パトカーや覆面の乗用車がカーブを曲がった先まで続いていた。本部車両のそばに各部署の責任者たちと刑事の一団がいた。ケンプとマンツの姿もあり、そこに集まった警官の大半が、制服姿のすらりとした五十代の女性に注目しているのがわかった。刑事部長だ。警官を標的にするのはかなり挑発的な行為で、そうあることではない。冷酷非道なギャングの殺し屋ですら、警官を狙う許可を出すのは愚かなことだと知っている、だからこそ市警はこれほどの人員を投入してきたのだ。

スコットはヴァレーを見おろすごつごつしたオークの木のところへマギーを連れていき、そこでマンツに言われたことを考えた。〝犯人は危険人物だ〟

マギーが用を足し終えると、スコットはてのひらを丸めて水を注ぎ、直接飲ませた。マギーに気のすむまで飲ませたあと、ボトルに残った水を飲み干した。

「ジェイムズ！」

カーターだ。カーターとスタイルズも車から降りてきていた。カーターがまた呼びかけながらふたりでこちらに向かってくる。

「あやまるよ、それでいいか？　水に流してくれ。こいつをつかまえよう」

スコットはふたりがそばに来るまで待った。

「質問はなんだ、カーター。さっさと訊いてくれ」

「ゆうべきみがコールを見たとき――」

最後まで聞かずにさえぎった。

「なんでそこまでコールにこだわるんだ？　あの通りの住民に聞きこみをすればいい。なにがあったか知ってるかもしれない。それにカルロス・エターナはどうなってる？　あいつのろくでなしの仲間がなにか知ってるかもしれないだろ」

カーターは和解のしるしに両のてのひらをこちらに向けた。

「そういうことはもうやってる」

カーターの電話が鳴った。発信者を確認して、ちらりとスタイルズを見た。

「おいでなすった」

カーターは背を向けながら応答し、斜面の端のほうへ行った。

スタイルズがカーターの中断した話を引き取った。

「そういうことはもうやってるのよ、スコット。刑事たちがいまあの界隈の住民に聞きこみをしてるところ。エターナの家族や仲間の名前も調べさせてるから、その人たちからも話を聞くつもりよ」

「コールとのいきさつはもう話したし、アルヴィンからも話を聞いたはずだ。コールは協力しようとしてた。善良な男に見えた」

「あなた、彼のことを昔から知ってるの？」

「あんた、ジャーマン・シェパードに咬まれたことはあるか？」

スタイルズはちらりとマギーを見た。

スコットは言った。「人をばかにしたような態度はやめてもらいたい、こっちも気をつける。了解？」

スタイルズはゆっくりとうなずいた。

「コールは四回も逮捕歴があるのよ、不法侵入の重罪とか捜査妨害なんかで。それほど善良な男とは言えないんじゃない？」

それは無視できない事実だが、どうも釈然としなかった。カリフォルニア州は有罪判決を受けた重罪犯に免許を与えたりしない。

「待った。コールは私立探偵じゃなかったのか」

「不法侵入の件は取りさげられたの。捜査妨害は司法取引で交通違反切符になったけど、その取引はあとで無効にされたわ。フランク・ガルシアという名前を知ってる？」

「いや」

「モンステリートのトルティーヤ&チップスは？」

「ああ、それなら。好物だ」

通話を終えたカーターが電話を握りしめたままこちらへやってきた。憤然とした顔つきだった。

「フランク・ガルシアは十億ドル稼いだ最低のギャングよ」

ふたりが顔を見合わせ、カーターはいまの通話が悪い知らせだったことを目顔でスタイルズに伝えた。

「コールはまちがいなくガルシア氏の友人で、ガルシア氏はまちがいなくギャングとつながってる」

「カルロス・エターナはギャングなのか？」

カーターがふたたび話を引き継いだ。

「いま調べているが、コールがひとりのギャングと通じているとしたら、それがふたりになってもふしぎはないだろう？　エターナを迎えにきて、それであそこにいたのかもしれない。コールがエターナを殺し、逃亡する前に現場を封鎖されて立ち往生していたのかもしれない」

そんな話は端《はな》から信じていないと言わんばかりにスタイルズは笑みを浮かべたが、一笑に付すようなまねはしなかった。

「要するにだ、コール氏に関する質問は、きみにとってもわれわれにとっても時間の無駄などではないということだ。いいな？」

スコットは反論しなかったが、コールが云々というこの話はどうもこじつけのような気がした。

スタイルズが言った。「オーケイ、これは大事なことだから、もう一度確認させて。あなたは容疑者がいるんじゃないかと思って家の表側へ走っていった。表まで行くと、右手の四、五軒先で容疑者が通りを渡るのが見えた。そのとき、コール氏が左手に現われてあなたの注意を惹いた」

「ああ。そのとおりだ」

「コールの姿が見えたとき、彼はどれくらい離れていた？」

「二、三軒分。それほど遠くはない。おれはとまれと命じた。彼はとまった。ゆうべ話したとおりだ」

「コール氏はどうやってあなたの注意を惹いたの？」

「両手を振りまわして。大声で叫んだ。その家から男が出てきたと叫んで、通りの先を指さした」

「彼が指さしているものを見ようとして、あなたはそちらに顔を向けた？」

「おれはコールに銃を向けていた。アルヴィンが手を振っておれを追い払うまで、そこから目を離さなかった」

　カーターが手のなかで携帯電話を小さく揺らした。いらだっているのかそわそわしているのか、よくわからなかった。

「コールは容疑者をつかまえようとしていたんじゃないとしたら？　きみの気をそらそうとした、あるいは容疑者にきみのことを警告していたとも考えられる」

「そんな感じじゃなかった。コールはその男を見たとアルヴィンに言ってるんだ、おれのところまで来る前に」

「どっちにしても同じことだ。彼は警察の気をそらす状況を作りだして容疑者が逃亡するのを助けた」

電話が鳴ったが、今度はスタイルズのほうだった。スタイルズはメッセージを一瞥し、カーターに合図した。

「連邦のお偉方よ。行かないと」

「すぐ行くと言ってくれ。車のところで落ち合おう」

カーターは幹部の集まりのほうへ足早に向かった。マンツや刑事部長と合流し、ケンプもその輪に加わった。

スタイルズが言った。「写真に目を通して。髪や肌の色合いは多少ちがっても、そういう特徴はこちらで微調整するから。あしたかあさって、本部まで来てもらいたいの」

「あんたたちは現場にいなかったんだ、スタイルズ。コールはおれの気をそらそうとしたんじゃない」

ケンプが集まりから抜けてこちらへ向かってきた。カーターがスタイルズに指を向け、次に車の列を指さして、急ぎ足でそちらへ行った。

スタイルズは小さくにこりと笑い、それは得意のわざとらしいほど大仰な笑みとはちがっていた。こちらが本物の笑みのような気がした。

「コール氏は知ってることをまだ全部話していないわ。だから、どうかお願い。この新しい視点から、ゆうべ彼がしたことを考えてみてほしいの。また話しましょう」

スタイルズは急いでカーターのあとを追い、入れちがいにケンプがやってきた。

「リーランド巡査部長が車にもどっている。きみとマギーを家まで送ってくれるそうだ」

「ありがとうございます、警部補。シャワーを浴びたらすぐ出勤します」

「きょうはいい。自宅にいろ。この件が解決するまできみを勤務からはずす」

スコットは自分の聞きちがいであることを祈った。

「きょうは休めということですか、それとも、追って通知があるまで自宅待機ということですか」

「追って通知があるまでだ。それから、広報部はけさほど話した取材をキャンセルした。きみをテレビに出すのは賢明ではないとの判断だ」

「やっと仕事に復帰したところなんです。勤務からはずれたくない」

「事態は深刻なんだぞ、スコット。きみの自宅に二十四時間態勢でパトカーを張りつけるつもりだ」

「警護なんかいりません。警官に囲まれて仕事をしてるのがいちばん安全です」

「上からの命令だ。追って通知があるまで自宅で待機しろ」

ケンプは幹部の集まりにもどっていった。スコットはマギーを連れて、リーランドをさがしに車の列の横を歩いていった。怒りといらだちを覚え、コールがなにを隠しているのか気になった。

〝コール氏は知ってることをまだ全部話していない〟

リーランドのK9の車が現われ、手振りで乗れという合図があった。スコットは後部座席のドアを開けたが、マギーはリーランドの車に飛び乗ろうとしなかった。

「乗るんだ。ほら、マギー。乗れ」

しまいにはマギーを抱きかかえて乗せた。スコットが助手席にすわると、リーランドはすぐに車を出した。指が三本の手がハンドルをゆったりと握っている。

「勤務からはずされました」

「そうらしいな」

リーランドはK9の車両でいちばん年季のはいったぽんこつ車に乗っている。百五十万キロは走っている大昔のクラウン・ヴィクトリアだが、ぴかぴかに磨いてあった。

「こんなのばかげてる」

リーランドはなにも言わなかった。無線のパチパチという雑音が小さく聞こえた。黙りこくったまま十五分近く車を走らせたころ、リーランドが沈黙を破った。

「おまえとマギー嬢だが、よかったらうちへ来い」

スコットは上司に顔を向けることができなかった。

「ありがとうございます、主任、でもだいじょうぶです。おれたちには家《クレート》がある。そこを離れる気はありません」

スコットの自宅に着くまでにふたりが交わした、それが最後の会話だった。

# 21

スコットの悪夢のなかで、ヘリコプターが爆音を轟《とどろ》かせながら、ありえないほどの低空飛行で木々を大きくしならせ、そこへ例のジャケットの男があの家から出てきた。血と脳みそが飛び散った顔で、スコットの車の下から取りだした箱をてのひらにのせて差しだした。

「ドカーン」

スコットが逃げようとして振り向くと、そこはダウンタウンの通りで、ステファニーを殺した犯人、黒ずくめでスキーマスクをつけた大柄な男が、目の前にいる。男がＡＫ４７を持ちあげた。「次はおまえだ」

銃口にあざやかな黄色い光が炸裂《さくれつ》し、銃弾を避けようとして飛びのいた拍子にはっと目が覚めて、カウチの上にいるのだと気づいた。毎回こうして目が覚める。冷や汗をぐっしょりかき、ぶるぶる震えながら。

マギーの大きな顔がすぐそこにあった。耳を寝かせ、悲しげな目をしている。マギーが悪夢を見たときスコットがそばに行ってやるように、マギーもスコットのそばに来てくれる。

「ごめんよ、マギー。またいつものやつだ」

マギーはくるりとまわって離れていき、においを嗅いで適当な場所を見つけると、そこに伏せた。

スコットは時計を見た。夕食のあと寝入ってしまい、まだ九時をまわったばかりだった。マギーといっしょにうちに泊まればいいというカウリーの申し出を断ってよかった、いまは心からそう思った。悪夢のことは彼女も知っているが、スコットがもんどり打って汗だくのひどい状態で目覚める姿はまだ見たことがない。それを想像するといたたまれない気持ちになる。

スコットは起きあがって浴室へ行った。マギーも起きあがってついてきた。

Tシャツをはぎ取って顔と首を洗った。まだべとついている気がしたので、着ているものを脱いでシャワーを浴びた。出ていくとマギーがドアの前で待っていた。

洗面所の戸棚には茶色のボトルが並んでいる。抗うつ薬。抗不安薬。鎮痛薬と抗炎症薬。整列して、待機している。鏡の扉を開けて、ボトルの列を眺め、それから扉を閉めて、マギーを見おろした。

「おれたちは仲間だ、マギー海兵隊員。おまえが薬をのまないなら、おれものまない」

マギーの振りまわす尻尾が床を打った。

パタン、パタン、パタン。

スコットは自分の犬に話しかける。それが気にならなくなったのは、ほかのハンドラーたちもみなそれぞれ自分の犬に話しかけているとわかってからだ。マギーが返事をしてこないかぎり心配は無用だ、とリーランドは言う。

「散歩に行くか?」

マギーがあわてて立ちあがり、一目散にドアへと向かった。話はできなくても〝散歩〟という単語はわかるのだ。

服を着て出ていくと、マギーが居間で待っていた。スコットはスタジオシティ・パークの近くに、寝室がひとつと浴室のついたゲストハウスをメアリートゥルー・アールという老婦人から借りている。アール夫人の家の裏庭にある木の門の向こうにひっそりとたたずむ小さな家。この静けさがスコットにはありがたかった。アール夫人は自宅の前庭に警察のパトカーがとまっているのがありがたいという。おかげで家賃面でも優遇されていた。

「おやつ」とスコットは言った。

マギーはキッチンへ突進し、ぴしっとおすわりをした。〝おやつ〟という単語も知っている。

冷蔵庫からソーセージを一本取りだして、大きめのかけらをふたつ切り分け、一度にひとつずつ投げてやった。マギーは空中でぱくりとくわえた。

「野球のボールがソーセージでできてたら、おまえはドジャースの選手になれるぞ。じゃ、行こうか」

ダイニングテーブルのノートパソコンが目にはいり、スタイルズのメールにまだ返信していないことを思いだした。帰宅したあと、送られてきた写真のファイルは見ていた。顔写真は二百枚近くあり、あのジャケットの男とは似ても似つかない顔ばかりだった。写真に目を通していくうちに、男の人相について自分が説明したことが完全に無視されているような気がして、だんだん腹が立ってきた。

ノートパソコンを開いてぶっきらぼうな返信を書いたあと、考え直して、このなかに例の男はいないと書くにとどめた。マギーがドアに前脚をかけるのを見ながら、送信ボタンを押した。

「ちょっと待て、いま行く。おれだって外に出たいんだ」

冷蔵庫から水のボトルを二本取りだし、マギーにリードをつけて、アール夫人の家を通り過ぎ、路上にとまっているパトカーのところへ行った。ヘンダースとマルティネスはヴァレーの北西部にあるデヴォンシャー署の巡査だった。ふたりが子守りのような仕事をさせられていることを申しわけなく思い、自分がその赤ん坊であることがなんとなく恥ずかしかった。

「喉が渇いてるんじゃないかと思って」

ヘンダースがボトル二本を受け取り、一本をマルティネスに渡した。

「ああ、ありがとう。助かるよ」

「おれが頼んだわけじゃないんだ。こんなところに張りつかされて申しわけない」

マルティネスがヘンダースの向こうから身を乗りだしてきた。

「いいんだ、気にするな。そっちはだいじょうぶか？」

「ちょっと散歩してくる。トイレを使いたかったら、玄関の鍵は開いてるから」

マルティネスが時間を確認した。

「十時に次の車が来る」

二時間交代でここに車をとめる任務は、ノース・ハリウッド、ヴァンナイズ、フットヒル、デヴォンシャーの各分署が分担していた。あと三十分で次の車が来たら、マルティネスとヘンダースは解放される。ふたりとも退屈しきって、ここを離れるのが待ちきれないことだろう。

「だいじょうぶだ。長くはかからない」

スコットは自宅前の通りの突きあたりにある公園に向かって、マギーのペースに合わせて歩いた。カウリーに電話をかけたかったが、話せば不平不満をもらすだろうし、愚痴《ぐち》っぽい男と思われたくなかった。

マンツの言葉を思いだした。

〝自分は安全じゃないという前提で動くように。犯人は危険人物だ〟

上等だ。

だれかが自分を殺そうとした。焼き殺すつもりで爆発装置を組み立てた。

この事実を理解しようとしたが、無理だった。スコットは七年間パトロール巡査として過ごしてきた。酔っ払いやチンピラやドラッグでいかれた連中に襲われたり、煉瓦《れんが》や瓶を投げつけられたり、バットで頭をたたき割られそうになったりした。二度も銃撃を受けて瀕死《ひんし》の重傷を負ったが、そうした暴力は、なりゆきで無作為に、あるいは突発的に起こったものだった。今回はちがう。正真正銘の殺し屋が、計画を立て、あとをつけ、自分を殺害しようとしたのだ。

〝犯人は危険人物だ〟

スコットは振り返ってパトカーを確認した。公園まであと半分のところで、パトカーがやけに遠く思えた。急に心細くなり、腹が立った。ジャケットの男がつかまるまでこういう生活が続くのだ。

「おれたちはどうしたらいいんだろうな、二羽の鴨みたいにただのんびりすわってるのか？」

マギーは尻尾を振り、それから藪《やぶ》のなかになにかもっとおもしろいものを見つけた。

カーターとスタイルズは優秀な刑事と言われているが、コールに関する彼らの仮説には疑問が残る。

〝コール氏は知ってることをまだ全部話していない〟

コールに前科があるという点は気にかかるが、ふたりで話したとき、そしてゆうべ路上で話したときでさえ、そんなふうには見えなかった。

スコットはマギーについて公園に向かった。スタイルズに頼まれたとおり、コールを新たな視線で見直そうとした。ジャケットの男を逃がすためにわざとこちらの気をそらそうとしたのだと。でもそうは思えなかった。正直な男に見えたが、知っていることをまだ全部話していないという可能性はたしかにある。

スコットは舌を鳴らした。マギーが耳をぴんと立てて振り返った。

「悪党に殺られるのをおとなしく待ってるおれたちじゃないぞ」

マギーが姿勢を正し、スコットからのコマンドを待ち構える。

もう一度パトカーを見て、スコットは腹を決めた。

勤務からははずされたが、狩りをやめるつもりはなかった。

# 22

## エルヴィス・コール

フリーウェイの流れはとまりかけた脈のようだった。ヴァレーからゆっくりと離れていくあいだ、大気は燃える油の味がした。あるいは、エイミー・ブレスリンについてわかったことが気に入らなくて、そんな気がしただけかもしれない。

頭のおかしな変わり者かもしれないが、エイミーは博士号を持つ専門家で、問題の解決法を知っている。〈Xスポット〉の店員が自分の質問に答えてくれない、あるいは答えられないとわかれば、ほかに尋ねる相手をさがしただろうし、ひょっとしたらそれに協力したのがトマス・ラーナーだったのかもしれない。

考えれば考えるほど、そんな気がしてきた。作家は調査が得意だ。トマスは協力を求められて、エイミーの知りたいことに答えられる人間を見つけたのかもしれない。トマスはジェイコブの親友だった。ジェイコブ亡きあとも、その母親のエイミーと親交があった。トマスはかつてエコー・パークのあの家に住んでいた。どの道もトマスにもどってくる。メリル・ローレンスは、トマスならエイミーがつきあっている相手を知っているはずだと考えているし、ふたりを紹介したのがトマスだった可能性もある。

　セプルヴェーダ峠にさしかかるころ、パイクから電話があった。

「みんなおまえの家に行った」

「みんなって？」

「水色のダッジ。それからパトカーが一台、覆面パトカーらしき車が一台、白いセダンが二台」

　カーターがさっそく反撃に出たか。

「家のなかにいるのか？」

「ああ。五人数えたが、もっといるかもしれない。レクサスは好きなだけ使っていい」

「もう必要ない。自分の車を取りにいって、うちへ帰るよ。いまどこにいる？」

「尾根の上、おまえの家の向かいの」

「そこにいてくれ」

　ケンター・キャニオンをのぼるのにとてつもなく時間がかかった。レクサスを自分の車の後ろにとめて、キーをタイヤの陰に隠し、警官の一団に会いに自宅へもどった。

　自宅はセコイア杉で建てられた三角屋根の家で、ローレル・キャニオンの頂上近く、ウッドロウ・ウィルソン・ドライブから少しはいった細い通りにある。使い捨て携帯電話とアルバム数冊とエイミー関連のファイルをウッドロウ・ウィルソン・ドライブのはずれにある樹齢百年の木の裏側に隠した。道幅が狭いので、家の前に警察車両を並べてとめるのはむずかしい。覆面パトカーと水色のダッジとパトカーはぽんこつで傷だらけだが、白いセダン二台はぴかぴかの新車だった。連邦政府の金。車には国土安全保障省のエンブレムがついている。

白いセダンの一台に男女のペアが乗っていて、車庫の入口をふさいでいた。

わたしはその後ろに車をとめて、運転席側の窓のところへ行った。男の捜査官だ。

「きみたちはうちの車庫をふさいでいる」

どちらも三十代なかば、引き締まった身体、『メン・イン・ブラック』ばりのサングラスをかけている。

「家にはいって」

「車をとめたいので移動してもらえないだろうか」

女性がサングラスの上からこちらをじっと見た。

「なかにはいってください、コールさん。つべこべ言わずに」

居間にはブラッド・カーターとグローリー・スタイルズと紺のスーツの男がいた。カーターはダイニングテーブルの横の食器棚を調べていた。スタイルズと紺のスーツはテーブルについている。外のテラスには、制服警官がふたりと、ダッジに乗っていたブロンドがいる。制服の片方が眼下の谷のなにかを指さし、もうひとりがそれを見ようと手すりから身を乗りだした。ブロンドは手すりに背中を預けてわたしを見ていた。

「うちの鍵が壊れていたら、市当局を訴える」わたしは言った。

カーターが食器棚から振り返った。

「うちの連中をまいたのはまずかったな」

「わたしがだれかをまいた？　ちょっと待て、カーター、わたしは尾行されていたのか？」

スタイルズはにこりともせず、スーツを無視していた。

「どこへ行っていたの、コールさん」

「いつ？」

「わかってるはずよ」

「きょう？　朝ゆっくり起きて、オフィスに行って、ブリトーを食べて、ハイキングに行った。帰宅して、これからシャワーを浴びてなにか食べたい。だからきみたちにはこの家から出ていってもらいたい」

カーターが鼻を鳴らした。

「四時間もハイキングしてたわけじゃないだろう。どこへ行った？」

「ケンターからマンデヴィル、それからサリヴァンをのぼってマルホランドにある古いミサイル基地まで。あそこの公園にはトイレと噴水がある。そこで休憩したあと、ぐるっとまわってまたマルホランドからケンターへもどってきた。二十キロ近い距離だ、カーター。そのコースをまわるのにどれだけ時間がかかるか考えてみろ」

スタイルズが気まずそうな顔になった。カーターはなにもつかんでいない、そして全員がそのことを知っている。

スーツがついに立ちあがり、テーブルをまわってきた。歳は四十代後半、目尻にしわがあり、よく日に焼けている。

「ラス・ミッチェル。国土安全保障省の特別捜査官だ」

わたしが身分証を読むのにたっぷり時間を与えてくれた。ラッセル・D・ミッチェル。国土安全保障省。捜査官。

「いい写真だ。タフに見える」

身分証をたたみながら、ミッチェルは肩をすくめた。

「タフじゃない。わたしは心配している。きみは盗品の武器弾薬が置かれた家にいるところを目撃されたんだ」

「身分証は見た。令状はまだ見ていない」

ミッチェルは席にもどり、膝の上で両手を組み合わせた。さりげなく。

「令状を見せる必要はないんだ。きょうの午後早くに連邦政府から無断立入り許可証をとった。侵入方法については、必要に応じていかなる手段でもとれる法的権限がある、いざとなれば実力行使による侵入も含めて。わたしはそこまでする必要はないと思った。スタイルズ刑事が鍵をこじ開けると言ってくれた」

わたしはスタイルズをちらりと見た。

「多才な女性だ」

ミッチェルはネクタイをゆるめ、腰をすえるつもりでいることを暗に伝えた。

「あの家に軍の武器弾薬があることは知っていたのか？」

「ノー。いまは知っているが、あのときは知らなかった」

「深く掘りさげたら――そのつもりだが――きみとカルロス・エターナの、あるいはエターナの仲間とのつながりが見つかるのか？」

「ノー。好きなだけ掘ってくれ」

「あの男を殺した犯人を知っているか？」

「ノー」

「きみが殺したのか？」

「ノー」

「嘘発見器のテストを受けてくれるか？」

「わたしの弁護士が勧めるなら。ああいう機械はしょっちゅうまちがえる。あてにならない」

ミッチェルが小さく微笑んだ。

「気持ちはわかる。仕事の一環としてああいうものを採用せざるをえないんだ。わたしもしょっちゅう隠しマイクをつけていて、いまだに落ち着かない気分になるよ」

ミッチェルはわたしの味方になろうとしている。善人役と、悪人役だ。椅子にゆったりともたれた。

「きみはどうしてエコー・パークにいたんだ？」

カーターとスタイルズに話したとおりの内容をわたしは繰り返した。なぜあそこにいたか、なにを見たか、だれと話したか、そして自分がなにをしたか。真実の答えは変わらない、嘘の答えもまたしかり。

話を聞き終えて、ミッチェルはうなずいた。

「つまり、きみはあの家から出てきた人間をひとりしか見なかった」

「わたしが追いかけた男だ。そう、そのとおり」

「ほかにはだれも見なかったのか、男も女も、はいっていくところも出ていくところも？」

「見なかった」

ミッチェルはひとしきりわたしを凝視してから、テラスに通じるガラス戸のほうへ行った。制服組とブロンドに用があるのかと思ったら、そうではなかった。

「ここはいいところだな。静かで。緑が多くて。緑が多いのはいい」

カーターを振り返った。

「これで用はすんだ」

まだ用はすんでいないとばかりに、カーターは腕組みをした。あと八、九時間はわたしをねちねちといじめたいようだ。

「この男は信用できない。なにか隠している」

ミッチェルはゆるめたネクタイを締め直し、服の袖を払って、カーターの言葉を無視した。

「あの家からなにが見つかったか知っているな？」

「ニュースで聞いたことは知っている」

「手榴弾はペンドルトン基地から盗まれたものだ、おそらくは民間人の職員によって。ロケット弾は二十二年前にチェコスロヴァキアで製造されたものだった。コレクターの手で密輸入され、その後、盗難にあったと思われる。違法なものだからコレクターは盗難届を出せず、その結果こうした武器はどこかへ流れていく。そういうものがめぐりめぐってエコー・パークにたどりついた——手榴弾、ロケット弾、プラスティック爆弾九百グラムはタッパーウェアにはいっていた。そこが笑える、タッパーウェアとはね」

ミッチェルは目をこらし、わたしの顔をうかがうようすを見せた。

「そういうものがあればどんなことができるかは知っているだろう。きみの経歴は読ませてもらった。陸軍特殊部隊。戦闘員。じつに立派な戦闘記録だったよ、言わせてもらえば」

「実際より盛ってあるんだ」

カーターが怒ったように手を振りあげた。

「ご立派なことだな。この男といかれた相棒は、そこらじゅうに死体をまき散らしたんだぞ。コールのような悪党どもはそういうことを屁とも思ってない」

わたしはなにも言わなかった。言い返したいことは山ほどあった、でも言わなかった。

ミッチェルはカーターを無視し続けた。わたしの頭のなかを見透かそうとするようにじっと目を探っている。

「これは戦争に使う武器だ。旅客機を墜落させたり、なんの罪もない人々が大勢いるビルを吹き飛ばしたりする武器だ。そんなものがどうしてあの家のなかにあったんだと思う？」

「わからない」

「わたしもだ。だが、かならず探りだす」

ミッチェルはそのまま出ていき、一度も振り返らなかった。

スタイルズがテラスにいる制服組を呼びもどし、ミッチェルのあとに続いて出ていった。ブロンドがすれちがいざまに頭を傾けた。

「なかなかやるな」

本心のようだったが、わたしは反応しなかった。

カーターは最後までぐずぐずしていた。これで疑念が確信に変わったと言いたげに、居間で立ちどまった。

「おまえはなにか隠している。腐った肉みたいにぷんぷんにおう。絶対になにか隠している」

カーターはいい刑事だ。好感は持てないが、きわめて正当な理由から、トマス・ラーナーの家に武器弾薬を置いた人間を見つけようとしている。わたしもカーターに犯人を見つけてほしかった。

「カーター、できることならわたしも協力したい。可能なら、そうする」

「黙れ。おまえは容疑者だ。だから容疑者として扱う。あの家か、エターナか、あのろくでもない爆発物とつながっていた証拠を見つけたら、容疑者として逮捕してやる」

そう言って出ていった。ドアを開けっぱなしにして。

わたしは動かなかった。五台の車のエンジンがかかった。五台の車が走り去った。完全に立ち去るまで待ち、さらに待った。

しばらくおいてから、車で携帯電話とアルバムを取りにいき、家にもどって、勝手口からなかにはいった。

ジョー・パイクがシンクの前に立っていた。彫像のように微動だにせず、待っていた。

わたしは言った。「困ったことになった」

# 23

黒猫が猫用のくぐり戸からはいってきた。平らな頭は傷痕だらけ、目は熱くなった黄炭を思わせ、ぼろぼろの耳は歴戦を物語る。撃たれた後遺症で片方の耳が横に傾いている。猫はパイクの脚のまわりを一周して、どさりと横になった。喉を鳴らしている。抱きあげられると、猫はやわらかい毛皮のように身を任せ、パイクの両腕からだらりと垂れた。ほかの者なら片手を失うところだ。

パイクは身長百八十五センチ、体重八十八キロ、しなやかな筋肉を持ち、両腕の三頭筋には深紅の矢のタトゥーがある。グレーの袖なしのスウェットシャツ、日に焼けて色あせたジーンズ、ランニングシューズ。目には黒いサングラス。

おしゃれ感ゼロ。

わたしはエイミーとジェイコブ・ブレスリンのこと、エコー・パークのこと、警察とミッチェル特別捜査官に目をつけられている理由などを話した。〈Xスポット〉で聞いた話や、エコー・パークの家で見つかった武器弾薬のことを説明したときですら、パイクは眠っているのかと思うほど動かなかった。話が終わると、頭が傾いた。ほんのわずか。それとわからないほどに。

「ミズ・ブレスリンがそんな連中とかかわりを持つ理由は?」

「ジェイコブ」

ふたりでパソコンの前に行き、ナイジェリアの爆発事件のニュース記事とジェイコブのことをグーグルで検索した。事件は繰り返し報じられ、痛ましい状況が何度となく詳述されていた——オープンテラスのカフェで夕食やお酒を楽しんでいた十四名の客が、身体に爆弾を装着した狂信的なイスラム教徒の女性の自爆テロによって殺されたと。ほかに負傷者は三十八名。当局はアフリカ北東部にあるアルカイダの末端組織の犯行と見なしたが、組織もしくは個人からの犯行声明はいっさいなかった。どの記事も同じような文言で締めくくられていた。引き続き捜査が行われている。

わたしは言った。「エイミーはこういう記事を何百枚も印刷していた。何千枚かもしれない。国務省とやりとりした手紙をまとめたファイルもある。だれもエイミーの質問には回答しなかった」

「息子がだれに殺されたのか知りたいんだ」

「だと思う。政府はその答えを教えてくれなかった、だから自力で犯人をさがすことにしたのかもしれない」

「ふむ」とパイク。

「ああ。そういう連中と接触したいと思っても、普通ネットのコミュニティ・サイトに広告を出したりはしない。エイミーがどこかに書きこみをしたとしたら、その言葉はどんどん拡散されただろう」

パイクはゆっくりと猫をなでた。

「そういう言葉に耳を傾けている連中がいる」

「だれだ？」

パイクが腰をかがめて猫を腕からおろした。猫はシャーと抗議の声をあげ、一目散にくぐり戸へ走っていった。カタン・カタン。

「ジョン・ストーン。ジョンなら耳を傾けている連中を知っている」

ジョン・ストーンはわたしの、というよりパイクの友人だが、〝友人〟という言葉は語弊があるかもしれない。ジョンは個人営業の軍事請負業者、早い話が傭兵だ。プリンストン大卒で、陸軍特殊部隊〈デルタ・フォース〉の元工作員でもある。主な依頼人は国防省。同じ雇われの身でも、報酬は格段にちがう。

パイクが身を起こした。

「あいつに訊いてみる」

パイクがするりとドアから出ていき、わたしはパソコンにもどった。

ローラからのメールを開き、添付されていたホアン・メディーヨとエコー・パークの家に関する資料に目を通した。

ロサンゼルス在住のホアン・アドルフォ・メディーヨは、ストックトン在住のウォルター・ジャコビなる男から七年前にあのエコー・パークの家を買い取り、それ以来所有している。税務委員会の記録によれば、メディーヨの今年の権利証書はボイル・ハイツの住所に転送されていた。固定資産税の記録は更新され、最新のものは三カ月前に支払われている。

メディーヨがまだボイル・ハイツに住んでいるのかどうか、すぐにインターネットで調べたところ、思いがけないリンクが見つかった。

《ホアン・アドルフォ・メディーヨを偲んで》

死亡広告だった。

《昨日、最愛の弟であり息子でもあるホアン・アドルフォ・メディーヨが、収監されていたカリフォルニア州立ソラノ刑務所にて無惨にも殺されました。彼の心は純粋で、その魂は善良でした。最愛の母ミルドレッドに先立たれ、愛するふたりの姉、ノーラとマリソル、そして父のロベルトを残して逝きました。ホアンの冥福をお祈りくださいますよう遺族よりお願い申しあげます》

死亡日を読み、納税記録を確認して、わたしは椅子の背にもたれた。

「なんとなんと」

殺された。

ホアン・メディーヨは刑務所にいながらあの家を取得し、その後まもなく殺されていた。死後七年もたつのに、納税記録によれば、つい三カ月前に自宅の固定資産税を支払っている。

〝愛するふたりの姉、ノーラとマリソル、そして父のロベルトを残して逝きました〟

メディーヨが家を取得してからの七年間、固定資産税が支払われ、家は維持され、トマス・

ラーナーのような借家人たちが住んできた。ただしホアン・メディーヨは死んでいる。トマスの家主はホアンの父親か姉だったのだろうか、彼らはトマスの連絡先を知っているだろうか。

もう時間も遅い。疲れて腹も減っていたが、記者のエディ・ディットコーに電話をかけた。ロサンゼルスじゅうの売れない新聞のために犯罪現場を歩きまわってきた男だ。老いぼれのひねくれ者だが、いまも現役でインターネットに記事を書いている。

開口いちばんが「おまえさんにおれのおできの話はしたっけな」だった。

電話に向かって咳きこんだ。

わたしは訊いた。「エコー・パークの殺しの件でなにかつかんでるんだろう?」

エディは盛大に痰《たん》を切って、ぺっと吐いた。

「脳みそをぐちゃぐちゃにされたチンピラについちゃ、教えてやれることはなんもないな。爆弾の情報がほしいんだが、〈ボート〉の連中ががっちり抑えてやがる。なんでだ?」

「爆弾が見つかった家の所有者はホアン・アドルフォ・メディーヨだ」

「そんなことはみんな知ってる」

「メディーヨは七年前にソラノで殺された」

「ソラノ刑務所か?」

「服役中に家を取得している。刑務所のなかにいながら家を買えるやつがどれほどいる?」

「におうな。その件はちょっと調べてやってもいいぞ」

「ソラノに電話してみてくれ。ひょっとしてあっちの事件とこっちの事件がつながっていないともかぎらない」

「おもしろくなってきたぞ」

「いまの情報は〈ボート〉も知っている。ドアを閉められないうちに即行で動いてくれ」

「おれはなんだって即行でやるんだよ。なにせこの歳だ、クソしてるまにぽっくりってこともあるからな」

「よろしく、エディ」

電話をおろして、死亡広告をにらんだ。あの家には、犯罪現場となった現在にふさわしい、犯罪をにおわせる過去があった。パズルのピースがまたひとつ見つかったような気もするが、このピースが同じパズルのものかどうかはわからない。

夕食は、残り物のチキンとひよこ豆のペーストをはさんだピタパンにした。チキンは、コリアンダーとライムとペッパーを効かせて自宅のグリルでスモークした絶品だ。ピタパンとビールを外へ持ちだし、監視されているのを覚悟で、テラスの端に腰をおろした。

猫も隣に来てすわった。チキンを小さくちぎって、手から直接食べさせた。ビールも少しこぼしてやり、猫がそれを飲むのを見守った。並んで食事をしながら、空が青から紫へ、やがて黒へと深まっていくのをいっしょに眺めた。

エイミー・ブレスリンも同じ空を眺めているかもしれないが、どうだろうか。

メリル・ローレンスと家政婦が話してくれたエイミーは、〈Xスポット〉の男たちが話してくれたエイミーとはまるで別人だった。エイミーのなかにもうひとりの秘密のエイミーが隠れていて、秘密のエイミーはまったく別の世界で秘密のことをしている、そんな感じがした。

「いまなにをしているんだい、エイミー」

猫がごつんと頭をぶつけてきた。

食事が終わるといっしょに家のなかにはいった。わたしはカウチで横になって目を閉じた。そのまま眠りに落ち、気がつくと地球の裏側の真っ暗なジャングルのなかにひとりでいた。頭上に広がる濃い緑の天蓋からわずかに月光が射しこみ、それは、これからたどる小道を照らすにはあまりに頼りない明かりだった。熱気はすさまじく、服は汗でぐっしょり濡れ、虫の大群がわたしの血を容赦なく吸った。

目に見えない大きなものが視界のすぐ外側の闇のなかでうごめいた。わたしと世界を共有しながら、わたしの歩みに合わせて這うように小道を進む恐ろしい生き物。

暗い夢のなかのどこか別の場所で、エイミー・ブレスリンがこれと似たような小道を、ジェイコブの名を呼びながら手探りで進んでいるのがわかった。その姿は写真で見たとおりだ——不安げな目をした、悲しそうなぽっちゃりとした女性。ひとりぼっちで怯えているが、彼女のなかの秘密のエイミーが足をとめさせてくれない。ジェイコブの名を呼びながら、彼女は闇のなかを進み、自分のものではない世界で、想像だにしなかった悪夢のなかに迷いこんだ。

だが、わたしはエイミー・ブレスリンではなく、ここはわたしの世界だ。わたしは好んでここへ来た。みずから志願し、そして黒いシャツを着た獰猛《どうもう》な男たちが、目的を達成できるようわたしを鍛《きた》えてくれた。

なにか黒っぽいものが視界のすぐ外側で影のなかを滑るように走り抜け、その巨大な飢えたものは、エイミー・ブレスリンを狙いながら、同時にわたしのことも狙っている。

わたしはそいつを恐れなかった。

そいつを見つけたかった。

わたしは小さくつぶやいた。エイミーと自分にしか聞こえないほど小さく。

「いま行くよ」

エイミーを見つけようと、そして怪物を阻止しようと、わたしは夜をかき分けるようにして進んだ。

# 24

## ジョン・ストーン

ジョン・ストーンは帰ってきた。十八日間の海外遠征からもどった二日めの晩で、今回はもっぱらシリア国境の北にあるアナトリア高原で過ごした。トラックで国境を越えた幾晩かを除けば。ジョンの自宅はサンセット大通りの北にあり、鋼鉄と黒い壁でできたプライバシー重視のしゃれたモダンな建物で、ポルシェが一台買えるほど値の張るイタリア製の特大の低いベッドがある。広い大地のようなそのベッドに裸で手足を投げだしていたジョンは、眠りから覚めた。胸を優しくくすぐる夜気がひんやりと心地よい。広々とした大地に勝るものはない。

目を覚まさせたのは、闇のなかの低い声だった。

「ジョン」

ジョン・ストーンは動かず、目も半開きのままだった。寝室は南の空の月が投げかける青い影に満ちているが、声の主は見えない。夢を見ているのだろうか。

「目が開いてるぞ、ジョン。おれだ」

夢ではない。パイク。

それでもまだ姿は見えない。

「ほかの者を起こすな。出てこい」

パイクの動きに合わせて、青い影のなかを濃い紫がよぎった。こういうことには恐ろしく巧みなパイクだが、それでもこの家に侵入するとはとてつもない危険を冒したものだ。装塡済みのキンバー四五口径がすぐ手の届くところにある。もっとも、今回はそれが役に立たなかったわけだが。

情けない。

パイクは金が要るのだろうか、とジョンは思った。金が要るなら、自分は稼ぐことができる。そしてジョンは金を稼ぐのが好きだった。

ベッドの向こう端にいる女がいびきをかいた。すぐ隣の女が身じろぎした。三百ドルのスコッチの後遺症で女の声はくぐもっていた。

「あの人、だれ?《キ・エ・ティル》」

「寝ていろ《ロンドル・トワ》」

税関を通過したときに知り合ったフランス人のバックパッカーの放浪娘だった。娘は寝ぼけたような笑みを浮かべて目を閉じた。

「イ・レ・ソルダ・コム・トワ?」

「ペルソンヌ・ネ・コム・モワ、シェリ。ドール」

彼もあなたと同じような兵士なのか、と娘は尋ね、ジョンは、自分と同じような人間はいない、眠れ、と答えた。こういうところがフランス女だ、小賢《こざか》しい。

さらに言えば、フランス娘たちはジョンを兵士だと思っているわけではない。自分の生業を他人に話したことは一度もないが、この女たちとこうなったのは、三百人の人間とともにロサンゼルス国際空港の税関に並んでいた行列が遅々として進まなかったせいだ。ふたりがどう答えるか知りたくて、ジョンはうかつにも自分は傭兵だと言ってしまった。ふたりはくすくす笑い、ジョンを嘘つき呼ばわりした。ジョンは三十代、鍛《きた》えた身体にブロンドのスパイク・ヘア、片方の耳にスタッド・ピアスをつけている。本当はなにをしている人かとふたりは尋ね、ひとりはバンドのメンバーだろうと言い、もうひとりは映画俳優にちがいないと言い張り、どちらもジョンの気を惹こうとした。ジョンはサーファー風のさわやかな笑顔で、じつはスパイだと告げ、それがさらなるくすくす笑いを呼んで、冒険家だの、プロの戦士だの、学者だの、歴史家だの、暗殺者だのという話になり、片方の娘がついにジョンの腕に触れてきて、それで決まり、ベイビー、あとはごらんのとおりだ。おかえり、ジョン。

ジョン・ストーンは十三カ国語を話し、うち六カ国語に堪能で、フランス語もそのひとつだった。あまりにも流暢《りゅうちょう》に話すので、娘たちはジョンのことを、アメリカ人のふりをしている生粋のパリジャンだと思った。地元住民に難なく溶けこめるこの才能は、仕事の実績を積む上での貴重な道具だった。

ジョンは静かにベッドを離れた。

家の裏側には床から天井まである高さ三メートルの引き戸が並んでおり、特別に注文したこ

の特大サイズのガラス戸のおかげで、ジョンは景色を眺めながら禅の世界に浸ることができる。地平線できらめく黄金の明かり、不審者を追う警察のヘリの位置を示す赤い閃光《せんこう》、ロサンゼルス空港に向けて降下するジェット機の連なりは漆黒の空を横切る真珠《しんじゅ》のようだ。ガラス戸はトラックほどの重量があるが、横に引くとシルクのようになめらかに開く。ジョンは外に出てプールまで行った。

街の明かりを背に受けたパイクがシルエットになって浮かび、ジョンはそちらへ近づいていった。

「次のストーン夫人をどう思う？」

「どっちだ」

「どっちでもいい。どうせ行き着く先は同じだ」

ジョンは六回結婚したことがある。六回は充分に多い。

「おれの家でいったいなにをしてる。撃ち殺されても文句は言えないぞ」

「ロサンゼルスで軍用の武器弾薬を売ってるやつを知らないか」

藪《やぶ》から棒とはこのことだ。

ジョンは寝室をちらりと振り返り、いらだちを覚えた。

「ちょっと待て。おれは素っ裸でここに立ってて、いまは夜中の三時で、しかもなんでおれがそんなことを知ってるんだ」

「おまえの雇い主は耳を傾けている」

「おれは二日前に帰国したばかりだ、兄弟。いったいなんの話をしてる」

「エコー・パークで見つかった盗品の軍需品。ロケット弾と四十ミリの手榴弾。コールがある女性の行方を追っている。その女が密売人とかかわっていると考えている」

ジョンは本気で頭にきた。陸軍で十三年、後半の六年を特殊部隊で過ごしたあと一線を退き、民間の軍事請負業者となった。さまざまな顧客に自分や他人の業務を売っており、まさにもうひとりのジョー・パイクとの声もある。ちなみにそのパイクは超高給取りで、つまりパイクが契約の仲介を任せてくれれば、ジョンの手数料も高額になるのだが、引き受けるつもりはなかった。なぜならパイクがエルヴィス・コールと組むのは時間の無駄だからだ。ケツをふく二十ドル札二枚も持っていないようなせこい探偵と。

「どうかしてるぞ、パイク。コールもあいつの問題もどうだっていい。おれをあの女たちから引きはがしたからには、まとまった金の用意があるんだろうな」

「彼女が密売人とかかわってるとしたら、そいつが売る相手はおそらくアルカイダだ」

ジョンの動きがぴたりととまった。ジョン・ストーンの主たる顧客はアメリカ合衆国で、任務の大半は、さまざまなテロリストの一派、そして彼らを支援する政府や企業や個人と直接対峙することだった。非公式に、極秘で。ジョンがフランス娘たちに自分はプロの戦士だと言ったのは、嘘ではなかった。

ジョンはもう一度、寝室を振り返った。引き戸に縁取られた黒い四角のなかにはなんの動きもない。

「アルカイダ」

パイクがうなずく。

「なあ、考えてもみろ、どこかのばかたれがそんなものを売ってるからって、テロリストに流れるとはかぎらないだろう。アメリカ人は能天気だから、手榴弾をペーパーウェイトにしてロケット弾をランプ代わりにでもするさ」

「彼女は能天気な連中など相手にしていない。接触を図ろうとしてるのはＦＴＯだ」

ＦＴＯ。外国のテロ組織。

ジョンは心底うんざりした。

「これだから、あんたがコールと組むのは時間の無駄だと言ってるんだ、こんなくだらないことで。その女はいったいなんなんだ、頭のいかれた人間か、それとも反アメリカ主義の変人か？」

「息子をやつらに殺されたんだ」

ジョン・ストーンは友人を凝視した。パイクの顔は仮面のように無表情で、計り知れず、知るのは不可能だった。黒いサングラスに反射する街の灯だけが生を感じさせた。

パイクが言った。「ナイジェリアの自爆テロで。容疑者も逮捕者もなし。彼女は答えを求めている、ジョン。なんとかして情報源にたどりつこうとしているんだろう」

「テロリストに」

「もしくは情報を入手できるコネのある人間に」

「ロサンゼルス?」

「エコー・パーク」

ジョンはテラスの端まで行った。ヘリコプターが空を飛び交い、大型ジェット機が夜をゆるやかに降下していくのを眺める。

「ここでか」

パイクは無言だった。

「なあ、いいか、これは国土安全保障省がやるべき案件だ」

「もうやってる。FBIと市警も、やってる。コールとおれも、やってる」

ジョンはため息をついた。

「で、おれにもやれと」

「おまえの雇い主は耳を傾けている。この街でそんな話をしていたやつがいるとしたら、それがだれか知ってるかもしれない」

「やるよ」

パイクが立ち去ると、ジョンは寝室にもどり、だがベッドにはもどらなかった。電話機は家のあちこちにあるが、プライベートな携帯電話はズボンのポケットにある。ベッドの足元で衣類をひっかきまわしていると、フランス娘が目を覚ました。気だるく悩ましげに寝返りを打ち、伸びをして肢体を見せつけた。

「トン・ナミ、イル・ヴァ・セ・ルトゥルヴェ・アヴェク・ヌ?」

「ヴァ・サ・ドルミール」

「モン・ギャリエール」

「テ・トワ」

パイクもベッドに来るのか、と娘は尋ね、いいから寝てろ、とジョンは答えた。娘はふざけてジョンを〝あたしの戦士〟と呼び、ジョンは黙れと言い返した。

ばか女。

ジョンは携帯電話を見つけだし、外へ持ちだした。ジョンが仕事に使っているこの特殊な電話は、信号にスクランブルをかけて盗聴不能にしてあるが、同じチップを備えた電話機ならスクランブルを解除できる。

闇の奥深くで、ジョンの雇い主たちは耳を傾けているだけではなかった。収集している。通話記録、電子メール、テキスト・メッセージ、ビデオ画像、インターネット上にあふれる膨大な量のあらゆるデジタル情報が収集され、保存されている。泡と光で作られたスーパーコンピューター、頭の切れるコンピューターおたくによって書かれた連続系アルゴリズム、ジョー・パイクやジョン・ストーンに劣らぬその道の達人たちが、そのすべてを解析しながら、パターンとキーワードをさがす。見落としはまずなかった。

ジョンは自宅のテラスの端からその電話をかけた。特殊な電話の主が応答した。しばらくしてジョンは電話でリムジンを呼び、フランス娘たちを起こして、帰れと告げた。

ジョンはやる気になった。

# 25

## ロリンズ氏

ロリンズ氏はエンシーノにすばらしい家を持っており、丘の上のその家からはヴァレーの絶景が眺められる。当然ながら名義は本名でもロリンズでもないが、なんの担保もついていない家で、ほかにもマンハッタン・ビーチにコンドミニアム、ウェスト・ハリウッドにバンガロー、アーツ地区のダウンタウンにロフト、大きな〈ハリウッドサイン〉の真下の山腹に一九二三年築のスペイン風大邸宅を所有していた。なかでもこのエンシーノの家は気に入っている。裏庭に大きなプールがあり、屋外キッチンがある。夜にはプールサイドにすわって煙草をくゆらせ、あくせく働く負け犬どもが、どこに住んでいるのか知らないが、赤いランプで埋めつくされた四〇五号線を必死になって家路につくのを眺めるのが好きだった。

今夜もそうして寝椅子に横たわり、煙草を吸いながら負け犬どもを眺め、エコー・パークの家が失われたことから少し立ち直りかけたころ、イーライから電話がかかってきて、せっかくの夕べが台無しになった。

あのピエロが生きていて、警察が爆発装置を回収した。

「イーライ、待て。話はもういい。その装置でおれたちに害が及ぶことは？」

「部品から足がつくことはない。仕掛けるところはだれにも見られなかった。その点は断言してもいい」

たわごとだ。指紋、パーツの番号、装置に残留したＤＮＡが、イーライか、あるいはその一味のだれかに結びつく可能性はある。

凶暴な妄想が意識のなかに忍びこんできた。ピエロを撃つ自分の姿が見えた。白昼に街なかで、背後から近づいて背中に銃を押しつけ、すばやく四発撃ちこみ、あの野郎をずたずたにして、身体が地面に倒れる前に歩き去るところ。ホームランを狙うようなフルスウィングで、ルイヴィル・スラッガーのバットをイーライの側頭部にたたきつけるところ。チャールズとあの女に目隠しをして手足を縛り、ひざまずかせて頭を一発ずつポン、ポンと撃ち抜くところ。それで問題は解決、すっきり片がつき、前へ進むことができる。

これは恐怖心が言わせることだと気づき、もうひとつのルールを自分に思いださせた――恐怖心を抑えろ、でないと恐怖心がおまえを愚か者にする。

ロリンズ氏はイーライを待たせたまま、少し時間をとって考えをまとめた。イーライは殺しをしくじった、となれば、こいつはほかのことでもしくじるのではないか。

「おまえの使いの若造、やつは死んだらしいな」

「カルロスだ」

「最後に見たときはそれほど重傷でもなかった。警察が口を割らせようとしたにちがいない」

「あいつは口を割ったりしない」

「こう訊かざるをえない。あいつがおまえに結びつく可能性はないか?」

イーライは黙りこんだ。

「おまえの手下だったんだ、イーライ。こう訊かざるをえないのはわかるだろう」

「カルロスがおれに結びつくことは絶対ない」

「そうか。わかった。それはなによりだ」

「ああ」

「例の警官。あいつを始末する仕事がまだ残ってる」

「前よりやりにくくなったが、こっちでなんとかする」

「簡単には見つからないだろう。仕事に復帰させるとは思えない」

「名前はもうわかってる。どこに住んでるか調べてくれるつてもある」

「名前がわかってるのか?」

「つてがあるんだ。警察犬の警官の数はそれほど多くない。簡単だった」

イーライに協力してくれるつてがあることは疑っていなかった。イーライの仕事はだれも知るはずのない情報が土台になっている。

イーライは言った。「その件は任せてくれ。いまも準備を進めてるところだ。そのせいで今回の取引が遅れるのは困る」

「遅れてはいないし、遅れることにはならない」

ロリンズは電話をおろした。イーライはやり遂げるはずだと自分に言いきかせたが、大きな不安は消えなかった。一日の遅れがいつのまにか二日に、二日がいつのまにか三日になりかねず、時間が刻々と過ぎるにつれ、ピエロが確認する顔写真の数は増えていく。そのうちかならず、やつはロリンズ氏を見つけるだろう。

これはきわめて重要なルールのひとつだ――警察に正体を知られたら、潔くあきらめる。友人、家族、妻、恋人、家、金、子供、金魚、なんだろうと。立ち寄って説明したり別れを告げたりせず、隠し金を回収したりもしない。どこにいようと、なにをしていようと、なにもかも捨てて立ち去り、決して振り向かない。

ロリンズ氏はこの事実を受け入れて、準備をしていた。さまざまな名義で秘密の口座に大金を置いてある。免許証も、クレジットカードも、パスポートも複数持っている。振り返らずに立ち去ることは可能だが、あわてるなと自分を戒めた。あわてるとパニックを起こす。

イーライはプロで、冷酷な殺し屋だが、この身の運命をイーライの手に委ねるつもりはなかった。

電話を持ちあげて、かけ直した。

「あとひとついいか、イーライ。やつの名前は?」

「スコット・ジェイムズ巡査だ」

「ジェイムズ巡査の住所がわかったら、始末する前に連絡をくれ」

ロリンズ氏は電話を切った。フリーウェイを眺めると、渋滞にはまった赤いランプの列はのろのろと地獄を通過して虚無へ向かっていた。そのランプのひとつひとつが負け犬で、自分が何者なのかもわかっていない愚か者たちだった。

殺し屋稼業にもどりたくはなかったが、かつてはそれが得意だった。腕利きだった。そして、ロリンズ氏はときどきそれをなつかしく思った。

# 第四部　捕食者たち

アフリカのライオンが獲物を仕留めるのは十回の狩りのうちわずか二回。豹はそれより少し多く、成功率は二十五パーセント、大型の猫科動物でもっとも狩りが上手なのはチーターで、成功率は約五十パーセント。アフリカで最強の四本脚の捕食動物は、大型の猫ではない。その動物は、獲物に逃げきられることも引き離されることもなく、どこまでも執《しっ》拗《よう》に追跡し、十回の狩りで九回は獲物をとらえる。アフリカでもっとも危険な捕食動物は、野生の犬だ。

# 26

## エルヴィス・コール

東の尾根の上に太陽がすっかり顔を出し、熱気で大気が赤く染まるなか、身を潜めている警察官たちを観客に、わたしはテコンドーの蹴り技をひととおり披露した。ジョー・パイクとジョン・ストーンがテラスにやってきたのは、あと数分で朝の七時というころだった。

ジョン・ストーンが手すりのそばへ行った。

「なあ。わざわざ警官に見せてやってるのか?」

自分を相手に闘うこと一時間、ショートパンツは汗で湿り、テラスにも汗が飛び散っていた。猫は汗がかからないようグリルの下にいる。ジョンを見ると尻尾をパシンと鳴らして低くうなった。愛想のかけらもなし。

「よく来てくれたな、ジョン。借りができた」

「あんたに関しちゃ、こっちは永久に赤字だ」

ジョンが峡谷の向こう側を指さした。

「見張りがついてる。向こうの尾根の十時の方角、青い家の左。来る途中の道にもひとり、曲

が り角を見張ってた」

「知ってる。ひと晩じゅうあそこにいた」

峡谷の向こう側の人間に向かって、ジョンはわざとらしく手を振った。

「きのうあんたに恥をかかされたことを考えると、連中は車に盗聴器を仕掛けたかもしれないな。そいつを片づけてやろう」

ジョンの任務では、建物や車両にこっそり仕掛けられた装置を見つけることもたびたび必要になる。常に命がけの任務だった。

「家のなかも調べてくれ」とパイク。

ジョンは仏頂面をパイクに向けた。

「忘れるなよ、こういう仕事は本来ならたっぷり報酬をもらってやるところだ。いちおう言っておく」

わたしは汗をぬぐい、Tシャツを着た。

「きみの雇い主はエコー・パークの件でなにか知っているのか?」

仏頂面が今度はわたしに向けられた。

「こっちが先だ。息子を殺されたという女性、ブレスリンは、あんたとどういう関係で、その人のことはどこまでわかってるんだ?」

わたしはエイミー・ブレスリンのファイルを取りにいき、〈ウッドソン・エナジー・ソリューションズ〉の会社案内を開いて、彼女の写真を見せた。

「冗談だろ。おれのおばさんて感じじゃないか」

「エイミーは四十六万ドルを横領した。九ミリのルガーを買って、射撃を習って、何カ月もかけてイスラム過激派の聖戦主義者《ジハーディスト》たちに接触を試みた」

ジョンが疑わしげな顔になる。

「なんでそんなに時間がかかったんだ？　アルカイダとＩＳＩＳはメディア・センターを持ってる。ヒズボラはテレビ局を持ってる。あの連中は新兵募集や資金集めにツイッターやフェイスブックを利用してるんだ。そのどこかにひとこと連絡すればいいだけの話だろう」

「彼女は賢い。きみの雇い主がそういうサイトを監視していることを知っている」

ジョンはにやりと笑ったが、それはひねくれた意地の悪い笑みだった。

「おれの雇い主はすべてを監視してる」

ジョンがファイルに目を通すあいだに、メリル・ローレンスとエイミー・ブレスリンのこと、〈Ｘスポット〉でわかったことを話して聞かせた。話を聞き終えてファイルを返してよこしたとき、ジョンの態度は一変していた。〈デルタ・フォース〉の顔になっていた。その顔に、わたしは落ち着かない気分になった。

「あんたはおれにあることを訊いてほしいと言った。おれは訊いた。これは電話やメールでできるような会話じゃない。きょうにかぎらず、いつだろうと。その点はわかってるな」

「ああ」

「これはたしかな話だ」

「わかっている」

「三カ月半ほど前から、個人運営のある掲示板に気になるメッセージが投稿されはじめた」

「プロのジハーディストのサイトだ」とパイク。

「その投稿の発信元はロサンゼルスだったのか？」

「二カ月と三週間前、発信元がロサンゼルス地区というところまでは突きとめた。注目すべきは〝地区〟という言葉だ。国家安全保障局《NSA》は捜査の必要ありと判断して、国土安全保障省にボールを投げた」

　ミッチェル特別捜査官がテロリストの非道な行為について語ったとき、この投稿のことが頭にあったのかもしれない。

　かすかな希望が芽生えた。パソコンやスマートフォンは、インターネットに接続するたびに、雪に残る足跡のようにはっきりと識別できる番号の痕跡を残す。番号のひとつはプロバイダーによって割り当てられたものだが、もうひとつはハードウェア本体に組みこまれている。だれかがログオンした瞬間から、そのパソコン独自の数値がインターネット・サービスのプロバイダー、ネットワーク、無線アクセスポイント、サーバー、ルーターなどに記録され、その時間や場所、接続経路は特定のマシンに永久にリンクされる。ネットサーフィン、メールの確認、友人とのチャット――その都度新しいルーターとプロバイダーがその人の数字を記録して保管する。その一連の数字を逆にたどることで、特定のパソコンの位置情報を突きとめることもできる。おおよその位置を突きとめるのはさほどむずかしくない。ジョンの知り合いの諜報員たちなら、痕跡をたどって特定のログオン・アドレスにたどりつき、特定のマシンを突きとめ、それを購入した人物の名前をメーカーから聞きだすこともできるのだろう。

「エイミーだったのか？」わたしは訊いた。

「だとしたら、彼女のほうが一枚うわてだった。だからこそ彼らも注目したんだ」

「発信者の正体が突きとめられない」とパイク。

「どういうことだ？」

ジョンがにやにや笑う。

「つまりだ、その手の掲示板にくだらない投稿をするのはたいてい、ガレージに住む変人か、姉貴のマリファナでハイになった十三歳の悪ガキと決まってる。十三歳の悪ガキなら見つけるのはわけもない。今回のパソコンは、匿名プロキシとバーチャル・ネットワーク、なりすましのIDナンバーの陰に隠れていた。あるものはパリから投稿されたように見え、かと思えば次はバーミンガム、次はバトン・ルージュという具合だ。それぞれが別のパソコンで書かれたように見える、ただしどのパソコンも実際には存在しない」

わたしはパイクにちらと目を向けた。

「抜け目ないな」

「投稿は全部で十六件あった。ホワイトハウスを爆破するという脅しや西欧諸国への憎悪に満ちたものじゃなくて、過激派とのかかわりを明確に求めるものだった」

ジョンが投稿の内容を説明してくれた。最初は、北西アフリカにおけるイスラム主義者たちのジハード運動のリーダーと連絡をとりたいという丁寧な要請だった。その話を聞いてすぐにぴんときた。

「エイミーだ。ナイジェリアで息子を殺された」

ジョンが指を一本立てて、先を続けた。投稿者は北アフリカのアルカイダのメンバーに一度ならず呼びかけて、セキュリティ要件を充分に満たす積極的意思があると表明した。その後の投稿では〝自分の持つ専門的技術を教える用意がある〟とか〝規制物質とその有用性についての知見を提供できる〟という言い方をしていた。

わたしはまた口をはさんだ。

「それはエイミーだ。爆薬のことを言っている」

ジョンがつかのまわたしをじっと見たように思ったが、見ていたのはわたしではないかもしれない。

「そして投稿が途絶えた。十六件めの最後の投稿は一カ月と三週間前だ。それきり、なんの音沙汰もない」

「それに反応する書きこみはあったのか?」

「いくつも。すべて確認のうえで除外された。ごみだ」

「国土安全保障省はまだ調査を続けているのか?」

「いや。投稿が途絶えた時点で、その案件はワシントンにもどされた」

「きみの仲間はどう考えている?」

「ふたつにひとつだ。接触が行われて、対話がオフラインへ移行したか、接触は行われず、投稿者が単に投稿するのをやめたか」

「やめた」

「そうだ。いたずら電話をかけるガキと同じ。最初のうちはおもしろくて、くだらない電話を二カ月もかけ続け、やがて気がすんで、興味はほかのことへ移る。万一接触が行われたとしたら、ワシントンの目を逃れたということだ」

「呼びかけに応じた者がいた」

チャールズのことをジョンに話した。

ジョンがため息をつく。

「彼女は命を落とすことになるぞ」

「われわれが見つけなかったら」

ジョンがふたたび峡谷を振り返り、宙に身を乗りだした。

「パイクの話じゃ、自爆テロだったそうだな」

「死者十四人、負傷者三十八人。息子はジャーナリストだった」

ジョンが手すりからさらに遠くへ身を乗りだす。

「戦争なんてろくなもんじゃない」

手すりを押して身を起こした。

「道具を取ってくる、盗聴器があるか調べてみよう」

パイクがわたしの腕に触れ、通りにあごをしゃくった。

「ちょっと待った」

紺色のトランザムが家の横手の通りに停車した。運転席にいるのは警官で、助手席にジャーマン・シェパードが乗っていた。シェパードは大きく、車内の空間をほとんど占領している。

ジョン・ストーンがご機嫌な笑みを浮かべた。

「いいねえ。犬か」

# 27

## スコット・ジェイムズ

スコットが一九八一年型トランザムの二ドア・スポーツクーペを買ったのは、週末に自分で修理して楽しむためだったが、銃撃事件でそのプロジェクトは頓挫《とんざ》した。内装はぼろぼろで、右後ろのフェンダーにへこみがあり、塗装はあちこち錆が浮いているが、充分に走るし、マギーがシートをだめにする心配も無用だった。もうすでに破れている。

Ｋ９の車両は科学捜査課の管理下にあるので、スコットはトランザムでコールに会いにきた。マギーは前の座席でコンソールボックスをまたいですわり、スコットの視界をさえぎっている。警察犬隊では、所属する犬は移動の際に安全なクレートに入れることになっているが、出会った最初の日からマギーはコンソールボックスにすわっていた。せめて後部座席に乗せようとしたのだが、マギーは前に乗るのが好きなようだった。海兵隊ではいつもこうして乗っていたのだろうとスコットは納得し、あきらめて好きにさせた。外を確認したりギアを変えたりするのに犬を押しのけなければならないが、それでもかまわなかった。スコットが押すと、負けじと押し返してくる。マギーのそういうところが好きだった。

峡谷の上のほうにあるエルヴィス・コールの家まで行ったとき、番地を確認する必要はなかった。スコットが車を寄せるのを、コールとふたりの男が家の裏側のテラスの端からじっと見ていた。客がいるとは予想していなかった。

「おれたちはとことんついてないな」

マギーのハアハアという熱い息が首にかかった。

赤いチェロキーと黒いレンジ・ローヴァーが家の前にとまっている。そのまま走り去ろうかと思ったが、ここであわてて逃げたりしたら、コールは協力しようという気にならないだろう。

ごつごつした針葉樹のそばのよく見える場所にジープと鼻を突き合わせる恰好で車をとめた。容疑者の似顔絵をポケットに入れて車から降り、斜面の端まで行った。コールと仲間たちは、フェンスにとまった三羽のカラスよろしく、じっとこちらを見ている。片方の耳が傾いたぼさぼさの黒猫も、じっと見ている。いかにも迷惑そうな目で。

コールが両手を掲げた。

「これが手入れなら、降参する」

「コールさん、スコット・ジェイムズだ。覚えてるかな」

「ああ。今回も撃たないでくれてありがとう」

コールはいままで運動をしていたようだが、友人たちは普通の恰好だ。背の高いほうはサングラスに袖なしのグレーのスウェットシャツ、両腕に赤い矢のタトゥーが見える。もうひとりはコールと同じ背恰好で、ジェルでつんつんに立てたブロンドの髪、砂漠仕様のパンツに、胸板と二頭筋にぴったり張りついた黒いニットシャツ。

「この前の晩のことで話を聞きたいんだ。ちょっといいかな、できればふたりで。友だちは抜きで」

ブロンドが小ばかにするように笑った。

「おれたちが友だちだってだれが言った」

コールはその意見を聞き流した。

「カーターとスタイルズがきのう話をしにきたよ、巡査。わたしは容疑者だ。きみがここに来るのはまずい」

コールはまっすぐ目を見て率直に言った、はじめて会ったときと同じように。

「カーターの考えはわかってる、おれは同意してない。ちょっと話せるかな。カーターはおれがここにいることを知らない」

ブロンドが声をあげて笑った。

「言わせてもらえば、それはあんたの勘ちがいだろうな」

ブロンドの棘のある言い方にスコットはかちんときた。

「言わせてもらえば、これはおれとコール氏の問題だ」

コールが家の裏手の山を指さした。

「カーターの指示で監視チームがわたしを見張っている。きみも見られているぞ」

そちらに目を向けたい衝動をスコットは懸命にこらえた。コールのはったりだろうと思いつつも、できるだけ身を縮めて針葉樹の陰に隠れるようにした。それを矢のタトゥーの男に見透かされた。

「向こうは視線をちゃんと確保している。木に隠れても無駄だ」

一瞬やましさと怒りを覚えたが、たとえ墓穴を掘ったとしても、ここで引きさがる気はなかった。

「どうしても話がしたい。あんたが追いかけてた男がおれを殺そうとしてるんだ。車に爆弾を仕掛けられた」

コールの顔が曇り、ブロンドの顔からにやにや笑いが消えた。ふたりの態度が一変したのはあきらかだった。にわかに希望がわいて、スコットはもうひと押しした。

「爆発装置にはプラスティック爆弾が使われていたんだ、エコー・パークで見つかったものとよく似たやつが。精巧な装置だ。作った人間はこの仕事に精通してる」

ブロンドがコールをちらりと見やり、コールが手すりへ移動した。

「なかへどうぞと言いたいところだが、それはまずいだろう。こっちから出ていくよ」

コールと友人たちは家のなかへ姿を消した。

マギーを車から降ろして、リードをつけた。マギーはスコットの左脇にきちんとつき、外に出られてうれしそうだったが、コールと友人たちが玄関から出てくると、両耳をぴんと立てた。

「落ち着け、マギー。だいじょうぶだ」

そのときコールの猫がうなり声をあげて、スコットの注意を惹いた。テラスの端を横歩きでじわじわと移動しながら、マギーをにらんでいた。背中を大きく丸めて毛を逆立て、憎々しげに目を細めている。マギーはうずうずしながらも、その場から動かなかった。

コールが大声をあげた。こんなことは日常茶飯事みたいに。

「やめろ！」

猫はテラスから飛び降りてマギーに突進し、直前で急ブレーキをかけて、また横歩きしながら、狂犬病の犬かと思うようなうなり声を発した。スコットはマギーのリードをぐっと引き寄せた。

コールが両手をたたいてさらに声を張りあげる。

「あっちへ行ってろ！　行け！」

猫はシャーと威嚇し、横に飛びのいて、一目散に針葉樹を駆けのぼった。樹上からもうなり声がずっと続いた。マギーはそちらを見ようと頭をめぐらせた。

「あんたの猫はだいじょうぶなのか？」

「猫のことは忘れてくれ。わたしが追いかけた男はだれだったんだ？」

コールの関心は本物だった。ただの好奇心から口にしたのではない。いたってまじめな口調で、どうしても答えを知る必要のある人間の態度だった。コールの友人たちが注視しているのも気に入らない。襲いかかるタイミングを見計らっている二頭のライオンだ。

「できればふたりで話したい」

「気にしなくていい」

コールがタトゥーの男とブロンドのほうへ頭を傾けた。

「ジョー・パイク。ジョン・ストーン。で、あの男の正体は？」

「あんたならわかるかと思って」

スコットは似顔絵を広げてコールに渡した。パイクとブロンドが両側から身を寄せ、ブックエンドのようにコールをはさんだ。コールは似顔絵をじっくり見て、返そうとしたが、スコットは受け取らなかった。

「ごめん。まったくわからない」

「ほんとにそうかな。あんたは知ってることをまだ全部話してないと思う」

ブロンドが似顔絵を手に取ってしげしげと眺めた。

「こいつが武器のディーラーか？」

「何者かはわからない。あの家にいたんだ。おれはそいつと話した」

「なまりはあったか？」

それはおかしな質問で、ブロンドがなぜそんなことを訊くのかふしぎだった。

「いや。でも、そいつと話して、次の日おれの車に爆弾が仕掛けられた。この犬がいなかったら死んでるところだ」

ブロンドがマギーに目を向けた。

「ほんとに？　この犬が？」

「そうだ」

「この子は爆弾の探知犬か?」

「うちに来る前は海兵隊にいた。爆発物探知と警備」

パイクが動きだし、横にまわった。ブロンドはまだうれしそうにマギーを眺めている。

「軍用犬か! なんとね、こういう犬たちのおかげでおれは何度も命拾いしたよ」

パイクが近くに来て、マギーの傷痕をじっと見た。

「爆弾?」

「撃たれたんだ」

パイクが手の甲をそっと差しだした。マギーはにおいを嗅ぎ、尻尾をパタパタ振った。

「よく帰ってきたな、海兵隊員」

ブロンドが声をあげて笑った。

「海兵隊魂は一生ものだな」

ふたりの男にはなにか通じるものがあるらしく、だがスコットにはどうでもよいことだった。

コールは口を開いてくれたが、有益なことはなにも言っていない。スコットは似顔絵を指さした。

「この男とは、いまのおれたちくらいの至近距離で会って、そいつがおれを殺そうとしてるんだ。この男を見つけるのに役立つようなことを知ってるなら、ぜひ教えてもらいたい」

コールは困ったような顔になった。

「カーターはまだなにも見つけていないのか?」

「カーターはあんたにかまって時間を無駄にしてる。おれにはそんな時間の余裕はないんだ」

コールは似顔絵に集中し、なにか考えているようだった。口を割るのかと思いきや、尾根のほうを振りあおいだ。

「彼らはきみの写真を撮る。望遠レンズを使って鮮明な画像を撮るだろう。きみがやるべきは、まずカーターに電話することだ。向こうがかけてくる前に。そしてここにいることを伝えろ。わたしの協力が得られるかもしれないと思った、と言えばいい。カーターは怒るだろうが、少しは大目に見てくれるかもしれない」

スコットはロード・ランナーを追いかけまわすワイリー・コヨーテになった気がした。勢い余って崖から宙へ飛びだしてしまい、自分を支えてくれるものがなにもないと悟ったときのぞっとする瞬間。

「言うことはそれだけか？」

コールは尾根のほうに目をこらした。はるか遠くにあるものを見ようとするように。いい加減にしろと言おうとしたとき、コールが振り返った。

「きみに協力するとしたら、お返しにきみにも協力してもらう必要がある」

ブロンドがげらげら笑いだしたが、パイクのほうは微動だにしなかった。

「どういうことだ？」

「きみは協力を求めてここへ来たんだろう？」

「人の話を聞いてないんだな。あんたは四回も逮捕歴があって、カーターはあんたを疑ってるし、おれもあんたがなにか知ってると思ってる。見たところ善人のようだ、だから話してほしい。知ってることを教えてくれ」

コールは似顔絵を持ちあげた。

「わたしは探偵だ。たぶんこの男を見つけられる」

「ここへ来たのは探偵を雇うためじゃない」

「雇ってくれとは言っていない。協力すると言っているんだ、でもそのためにはお互い協力しあう必要がある」

ブロンドが捕食者のような歯を盛大に見せてにかっと笑った。

「なにを困ることがある？　こいつは世界一優秀な探偵だぞ」

スコットはコールの表情を読み取ろうとした。顔には警戒の色が見えるが、なぜかこの男は本物で、頼りになると思わせるものがあった。

「考えてみてくれ。ペンはあるかい？　連絡先を教えておく」

不安を覚えつつ、スコットは市警の名刺を一枚取り出して、コールの電話番号を控えた。

コールが言った。「カーターに電話するのを忘れないように。かかってくる前にかける、そこが肝心だ。そうすればカーターに隠れて動くつもりはなかったと思わせられる」

スコットは尾根にちらりと目をやった。

「監視されてるというのはたしかなのか？」

ブロンドがまたげらげら笑った。

「やつらは常に監視してる」

コールが家のなかへもどり、友人たちもついていった。スコットは三人を見送り、どうしたものかと考えた。コールのいかれた猫が樹上のどこかでうなった。恐ろしく獰猛《どうもう》な声だった。

トランザムのドアを開けてマギーを乗せ、ゆっくりと走りだした。コールが本気なのかどうか、そして実際に役に立ってくれるのかどうか、じっくり考えてみた。カーターに電話しろと助言されたことをようやく思いだしたときには、もう遅かった。先にカーターから電話がかかってきた。

# 28

警備部の上司が部屋にはいってくると、カーターが立ちあがった。スコットはもとから立っていて、マギーもすぐ脇に立っていた。カーターの顔は怒りでまだらに染まっている。

「副部長」

マイク・イグナシオ副部長は小さい目と細い鼻と大きな口をしている。警察犬隊は警《メトロポリタン・》備中隊《デイヴィジョン》、通称〝メトロ〟の一部門で、カーターは重大犯罪捜査課に所属しているが、どちらもCTSOB――カウンター・テロリズム・アンド・スペシャル・オペレーションズ・ビューロー、すなわち警備部の指揮管理下に置かれている。警備部の副部長のひとりとして、イグナシオはこの二つの部門と、ほかに三つの部門を監督している。早口でしゃべり、手に負えないほど多くの仕事を同時にかかえた男のようにせかせかと動いた。

「どうして警察犬がここにいるんだ」

「おれの相棒です。K9の車両は鑑識にあるので。自分の車には装備がなくて――」

イグナシオがさえぎった。

「訓練所に預けてくれればいいだろう」

「時間がなかったんです。カーター刑事にいますぐ来いと言われました」

「わかった。それならいい」

イグナシオはカーターを一瞥し、壁に寄りかかった。

一同はまた会議室に集まっており、いまはこの部屋が特別捜査本部として使われていた。テーブルには書類やバインダーが散らばり、コンピューターも二台あった。カーターはネクタイをゆるめており、長時間シャワーを浴びていないのか、顔色がくすんでいた。

イグナシオがスコットに笑いかけた。

「わたしの一日を台無しにしたいようだな、巡査」

「コールが監視されているとは知らなかったし、近づくなとはだれにも言われなかった。捜査に協力したかっただけです」

イグナシオがカーターに目を向けた。

「で、きみはどうしたいんだ、カーター。人事に苦情を申し立てるか？」

「こういうことが二度と起こらないように念を押したいだけです」

「二度と起こらないことはわたしが保証する。わたしの希望を言おう。〝メトロ〟にわざわざ報告をあげなくてもいいようにこの場できっちり片をつけて、この巡査には厳重に注意する。それでいいな？」

イグナシオは返事を待たなかった。

「ラス？　用件は？」

ラス・ミッチェルが到着したとき、スコットは紹介されなかったが、耳にはいってくる話からどこのだれかはわかった。カーターやスタイルズといっしょにこの件を捜査している国土安全保障省の捜査官だった。

「いくつか質問したい。彼のちょっとした冒険でなにか成果があったかもしれないから」

「災い転じて福となすってか？」とカーター。

カーターの口から出る言葉がいちいちスコットの神経を逆なでした。

「あんたの捜査のじゃまをする気はなかったんだ」

スタイルズがドアのところへ行った。タブレットを手にした険しい顔つきの刑事がはいってきた。スタイルズが、特別捜査班のウォレン・ホリス刑事だと紹介した。

カーターがスコットのほうに手をひと振りした。

「見せてやれ」

ホリスがタブレットを支えて見せてくれたのは、コールの家のテラスにいるコールとパイクとジョン・ストーンの写真だった。背景には斜面の上にいる自分の姿も写っている。

コールの言ったとおりだった。監視チームが見張っていて、スコットの写真を特別捜査班にメールで送ったのだ。

カーターが言った。「協力したいんだろう、なら協力しろ。自分の姿は別として、この写真の男たちに見覚えはあるか？」

「ある」

ホリスが言った。「コールとパイクはわかってる。ブロンドはだれだ？」

「ジョン・ストーン。この男について知ってるのはそれだけだ」

ホリスがカーターを一瞥し、メモのページを参照した。

「その名前では確認がとれない。車は黒のレンジ・ローヴァー。登録証の所有者はスリー・サイズ有限会社で、住所はウェスト・ハリウッドの私書箱だ。告発も令状も召喚もなし。この男とパイクは同時に到着した、パイクはジープで、ブロンドはローヴァーで」

カーターの視線がスコットに移った。

「そいつとコールの関係は？」

「友人、だと思う。何度か冗談を言ったけど、多くはしゃべらなかった。パイクのほうはもっと無口だった。ほとんどコールとおれが話をしていた」

カーターはいらだちをあらわにした。

「いっしょにいたくせに、この連中がだれかわからないだと？」

「コールに連れがいるとは知らなかったんだ」

ホリスが、ストーンには傷痕やタトゥーや身元確認のヒントになるような特徴はなかったかと訊いた。

「百八十センチ、八十五キロ、目は茶色。髪は自然の色じゃない。ブリーチだ」

もうひとつ、頭に浮かんだことがあった。

「十中八九、元兵士だと思う。たぶん陸軍」

「軍務のことを口にしたのか？」

「マギーのような犬に命を救われたと言った。パイクとマギーが海兵隊仲間なのをからかった。兵士や海兵隊員が仲間内でふざけるような言い方だった」

スタイルズがホリスにうなずきかける。

「調べて。ジョン・ストーン。元兵士。陸軍。なにか出てくるかもしれない」

ホリスがタブレットを持って立ち去ると、カーターはスコットに目をもどした。

「で、きみはその友人たちとなんの話をしたんだ？」

スコットは正確に話したが、洗いざらいというわけではなく、コールがみずから容疑者だと認めたことや、監視チームの件で警告されたことは省いた。カーターに電話しろと助言されたこと、協力すると言われたことも伏せておいた。猫のことは口にしなかった。

「車に爆弾を仕掛けられたことを話して、なんとか協力してほしいと頼んでみた。同情はしてくれたけど、そこまでだった。できるものなら協力するとは言った、でもなんの情報もくれなかった」

「やつを信じるのか？」

「まだ話してないことがあるのはたしかだと思う。コールがエコー・パークの件にかかわっているとは思わない」

カーターは両の眉を吊りあげた。

「どうしてだ？　きみは偉い学者先生か？」

スタイルズが真顔でわずかに身を乗りだした。

「どうしてなの、スコット」

「警察は容疑者の身元を突きとめたのかと訊かれた」

カーターがイグナシオをちらりと見た。

「たぶんふたりは共犯なんだろう」

スコットは首を振り、説明を試みた。

「そんな感じじゃなかった。コールの訊き方は。態度も口調も。おれが名前を教えてくれるものと思ってたんだ。がっかりしてたようだった」

カーターは顔をしかめ、いらだちをつのらせた。

「コールになにを言った」

「本当のことを話した。警察はやつの身元を突きとめていないと」

カーターはイグナシオに見せつけるように両腕を振りあげた。

「ばかか、おまえは、相手は容疑者だぞ」

いっそう派手な身振りで両腕を広げてみせた。

「わたしが言いたいのはつまりこういうことだ。われわれが知ってることを、いや、ほかのどんなことだろうと、コールが知る必要なんかない」

スコットはだんだん腹が立ってきて、同時にきまり悪くもあった。

「おれだってなんの考えもなしにあそこへ行ったわけじゃない。あんたがコールを尋問した夜、おれたちは顔を合わせて、おれはあやうく彼を撃つところだったと言ってふたりで冗談を言い合った。自分が追いかけた男がおれを殺そうとしてるとわかれば、コールがなにか思いだしてくれるんじゃないかと思ったんだ」

ミッチェルが興味を示した。

「爆弾のことを話したとき、コール氏と友人たちの態度はどうだった？」

「がらっと変わった。スイッチが切り替わったみたいに。それまで冷ややかだったのが急にあれこれ質問しはじめた」

ミッチェルが前のめりになった。

「爆弾の知識があるようだったか？」

スコットは会話のその部分を再現した。

「いや、質問はほとんど容疑者に関することだった。ブロンド——ジョン・ストーンが、そいつは武器のディーラーかと訊いた」

スタイルズが首をかしげた。

「それって、あなたを殺そうとした犯人だと警察が考えてる男のこと？」

「ああ。でも、警察が見つけた武器弾薬のことがあったから、そう訊いたんだと思う。〝そいつは武器のディーラーか〟と言ったのは、その男が例の武器弾薬を売っているのかという意味だ。それから、妙な質問もあった。その男にはなまりがあったか、と訊いたんだ」

スタイルズが急いでメモをとる。

「たしかに興味深い質問ね。なまり。ストーン氏がそう訊いたの？」

「ああ」

スタイルズの質問がおもしろくなかったのか、カーターがちらっと彼女を見た。

「ほかには？　会話はそれで終わりか？」

スコットは記憶をたどった。

「捜査班はなにをしているのか訊かれた、捜査に進展はあったのかとも。だいたいそんなところだ。捜査班がなにをしているのか、捜査に進展はあったのか、おれにはわからない、だからコールに話せることはなにもなかった」

皮肉に気づいたカーターがなにか言いかけたが、イグナシオがさえぎった。

「ラス？　こんなところでいいか？」

「問題はないだろう。どうやら空騒ぎだったようだ」

ラス・ミッチェルがカーターを見て、硬い笑みを浮かべた。

「この男に隠しマイクをつけてもう一度送りこむべきだな、カーター。なにか出てこないともかぎらない」

イグナシオがミッチェルと握手を交わそうと壁ぎわから進み出た。

「助かったよ、ラス。手間をとらせて申しわけない」

「被害はなし、違反もなし。これくらいですんでよかった」

ミッチェルが出ていくまで沈黙が続き、それからイグナシオがスコットに向き直った。

「あいつにどう思われていると思う？　われわれは無能なカウボーイ集団だと？　わたしは恥

ずかしい。きみも恥ずかしいと思っているのか、ジェイムズ巡査」

「はい、思ってます。申しわけないと――」

「あまり恥ずかしいとは思ってないようだが、見たところカーター刑事の捜査に大きな害はなかった、そうだな、カーター刑事」

「コールがこのまま逃げたりしないかぎりは」

「同感だ。ということは、コール氏が次の船で中国へ行ったりしないかぎり、人事に苦情を申し立てることはしない、そうだな、カーター」

「はい」

イグナシオはスコットに顔をもどした。

「コールには近づくな。これは命令だ。今回の捜査へのきみの関与は、カーター刑事の承認がないかぎり認めない。合意したものと思っていいな?」

「状況は常に把握《はあく》しておきたいです。捜査班がなにをしているのか、捜査は進展しているのか、おれにはわからない。言わせてもらえば、副部長、狙われてるのはおれのケツなんです」

イグナシオは返答をカーターに向けた。

「この男にも状況を知らせてやれ」

そう言って帰りかけたが、ドアの手前で足をとめた。

「犯人はかならずつかまえる。このビルの警官全員が、この街の警官全員が、一丸となっている。犯人はかならずつかまえる」

イグナシオが立ち去ると、カーターが上着をはおってスタイルズに告げた。スコットのことは無視した。

「こいつが顔写真を見ているあいだに状況を説明してやってくれ」

振り返りもせずに出ていった。

スタイルズが額をこすった。カーターよりずっと疲れているように見えた。

「たいていの事件は、情報があって、武器についた指紋があって、それで解決。今回はそうはいかないの。なにしろ大量の漂白剤とアンモニアでしょ、指紋ひとつ残ってないのよ。だれがあの家を使っていたのか、近所の人たちもだれひとり知らない」

青いバインダーを押してよこした。

「顔写真よ」

スコットはバインダーに触れたが、開きはしなかった。

「自分が余計なことをしたとは思ってない」

「したのよ。いらだちはわかるけど、謝罪すべきね」

「別にいらだってはいない。あの野郎がおれを殺そうとしたことに腹が立つんだ。やつをつかまえたい」

「わたしたちだって犯人をつかまえたい。信じないかもしれないけど、その気持ちはあなたよりわたしたちのほうがずっと強いの。わかるでしょ？」

「いや」

「あなたが殺られたら、わたしたちはそのことを一生背負っていかなきゃならない」

　スコットはバインダーを開いた。最初の顔は、すでに見てきた二百人の顔となんら変わりないように思えた。

「あんたたちはコールを誤解してる」

「よくあることよ」

「協力させることもできるのに」

「写真に目を通して。終わったら、ほかにもどっさりあるから」

　スコットはページをめくった。こちらを見返す顔は、あのジャケットの男とは似ても似つかなかった。

# 29
## エルヴィス・コール

パイクとわたしが脱出計画を練っているあいだに、ジョン・ストーンが家のなかと車を調べた。テレビのリモコンを少し大きくしたようなつや消しの黒い棒状の装置を使って、赤外線発熱ポイント、電磁場、オーディオ・ビデオ装置やGPSトラッカーに利用される周波数をさがした。公式には、ジョンの装備は存在していない。政府からの請負仕事のために国家安全保障局が提供してくれたものだった。エイミー・ブレスリンと同様、ジョン・ストーンについても謎は多い。

捜索を終えると、ジョンは肩をすくめた。

「なにもない。盗聴するほどの価値もないってことだな」

パイクが玄関に向かった。

「おれたちは準備にかかる。動くときは連絡しろ」

わたしはテラスにもどって、ジェイムズ巡査のことを考えた。日が高くなり、うっすらとした熱気が肌をひりつかせた。監視チームに見張られるのも、連邦捜査官に自宅にあがりこまれるのも、気に入らない。行方をさがしている女性が、警察官の殺害を企てている男とつながっているらしいのも、気に入らない。依頼人との約束を守ることでいつのまにか怒りっぽい人間になってしまった。

猫がテラスに飛び乗ってきた。わたしがいたので驚いたらしく、ぶるっと身を震わせた。

「あの犬のほうが三十五キロは重いぞ。死にたいのか」

猫はごろんと横になり、お尻をなめた。

家のなかにはいってシャワーを浴びたあと、メリル・ローレンスからのメッセージが三件もたまっているのに気づいた。二件はきのうで、三件めはジェイムズ巡査と会っているときだ。

〝わたしの電話を避けてるの？　きょうの午前中そっち方面に行く予定がある。電話して。お金を稼ぐ気があるのかどうか知りたい〟

メッセージは一件聞けば充分だった。

ジェニファー・リーからもラーナー姓の人たちからも折り返しの電話はかかってこなかった。エディ・ディットコーからも連絡はないが、電話で話したのはついゆうべのことだ。花屋のジャレドはイランとステイシーに確認して連絡すると約束してくれたが、まだかかってこない。イランかステイシーがチャールズを覚えているようなら、例の似顔絵を見せたかったので、まだ開店前だがエヴェレットの店に電話をかけてみた。当然のように留守番電話が応答した。カルマ。

メリルは頭痛の種だが、もしかしたら、だれからも折り返しの電話がかかってこないのは、わたしがメリルに折り返しの電話をかけていないからではないか。死体にたかる蠅のように悪いカルマが積み重なり、因果関係の法則のバランスがとれないかぎり、どこからも折り返しの電話はかかってこないのだ。メリル・ローレンスに電話をかけると、意外にも本人が応答した。奇跡だ。

メリルがまくしたてるように言った。

「いま話せない。四十分後なら会える。場所を決めて」

四十分。三十分でも一時間でもなく。四十分。ウクライナのスパイか。

サンセット大通りとラ・シエネガ通りの角の駐車場で会うことになった。四十分後なら時間はたっぷりあるので、ジェニファー・リーでカルマのバランスを試してみた。女性が電話に応答し、これで二打席二安打。

「お忙しいところすみませんが、ジェニファー・リーさんと連絡をとりたいんです。高校の名簿にこの番号が載っていたので」

「ジェニファーの母です。どちらさまでしょうか」

「ジェイコブ・ブレスリンの友人です。ジェニーとジェイコブは高校の同級生でしたよね」

女性の声が悲しげな響きを帯びた。

「ええ、あれは本当に痛ましいできごとでした、あの事件は。あなた、きのうお電話くださった方かしら」

「そうです。たびたびすみませんが、こちらに滞在するのはほんの数日で、ついジェイコブのことを思いだしたものですから」

「じつは、ジェニーはここには住んでないんですよ。デイヴ・ティルマンと結婚しましてね。いまは医者をやってます」

「医者ですか。自慢の娘さんですね」

「小児外科医。小さな子供に手術をしたりしています」

「差し支えなければ、ぜひ娘さんとお話ししたいのですが」

母親はためらい、口調に困惑がにじんだ。

「あなたのことは娘に伝えました。あの子はとても忙しくて、おわかりでしょうけど。研修医の仕事には昼も夜もありませんから。いつも疲れきっています」

あきらかに娘の連絡先を教えたくなさそうなので、無理強いはしなかった。

「わかりました、リーさん。どうか気になさらず。また今度にします。ジェニーとデイヴはロサンゼルスに？」

わたしが無理強いしなかったので、リー夫人は安堵した口調になった。

「ええ、ありがたいことに。あの子がちゃんとした仕事に就いてくれて本当によかったわ」

「ご親切にどうも、リーさん。では失礼します」

三打席三安打。

似顔絵のスケッチをポケットに入れて、車に向かいながらパイクに連絡した。

「出かける」

「よし」

ふたりは峡谷を下っていく螺旋《らせん》状のルート沿いのあらかじめ決めた場所に陣取り、パイクは下で、ジョンは上で、それぞれ監視チームの動きに目を光らせることになっていた。わたしのあとから尾行車が動きだしたら、ジョンがパイクに知らせ、パイクはあいだに割りこんで尾行車の進路を封じる。

自宅を出て三分、ジョンから連絡がはいった。

「連中は動かないぞ」

二分後、峡谷をさらに下ったところで、また連絡があった。

「まだ動きはない」

「周辺も調べろ」とパイク。

「ここにいる連中は動いてないし、あんたのあとをついていく人間も見てない」

「だれもついてこないのか？」わたしは訊いた。

「相手にされなくなってちょっとさみしいんだろ」

監視を続行しながら、わたしは峡谷を下っていき、ハリウッド大通りの平地に出た。

「まだ動きはないか？」

「ない」とパイク。

「監視チームはまだうちにいるのか？」

「がっちりと」とジョン。

「車はダミーかもしれない。なかに人はいるか？」

「ダミーかもしれないが、本物の生きた人間に見える」

おかしい。

「これで自由の身だ。どうする？」とパイク。

わたしはふたりを解放し、メリル・ローレンスとの約束に向かった。メリルは先に到着し、すでに駐車していた。

その二階建てのショッピングモールには、ヴィーガン用のチーズ・ショップ、コミック専門書店、家族経営のドーナツ屋などがはいっていた。わたしは一ブロック先に車をとめて、徒歩で引き返し、メリルの車に乗りこんだ。彼女はコーヒーを飲んでいたが、それで少しは機嫌がよくなったわけではなさそうだった。

「遅刻よ」

「働いていたんだ」

「次はもっとましな駐車場を選んで。こんな辛気《しんき》臭《くさ》い駐車場にはうんざり」

「辛気臭い駐車場はだめ。了解」

メリルは黒いパンツスーツにパールのネックレスをつけていたが、ジャケットはしわくちゃで、目の下に隈ができていた。ストレスが目に見えはじめ、それはますます悪化しそうな気配だった。

わたしは言った。「報告することはいろいろあるけど、その前に言っておく、きのうまた警察がうちへ来た。国土安全保障省の捜査官といっしょに」

メリルが目を閉じた。

「なにそれ。なにそれ、なんなのそれ！」

車のドアを開けて、コーヒーを外にこぼした。

「眠れない。なにも喉を通らない」

「そろそろ上司に話したほうがいいかもしれない。わたしを雇って解決を試みたことは話さなくていい。きみを見捨てるつもりはないから」

メリルはカップを見つめた。どうして空っぽなのか思いだせないみたいに。

「報告することがあるんでしょ、さっさと言って」

わたしは似顔絵を見せたが、スコット・ジェイムズのことも、似顔絵の男が彼を殺そうとしたことも、言わなかった。メリル・ローレンスは頭痛の種だが、わたしの罪悪感はわたしが負うべきものだ。

「この男を知っているかな」

「いいえ。だれなの？」

「トマス・ラーナーの家から出てきたところをわたしが追いかけた男。あの武器弾薬はこの男のものだと警察は考えている」

その重要性がわからないというように、メリルは肩をすくめた。

「そう。それで？」

「エイミーが息子を殺した爆弾の背後にいた連中に異様な関心を示したことはなかった？」

「異様って、どんなふうに？」

「取り憑かれたような。どうして犯人がつかまらなかったのかと逆上したり、怒ったり、愚痴《ぐち》ったり」

「いいえ、まったく。そんな話は一度も口にしなかった。犯人のことも」

「エイミーが拳銃を買ったことは知っていた？」

鎌をかけられているとでも思ったのか、メリル・ローレンスはじっと見返した。

「拳銃のことはなにも知らない」

わたしは領収書を見せて〈Xスポット〉で聞いた話を繰り返した。メリルは話をさえぎって、似顔絵に猛然と指を突きつけた。

「この男がエイミーとどうかかわってるというの？」

「エイミーはアルカイダと、もしくはアルカイダとつながりのある連中と接触しようとした。きみはエイミーがチャールズにそそのかされて五十万ドル近い金を横領したと思っている。この男はトマス・ラーナーの家に盗品の軍用の武器弾薬を隠し持っていて、それは決して安いものじゃない。辻褄が合うだろう？　この男がチャールズかもしれない」

メリルは疑念をこめて似顔絵に目を向けた。

「これがチャールズだと？」

「これがチャールズかどうかはたぶんきょうじゅうにわかる」

チャールズに花を売った店の情報をつかんだこと、ジェニファー・リーの線からうまくいけばトマス・ラーナーが見つかるかもしれないことを伝えた。花屋の情報にメリルは目を輝かせたが、ジェニファーのほうにはそれほど興奮しなかった。

「トマスのことで時間を無駄にしないで、それより花屋のほうが期待できそう。店に防犯カメラがあるかもしれないし」

「トマスは時間の無駄じゃない。トマスはエイミーとあの家を結びつけるもので、そこで爆発物が見つかっているんだ。エイミーがトマスに協力を求めたのかもしれない、そして彼があの家を隠し場所に使えることを知っていたのかもしれない。トマスも一枚嚙んでいたのでないかぎり、この説は成り立たないが」

メリルは疑わしげに目を細め、首を振った。

「それは考えすぎ。万一そのとおりだとしても、警察が総力をあげてトマスをさがしてくれるでしょう。あなたまでトマスをさがしていることがばれたら、わたしが困る。花屋のほうに集中して。ビデオがあるかもしれない」

「訊いてみた。カメラはない」

ポケットのなかで携帯電話が振動した。発信者を見ると〝エヴェレットの店〟だった。

「花屋からだ。行かないと」

「チャールズがクレジットカードを使ったかどうか訊いて」

「もう訊いた。現金払いだ」

降りようとしてドアを開けたら、袖をつかまれた。

「花屋がチャールズの車を見たかもしれない。訊いて。車種と型がわかるかも。隣の店に防犯カメラがないかも調べて。うまくいけば通行人が映ってる」

命令を下すように指示が矢継ぎ早に繰りだされた。わたしはドアを大きく開けた。

「話を聞きにいかないと、メリル」

「いいわ。行って。トマスぼうやを追うよりそっちのほうがはるかに実りがある。これでようやく突破口が開けるかもしれない」

つかまれたシャツを引っぱって、車から降りた。メリルが座席の上に身を乗りだしてくる。

「またわたしを避けたら承知しない。電話して」

ドアを力いっぱい閉めて、わたしは自分の車に逃げ帰った。

# 30

「おっはよう、エールヴィス！　こんなふうに口にするだけで、なんだかもういろんな妄想がふくらんじゃう！　イランがね、例の怪しげな紳士のことを思いだしてる。お店にいるから……もうなーんだって好きなだけ訊いてちょうだい」

ジャレドがみごとホームランをかっ飛ばしてくれた。

折り返し電話をかけ、努めて冷静な声で言った。

「やあ、ジャレド、連絡をくれてありがとう」

「わお、どうもどうも、ミスター・マン！　いまエヴェレットのオフィスに移動するね、あそこならスピーカーフォンで話せるから。もちろんエヴェレットは留守だよ、ほんとにもう、どこでなにしてるんだかわかったもんじゃない」

電話が保留になったが、二分後にはジャレドがもどってきた。

「着いたよー！　エルヴィス、イランだよ。イラン、こっちはぼくの大好きなお友だちのエルヴィス。素敵な名前じゃない？　言ってごらんよ。エールヴィス、って口にしただけですっごく気持ちよくない？」

別の声がした。若い、不安げな声。

「イランです。聞こえる?」

スピーカーを通しているので、ふたりの声はうつろでどこか遠くから聞こえるようだった。

「よく聞こえるよ、イラン。用件はジャレドから聞いているかな」

「ガーデンローズのピンク・フィネス」

「ガーデンローズのピンク・フィネスが一ダース、エイミー・ブレスリンという女性に配達された。きみが注文書を書いた。十日ほど前に」

「あーうん」

「その男性客は現金で支払って、カードにチャールズと署名した。その人のことを覚えているかな」

「あーうん」

ジャレドが聞こえよがしにため息をつく。

「もそもそ言わないの。大人らしくきちんとしゃべりなさい」

イランの声が大きくなったが、面倒くさそうな口調だった。

「ああ、その人なら覚えてるよ。名前は覚えてなかったけど、ジャレドに言われて思いだした」

「そうか、それはよかった。その人の苗字は思いだせるかい?」

「現金払いだったんだ。苗字なんか知るわけない」

ますます面倒くさそうな口調になり、それがジャレドの気にさわった。すかさずびしっと言い返す声がした。

「無愛想な言い方しないの。かわいそうに、この人は簡単な質問をしただけでしょ」

イランは反応しなかった。むくれているのだろう。

わたしは言った、「気にしないで、イラン。きみが知るはずないからね。もしかしたら本人が口にしたかもしれないと思っただけだ」

「しなかったよ」

ぶっきらぼうな口調になっていた。

「花を買う理由についてはなにか言ったかな、もしくは花を贈る相手の女性については？」

イランはなにか言ったが、声が小さくて聞き取れなかった。ジャレドに向かって言ったのだとわかった。ジャレドが普通の声でそれに答えた。

「曖昧な言い方は繊細な心のためにならないの。彼に言いなさい、ぼくじゃなくて。はっきり言うほうが癒やしになるんだから」

イランは咳払いをした。

「相手の女性の気を惹きたいって言ってた」

ジャレドの優しい声がした。

「男性が女性の気を惹きたいって言うときは、相手は自分の母親じゃないでしょうね。ちょっと休憩する？」

わたしは似顔絵のスケッチを広げた。イランにこの絵を見せる前に、チャールズの人相を訊いておきたかった。記憶は事後の影響を受けてゆがめられることがある。

「できればこのまま続けたい。イラン、その男性の外見はどんな感じだったか教えてくれないかな」

「そんなのうまく説明できないよ」

ジャレドの鞭《むち》のような声が飛ぶ。

「その人は腕が三本あった？　大きいこぶがあった？　ちゃんと答えなさい、ばか！」

イランは声を張りあげ、怯えたような口調になった。

「なんであんたが熱くなってるんだよ」

「ぼくを見て！　百七十五センチで、モデルばりのイケメン。その人はぼくより大きかった？小さかった？　筋骨たくましい美青年か、それともへなへなの洋ナシ型？　どっちか言いなさい！」

いやはや。ジャレド最高。

その男の姿を頭に浮かべようとしているのか、イランがハミングのような声を発した。

「背はもう少し大きい。痩せてはいないけど、太ってもいない。ちょうどいい感じで、どこから見ても郊外に住んでる人って感じ」

わたしは訊いた。「それはどういう感じかな」

ジャレドがすかさず口をはさむ。

「退屈ってこと。ストレートで、白人で、保守的な、中年男性」

イランが飛びついた。

「それそれ！　うちのおやじにそっくりだった。白髪のまじった茶色い髪を櫛《くし》でちゃんととかして、テニス焼けしてて、いかにもせっかちなビジネスマンって感じ。そうだよ、たしかに襟元も開いてた。それって、まるっきりうちのおやじだよ。仕事が終わって、ネクタイをはずして、ジョニー・ウォーカーを一杯やる」

「その人はジャケットを着ていた？」

イランはまたハミングのような声を出した。

「うーん。スーツだったたか、カジュアルなジャケットだったたか、はっきりしないけど、とにかくそんな感じ」

似顔絵の男は中年の白人で短い茶色の髪だ。スケッチではカジュアルなジャケット姿で、襟元が開いている。わたしが追いかけた男はイランの父親だったのかも。

「ほかには？　傷痕とかタトゥーとか。目立つ派手な時計とか」

イランはまたハミングしながら記憶をたぐった。

「だめだ。ごめん。そんなに長い時間いっしょにいたわけじゃないから」

ジャレドが優しく声をかけた。

「きみはがんばったよ」

「あのときはほんとドタバタだったんだ。東地区のトラックがもう出発するってときでさ。そこへあのお客さんがやってきて、きょうじゅうに花を届けてほしいって。どうしてもって言い張るんだ。だからほかの仕事を全部ほっぽりだしてやるしかなかった」

　なにかがひっかかった。

「東地区のトラックというのは？」

　ジャレドが説明した。配達トラックは地区で分かれていて、一台は店から東の地区、二台めは西の地区への配達を担当している。

「あの薔薇《ばら》は東地区のトラックで届けられた？」

「そう。だから大急ぎで作ったんだ」

「ハンコック・パークは西側にある」

　ジャレドが芝居がかった悲しげなため息をつく。

「ひどい話、裏切り行為だね。愛の巣なんて」

「薔薇の配達先はハンコック・パークじゃなかった？」

　ジャレドがシルヴァー・レイクの住所を読みあげた。シルヴァー・レイクは店の東側にある。わたしは住所を控えながら、シルヴァー・レイクに配達されたエイミーの花がなぜハンコック・パークの自宅にあったのだろうと考えた。

「あとひとつ。イラン、もう一度チャールズに会ったら、この男だとわかるかな」

「これだけ話題にしたんだよ？　忘れるはずないさ！」

　わたしはジャレドにメールで似顔絵を一枚送りたいと伝え、店のメールアドレスを尋ねた。ジャレドは自分のアドレスを教えてくれた。

「念のためにね」と言って。

わたしは似顔絵を手でなでつけて写真を撮り、メールで送った。ジャレドがすぐにメールを開いた。

「問題の紳士の似顔絵?」

「友人に提供してもらった」

イランの反応は早かった。

「この人じゃない」

「ちゃんとたしかめて」とジャレド。

「顔はもっと細かった。鼻はもっと小さくて、形がちがう。額の感じもぜんぜんちがう、あごも。これはチャールズじゃない。絶対に」

ほっとしてもいいはずなのに、頭のなかはシルヴァー・レイクのことでいっぱいだった。エイミーはひとつの人生から別の人生へと逃げた、でもじつは街の反対側へ行っただけなのかもしれない。チャールズがシルヴァー・レイクに住んでいて、そこへ行ったのかもしれない。

「ジャレド、もしチャールズがまた店に来たら知らせてくれないかな」

「即行で」

「わたしがあれこれ尋ねたことは本人に内緒で、いいね?」

「だれがそんな野暮なことを。あなたの秘密はぼくの秘密」

ふたりに礼を言って、わたしは電話をおろした。

チャールズがシルヴァー・レイクに住んでいるかどうかわからないし、エイミーがそこにいっしょにいるかどうかもわからないが、シルヴァー・レイクでだれかがエイミー宛ての花を受け取った、そしてその人物はおそらくチャールズのことも知っている。ひょっとしたらチャールズが自分宛てに花を送り、それをみずからエイミーに届けたとも考えられる。

ジョー・パイクは最初の呼びだし音で応答した。

「エイミーを見つけたと思う」

「チャールズと似顔絵の男は？」

「ひとり見つかれば、全員見つかる」

ジョー・パイクとジョン・ストーンとわたしはシルヴァー・レイクで落ち合うことにした。

## 31

# ジョン・ストーン

コールから解放されたジョンは、さっさとウェスト・ハリウッドへもどった。自宅にはさほど長くいなかったのでプールを温める暇もなかったが、家のなかを歩きながら服を脱ぎ、裸のままダーツの矢のごとき勢いで水に飛びこんだ。

冷水が身体を打ち、無数の針で皮膚を燃えあがらせたが、水は透明で、清潔で、身体を清めてくれる。ジョンはこれが好きだった。仕事を終えて帰宅すると真っ先にこうする。プールにはいって、あがる——それは生まれ変わるようなものだった。

泳ぎながら、あの女性のことを、会社案内のパンフレットで見た女性のことを考えた。心にぽっかり穴があいたみたいに、目がどこかうつろだったが、まちがいなく見覚えがある。どこかで見かけたことがある、ひょっとしたら顔を合わせてさえいる、そんな気がしてならないが、どこでだったかどうしても思いだせない。記憶力が自慢なのに、いまいましい。

ジョンは水から勢いよくあがり、屋外のシャワー（これがフランス娘たちに大好評だった——三人が同時に使えるサイズで、黒いチタンの壁掛けスプレー・シャワーと天井からのレイン・シャワーが合計六個ついており、賞を取ったシャワーヘッドはアメリカでは入手不可能なため、わざわざヨーロッパからエア・フォースMC130に載せて運んだ）の下を通過して、なにか食べようと家のなかにもどった。

あの女性の目がどこまでも追ってくる。

冷凍のタマーリ二個を電子レンジで温めた。そのメキシコ料理と無脂肪のミルクの箱、それにノートパソコンを持ってカウチへ行った。裸のままますわって食べながら、ジェイコブ・ブレスリンに関する記事を読んだ。『ニューヨーク・タイムズ』と『ワシントン・ポスト』の記事で、コールから聞いた事実の確認がとれた――ナイジェリアのアブジャにあるオープンカフェで自爆テロ、死者十四名、負傷者三十八名、死者のひとりは若いジャーナリストで、名前はジェイコブ・ブレスリン。ジョンはグーグルでCNNとBBCのオリジナルの放送をさがした。爆撃被害の評価に関してジョンは熟練した専門家なので、自分の評価が報道されたものと一致するかたしかめたかった。

イギリス英語を話す女性特派員が最初に現場へ駆けつけた。背後で現場一帯を封鎖する作業が行われているなかで彼女は実況を報告した。最初はその記者が大写しになっていたが、一分ほどすると脇にのいて、ナイジェリアの救急車数台が狭い広場に押し寄せるようすが映しだされた。広場を囲むカフェや商店が救急車の屋根についている赤と白のライトに照らされた。警察官や兵士たちがイギリス英語や現地のハウサ語で叫びながら、舞いあがるほこりのなかを駆けていく。

ジョンは音を消して、殺戮現場を観察した。広場を取り囲む窓やショーウィンドウが吹き飛ばされ、カフェのストライプの日除けの一部が崩壊している。車両に搭載された簡易爆弾は通常、壁を吹き飛ばし、あとには原型をとどめない車やトラックの残骸が見つかるが、それらしい壁も建物の被害も見あたらなかった。カメラが寄ると、カフェの看板と壁に細かい穴が無数にあいているのが目についた。外のテーブルや椅子は片側に押しやられてひっくり返っているが、それ以外の被害はなさそうだ。細かい穴をあけたのは爆弾の金属片で、テーブルをひっくり返したのは居合わせた客と最初に駆けつけた人たちだろうと判断した。この被害と死傷者をもたらしたのは、金属片の正体であるナットや釘を大量に詰めた重さ二十から三十キロの高性能爆発物にちがいないと結論づけた。なるべく大勢を殺し、負傷させるべく設計された装置だ。テロに使われる武器。

「人でなしめ」ジョン・ストーンはつぶやいた。

ニュースでは、自爆テロの犯人は二十歳から二十五歳の女性で、身元は不明、血中からメタンフェタミン、コカイン、LSDが検出されたと伝えられていた。オーストラリア製のバックパックに入れた爆発物を腹にくくりつけて、その上にワンピースを着ていた。傍目には妊婦に見えたことだろう。

ジョンはふたつめのタマーリを食べた。ミルクを少し飲み、パソコンを脇に置いて、外へ出た。

いい天気だ。日差しがまばゆい。

ジョンがこれまでにしてきた仕事は、情報の収集、安全の確保、人質の救出、そして、さまざまな形で国連やアメリカ合衆国や文明世界からテロリストと認証された個人を直接相手にする地上戦が主だった。ナイジェリアの状況に鑑みて、この爆弾テロの犯人は、アルカイダと通じているイスラムの過激派組織ボコ・ハラムのメンバー、もしくはその分派であるアンサールのメンバーであろうと思われた。どちらも自爆テロを好んで行い、実行犯として女性や子供を使うことが多い。どちらの組織も犯行声明は出していないが、そのことに意味はないとジョンにはわかっていた。アルカイダと通じて世界のあの地域一帯を縦横に走りまわる愚か者の数はあまりに多く、メンバーの一覧表を作って追跡することなど不可能だった。爆弾テロを命じたボスがだれかは永久にわからないだろうし、すでに死んでいるとも考えられる。

エイミー・ブレスリンやほかの遺族にとってはさらなる悲劇だ。

ジョンは家のなかにもどり、グーグルでジェイコブ・ブレスリンの写真を見つけた。ほっそりした顔にくつろいだ笑み、額の広い長身の青年だった。冴えない感じだが、まだ成長過程にある。どこにでもいそうな、ごく普通の市民だ。

不意に、エイミーの顔に見覚えがあるような気がした理由に思いあたり、目がうるむのを感じた。

「こらえろ」

Dボーイズはこらえる。

ジョンはパソコンを閉じて脇へ押しやった。〈デルタ・フォース〉時代に死んでいった仲間のことを思い、彼らの妻や母親たちの目を思いだした。ジェイコブ・ブレスリンは民間人だった。エイミー・ブレスリンは民間人の母親だ。しごくまっとうな世界で、ある晩眠りにつき、目覚めたら付帯的損害となっていた。

〝組織もしくは個人からの犯行声明はいっさい出されておらず、容疑者も特定されていない〟

まったく、なにを考えてるんだ！　気の毒に、この女性は息子を殺した犯人を知りたくて、テロリストに訊けばわかるはずだと考えている。こっちでどこかのいかれた男と渡りをつければ、そいつがどういうわけか――魔法のように――地球の裏側にいる狂信者どもに渡りをつけてくれて、その連中が本当に知っていて、自分に正直に話してくれると？

「わかるよ。心が痛いのは」

ジョンは声に出して言った。彼女は心の痛みに終止符を打ちたかった、でもそううまくいくとはかぎらない。痛みにつかまってしまったとき、部隊がとるべき道はただひとつ。こらえるのだ、でないと痛みに殺られてしまう。

電話が鳴った。ボクシングの試合開始を告げるゴングのように。

発信者はE・ボーウェン、EはイーサンのE、ロンドンで軍事専門会社を経営している。ボーウェンから請け負った仕事も多い。

「やあ、ジョニーくん、そっちにもどって休養したか？　パキスタン、覚えてるだろう？　ボーナスはたんまりはずむ」

ボーウェンとはパリでいっしょに飲んだ。次はおいしい仕事があると言われ、ふたつ返事で引き受けていた。

「すまない、イーサン。ちょっとやることがある。いま手が離せない」

「ちょい待ち。移動も含めて八日だ、この前話したとおり。やる気だったじゃないか」

「ああ、悪い。個人的な事情なんだ」

ジョンは電話を切った。

エイミーは答えを、責める相手を求めている、だがなによりも、心の痛みに終止符を打ちたいのだ。

電話がまた鳴った。今度はパイクから。

「コールが例の女性の情報をつかんだ。シルヴァー・レイク。住所を言う」

ジョンは服を着てローヴァーへと急いだ。

部隊はこらえなければならないが、別の部隊が助けてくれることもある。

## 32

# エルヴィス・コール

シルヴァー・レイクはロス・フェリスとエコー・パークのあいだの丘陵地帯に発展した比較的古い地区で、地名の由来であるコンクリート造りの貯水湖を取り囲んでいる。ジョンとわたしは湖の南側に車をとめ、パイクの車で、わたしが助手席に、ジョンが後部座席に乗って丘をのぼっていった。ナビの誘導に従い、車はジョガーやサイクリストや犬連れの人々を追い越しながら、貯水湖の西岸を走った。走りだしてからだれも口をきいていない。

背後ではジョンが四五口径の拳銃を腰に装着し、上からゆったりした半袖のシャツをかぶせて、静かに湖を眺めていた。

「いい天気だな。水があんなに青い」

わたしは湖面にちらと目をやったが、気がかりなのはこれから行く家でなにが見つかるのかということだった。

「ああ。きれいだ」

湖面はこっくりとした深い青で、周囲をエメラルドグリーンの帯に囲まれている。緑色は水中のコンクリートに日差しが反射した色だ。水面の上部の堤防はひび割れて何度も修復されており、しわのある唇のように見える。かつては六百万世帯に水を供給していた貯水湖だが、いまは美しい景観を提供するのみだった。魅惑的な青い水には日光に誘発された発癌性のイオンがたっぷり含まれている。

「あと二分」とパイク。

湖を離れて細い道をのぼっていくと、両側にターコイズブルーやライムグリーンや黄色のカラフルなシェードで飾られたスペイン風の家並が続いた。かわいらしい建物だが、丘の斜面に押しこむようにして歩道のすぐ際に建てられている。ほとんどの家にはドライブウェイがないので、住民や建設現場作業員たちの車が路上に列をなしていた。

ジープは、危険な場所を移動する部隊よろしく、息詰まるような重苦しい空気に包まれていた。エイミーはきっとここにいると自分に言いきかせてみたものの、本気でそう思っているわけではなかった。だれにしろ、ここの住人はおそらく職場の人間で、十中八九女性で、チャールズのこともエイミーの強迫観念のこともいっさい知らないだろう。メリル・ローレンスと同じように、彼女がエイミー・ブレスリンに関して真実だと思いこんでいることはすべて、偽りだとわかるだろう。エイミーはいくつも秘密をかかえている。

「左側。グレーの家」とパイク。

わたしは身を乗りだした。

「ゆっくり」

その住所に該当するのは通りの山側にあるこぢんまりとした漆喰《しっくい》塗りの家で、車二台分のガレージの上に建っていた。ガレージの上の部屋には通りを見おろせる大きな窓がふたつあり、錬鉄製の手すりのついたコンクリートの階段が、歩道から屋根のあるポーチへと続いている。ガレージの扉も玄関ドアもピンクだ。対戦車擲弾やプラスティック爆弾があの素敵なピンクのドアの向こうに隠されているのだろうか。

「車はなんだ?」とジョン。

「ボルボ。ベージュ、四ドアのセダン」

建設現場を通過して、次の交差点で方向転換し、引き返した。ベージュのボルボはどこにも見あたらず、警備員の姿もなく、窓から外をのぞく者もいなかった。

わたしは言った。「とめてくれ。行ってみる」

ガレージの前に車をとめた。パイクが扉を持ちあげようとしたが、動かなかった。郵便受けは空っぽ。ジョンがガレージの裏にまわり、斜面の上に消えた。

打ち合わせの必要はない。

わたしは階段をのぼって玄関まで行った。パイクが拳銃を下に向けて脇に立つ。

ポーチに面した窓はカーテンに覆われているが、透けて見える薄い生地だった。ガラスドアの輪郭《りんかく》が明かりに浮かんで見えるが、内部に動きはなく、家はしんとしている。呼び鈴を押して、ノックした。鍵を開けようとピック・ガンを取りだしたら、ジョン・ストーンがなかからドアを開けた。Dボーイズはやることが速い。

「確認した。家は無人だ」

拍子抜けして少々むっとしながら、わたしは横をすり抜けて足を踏み入れた。

「どうやってはいった」

「キッチンの勝手口」

居間はダイニングルームに通じており、両開きドアの向こうにタイル敷きの中庭が見えた。パイクがそのドアの向こうをのぞいて裏手を確認する。

「警報は？」

「ない。ダイニングルームの隣がキッチンで、廊下の先に部屋がふたつと浴室がひとつ」

パイクがキッチンに向かった。ジョンは表側の窓辺にとどまって通りを見張り、わたしは寝室へと急いだ。獲物を早く追い詰めたい欲求が胸の内でふくらむ。あせるなと自分に言いきかせても無駄だった。

家の奥にある小さいほうの部屋は中庭に面していた。主寝室はもっと広く、ガレージの上に位置している。奥の部屋をざっと調べてから急いで主寝室へもどった。

通りを見おろす窓と向き合う位置にきちんと整えられたダブルベッドがある。隣の壁には化粧だんす、窓のそばには机代わりのテーブルが一脚。クローゼットのレールに女性用の服が八、九着かかっている。服の足元には女性用の靴五足とバッグ三つがまとめて置いてあった。服はいかにもエイミーが着そうな感じで、サイズもそれらしく見えた。八、九着は決して多くない。ハンコック・パークの自宅のウォークイン・クローゼットには服がぎっしり詰まっていたので、そこからなくなったものがあるかどうかはわからなかった。

化粧だんすを調べてから、テーブルのところへ向かった。たんすの引き出しのふたつにも衣類がはいっていたが、残りふたつは空っぽだった。テーブルの上には、手頃な値段のモニターと安物のプリンター、メモ帳とペンが数本あるが、電話もパソコンもない。机の上にも寝室のなかにも、住人を特定できるようなものはひとつもなかった。

だれも住んでいないのかもしれない。

住んでいたが、どこかへ行ってしまったのかもしれない。

居間へもどった。ジョンはまだ窓辺にいる。

「どう思う?」と訊いてきた。

「わからない」

灰褐色のカウチと対の椅子が、どっしりしたコーヒーテーブルをはさんで向かい合わせに置かれている。このスペースに置くには大きすぎる対のサイドテーブルがカウチの両側に置かれ、壁にはよくある大量生産の絵がかかっていた。家具類は新しそうだが、安いチェーン・モーテルの部屋にある家具のようにも見えた。

パイクがキッチンからもどってきた。

「ごみ箱に皿が数枚とホチキスの針、テイクアウトの食べ残し、その他。二、三日たっているようだ。ひとり分、それ以上はない」

「電話かテレビは?」

「ない」

わたしは撮影のセットのような家具を眺めた。ここに住んでいる女性はエイミーにまずまちがいないだろうが、チャールズとも、友人とも、ましてやトマス・ラーナーともいっしょではなかった。いまどこにいるのだろうか、そしてここへもどってくるのだろうか。わずかな衣類を除けば、ここにエイミーのものはなにもなく、ジェイコブのもののもない。もうもどらないつもりかもしれない。ずっと追い求めていた相手と接触を果たし、いまごろは死んでいるか、あるいは国外へ逃亡しているのかもしれない。

疲労感を覚えた。安っぽい灰褐色のカウチにすわりこみたいのをこらえて、ドアに向かった。

「エイミーだ。ここにいたけど、もういない」

ジョンが両のポケットに親指を引っかけた。

「この家を用意するのに相当な手間をかけたはずだ。きっともどってくる」

「もしかしたら」

「わかるように細工しておこう」

どういうことかぴんとこなかった。

「わかるようにって？」

「彼女はＷｉＦｉを使ってる。机の下に受信機があった」

ジョンがカーテンをめくって壁をこつこつたたいた。

「人感センサーをつければ、だれかがはいってきたらわかる。ＡＶトランスミッターをここと寝室に置けば、おれたちの目と耳になってくれる」

なんの造作もないと言わんばかりに肩をすくめた。

「請求はしないでおくよ、あんたに払えるわけないからな」

パイクが訊いた。「ガレージを開けられるようなものはあるか？」

「車に道具がある」

さすがジョン・ストーンだ。

パイクの車で丘をおり、ジョンが自分のローヴァーでエイミーの家にもどった。わたしも自分の車に乗りこみ、人を惑わす青い湖面を眺めた。エイミー・ブレスリンは抜け目がなく、完璧主義で、用意周到なことを証明した。あの家に盗聴器を仕掛けるのはいいが、エイミーのことだから、街のあちこちに同じような家を持っていて、必要に応じて使い、いざとなれば放棄するつもりかもしれない。このままもどってこなければ、シルヴァー・レイクの家にはなんの意味もない。新たな手がかりが必要で、そのことを考えていたとき、エディ・ディットコーから連絡があった。

「予感的中だったよ。この事件は人気があるらしい」

「話してくれ」

「先に言っとくがな、このレースに参加してる馬はおれたちだけじゃないぞ。ＬＡの刑事がもうソラノに電話してた」

「カーターか？」

「スティニス。知ってるやつか?」

ダグ・スティニスは、わたしが知っていた当時はハリウッド署の殺人課にいて、その後表舞台へ踊り出た。

「いい刑事だ。いまのは、ソラノの連中からはなにも聞けないってことをあんたなりに表現したのか?」

エディはガラスの破片でうがいをしているようながらがら声を発した。

「警察は先を行ってるってことをおれなりに表現してみたんだ。おまえさんの負けだな」

エディの言うことはあてにならないときがある。

「これ以上恥をかかないように協力してくれ。例の家についてなにかわかったか?」

「なにも。刑務所じゃ、スティニスから話を聞くまであの家のことなんかまるで知らなかった。スティニスはほかになんて言ったと思う?」

「自分のほうが先を行ってる、わたしは負け犬だって?」

「図星だな。メディーヨにあの家を売ったのは囚人仲間で、その仲間もソラノで死んでる」

仲間の名前は納税記録からわかっていた。

「ウォルター・ジャコビ?」

「思ったほど差は開いてないようだな。ああ、ジャコビだ。所有権が書き換えられた三週間後、ジャコビは麻薬の過剰摂取で死んでる。その十一日後にメディーヨが殺された」

「犯人は?」

「さあな。ギャング同士がもめた、黒と茶色の争いだ。メディーヨは傍観してたらしいが、どういうわけか十六回も刺された」

「事件はまだ捜査中か？」

「ああ。どんな具合かわかるだろ。容疑者が二ダース近くいながら、防犯カメラは覆われてて、だれも口を割らない」

「警察はふたりの死につながりがあると考えているのか？」

「根拠はなにもない、だが警察はあの家のことを知らなかった。ふたりともヤク中だったから、ボスのジャコビが死んだのをだれかがメディーヨのせいだと考えたのかもしれないが、それも単なる噂だ。ふたりの逮捕記録を手に入れたよ」

「ジャコビに身内は？」

「ソラノでは把握《はあく》してないが、メディーヨのほうは父親と姉がふたりいた」

死亡広告を思いだした。

「ロベルトと、ノーラと、マリソル」

「ほらな。おまえさんはみんなが言うほどアホじゃない。あの家のことを知りたいなら、やつの家族に訊いてみろ。たぶん家を買うのに協力したはずだ」

「助かったよ、エディ。その逮捕記録を送ってくれ」

電話をおろし、湖を眺めた。責任能力のある受刑者による不動産の売買は合法だが、刑務所の承認を得るのに不可欠な法律関係の書類に署名をして最終的に有効とするためには、公証人や金融業者、弁護士、その他の人々が必要だったはずだ。ソラノ刑務所の職員がこの取引を知らなかったとすれば、それはメディーヨとジャコビが彼らに知られたくなかったからであり、すなわちこの取引に不正な点があったことを意味する。メディーヨの父親とふたりの姉は健在なのだろうか。スティニスも同じことを考えたはずだから、もう家族と接触しているかもしれない。わたしには別のルートが必要で、それを得るにはそもそものはじまりにもどるのがいちばんだ。

はじまりはトマス・ラーナーで、彼にたどりつく唯一かつ最適な手段として、まだジェニファー・リーが残っている。母親は娘の連絡先を教えてくれなかったが、得られた情報で充分だった。

わたしはジェニファーをさがすことにした。

## 33

現役の医者をさがすのは、飲酒運転の弁護士をさがすよりもたやすい。医師会や病院やメディカル・スクールのウェブサイトには免状やスタッフの情報が掲載されており、ソーシャル・ネットワーキング・サイトや、〝担当医に関する苦情〟サイト、〝有料で担当医の悪評を確認しよう〟サイトの書きこみでも情報は得られる。携帯電話を操作すること三十秒、ジェニファー・リーの勤め先がわかった。

シーダーズ・サイナイ医療センターはアメリカ西部で最大規模の非営利病院だ。ベッド数は千床、スタッフは一万二千人、敷地の広さは縦横数ブロックにおよぶ。伝言を頼むのは簡単だが、それで返事がもらえるという保証はない。わたしは弁護士のアンセル・リヴェラに連絡した。

民事と刑事を扱う弁護士事務所は、事件の事実関係の確認にたびたび調査員を雇っており、ときにはそこに個人的理由がからむこともある。アンセルは労働問題を扱う弁護士で、不当な労働条件にかかわる案件で非組合員労働者の代理を務めている。数年前、そのアンセルの十五歳の娘がテニスのレッスンのあと駐車場で拉致された。アンセルは警察とＦＢＩに通報すると同時に、わたしにも連絡してきた。三日後、ジョー・パイクとわたしはマンデヴィル峡谷の廃屋で、アンセルの娘と、娘を誘拐するのに雇われた二人組の男を発見した。以来アンセルは、わたしが引き受けきれないほど多くの仕事をまわしてくれている。

アンセルの私用の携帯電話にメールを送った。使い捨ての携帯電話は使わなかった。発信者がわたしだとわかるように。

《911ELVIS》

アンセルは四分後に電話してきた。

開口いちばんは「支払いはちゃんとすんでいるだろうな？　約束しよう、万一小切手が送られてなかったら、金額がいくらだろうと倍にして払う」だった。

「支払いはすんでいる。ちょっと力を借りたいんだ」

「待った――よく聞こえない」

周囲に人がいるようだ。

「よし、ここのほうがましだ。用件は？」

「シーダーズ・サイナイ」

「マージーから結腸の内視鏡検査のことを聞いたのか？　もう予約してある。ちゃんと行くよ」

「あんたのことじゃない。あそこの研修医にどうしても会いたい、できるだけ早急に」

「どこか悪いのか？　だいじょうぶか？」

「わたしはだいじょうぶ。その医者だけど、彼女は忙しい身だ。向こうはわたしのことを知らないし、直接本人に連絡する手段がない。わたしと会うよう彼女に話してくれる偉い人が必要なんだ」

「彼女の専門は？」

「小児外科。そこで頼みがある、あんたか同僚のだれかがシーダーズに口利きしてくれないだろうか」

アンセル・リヴェラは労働問題の弁護士というだけではない。十以上もある専門分野を網羅するために百名を超える弁護士をかかえる法律事務所の共同設立者でもあった。金持ちで顔が広い。

「検討するから、このままちょっと待ってくれ。いまバリーに確認させる――」

アンセルは二分で電話にもどってきた。

「去年うちの事務所で離婚を一件扱ってる、シーダーズの大物外科医の。なんでも副部長らしい。外科の、ってことだろう。バリー、外科のってことか？　ああ、わかった、バリーが言うには、とにかくその医者はうちの事務所をえらく気に入ってる。うちのおかげで大金を節約できたから」

「彼女を面倒に巻きこむつもりはないんだ」

「面倒って？　その医者はなにか違法なことでもしてるのか？」

「そういうことじゃない。彼女の高校時代の知り合いのことでぜひ会いたいんだ。五分でいい」

「心配するな。彼女もボスの個人的な頼みとあらば聞いてくれるだろうし、そのボスはわたしの個人的な頼みとあらば聞いてくれる。いつ会いたい？」

「すぐにも」

「名前を教えてくれ。すぐに出かけろ。あとはこっちでやる」

まだ病院に着かないうちにバリーから電話で指示があった。電話番号を教えられ、南棟の入院患者用ロビーに行って、そこから教えた番号にメールしろとのこと。わたしは指示どおりにした。四十分後、ジェニファー・リー・ティルマンがエレベーターから降りてきた。小柄でほっそりしていて、高校時代よりきれいになっていた。くすんだブルーの医療衣を着て、コーヒーのカップを手にしていた。肩に届く黒い髪をポニーテールにしている。

わたしは自己紹介をした。

「ドクター・リー？　エルヴィス・コールです。会ってくれてありがとう」

ジェニファーは気がせいて疲れているように見えた。

「あなたのことは知らないし、あなたが副部長を巻きこんだことは感心しませんね。ここはわたしの職場なんですよ」

「副部長はごく親しい友人の頼みを聞いているんです。きみは副部長が友人を助けるのを助けている。不都合なことはなにもない」

ジェニファーはコーヒーに口をつけた。ひと筋の湯気が鼻に触れたが、それで多少なりとも動揺がおさまったようには見えなかった。

「母と話したんですか?」

「ええ。じつはジェイコブのお母さん、エイミー・ブレスリンに頼まれて来ました」

ぴりぴりした緊張感が解けた。ドクター・ティルマンが消え、ジェニファーが残った。

《きょうはJがふたり
あしたもJがふたり
ふたりのJは永遠に》

「お葬式以来会ってないんです。電話すべきでした。お母さまはお元気ですか? わたし電話しなくちゃいけなかったのに」

質問にはあえて答えなかった。

「お母さんはきみとジェイコブのダンス・パーティーの写真をまだ持っているよ」

ジェニファーは微笑んだ。優しく愛情のこもった、そして悲しげな笑み。

「三年近くつきあっていたんです。彼はすばらしい人で、ミズ・Bはだれよりも優しい人だった。あまりにも悲惨でした、あの事件は。狂気の沙汰。お母さまのためになにかわたしにできることは?」

「エイミーはトマス・ラーナーをさがしています。連絡先はわかりますか?」

ジェニファーは首を振り、コーヒーを飲んだ。

「ごめんなさい。知らない人です」

思いがけない返事だった。

「ジェイコブの親友の。トマス・ラーナー」

ジェニファーは肩をすくめ、その目にはなんの感情もなかった。

「大学のお友だちかも。高校時代の親友はわたしの夫のデイヴでした。わたしたちの結婚式でジェイコブは花婿の付添人を務めてくれたんです」

「大学より前の話です。ひょっとしたらトマスは別の学校だったのかもしれない。エイミーは彼を実の息子のようにかわいがっています」

ジェニーは困惑というよりも気まずそうな顔になった。

「そんな人はいなかったと言ってるんじゃないんです。ただ、いたら覚えてるはずなのに、なんとなく妙だなと思って。デイヴなら知ってるかもしれません」

医療衣から携帯電話を取りだして夫にかけた。

「ああ、デイヴ。いまエイミー・ブレスリンのお友だちといっしょなの。ええ、ジェイクのお母さん。あなた、トマス・ラーナーって知ってる？　ジェイクの友だちだった人」

わたしの顔を見ながら夫の声に耳を傾けた。

「ジェイクのお母さんの話では、ふたりは親友だったそうよ」

またしばらく耳を傾け、それから電話を差しだした。

「どうぞ。デイヴと話してください」

デイヴ・ティルマンは人あたりのよい男だった。わたしは自己紹介をし、ジェイコブの母親のためにトマス・ラーナーをさがしていて、彼はジェイコブの親友だったらしい、と説明した。

「ミズ・Bが言ってるのは、たぶんジェイクが大学で知り合った友だちのことでしょう」

「大学より前のはずです。ジェイコブは家を出て大学へ行ったけど、トマスはここに残った。エイミーは彼とずっと連絡をとっていた。作家です」

「記憶にないですね。ジェイクとは中学からずっと友だちだったけど、ラーナーという苗字には覚えがない。ぼくがミズ・Bに電話してみましょうか」

前提が揺らぎつつあるようで、だんだん心もとない気持ちになってきた。

「ほかにわたしが連絡できそうな人はいませんか。当時のほかの友だちとか」

デイヴィッド・ティルマンは友人ふたりの名前と電話番号を教えてくれたが、そのふたりが役に立つとはとても思えないまま、わたしは車にもどった。運転席にすわり、とりあえず電話をかけた。ひとりは幼稚園のときから、もうひとりは四年生のときからジェイクを知っていたが、ジェニーとデイヴ同様、どちらもトマス・ラーナーという人は知らないし、聞いたこともないという。

車のなかにすわったわたしは、カプセルに閉じこめられたまま、目に見えずコントロールもできない力に導かれて進む宇宙飛行士のような気分だった。

メリル・ローレンスとエイミー・ブレスリンについてわたしが知っていることも、メリルがエイミーをさがしている理由も、すべてはメリル・ローレンスから聞かされたことだ。これこれのお金を払うから、わたしの友人をさがして。こういういきさつだけど、質問はなし、人に話すのもだめ。他言しないと約束して。約束して。

〈ウッドソン・エナジー・ソリューションズ〉は番号案内に登録されていた。電話をかけると、若い女性の声が応答した。

「メリル・ローレンスさんをお願いします」

「オフィスにおつなぎします」

呼びだし音に若い男の声が応答した。

「メリル・ローレンスのオフィスです」

「やあ、エド・サイクスだ。メリルはもうもどってる?」

「いまは出られません。伝言をお預かりしましょうか?」

「それじゃあ、何時にかけ直したら都合がいいかな」

「いま不在なんです、サイクスさん。伝言を残されますか?」

わたしは通話を切り、自動車局にいる友人のルース・ジョーダンに電話をかけた。ルースはカリフォルニア州内のメリル・ローレンスを四人見つけてくれたが、住所がロサンゼルス近郊にあるのはひとりだけだった。メリル・デニス・ローレンスはパサデナのベルファウンテン通りに住んでいる。その名前で登録されている車が二台あり、キャデラックのスポーツワゴンとポルシェのカレラだった。

「車のほうも同じ住所になっているかな」

「同じ。ベルファウンテン」

ナンバーを控えて、パサデナへと車を走らせた。ゆっくり時間をかけた。コリアタウンに寄ってカルビ・バーガーを食べた。うまかった。渋滞がひどかったが、さっきまで感じていた焦りはもうなかった。

メリルの住まいを見つけたときには日が暮れてひんやりとしていた。そうなるように時間を調整したのだ。暗いほうがありがたい。

静かで気持ちのよい通りだった。家々は広いドライブウェイのあるゆったりした敷地の奥に建てられ、年輪を重ねたオークや楡や木蓮の木に周囲をしっかりと守られていた。歩道沿いには椰子の並木が歩哨のようにのんびりとそびえ、ポーチの外灯は防御するのではなく歓迎するように温かみのある光を放っている。歩道脇に車をとめて、エンジンを切り、窓を開けた。ジャスミンの香りがむせかえるようだった。

メリル・ローレンスが住んでいるのは煉瓦《れんが》造りの豪奢《ごうしゃ》な家で、格子窓があり、木工部にはアメリカ杉が使われていた。カーテンは閉まっているが、その奥に明かりがともっている。キャデラックのワゴンがドライブウェイにとめてある。ナンバーはルースが教えてくれたものと一致した。

ドライブウェイを歩いていって、キャデラックのまわりを一周した。フロントガラスの運転席側に貼られたステッカーが〈ウッドソン・エナジー・ソリューションズ〉に指定の駐車区画があることを示していた。

駐車ステッカーとナンバープレートの写真を撮り、ドライブウェイをさらに進んで裏庭へまわった。

裏側の部屋のカーテンは開いていた。女性とその夫らしき男性が居間にいて、大きな液晶テレビで大学対抗のフットボールの試合を観ている。髪が薄くなりかけた痩せ型の夫は、リクライニング・チェアでくつろぎながらワインを楽しんでいた。女性のほうはL字形のカウチの角の部分にあぐらをかいてすわり、膝に毛むくじゃらの小型犬を抱いている。試合に興奮したのか、女性がテレビに向かってこぶしを振りあげた。

このメリル・ローレンスは、わたしのメリル・ローレンスではなかった。

このメリル・ローレンスはもっと年配で、白髪まじりの髪をアップにしていて、わたしのメリル・ローレンスより十キロ以上は重いだろう。このメリル・ローレンスが本物のメリル・ローレンスで、わたしのメリル・ローレンスはそうではなかった。

家のなかにいる住人の写真を撮り、車に向かって引き返した。

わたしがメリル・ローレンスとして知っている女性は、予想どおり、電話に応答した。

「エイミーを見つけた？　見つけたと言って」

「いまは話せないが、ぜひ会いたい。あすの朝会えるかな」

メリル・ローレンスではない女性は、同意した。

## 34

## ジョン・ストーン

ジョンは人感センサーの反応が電話とパソコンを通して音でわかるように設定した。オーディオ／ビデオ装置の接続をたしかめ、システムが問題なく作動していることを確認して、ローヴァーにもどった。これで地球上のどこからでもこの家を見張ることができる。

少々やりすぎか。

ジョンは女性の家から丘を少しのぼった先にある建設現場の向かいに恰好の駐車場所を見つけた。ちょっとした景観が楽しめるし、近くに高級車が二台とまっているので、ローヴァーが目立つこともない。ジョンは装置の電源を入れ、衛星をとらえて接続を再確認した。寝室。居間。空っぽだ。

ランニングで丘を降りて軽くなにか食べてこようかとも思ったが、結局やめた。家に帰ることなど思いもよらなかった。

現場にとどまるべきだという気がした。たとえ家が空っぽだとしても。

湖の上では空の色が濃くなってきた。夕闇があざやかなオレンジ色に染まり、次第に紫から黒へと変わった。星がひとつ、またひとつと姿を現わし、やがてふたつずつ、三つずつになった。ジョンは窓を少しだけ開けた。それ以外はほとんど動かなかった。

日没から一時間と四十二分後、エイミー・ブレスリンの家の向こうから車のライトが丘をのぼってきた。どんどん明るくなり、ガレージの扉があがりはじめた。

ボルボのセダンが現われ、ウィンカーを点滅させて停止した。扉が開くと、ボルボがなかにはいった。ライトが消えた。数秒後、エイミー・ブレスリンが車から降りてきて、扉が音をたてて降りるのを待った。フリンジつきの革のジャケットを着て、白い紙袋を手にしている。ジャケットが黒か焦げ茶色か、ジョンにはわからなかった。ガレージの扉が閉まると、玄関に通じる階段をのぼっていった。ドアが開いた瞬間、ジョンのパソコンと電話から同時にチャイムが鳴った。

高い位置に設置したカメラと魚眼レンズのせいで、実際よりも背が低く太って見えたが、その女性はエイミー・ブレスリンだった。玄関の鍵をかけ、白い紙袋を手にしてキッチンへと向かった。屋内の照明のほうが明るかった。フリンジつきの革のジャケットは茶色だった。

ジョンはエルヴィス・コールに電話をかけた。

「ママのご帰還だ。どうする?」

やはり現場のすぐ近くにいるほうが落ち着く。

## 35

## エルヴィス・コール

三角屋根のわが家は静かだった。わたしは閉じこもり、家のなかを歩きまわって明かりをともしていった。エイミーとジェイコブ・ブレスリンは実在する。エイミーの自宅を捜索し、ふたりの持ち物に触れ、ジェイコブの死を報じるニュース記事も読んだ。これが証拠と呼ばれるものだ。偽のメリルが自分自身とトマス・ラーナーに関して嘘をついていたとしたら、それ以外のこともすべて疑わしい。

エディ・ディットコーからメールが届いていて、ホアン・メディーヨとウォルター・ジャコビの逮捕記録が添付されていた。それを読み、印刷して、ファイルに入れた。ジャコビは六十代、その人生は麻薬取引と詐欺罪で有罪判決を受けることの繰り返しだった。メディーヨはその半分の歳、経歴は似たり寄ったりで、麻薬所持、車泥棒、押しこみ強盗、その他非暴力的犯罪の繰り返しだった。ソラノ刑務所の職員の判断は正しいのかもしれない――ホアン・メディーヨは凶悪犯ではなく、ギャングの抗争に加わるタイプではなかった。

シャワーを浴び、洗いたての服を着て、キッチンへもどった。猫が餌のボウルの前で待っていた。

「ラム肉がある。どうだ？」

猫は舌なめずりをした。仔羊は好物のひとつだ。

骨が七本ついたラム肉が冷蔵庫に待機していた。オーヴンのスイッチを入れて予熱し、肉にオリーブオイル、塩胡椒《こしょう》、イラン産のスーマック、わたしの好きなミックススパイスのザータルをすりこんだ。偽のメリルがエイミーの会社で働いている可能性はある。会社に知られる前にエイミーを見つけろとしつこく言っていたが、会社はもう知っているのかもしれない。政府と契約する際にセキュリティは重大事だから、エイミーが横領をして反米の過激派と接触しようとしていたことを会社側は隠蔽《いんぺい》しようとしているのかもしれない。そう考えれば、偽のメリルが警察に相談しなかった理由は説明がつくが、他人になりすましている理由は説明がつかない。

フライパンで肉の表面がかりかりになるまで焼いて、フライパンごとオーヴンに入れた。

「十二分、長くても」

猫はすわって餌のボウルをじっと見ている。黙示。

トマス・ラーナーに関する強引な話がなによりの証拠だ、トマスが実在しないとなればなおさら。架空のメリルが架空の手がかりをでっちあげ、それを使ってわたしをエコー・パークへ送りこんだ。あの事件の晩にわたしがあの家へ行くことをメリルが知っていたはずはない。それでも、彼女はなにかを知っていた、あるいは疑っていた、だからわたしを送りこんだのだ。

いったいなにを知っていたのか、そしてどうやってそれを知ったのか。本人に訊くのがいちばんだろう、結局のところ。

わたしはトマトを刻み、コリアンダー少々とハラペーニョを半分、クスクスひと箱を加えて、レモンの果汁とオリーブオイル少々で和えた。そこへ思いきってレーズンをひとつかみ投入した。冒険。ラムの具合をたしかめ、ちょうど食べごろになったところで、オーヴンから取りだした。

「あと五分。味をなじませる」

ふたりで待っていると、ジョン・ストーンが電話をかけてきた。

「ママのご帰還だ。どうする?」

「エイミーか?」

「家にいる。どうしたらいい?」

どうしたものか。メリル・ローレンスがメリル・ローレンスではないとわかったいま、信頼は失せ、不安が残った。

「コール?」

「エイミーはなにをしている?」

「食事。ヌードルのようだ。二分ほど前にもどってきた」

エイミーがヌードルを食べているところを思い浮かべた。ずっとさがしていたのに、姿を見せなかった女性。まだ時間は早い。これから出かけるかもしれない。チャールズが立ち寄るかもしれない。

「そっちへ行く」

ラム肉を七等分に切り分けて、一本をのけた。骨をはずして肉を小さく刻み、猫のボウルに入れてやる。残りの肉とクスクス料理をプラスティック容器二個に分けて、ナプキンとプラスティックのフォークと水のボトル四本といっしょに袋に入れた。別の袋に洗いたてのシャツと剃刀を入れ、車でシルヴァー・レイクにもどった。山道を降りていくわたしを尾行する者はなく、自宅を見張る者もいなかった。監視チームは消え失せていた。興味深い。

ジョンのローヴァーは建設現場の向かいで鼻先を斜面の下のほうに向けてとまっていた。そこから二軒分ほど上に車をとめて、歩いて道を下り、ローヴァーの助手席に乗りこんだ。ドアを開けたときルームライトはつかなかった。運転席のシートが後ろにさげられ、コンソールボックスの上にパソコンが危なっかしくのっていた。

わたしは食料のはいった袋を渡した。

「あれからなにがあった？」

ジョンは袋を開けながら答えた。

「なにも。食べて、トイレにはいって、いまは読書中。電話は外からもなかからもなし。訪問者なし」

容器のふたをはずした。

「おっと、これはなんだ、ラムか？　腹ぺこで死にそうだ」

ジョンは肉にかぶりつき、骨までしゃぶった。

わたしは画面が見やすいようにパソコンの角度を調節した。エイミー・ブレスリンは画面上部の中央で居間のカウチにすわっていた。広角レンズなので魚眼像のように見えるが、ゆがみはそれほどひどくない。エイミーは裸足で、床に足をぺったりつけていた。パソコンを膝にのせ、スマートフォンを足元に置いている。電話がかかってきたらすぐ出られるように。パンフレットの写真より小さくずんぐりして見えるが、たしかにエイミーだった。

「ひとつ問題がある」わたしは言った。

「金は請求しない。気にするな」

「わたしを雇った女性が身分を偽っていた。嘘をついてわたしを雇い、いまもまだ嘘をついている。彼女の正体も、エイミーをさがす理由も、どんな意図があるのかもわからない。わたしが聞かされた話は全部嘘だった」

ジョンは二本めのラム・チョップに取りかかった。

「調べたほうがいいな」

わたしはうなずいた。

ジョンはラム・チョップでエイミーを指した。

「この女はエイミー・ブレスリンだ。彼女の息子が死んだことに変わりはない。おれたちはできることをやるまでだ」

もう一度うなずいた。

「よかったらわたしの肉も食べてくれ」

「いいねえ」

床に両足をきちんとつけたエイミーの姿勢は、くつろいでいるようには見えなかった。食事を終え、いまはなにか読んでいるが、のんびりしているようにも見えない。

「車はガレージか？」

「ああ。ボルボ」

「車になにか仕掛けられるか？」

「ガレージの扉を開けたら音が響く。開けられるけど、彼女に聞こえる。ガレージは寝室の真下だ」

ジョンとわたしは無言で食事を終え、ごみを袋に入れて片づけた。通り過ぎる車は少ないが、座席で身を低くして動かずにいた。薄手のジャケットを着た男がリードをつけたボクサーを連れて通りかかった。男と犬はローヴァーの鼻先で足をとめた。ボクサーがタイヤにおしっこをひっかけたが、ジョンは黙って見過ごした。わたしたちは戦争の話をせず、冗談も言わず、会話もしなかった。じっとすわったまま、動かない女性を見守っていた。

十時七分にエイミーの電話が鳴った。唐突で、びっくりするほど大きな音だった。

ジョンがオーディオの音量をあげた。

「録音するのか？」わたしは訊いた。

「ああ。しーっ」

エイミーは電話に飛びつかなかった。五回鳴るまで待って、それから応答した。落ち着きのあるきびきびした声だった。

「はい」

こちらにはエイミーの側の会話しか聞こえない。

「わかった。それでけっこう。ええ、あさってでだいじょうぶ。ロリンズ氏もそこにいるの？」

ロリンズ。新しいプレイヤーがゲームに加わった。

「彼が来るのは別にかまわない、わたしが買い手に直接会えるのであれば。彼にこう言って――」

電話の相手にさえぎられたのだろう。エイミーは二分近く黙って聞き、いらだちでどんどん渋い顔になっていった。

「いいえ、そっちこそよく聞いて、チャールズ――」

チャールズ。花を贈った男、メリルがなんとしてでも見つけろと言った男。メリルはチャールズのなにを知っているのだろう。

「納品する前に内金を払ってもらう必要がある。現金もクレジットカードも小切手も受け付けない。送金されたかどうかわたしが確認して、まちがいなく確認がとれた場合にかぎり、あなたを連れて商品を取りにいく、もしくは買い手とそこで直接会ってもいい、いずれにしても――」

また黙って相手の話を聞いた。

「プラスティック容器、サンプルと同じ。二百キロからサンプルの重さを引いた量」

また耳を傾け、相手の話にうなずいている。

「そうして。電話を待ってる」

エイミーは通話を切り、電話を持ったまますわっていた。よく見ないとわからないほど小さく身体を揺らしている。それから紙皿とテイクアウトの箱をまとめ、ごみを持ってキッチンへ行った。

わたしはジョンをじっと見た。

「わたしが聞いたことをきみも聞いたか？」

ジョンがにやりと笑う。うれしそうだ。

「ああ。彼女は二百キロのプラスティック爆弾を売ろうとしてる」

「そんなふうに聞こえた」

「ほんとに持ってると思うか？」

スコット・ジェイムズに言われたことを思いだした。彼の車に仕掛けられたプラスティック爆弾には、例の家で見つかったのと同じ爆薬が使われていた。

「思う」

偽のメリルは横領された金のことをしきりに言っていたが、消えた爆薬のことはなにも言っていなかった。二百キログラムの軍用の爆薬を失うことは、横領された金とは比較にならないほど政府に対する会社の立場を危うくするだろう。

画面を見守りながら、エイミーがもどってくるのを待った。

ジョンが言った。「ここにはないし、本宅のほうはあんたが調べたんだろう？　車のなかかもしれないな」

首を振りながら、わたしは思案した。

ジョンが言った。「二百キロは四百四十ポンド。それだけの量のC４だとだいたい八立方フィートになる、小さめの段ボール箱が八個分か」

エイミーがキッチンからもどってきた。玄関が施錠されているのを確認して、電話とパソコンを持ち、居間の明かりを消した。

ジョンが寝室のカメラに切り替えた。高角度の映像がベッドも含めて部屋全体をとらえていた。画面の右側に机とクローゼットと浴室がある。エイミーは電話とパソコンをベッドに置いて、上の服を脱いだ。色白で肉付きがよく、皮膚にひだができている。プライバシーを侵害しているのが申しわけなかった。ブラをはずしたときには目をそらした。

フリンジのついた茶色の革ジャケットはベッドに置いてあった。ジャケットを吊るしてスラックスをクローゼットにしまい、整理だんすからパジャマを取りだして、浴室にはいっていった。トイレを使う音と水の流れる音が聞こえた。数分後、浴室の明かりを消してベッドにはいった。

十時四十二分、エイミーはベッドを出て、整理だんすの上の写真立てに触れた。

わたしは言った。「あの写真。さっきはなかった」

「バッグのなかにはいってたんだ。帰ってきてあそこに置いた」

ジェイコブ。

愛おしげな手つきだったが、いつまでもそうしてはいなかった。

エイミーはベッドにもどり、明かりを消した。ビデオ画面が真っ暗になった。家全体が真っ暗になった。

七分後、静かな音が聞こえた。寝息。

わたしは言った。「きみは長いことここにいる。帰っていいよ。交代する」

「いいんだ」

わたしはシートを倒して背中を預けた。

ふたりしてローヴァーのなかで夜を明かした。翌朝、わたしは偽のメリルに会うためにそこを離れた。わたしは離れたが、ジョンは残った。文句ひとつ言わず、その場にとどまった。

## 36

# スコット・ジェイムズ

マギーをグレンデールの訓練所に預けて、スコットは〈ボート〉にもどり、その日の残りを重大犯罪課で過ごした。事情を知らせておこうとカウリーに電話をかけたところ、すでに耳に届いていた。あきれられたが、思ったほど怒ってはいなかった。カウリーにまぬけ呼ばわりされ、そのあとふたりで夕食の予定を立てた。スコットはほっとした。

スタイルズが捜査の進捗状況を説明し、何人かの刑事に紹介してくれて、こちらの質問にもできるかぎり答えてくれた。たいした報告は聞けなかったが、スコットは彼女に好感を持つようになっていた。

特別捜査班は大所帯で捜査開始から三日になるというのに、ジャケットの男の正体も、カルロス・エターナがどうかかわっていたのかも、だれが死んだ男の名義でエコー・パークの家を使っていたのかも、まだわかっていない。

あせるなと自分に言いきかせたが、コールがなにを知っているのか気になった。協力するというコールの申し出は、足首をくわえて放そうとしないしつこいテリア犬のようだった。コールは枠にとらわれないタイプの人間なのかもしれないが、はみだし型の人間がまちがっているとはかぎらない。彼の秘密の情報と怪しげな人脈を使えば、カーターより先に事件解決の突破口を開くことができるのではないか。

コールの電話番号が書かれた名刺を取りだしたが、スタイルズには見せなかった。テーブルの下で名刺を曲げながら、スコットは思案した。

「コールはどうして現場にいたんだと思う?」

「なにかよからぬことを企んで、おそらくは」

スタイルズは会議室でパソコンに向かっていた。スコットはテーブルの反対側で報告書をめくっていた。

「本人が言うには、トマス・ラーナーという人物をさがしてたらしい」

スタイルズが顔をあげ、スコットが興味を持っていることに難色を示した。

「たしかにコール氏からトマス・ラーナーのことを尋ねられたと証言した住民がいるけど、その住民も、近所のほかの人たちも、あそこに昔から住んでる人たちも含めてだれひとり、あの通りにラーナーという住人がいた記憶はないと言ってる。そして、コール氏が説明したラーナーなる人物が実在するという証拠すら――なにひとつ――見つからなかったわ」

「コールが嘘をついていると?」

スタイルズはスコットを凝視した。なぜそんな質問をするのか理由を探ろうとするみたいに。

「ええ。彼は嘘をついてると思う」

スタイルズはパソコンに顔をもどしたが、スコットはそこで終わりにしたくなかった。

「警察には話せないことなのかもしれない。嘘をついたというより、ただ言わないだけなのかも」

今度は顔をあげなかった。

「コール氏のことがやけに気になるのね」

スコットは名刺をまた曲げて、しまいこんだ。

「ああ、たしかに。彼は信頼できる気がする、それだけだ。あの男なら捜査に協力できるんじゃないかと思えてならない」

スタイルズはテーブルを押してパソコンから離れ、腕組みをした。

「悪いことは言わないわ、そんな考えは捨てなさい」

カーターが三十分後にもどってきて、引き続きスコットを無視した。居心地が悪くなったスコットは、結局帰ることにした。グレンデールへマギーを迎えにいき、帰る途中で水のボトルを一ケースとチョコレートチップ・クッキーの大袋をふたつ買った。警護の任務で動けない巡査たちへの罪ほろぼしの差し入れだった。

夕方の早い時間に帰り着いた。勤務中の巡査チームに自己紹介をして水とクッキーを渡し、ショートパンツに着替えてマギーを公園へ連れていった。三十分のジョギングは、マギーのためというより自分のための運動だ。スコットは不自由な足で身体を揺らしながらジョギングをした。マギーは速足でついてくる。走ったあとはタグ・トイを引っぱり合って遊んだ。大型犬用の頑丈なゴム製のおもちゃだが、警察犬に選ばれるような犬たちが相手ではひとたまりもない。マギーのあごと首の力は相当に強く、くわえて自分のものにしたいという衝動が激しいので、ひとたびおもちゃをがっちりとくわえたら、そのまま空中でぐるぐる身体を振りまわせるほどだった。そこまで激しい衝動がありながら、マギーはボールを追いかけようとはしない。もう何十回となく試してみた。マギーの不意をついて急に投げると、飛びだしていくときもあるが、それがボールだとわかると、追いかけるのをやめてしまう。理由はだれにも、リーランドにすらわからなかったが、スコットは代わりの品を見つけていた。

ひと切れがゴルフボールほどもあるソーセージの大きなかけらを三つ持ってきている。バックパックからおやつの袋を引っぱりだした。

「おやつだ」

マギーは即座に警戒態勢にはいり、その目は脂ぎったかたまりに釘付けになった。

スコットが力いっぱい投げると、マギーはソーセージに向かって突進した。

ソーセージは三十メートルほど離れた草地を跳ねながら転がっていった。マギーに見えているのかどうかわからないが、犬の目は人間とは比較にならないほど動体視力に優れているし、あとは鼻が助けてくれる。

マギーの運動能力は少しも衰えていなかった。草地の窪みを爪でしっかりととらえて向きを変え、肉に飛びかかり、ぱくりと食いついた。〝ソーセージを追いかけろ〟ゲームをあと二回やって、それから家路についた。

マギーに新鮮なフードと水をやり、シャワーを浴びて服を着た。靴紐を結んでいたとき、マギーがジョイス・カウリーの到着を知らせた。警護の巡査が私道を歩いてきたり車が交替したりするたびに、マギーは狂ったように吠えてドアに向かう。

「ジョイスだよ、マギー。やめろ」

警護チームのひとりに付き添われて、カウリーがゲートにやってきた。きょうは黒のスーツだった。

スコットはマギーを引き寄せて道を開け、カウリーをなかに通した。カウリーはスコットに軽くキスして、白いビニール袋をテーブルに運んだ。

「トスターダ。ひとつは鶏肉《ポーヨ》、もうひとつは牛肉のカルネアサダ。付け合わせはライスと豆。シェアして食べましょ。あとはグアカモーレとフライドポテト。ポテトはわたしの」

スコットは笑った。

「それでいいよ。ありがとう」

カウリーはジャケットを脱いで、袋からプラスティック容器と紙の容器を取りだしはじめた。

「ビール《セルベッサ》を、お願い《ポル・ファボール》。ライムも、もしあれば」

「いま持ってくるよ。すごいな、この量を見てくれ。きみはじつに計画性のある女性だね」

冷蔵庫へビールを取りにいくスコットに、カウリーが話をつないだ。

「当然！　食事が終わったら荷造りを手伝うから、マギーを連れてうちに来て」

スコットは冷蔵庫の前で躊躇《ちゅうちょ》した。カウリーが優秀な刑事なのはこの頑固さゆえかもしれない。二本のビールのふたをひねって開け、居間へ運んだ。

「ありがとう、ジョイス、ほんとに、でもおれはどこへも行かない。やつのせいでおれたちが自宅を追われるなんてごめんだ」

聞き分けのない子供を説き伏せようとする母親のように、カウリーは寛容な笑みを浮かべた。

「あのね、スコット、なにもあなたの殺害を企ててる男から逃げるためじゃないの。うちに来てもらうのは、あなたに二度とばかなまねをさせないため、キャリアをどぶに捨てるようなまねを」

そばに行ってビールを差しだしたが、カウリーは受け取らなかった。寛容な笑みは消え失せ、殺人課刑事の目がスコットをとらえた。

「この次はイグナシオ副部長も容赦しないはず。きょうは大目に見てもらえたけど」

「わかってるよ」

「そう願うわ。あなた自身のためにも」

やっとビールを受け取ってくれた。カウリーはひと口飲んだが、スコットは飲まなかった。

「コールはなにか知ってて、それがおれたちの役に立つかもしれない。向こうも協力したがってる気がするんだ」

「本人がそう言った?」

「はっきりそう言ったわけじゃない」

「協力したいなら、カーターとスタイルズに話すのが筋でしょ。あなたじゃなく。あなたは

〝メトロ〟の最前線の警官で、刑事じゃない」

「カーターとスタイルズはコールを容疑者扱いしてる」

「それが彼らの仕事だからよ、相棒。そしてわたしたちの」

スコットに向けてボトルを掲げた。

「参加するのはかまわない、でもルールに則ってプレーすること。わかった?」

スコットはボトルをぶつけてかちんと鳴らした。

「仰せのとおりに」

マギーが突然また吠えだして、ドアへ飛んでいった。轟《とどろ》くような声だった。カウリーが顔をしかめ、スコットはあわててマギーをドアから引きもどした。

「騒々しい子ね」

「夜中もずっとこうなんだ。巡査がようすを見にくるたびに。マギー、伏せ。静かに!」

ドアに手を伸ばしたとき、ノックの音がした。カーテンをめくると、グローリー・スタイルズがいた。にっこり笑って、バインダーを掲げている。

スコットは驚き、急いでドアを開けた。

「スタイルズ刑事。はいって」

自分の驚きを伝えようとカウリーをちらりと見ると、彼女はスタイルズを凝視していた。

スタイルズが腰をかがめ、マギーににっこり笑いかける。

「ハーイ、かわいいお嬢さん! なにをあんなに吠えていたの?」

スタイルズはなかへはいり、カウリーに向かってすかさず手を差しだした。

「おじゃましてごめんなさい。グローリー・スタイルズよ。重大犯罪課の三級刑事」

カウリーは握手に応じ、おざなりな笑みを浮かべた。

「ジョイス・カウリー。三級刑事、殺人課特捜班」

スタイルズがうなずき、手を引っこめた。

「そう、会えてよかったわ。そのうち同じ事件を扱うこともあるかもしれないし」

「かもしれないわね」

スタイルズはスコットにバインダーを差しだした。

「新しい顔写真帳。あなたの意見に基づいて検索条件を変えてみたの。わたしたちの容疑者にだいぶ近いものになってるといいんだけど」

「すばらしい気配り。わたしはいつもメールで画像ファイルを送ってる」とカウリー。

スタイルズが一瞬スコットを見つめた。

「ほんと言うとね、きょう一部の人たちがあんな態度をとったことは残念だと思ってるの。わたしはそんなに悪いことだったとは思わないわ、あなたがコール氏に会いにいったこと。おかげで有益な情報も得られたんだし」

スコットはカウリーにちらりと目を向けた。驚きと喜びで。

「よかった。役に立ててなによりだよ」

「あなたが名前を教えてくれた男、たぶん元兵士だと言ったほうの人」

「ジョン・ストーン」

「調べたらまだ現役で、なのに政府は彼のことを教えようとしないの。情報をくれるよう要請したら拒否された」

「よくわからないな、拒否するなんて。こっちは警察なのに」

興味がわいてきたらしく、カウリーもそばに来た。

「国防省が記録を封印してるってこと？」

「鍵をかけて厳重に保管して、その鍵を捨てたってことだ」

スタイルズは思案げな顔になった。

「その男性、わたしになんて言ったと思う？　ちなみにとても感じのいい人だった。それがラテン語なのよ、なんとね。〝シ・エゴ・ケルティオレム・ファキアム〟——そこまでしか覚えてないの」

スタイルズはスコットをじっと見返した。口調は変わらないものの、その視線は刺すようだった。

「〝話してもいいけど、あなたを殺さなければならなくなる〟」

スタイルズは首をかしげ、眼光がさらに鋭くなった。

「あなたのコール氏にはおもしろい仲間がいるのね」

そこで小さく一歩さがり、また愛想よく言った。

「あらためてお詫びするわ。あなたたちがいままでどおりの仕事にちゃんともどれるようにするから。マギー、あなたほんとにいい子ね」

スコットが手にしているバインダーに触れた。

「目を通したら、結果を知らせてね。じゃあ、みなさんおやすみなさい」

スタイルズはドアを開け、闇のなかへと姿を消した。数秒後にゲートを開閉する音がした。

「嫌味な女」とカウリー。

三分後、マギーが窓に駆け寄り、ゲストハウスに雷鳴のような声が轟いた。

# 37
## マギー

マギーは頭を低くして、クレートのなかを歩きまわった。浴室で足をとめ、鼻声で鳴き、スコットのベッドをまわって窓のところへ行った。窓は閉まっているが、窓枠の髪の毛一本ほどの隙間から外気がしみこんでくる。空気の流れはごくわずかなのでスコットには感知できないが、マギーにとっては色つきの煙が流れこんでくるようにはっきりとわかる。カーテンの下に鼻を突っこみ、警戒すべきものはなにもないとわかって、居間へ引き返した。スコットに向かって鼻を鳴らしたが、聞いてもらえなかった。マギーは前脚で床を引っかき、くるりとひとまわりして、伏せをした。

スコットの体臭には緊張感という不快な油のようなにおいが充満していた。ふたりのクレートは予期せぬ物音やなじみのないにおいでいっぱいだった。ゲートを開閉する音が聞こえるたびに、マギーは大声で吠えてドアに向かった。

「マギー、やめろ！　あれは友だちだ！」

制服を着た見知らぬ人たちといるときのスコットの態度から、その人たちは脅威ではないとわかったけれど、マギーは警戒を解かなかった。訪問者が立ち去るたびに、マギーの耳は回転し、傾き、ゲートを通過していく足音を追いかけた。

スコットは安全。

仲間は安全。

ほとんどの犬には人間の四倍の聴力があるが、マギーのまっすぐに立ったひときわ大きな耳は、音をたてない捕食者や遠くにいる獲物を見つけるために進化した。左右の耳は別々に動かすことができる。それぞれの耳は十八の筋肉の関節接合によって船の帆のような耳介を形成し、人間にはとうてい聞こえない周波数の音を拾って集中させることができる。おかげでマギーの聴力はスコットの七倍も優れている。高度三万フィートのジェット機の音、柱のなかでシロアリが木を食う音、スコットの腕時計のなかで水晶が小さく振動する音、においと同じように、スコットには感知できない無数の音が、マギーには聞こえる。

音とにおいに異状がなかったので、マギーは床に伏せて前脚のあいだにあごを置いた。

耳をすます。

においを嗅ぐ。

スコットを見守る。

公園から帰ってきてまもなく、近づいてくる侵入者の音が聞こえ、マギーはドアへと走ったが、このときの侵入者はジョイスだった。マギーは尻尾を振った。

スコットはうれしい。

マギーもうれしい。

マギーはキッチンへ行って水を飲み、スコットの寝室を歩きまわって、居間へもどった。スコットとジョイスは話をしている。マギーは伏せをし、ひと息ついて目を閉じたが、眠りはしなかった。スコットとジョイスの声に、そしてクレートの外の世界に耳を傾けると、ゲートの開く音が銃声のように耳に響いた。

マギーは吠えながらドアに突進した。

「マギー、伏せ！　静かに！」

侵入者のにおいに覚えがあり、この背の高い人間の女の人は怖くないし優しい人だと記憶していた。

「ハーイ、かわいいお嬢さん！　なにをあんなに吠えていたの？」

スコットはその女の人をなかに入れた。

マギーは床の別の場所を選び、そこに落ち着いて、耳を傾けた。背の高い女の人は何分かして帰った。

スコットとジョイスは食事をした。ジョイスはときどき泊まって、ベッドでスコットといっしょに眠るけれど、今夜はちがった。ふたりはカウチにすわって話をした。マギーはなじみのない音を何回か聞いた。最初のときはドアへ走った。二回めは寝室へ飛びこんだ。ジョイスはまもなく帰り、スコットはマギーを外に連れだして用を足させた。

ふたりでクレートにもどると、マギーはスコットについて浴室へ行き、そこでスコットはトイレを使い、シャワーを浴びて、口のなかで青い泡を作った。マギーはずっとそばにいた。

あとをついていくと、スコットはクレートの明かりを消してまわり、カウチに身体を横たえた。マギーはパターンを知っている。もう寝る時間ということだ。カウチのそばで床のにおいをたしかめ、そこで一周まわって、マギーも横になった。

「おやすみ、マギー」

パタン、パタン。

マギーは鼻にしわを寄せて空気のにおいを嗅いだ。

耳を回転させて音を聞き取った。

通りにとまっている警察の車から聞こえる甲高い話し声、大家のおばあさんのテレビのぼそぼそした低い音。スコットの鼓動がゆっくりになって眠りに落ちたのがわかった。

マギーは鼻をひくつかせた。

耳をすまし、そして頭を持ちあげた。

木の枝がこすれ合ってきしむ高い音は、聞き慣れない音だ。クレートの裏手にあるフェンスの板がポンと音をたてた。葉っぱがさらさら鳴り、またさらさら鳴って、だんだん近づいてくる。

マギーは猛然とドアに向かった。

「マギー、頼むよ。勘弁してくれ」

胸の奥底からわいてくる激しい咆哮《ほうこう》だった。マギーは寝室へ走り、立ちあがって両の前脚で窓の下枠をたたいた。

「静かにしろ！」

マギーは耳をすました。

ポンという音もさらさら鳴る音もしなくなっていた。近づいてくるものはない、でも遠ざかっていく音もしない。

外から流れこむ空気のにおいを嗅ぐ――くんくんくん、くんくんくん。いつもとちがうにおいはなにもしない、それでもマギーは胸の奥で低いうなり声を発した。

空気は動いていない。においはゆっくり広がるだろう。また鼻をひくつかせて、マギーは待った。

## 38

# ロリンズ氏

イーライから電話がかかってきたとき、ロリンズ氏は驚いたが、おかげでいい夜になった。あのいかれたろくでなしのイーライがちゃんと約束を守ったのだ。

その晩遅く、ロリンズ氏は、通りの向かいの二軒分ほど離れた場所で、トレーラーハウスの脇の深い闇のなかに立っていた。大家のばあさんの前庭に駐車してあるトランザムも、私道にとまっているパトカーも、その車内にいるふたりの警官も、はっきりと見える。

電話の向こうでイーライがささやいた。

「犬の声が聞こえるか?」

ロリンズ氏も小声で返した。

「おまえの手下はどこだ」

「西側の家。裏庭だ」

イーライは大家の敷地の裏側、一本隣の通りの屋根の上にいた。手下のひとり、ハリーがイーライの真下に車をとめている。もうひとりの、ロリンズ氏には発音できない名前の男は、ピエロの家のある袋小路の入口に車をとめていた。イーライが電話をかけてきたのは犬の件で、ロリンズ氏はその解決策を提示したのだった。自分もこの殺しに参加したい気持ちもあった。世の中には飽きないこともある。

ロリンズ氏に犬の声を聞かせるために、イーライは人を送りこんだ。犬がわんわん吠えだすと、警官がひとり車から降りて私道を歩いていった。

ロリンズ氏はささやいた。

「手下をもどせ。警官だ」

女の巡査がゲートの前で足をとめた。犬の声がおさまるのを待って、車に引き返してきた。相棒が車から降りて出迎え、ふたりはそのまま私道にとどまった。

「よし。やつらはここにいて、しゃべっている」

「言ったとおりだろう、あのいかれた犬の声を聞いたか?」

「ああ。すごい声だ」

「どこから近づいても、犬が吠える。そのたびに警官が見にくるんだ」

こういう狭い庭の周囲にはたいていフェンスがあり、そのフェンスは生い茂った蔓《つる》や生け垣に埋もれている。

「こっちの居場所はわかってるだろうな」ロリンズ氏は言った。

「トレーラーハウス。通りを渡って東に二軒行った私道」

「よし。右のフロントタイヤの陰に包みがある」

ロリンズ氏が犬を扱うのはこれがはじめてではなかった。

「それをフェンス越しに投げるのか?」

「ひとつじゃない。四つある。フェンス越しに投げろ。あとは犬がうまくやってくれる」

「ハリーを行かせよう」

「終わったらすぐ引きあげろ。やつがいつ犬を外に出すかわからない」

「終わったらすぐ引きあげる」

「ハリーは手を洗うこと、いいな?」

「手を洗う?」

「こいつが口にはいったら、命はない。ハリーは手を洗うか、手袋をはめるかしろ」

「わかったって」

「まじめに聞け、イーライ」

「ハリーに言っとくよ。手を洗えって」

イーライは笑った。

ロリンズ氏はビニールの手袋をはずし、トレーラーハウスから離れて、フェンスをひらりと飛び越えた。イーライはいまの話を本気にしていないか、あるいはまったく意に介していない。あのあたりの連中は人の命など屁とも思っていないのだ。

ハリーはおそらく朝には死んでいるだろう、あのばか犬と同じで。

# 第五部　アルファ・ドッグズ

## 39

# スコット・ジェイムズ

　スコットが静かにドアを開けると、夜明けの灰色の空から最後に残った紫色が消えゆくところだった。マギーが隙間から鼻を突きだして、肩でドアを押し開けようとしたが、スコットは阻止した。裏庭を観察して、小声で言った。

「落ち着け」

　マギーの鼻がにおいをさがし求めて三回ひくついた。そのわかりやすい欲求にスコットは苦笑した。

　アール夫人の狭い庭は荒れた芝生に覆われているが、その大部分は薔薇《ばら》の花壇や低木の茂み、果樹に占領されている。果樹の枝に吊るされた鳥の餌台を目当てにリスがやってきて、地面に落ちた種をついばむ。

　マギーはリスを追いかけるのが大好きだ。リスが果樹の常連客で朝に姿を現わすことが多いのを知っているので、リスの姿をさがすのが朝いちばんの日課だった。

「いたのか、マギー。見つけたのか？」

リスは一匹も見あたらず、これならだいじょうぶだとスコットは判断した。マギーに九メートルのリードをつけて、ドアを開けた。

「つかまえろ！」

マギーが木に突撃していく姿を眺めるのが楽しみだった。頭を高くあげ、両耳をぴんと立てて、完全に狩りのモードにはいっている。木の根元にたどりつくと、リスが一匹もいないのが意外だったらしく、地面に鼻を近づけて高速でぐるぐるまわりながらにおいをさがした。

アール夫人が戸口から声をかけてきた。

「リスを見つけたの？」

アール夫人は八十代の華奢《きゃしゃ》な女性で、タオル地のローブをはおっていた。

「いえ。きょうはだめです」

「その子がリスをつかまえるところを見たいものだわね。リスとネズミのちがいを知ってる？」

スコットの知っているジョークは多くないが、これは昔ながらのジョークだ。うれしいことにそれを覚えていた。

「リスは、ヘアスタイルが決まらない日のネズミ」

アール夫人が眉間にしわを寄せる。

「意味がわからないわ」

本当に困惑しているのか、それともからかわれているのか、よくわからない。ふざけているのではなさそうだと判断した。

「ネズミの尻尾は細い。リスの尻尾はふさふさ。ヘアスタイルが決まらない日がありますよね、髪の毛が突っ立って思うような形にならない日が。だから、リスは、ヘアスタイルが決まらない日のネズミ」

「あたしが言いたかったのはそういうことじゃなくて。ネズミもリスも、どっちもうちのオレンジを食べるってこと。あの木ネズミたちときたら、もうずいぶん前からうちの果物を盗み食いしているのよ」

スコットはリードが引っぱられるのを感じた。マギーが捜索の範囲を広げていた。

「アールさん、このところマギーがしょっちゅう大声で吠えてるのはわかってます、警官がここを行き来するせいで。すみません。彼らもそう長くはいないはずですから」

夫人は軽く手をひと振りした。

「おまわりさんは何人いてくれても大歓迎よ。こんなに心強いことってないもの」

またリードが引っぱられた。

マギーが花壇でなにかの周囲をぐるぐるまわっていた。鼻を近づけてはにおいを嗅ぎ、少しさがって何歩かまわり、またにおいを嗅ぎにいく。なにかあるのはわかるが、その正体まではわからなかった。

アール夫人が言った。「花壇でおしっこさせないでちょうだいね。メス犬は芝生をだめにするから」

「なにか見つけたようです。マギー！」

マギーの頭がくいっとあがった。スコットはリードを縮めながらマギーの見つけたものをたしかめに近づいていった。

アール夫人が戸口から叫ぶ。

「あれはなにかしら、ネズミ？　ネズミなら、その子にさわらせないようにね！」

「アライグマですね」

アライグマやオポッサムやスカンクはロサンゼルスではめずらしくない。夜間に街をパトロールしているときや、勤務を終えて帰宅したときなど、その種の夜行性動物をよく見かける。オポッサムがひょこひょこ歩きながらフレンチドアの前を通過して、マギーが狂ったように吠えかかり、あいだにガラスがあったおかげで無事だったことも二度ばかりあった。

大人のアライグマにはかなり大きいものもいるが、このアライグマの大きさはせいぜい猫ほどしかない。とっさに狂犬病かもしれないと思い、マギーを引き離した。見たところ毛づやはよく汚れもないが、目が真っ赤で、尻と口にうっすら血液と唾液がついている。見守っていると、口から血のまじった泡を吹いて、低いうめき声をもらした。

「ああ、ひどいな。かわいそうに」

そのとき、赤と青の粒がまじった灰色の小さなかたまりが目につき、アライグマが吐きもどした挽肉《ひきにく》だとわかった。とはいえ、赤と青の粒はおかしい。小枝でつついてみると、赤と青の錠剤を砕いたかけらのようなものが見えた。

スコットはマギーをゲストハウスのなかに入れた。アライグマに大きなプラスティックのバケツをかぶせて、どうしたものかと思案していたとき、灰色のボール状のものに気づいた。それは汚れて変形し、薔薇の茂みの下の固い土の上にぽつんとあった。

近づくと、赤と青の粒が見えた。木の枝でそのボールを割ってみると、生の挽肉を固めたものだった。赤と青の粒が白い粉状のものといっしょに肉に練りこまれている。

ゲストハウスのそばで見つけた三個めのミートボールは、一部がかじられていた。アライグマだ。

ボールの位置がわかるように覆いをかけて、証拠を保全した。表のパトカーにいる勤務中の巡査たちに警告し、それからカーターに連絡して発見物のことを報告した。

十数台の警察車両が、スコットの自宅のある通りとその北側の通りを封鎖した。科学捜査課《SID》が鑑識員を派遣して、サンプルとアライグマを回収した。アール夫人の庭とその両隣の家および真裏の家の敷地の捜索が行われた。レスリー・デイという新米警官が、アール家の勝手口から一メートルのところにあるアガパンサスの葉のあいだに引っかかっていた四個めのミートボールを発見した。見つかった肉片はそれで全部だった。

スコットはマギーといっしょに庭に立ち、巡査たちの捜索を見守った。最初はゲストハウスに閉じこめておこうとしたのだが、マギーはどうしても吠えるのをやめなかった。外に出されてリードでスコットとつながったとたん、ふだん犯罪現場にいるときと変わらない落ち着きを見せた。

　カーターとスタイルズともうひとり特捜班の刑事がやってきて、ノース・ハリウッド署からも刑事が二名やってきた。カーターとスタイルズはスコットに軽く声をかけたあと、近隣への戸別訪問による聞きこみの段取りにはいった。

　スコットはじゃまにならないよう離れていた。活動を見守りながら、例のジャケットの男のこと、そしてコールの申し出について考えた。

　カーターが帰りがけの鑑識員をつかまえた。

「肉が置かれたのはどれぐらい前だ？」

「グリルに点火しろ。まだ食べられるぞ」

「だいたいの範囲でいい。草の上にあった時間」

　鑑識員はつかのま考えた。

「表面はそこそこ酸化してて、内部はまだピンク色だ。蟻《あり》がたかったようすもない。ゆうべくらいの涼しい夜だと、そうだな、最短で一時間半前、六時間以上前ってことはないだろう」

「深夜から明け方にかけてか」

「そんなところだ」

「毒については？」スタイルズが訊いた。

「中枢神経系の成分なのはまちがいない、それに即効性のある抗凝血剤。ひょっとしたらＬＳＤかも。強烈なやつだ。アライグマを一瞬で仕留めた」

「供給源のリストがほしいわ、そういうものが販売されてる国のリストも」

「国内で入手可能だとしても？」

「それでもよ、いま言った薬物がアメリカで売られていないとわかったら電話してくれる？　報告書を作るなんて面倒なことはしなくていいから」

　スタイルズは鑑識員といっしょに表のヴァンのほうへ行った。カーターがスコットに気づいたらしく、こちらへやってきた。きのうの件には触れず、スコットも黙っていた。

「上司には連絡したのか？」

　ジム・ケンプ警部補のことだろう。

「まだだ」

「わたしはきみの部署の指揮官に報告することになっていて、そこからきみの上司に連絡がいくはずだ、だから自分で電話しておいたほうがいいんじゃないか。いまの状況やなんかを知らせておくんだ。礼儀として」

「いい考えだ。わざわざどうも」

　カーターは制服警官たちが草地や花壇を捜索しているのを眺めた。梯子《はしご》を使って屋根を捜索している巡査もいる。

　カーターが言った。「余計なお世話だろうが、どこか別の場所に移ることを考えたほうがいいかもしれないな」

「アールさんのこともどうするか考えないと」

「大家のおばあさんか?」

スコットはうなずいた。

「彼女がどこかへ移るか、それともおれが出ていくべきか。ここはあの人の家だから」

カーターは気まずそうな顔になり、そろそろ引きあげてくれないかとスコットは思った。

「そういうことなら、とりあえず警官の数を増やすことにする。表に車を二台、隣のブロックに二台、表と裏の通りはこれから二日間、住民以外立入禁止になるだろう」

「おれがよそに移っても?」

「きみがよそに移ってもだ。ここに残るなら、封鎖は必要なかぎり継続することになる」

「よそに移るよ」

「よし。それが賢明だろうな」

カーターは地面に目を落とし、まだぐずぐずしている。

「じゃあ、また本部で」とスコットは言った。

「気にしなくていい。きみは行き先をさがさないといけないだろう」

「顔写真帳に目を通す。運に恵まれないともかぎらないし」

カーターはようやく背を向けて引きあげようとした。

「好きにしろ」

スコットはカーターの後ろ姿を見ながら、マギーの耳に触れた。

「カーター刑事」

カーターがちらりと振り返った。

「やつはおれの犬を殺そうとしたんだ」

「わかってる。あした本部で会おう」

カーターが去っていくのを見送り、スコットはマギーを見おろした。頭のやわらかい毛をなで、マギーが尻尾を盛大に振ると、笑みを浮かべた。

カーターにはまだわかっていない、でもいずれわかる。

## 40

## エルヴィス・コール

だれだかわからないその女性とわたしは、ウェスト・ハリウッドのサンタモニカ大通りにあるスーパーマーケットで待ち合わせをした。わたしはエスプレッソ系の温かい飲み物をふたつ買って、三十六分前に到着し、通りの向かいのガソリンスタンドにとめられたレッカー車の陰に駐車した。パイクとジョン・ストーンに報告を入れて、待つ態勢にはいった。

〝ミステリー・メリル〟は約束の二十分前に到着した。まばらにとまっている乗用車やトラックのあいだに車をとめ、その行動にいつもとちがう点はひとつもなかった。待つあいだもくつろいだようすだった。まずいことになるかもしれないとはつゆほども思っていないみたいに。

わたしは車のナンバーをメモして、自動車局にいる友人に問い合わせた。

「車はシルバーのレクサスSUVで、名義はメリル・ローレンスとなってる。これって、ゆうべわたしたちが調べた名前じゃない？」

「きみは四人いると言った。三人は北のほうで、ひとりはパサデナ。ベルファァウンテン」

「覚えてる。このレクサスも同じ」

「このレクサスの住所もベルファウンテン？」

「まさしく」

メリル・ローレンスではないこの女性は、メリル・ローレンス名義のレクサスに乗っていて、その登録住所は本物のメリル・ローレンスが住んでいるはずの住所になっていて、ただし本物のメリル・ローレンスはレクサスを一台も所有していない。なんということか。

「ゆうべのきみの話では、メリル・ローレンス名義で登録されているのはキャデラックとポルシェが一台ずつだった。レクサスとは言わなかった」

彼女の声がだんだんもやもやしてきた。

「ええ、覚えてる。これってなんか変」

なんか変、はよくない兆候だ。

「名前で調べたら、キャデラックとポルシェが出てきて、でもレクサスはない。ナンバーで調べたら、レクサスが出てきて、でもキャデラックとポルシェはない」

「なんか変だ」とわたしも言った。

「システムの異常だと思う。調べて折り返す」

本物のメリルはその車を所有していないのに、本物のメリル名義で登録された車に乗っている、それが単なるシステムの異常とは思えない。どうしてそんなことができたのか。

約束の時間を十分過ぎるまでレッカー車の陰にすわって待ち、それからバックで車を出してそのブロックを一周した。駐車場にはいろうとしたとき、スコット・ジェイムズから電話がかかってきた。出たかったが、留守番電話に任せた。いまは偽のメリル・ローレンスのことに集中したい。

　車をとめて、彼女の車に乗りこんだ。

「ノンファット、ホイップクリームなしのモカと、スキムミルクのバニラ・ラテ。お好きなほうを」

　彼女は笑顔ともしかめっ面ともとれるあいまいな表情になった。どのコーヒーがいいかわからないみたいに。結局バニラを選んだ。

「いいニュースがあるみたいね」

　わたしはモカをひと口飲んだ。冷えきっている。

「花屋がチャールズを覚えていた」

　彼女はバニラの向こうからわたしを見つめながら待った。

「あの似顔絵の男？」

「いや。細かい特徴をはっきり覚えていたわけじゃないが、似顔絵の男とはちがう。それはたしかだ」

　これをいいニュースととらえたのかどうか、なんとも言えなかった。

「でも、その男のことは覚えていたわけね？」

「コーヒーは口に合わなかったかな」

「コーヒーなんかどうでもいい。その人たちはなにを覚えていた？」

「四十代なかばから後半、髪も目も茶色、スーツ。全体としてビジネスマン・タイプ。花を贈れば女性の気を惹けると店員に言ったらしい。なんとなく嫌味な男だ。相手の弱みにつけこもうとしている」

モカを少し飲み、トマス・ラーナーの話でひと押ししてみた。

「いいニュースは、トマス・ラーナーに少し近づいたことだ。ジェイコブの古い友人たちの情報をつかんだ。まちがいなくトマスのことを知っているはずだし、きっとだれかが連絡先を知っている」

その話題は不愉快だと言わんばかりに、鼻の穴がふくらんだ。

「チャールズの件にもどりましょう。エイミーの近所の人たちに話を聞いた?」

「エイミーの自宅にはあれから行っていない。新たにわかることはないだろうし、近所の人にチャールズのことを尋ねても時間の無駄になるだけだ」

「あなたの時間にはちゃんとお金が払われてる。近所のだれかがチャールズを見たかもしれない。彼のことをあれこれ噂したかもしれない」

あくまでもチャールズにこだわっている。

「わたしの時間で思いだした、そのことで相談があるんだ。最初の取り決めを考え直してもらう必要がある」

「どういうこと?」

「きみから聞いた話に基づいてわたしは報酬を提示した。そこには殺人と警察の捜査は含まれていなかった。わたしは警察に始終つきまとわれ、きみにせかされて不眠不休で働いている。二千ドルでは割りに合わない。あと三千上乗せしてもらいたい」

「わたしから絞り取ろうというわけね」

「真相に近づいているんだ、メリル。エイミーとチャールズはもう射程圏内にいる」

「近づいてるようには聞こえない。わたしからむしり取ろうとしてるように聞こえる」

「花が配達されたのはエイミーの自宅じゃなかった。チャールズが花を送った家はシルヴァー・レイクにある。エイミーはそこに住んでいると思う。チャールズもいっしょかもしれない」

「どこ？」

「三千」

「いまのはでたらめでしょう」

「きみがわたしを雇ったのは、わたしが優秀だからだ。ここで袂を分かちたいなら、けっこう、そうしてもいい。あと少しなのに」

思ったほど腹を立ててはいないようだ。鼻息は荒かったが、早く知りたくてうずうずしているようにも見える。

「あと千なら出してもいい」

「二千五百」

「あした千、二日以内にエイミーを見つけたら、あと千払う。きょうじゅうに見つけたら、二千と、ボーナスとして五百」

「悪くない」

彼女はラテを駐車場に捨てた。

「ふたりを見つけたほうが身のためよ、この悪党。さっさと降りて」

わたしは外に出て自分の車にもどった。レクサスは勢いよくバックし、猛スピードで最寄りの出口へと向かった。彼女は怒っている、と同時に怯えてもいるのだろう。車が完全に消えるのを待って、ジョー・パイクの番号をたたいた。

「その女は任せろ」とパイク。

メリル・ローレンスを騙《かた》る女性にはいくつも秘密がある、だがこっちの秘密のほうがうわてだ。

# 41

スコット・ジェイムズが残したメッセージは簡潔だった。

「協力の件が本気なら連絡してほしい。いま〈ボート〉に向かっている」

わたしは驚くと同時にほっとした。嘘つきメリルから、チャールズを見つけろ、一刻も早く見つけろと、これまでにも増して強い口調で言われた。チャールズがエイミーに電話で話したところによれば、彼らの取引は二日後に迫っている。〝世界一優秀な探偵〟でなくとも、そこに関連があることくらいわかる。偽のメリルは間近に迫ったエイミーの取引のことを知っていて、その取引が実行に移される前にチャールズを見つけたがっている。彼女がチャールズと取引とエコー・パークのことを知っている以上、例のジャケットの男のことも知っていると見てまちがいないだろう。わたしはジャケットの男の情報がほしい、それはスコット・ジェイムズも同じだった。

折り返しの電話をかけると、ジェイムズ巡査が応答した。

「あれは本気だったのか、協力すると言ったのは」

周囲に人の耳があるのか、低く緊迫した声だった。

「本気だ」

「例のジャケットの男の情報がほしい。あんたはやつの正体を知っているのか？」

「いや」

「なにか知ってるはずだ」

「知ってることはあるが、あの男の正体じゃない。わたしもそれを知りたい」

「よし、聞いてくれ。爆発物取締局《ATF》がおれの車から回収した爆弾を分析した。タガントってわかるか？」

「追跡用添加剤」

タガントは九〇年代以降プラスティック爆弾に添加することが義務づけられた。

「おれの車に仕掛けられた爆弾とエコー・パークで見つかった爆発物にはタガントがなかったんだ」

わたしは深呼吸をひとつした。プラスティック爆弾は軽くて安定性があり、ピザ生地のように容易に形を変えられる。重合させた爆弾のかたまりは、転がして細長い紐状にしたり、圧迫して薄いシート状にしたり、髪のように編んだりもできる。形を変えられる柔軟性と安定性は、こっそり機内に持ちこむ狂人どもにとって好都合だった。タガントを添加するのは爆発物の追跡調査を可能にするためだ。エイミーが接触を図っていた連中にとって彼女の爆弾は理想的と言えるだろう。

「カーターはカルロス・エターナとあの爆発物の関連をつかんだのか？」

「まだだ、でもいま調べてる。カルロスには兄弟が三人いた。ゆうべ、いちばん上の兄貴のリカルドがヴェニスの運河で見つかった。カーターはふたりの死に関連があると見てる」

その名前を急いで書きとめ、数字と格闘した。カルロス・エターナは、ホアン・メディーヨとつながっていたと考えるには若すぎるが、歳の離れた兄貴ならその可能性はあったかもしれない。

「エターナ一家とホアン・メディーヨのつながりは調べたか?」

スコットは驚いたようだ。

「メディーヨのことを知ってるのか?」

「知っているとも。メディーヨが七年前に死んだことも、彼の名前で固定資産税を払っている人間がいることも。そいつはエターナという名前かもしれないな」

「調べてみよう。リカルドのことはけさわかったばかりなんだ」

エイミーのファイルは後ろの座席に置いてある。それを取って、エディ・ディットコーと不動産会社から得られた情報のメモをぱらぱらめくった。ウォルター・ジャコビとホアン・メディーヨのつながりや、メディーヨがジャコビの家を所有するに至った経緯がわかるようなものはなにもなかった。ページをめくって死亡広告のところまで行った。〝最愛の弟であり息子。愛するふたりの姉と父〟

「あの家のことはだれが調べている?」

「ダグ・スティニスとエディ・クインス」

スティニス。ソラノ刑務所に電話をかけた刑事だ。

「メディーヨの家族とはもう話したのか？」

「きのうふたりが父親から話を聞いた。気に食わない男だけど、言ってることは信用できると思ったらしい」

「父親はなにも知らないか、いっさい無関係ということか？」

「ふたりは父親の言葉を信用した」

「姉妹のほうは？」

「どっちもまだ見つからない」

広告に書かれたふたりの名前に目をやった。ノーラとマリソル。

「どういうことだ？」

「結婚して街を離れた。父親はふたりがどこにいるのか知らないと言ってる」

「自分の娘たちの連絡先を知らないって？」

「ホアンが殺されたあと仲たがいしたんだ。スティニスが言うには、相当険悪だったんだろうって。これだけの年月がたってるのに、父親は口を開けば悪口ばっかり。父親に言わせると、娘たちはたぶん家のことを知ってて弟にたかってたんだろうって、でももう何年もふたりから連絡はない。娘たちの結婚後の苗字すら知らないと言ってる」

〝最愛の弟であり息子。愛するふたりの姉と父〟

「娘たちは結婚して、引っ越して、父親はふたりの結婚後の苗字も知らないって？」

「もう切らないと。スタイルズ刑事がこっちを見てる」

「もうひとつだけ」

「あとでかけ直す。顔写真帳を見ることになってるんだ」

「あの家の鑑識の結果はもう出たのかな」

「まだだと思う。あんたが追いかけたあのくそ野郎は家じゅうに漂白剤をまいてた」

「確認してくれ。あの家のなかに女性のＤＮＡがなかったか」

スコットは一瞬黙りこんだ。

「どうして女性のことなんか訊くんだ？」

「確認してくれ。わかったら連絡を」

「あんたがなにか知ってるってことはわかってた。絶対になにか知ってる」

「知ってることもあるが、まだ充分じゃない」

電話を切って、死亡広告を読み返した。ホアン・メディーヨの死から七年、愛するふたりの姉は行方をくらまし、愛する父親は口を開けば悪口ばかり。

これが家族。

死亡広告には、十字架と、天使と、天空からの一条の光が描かれている。広告を出したのはノーラ・メディーヨで、イーストサイド教会の名前と住所が添えられていた。

番号案内にかけると、コンピューターが電話をつないでくれた。

ミズ・コルテスと名乗る女性が応答した。ノーラ・メディーヨの弟が所有する不動産のことで彼女と連絡をとろうとしているのだと告げた。ミズ・コルテスは最後まで聞かずにさえぎり、これ以上ないほど協力的だった。

「ノーラならお友だちよ。ちょっと待っててくださいな、本人に電話しますから」

ノーラ・メディーヨの結婚後の姓はテリナといった。十一分後、わたしはノーラに会いに街の反対側へ向かっていた。折り返し電話はなし。待ち時間もなし。これでようやくカルマの帳尻が合った。

# 42

ノーラ・メディーヨ・テリナとその夫が住んでいるのは、ポモーナ・フリーウェイから北へ数ブロック行ったところにあるこぎれいな木造の家で、父親の家とは一・五キロほどしか離れていなかった。四十代前半のほっそりした飾り気のない女性だった。ぎこちない笑みを浮かべ、顔にかかった髪の束をかきあげながら玄関に出てきた。

「絶対なにかのまちがいですよ。弟をだれか別のメディーヨと勘ちがいしてるんだわ」

「いえいえ、ちがいます。ホアン・アドルフォ。おたくのホアンです」

わたしは不動産の権利証書のコピーを見せた。ノーラは書類に目をこらしながら、不審というよりおもしろがっているような顔になった。

「ホアニートには靴を買うお金すらなかったのに、家だなんてそんなばかな」

「弟さんが家を所有していたことは知らなかった?」

「まったく。どうぞ、はいって。それ、いまはわたしのものなんですか?」

その表情と態度は率直そのものだった。

案内されて居間にはいると、ノーラは張りぐるみの椅子に腰をおろした。すっきりとした居心地のよい家だった。装飾用の炉棚のついたガスの暖炉が部屋の奥の一面を占めていた。炉棚には先祖代々受け継がれてきたような小ぶりの花瓶や鉢が、本人や夫や兄弟姉妹の写真と並べて飾られていた。

「わかりません、テリナさん。弟さんの遺産を分配しにきたわけではないんです。弟さんがどうしてこの家を所有することになったのか、あなたがご存じじゃないかと思いまして」

「残念ながら、知らないわ」

「ウォルター・ジャコビという名前を聞いたことは？」

首を横に振った。

「いいえ、ありません。ごめんなさい」

「ソラノでホアンの刑務所仲間だった男です」

顔が暗くなったが、ほんの一瞬だった。

「ホアンは刑務所での生活については話そうとしなかったわ。面会に行くと、うちの話を聞きたがった」

「この家はジャコビのものでした。ふたりが刑務所にいるあいだに権利書の名義が書き換えられたんです」

「それは違法なんですか？」

「いいえ、そうじゃなくて。ただ、だれかがこの家を管理して、ホアンの名前でずっと税金を払っているんです」

いぶかしげな顔になった。

「ホアンのふりをして？」

「まあ、言うなれば。問題は、その家が犯罪行為に使われているということです」

また表情が暗くなり、視線が部屋の隅の戸棚に向けられた。

「こんなのおかしいわ、ホアンが家を持ってるだなんて。ありえない」

戸棚は細長く黒っぽい色だった。少年のカラー写真のはいった額が真ん中の棚にぽつんとある。薄い箱の上にのせてあり、それが台座のようになっていた。写真の少年は四年生か五年生くらいで、半袖の白いシャツにネクタイとカトリック系の学校の校章をつけている。ノーラの息子であってもふしぎはないが、わたしにはそれがホアンだとわかった。ドラッグや犯罪や刑務所とは無縁だった若き日の笑顔のホアン。ノーラがわたしの視線に気づいた。

「ほら、笑ってるでしょう？　あの子の幸せそうな笑顔を見て」

わたしはその笑顔から目をそらした。

「コルテスさんの話では、あなたがた姉妹とホアンはとても仲がよかったとか」

「わたしたち三人は、ええ、そうです。たぶんマリソルよりわたしのほうが、でもそれはわたしが長女だから」

「家を一軒所有するのは大変なことです。お姉さんに話さなかったとは意外ですね」

ノーラはしばしわたしを見返し、視線をそらした。困ったように。

「弟は麻薬中毒で、犯罪者でした。きっと恥じていたんでしょう、その家を手に入れた経緯を」

「お父さんはその家のことを知らなかったと警察に話しています。それは本当ですか」

父親のことを口にしたとたん、穏やかな優しい目つきが一変した。

「わたしにわかるはずないでしょ」

「娘たちなら知っているだろうとお父さんは言っています。ホアンはお姉さんふたりに話したはずだし、あなたとマリソルは弟にたかっていると」

ノーラの身体に力がはいり、背筋がすっと伸びた。

「父はろくでなしです」

「こう言ってはなんですが、警察もお父さんをろくでなしと思ってますよ」

表情がゆるむかと思いきや、そうはならなかった。

「ひどい男。最低の。ホアンの人生が台無しになったのはあの人のせいです」

ノーラは笑顔の少年にもう一度ちらと視線を向けたが、もうその目に喜びはなかった。

「妹とわたしには、いつだって目をきらきら輝かせて楽しそうな笑顔を見せてくれました。わたしたちにとってはそれがあの子です、でも父にとってはそうじゃない」

「ホアンの家のことを知っていた人がいるはずです、テリナさん。お姉さんたちじゃないとしたら、だれに話すでしょうか。友人？　ガールフレンド？」

ノーラはまた髪をかきあげ、戸棚のほうへ行った。

「刑務所からあの子の持ち物が返ってきました。あいにく荷物は父のところへ送られてしまいましたが」

弟の写真をじっと見つめた。

「手紙の束がありました。何通かは、ある青年から。父はその手紙をめちゃくちゃにした。庭で燃やしてしまったんです、正気じゃないわ」

その場面が目に浮かび、疎遠になるのも無理はないと思った。

「残念でしたね。ひどい話だ」

「一通だけ、読みました。全文じゃないけど、大部分を。あのいかれた男に取りあげられる前に」

ホアンの写真を脇へのけて、箱をカウチの上に置いた。

「その人、お葬式に来たんです。せっかく好意で来てくれたのに、父はもう本当に救いようのない人で」

ノーラ・テリナは箱を開け、弟の葬儀の記録を取りだした。参列者が記帳したページにシルクのリボンで印がつけてあった。ノーラは名簿を指でたどり、真ん中あたりに書かれた名前で動きをとめた。

「これ。わかります？　ヘクター・なんとか」

崩れた手書きの文字で判読がむずかしかった。

「ペドロイア？」

「ええ。わざわざ来てくれたんですよ」

わたしが名前を書き写しているあいだにノーラが先を続けた。

「とても感じのいい青年だったのに、そんな彼の優しさに父はひどい仕打ちで応えたんです。

[illegible]れてしまって。その日をかぎりにあの人の娘でいるのをやめました」

「ヘクター・ペドロイア」

「もう七年前になりますが、彼はレストランで、〈エル・ノルテ・ステーキハウス〉で働いていました。料理人だったんです」

ノーラはそのレストランに電話をかけて住所を訊き、道順を教えてくれた。

ヘクター・ペドロイアは何年も前にそのステーキハウスを辞めていたが、店主が彼の居所を知っていた。

# 43

　ヘクター・ペドロイアの〈創作タコス料理〉の移動販売車はチャイナタウンのそばのユニオン駅にほど近い場所にとまっていた。タコスはなかなかの値段だったが、長い行列ができていた。ヘクターがレジを担当し、彼より若いふたりの料理人が調理を担当している。車は明るい陽気な水色に塗られ、ラムのすね肉やキューバ風の焼き豚《レチョン》、ビリア、そのほか凝った特製料理を紹介する手書きのメニューが貼ってあった。〝ビリア〟というのは山羊肉の煮込み料理だ。アングロサクソン系アメリカ人市場ではあまり一般的でない肉だが、グアヒージョやアンチョなどの乾燥唐辛子で煮込んだものはわたしの好物だった。

　わたしは列に並んで待った。

　ヘクターがわたしの前の女性に番号札と釣り銭を渡して、すかさずにこやかな笑みを向けてきた。

「[illegible]い、アミーゴ、ご注文は？」

「飲み物はいかが、マイ・[illegible]とつ」

「いや、ありがとう。行列が一段落したら、ちょっと話せないだろうか。ノーラ・メディーヨがよろしくとのことだった」

ヘクターの動きはとまらず、表情も変わらなかった。わたしの注文を大声で料理人たちに伝え、レジに金額を打ちこんだ。

「ラムにハバネロ・ソースはどう？　コリアンダーも散らす？　ビリアにラディッシュの千切りは？」

「完璧だ」

番号札は四十二番だった。ほかの客といっしょに混雑した歩道で待ちながら、わたしは三人の男たちの仕事ぶりを眺めた。グリル担当の料理人は、定番の手作りのコーン・トルティーヤをひっくり返し、肉と野菜を焼いていた。ヘクターの隣に陣取った製造ライン担当の料理人は、みごとな手さばきでそれぞれのタコスを組み立て、水色の紙の容器に入れては受取番号を大声で読みあげた。ヘクターはさらに数人の注文を受けてから、わたしのほうを一瞥し、グリル担当の料理人になにか告げた。グリル係がレジを引き継ぎ、ヘクターは製造ラインへ移動した。タコスを紙の容器に詰め、箱を持ちあげて、販売車の裏で会おうと合図を送ってきた。

車の裏にまわると、ヘクターが紙の容器とひとつかみのナプキンを差しだした。歳は三十代なかばのはずだが、顔には年齢以上のしわが刻まれていた。

「仕事を中断させるつもりはなかったんだ。待ってもよかったのに」

そんな気づかいは無用とばかりに、ヘクターは肩をすくめた。

「ビリアはうちのばあちゃんが作ってたやつだ。うちの一族は千年前からこうやって作ってたって言うんだけど、ばあちゃんは妄想癖があったから。おれがいくつか改良を加えたんだ」

ひと口かじった。スパイスの効いた赤い汁が指を伝って流れ落ちた。

「うまい」

「辛すぎないか？」

「最高にうまい」

ヘクターはエプロンからタオルを引っぱりだして両手をぬぐった。

「ノーラとはどういう知り合い？」

「弟さんがかかわっている件でちょっと調べているんだ。きみたちは親しかったそうだから、それで協力してもらえないかと思って」

「ノーラがそう言ったのかい、おれたちが親しかったって」

「ノーラじゃなくて、わたしが。すまない。彼女はきみのことを褒めていたよ。父親のことはあまりよく言わなかった」

ヘクターの笑みは、楽しそうというよりどこか悲しげだった。

「ラムも。冷めないうちに」

ラムのほうをひと口食べた。

「おお、これは絶品だ」

わたしの賛辞にヘクターは気をよくした。

「ホアンが死んでからもう何年もたつ。いまさらあいつがかかわってることなんてあるのかい？」

「ホアンはソラノにいるあいだに家を手に入れた。権利書の名義はいまだにホアンのままで、だれかが彼の名前で固定資産税を払い続けている。その件できみがなにか知ってるんじゃないかと思って」

ヘクターはうんざりしたように鼻を鳴らした。

「もちろん。コリンスキーの家だろ」

わたしはラムをもうひと口食べて、平静を装った。

「ホアンがきみに家のことを話したのか？」

「もちろん。ホアンはなんでも話してくれた。なんでもかんでもいちいち話すんだ、こっちが聞きたがってるかどうかなんておかまいなしに」

「あれはジャコビの家だった。ホアンがあの家を手に入れたのはジャコビという男からだ、コリンスキーじゃなくて」

ヘクターはもう一度、今度は怒りをこめて手をぬぐった。

「ホアンはジャコビからあの家を手に入れたよ、たしかに、だけどそれはコリンスキーのためにやったことだ。偉大なるコリンスキーがあの家をほしがってたからさ」

そう言いながらヘクターはあきれたように目をまわし、わたしの耳は次第に大きくなるざわめきに満たされた。どこか遠くで聞こえていた音がどんどん近づいてくる。

「コリンスキーというのは？」

ヘクターは目をそらした。気まずそうに。

「近所に住んでた兄貴分。ホアンが昔よくつるんでた不良のひとりだ。犯罪者。ホアンの憧れの人」

そう言って黙りこみ、両手をぬぐった。

「あいつを喜ばせるためならホアンはなんだってやった」

「偉大なるコリンスキーにはファーストネームがあるのかな」

「ロイヤル。いかにもって感じの名前だろ？　イーストLA出身のロイヤル・コリンスキー」

ポケットのなかで使い捨ての携帯電話が振動したが、新たな情報がどんどん出てくるので中断するわけにはいかなかった。

「コリンスキーはどうしてあの家をほしがったんだろう」

「さあね。隠れ家か、ヤクでもやるか、現金を隠すか、パーティーか。やめとけって、おれは言ったんだ、あんなやつとかかわっててどうやって足を洗うつもりだって、なのに偉大なるコリンスキーに言いくるめられたんだ」

「ジャコビもホアンもヤク中だった。ホアンはあの家を買うためにドラッグを売っていたんだろうか」

「そうだよ！　あれはコリンスキーのみごとなアイデアだった」

「そのコリンスキーだけど、いまどこにいるかわかるかい、あるいはなにをしているか」

ヘクターはタオルを裏返した。

「おれはホアンがつるんでた連中にはなんの興味もなかった。いまは堅気だけど、あのころはそうじゃなくて、足を洗いたかった。ふたりで足を洗おうって言ってて、ホアンもそのつもりだった、そのつもりだったとおれは信じてるよ、だけどあいつは昔の仲間と会うようになって、また昔のパターンにはまっちまったんだ」

わたしはタコスを持っていてくれと頼み、似顔絵を取りだした。

「どうだろう」

ヘクターは絵をじっくり眺めた。

「コリンスキーか?」

「こっちが訊いてるんだ」

ヘクターの煮え切らない態度は期待を持たせるものではなかったが、努力してくれているのはわかった。ホアンの憧れの人。偉大なるコリンスキー。

「かもしれない」

「三日前の晩、ホアンの家で人が殺された。この男が現場から立ち去った」

「こいつのような気もするけど、断言はできない」

わたしは似顔絵をしまった。

「あとひとつ。ジャコビはあの家の権利書にサインした三週間後、麻薬の過剰摂取で死んだ」

「覚えてるよ。ホアンが言ってた」

「ホアンが殺したのか?」

ヘクターは驚いたようだった。

「ホアンは意気地なしの情けないやつだったけど、冷酷なやつじゃない」

「ジャコビが死んだ十一日後に、ホアンが殺された」

「刑務所の乱闘騒ぎで。茶色と黒の。ホアンはそれに巻きこまれたって話だった。騒ぎに加わってもいなかったのに」

「十六回も刺されていた」

わたしの言葉にヘクターは歯を食いしばった。背中にナイフが突き刺さっているみたいに。

「ホアンが殺された原因はその家だっていうのか?」

「わからない。でもジャコビとホアンが死んで、コリンスキーとあの家を結びつける者はだれもいなくなった」

ヘクターはまだ手つかずのタコスを見て、容器ごとごみ箱に捨てた。

「あいつは耳を貸そうとしなかった」

「ノーラはきみのことをよく思っている。弟に対するきみの気持ちを尊重しているよ。そう言ってくれと頼まれたわけじゃないが」

ヘクターはうなずいた。

「このビリア、パンチが効きすぎてないかな」

「わたしは平気だ。スパイシーなのが好きだから」

「いつも気になるんだ」

ヘクター・ペドロイアは水色の車のなかへと帰っていった。わたしも自分の車にもどりながら、電話を確認した。パイクからだったのですぐにかけ直した。

「ホアン・メディーヨがあの家を手に入れるのを後押ししたやつがいた。名前もわかった。例のジャケットの男かもしれない」

「こっちも名前がわかった。おまえさんの偽のメリルは面倒な相手だ」

熱くなっていた胸がすっと冷えた。

「正体は？」

「本名ジャネット・ヘス。国土安全保障省ＬＡ支局の主任捜査官」

わたしは自分の車に乗りこみ、エンジンをかけた。パイクは正しい。わたしの偽のメリルは面倒な相手だった。

# 44

ロサンゼルス川の流れは、サン・フェルナンド・ヴァレーのふもとを横切って南東のグリフィス・パークまで行き、そこで右に急角度で折れて、ドジャー・スタジアム、チャイナタウン、ダウンタウンを通過したあと、伴侶をさがし求めていた運命の恋人同士よろしく、ロングビーチ・フリーウェイと出会う。川とフリーウェイはそのまま街の中心部をまっすぐ南下してロングビーチにたどりつき、そこで川は七十七キロにおよぶ長い旅を終えてロサンゼルス港へと流れこむ。旅の終着地点では、クイーン・メリー号とパシフィック水族館がそれぞれ河口の両側面を守っている。通りの向こうには国土安全保障省のロサンゼルス支局が鎮座している。

「彼女はロングビーチへ行ったのか」

「そうだ。そこの主任捜査官《SAC》。まだ尾行を続けるか？」

「いや。こうなると事情がちがってくる」

「だろうと思った」

「ジョンに相談しないと。シルヴァー・レイクに来てくれ、そこでどうするか検討しよう」

　わたしは走りだしたが、二ブロック先で車をとめ、彼女の名前をグーグルで検索した。国土《D》安全保障省《HS》の公式サイトですぐに写真が見つかった。ジャネット・ヘスはわたしがメリル・ローレンスとして知っていた女性より二、三歳若く見えたが、メリルはヘスで、その履歴は華々しいものだった。

《ジャネット・ヘスは現在カリフォルニア州ロサンゼルスにあるアメリカ合衆国国土安全保障省、国土安全保障捜査局（ＨＳＩ）の主任捜査官（ＳＡＣ）／情報部長を兼務している。ミズ・ヘスは、ロサンゼルスの都市部、ラスベガス、ネヴァダ州南部における移民・税関取締局（ＩＣＥ）／国土安全保障捜査局の捜査任務のあらゆる局面を監督する立場にある。現職に先立ち、ロサンゼルス密入国・人身売買捜査班（ＨＳＴＵ）の副主任捜査官（ＡＳＡＣ）／地区情報部長、オレンジ郡国家安全保障グループおよび密輸対策捜査班の上級捜査官／グループ監督官を務めた。国土安全保障省に入省する前は、司法省（ＤＯＪ）と移民帰化局（ＩＮＳ）で国家安全保障捜査局および統合テロリズム特別捜査班（ＪＴＴＦ）の特別捜査官として勤務》

ジャネット・ヘスには影響力も権力も好きなように使える政府機関の人材もある、なのに身分を偽って民間人を雇い、自分自身とその所属機関を、責任問題になりかねない悪夢にさらした。わたしを使うことで政府機関では得られないものが得られると期待していたにちがいない。そして彼女がだれにも知られたくなかった秘密とはこのことだろう。

わたしはエイミーのファイルを取りだし、似顔絵をじっと見つめた。スコットはこの絵がジャケットの男によく似ているというが、ヘクター・ペドロイアはこれがロイヤル・コリンスキーだと断言はできなかった。

似顔絵を脇へ置いて、車の流れにもどり、運転しながらスコットに電話をかけた。

「まだ重大犯罪課にいるのか？」

「ああ」

声をひそめている。

「ふたつ頼みがある。いま話せるかな」

「ちょっとまずい。スタイルズがそばにいる」

「監視チームがいなくなった。知っていたか？」

「いや」

「理由を知りたい。さりげなく、でもなんとか調べてほしい」

「わかった。彼女がいなくなった。これで話せる」

「きみに調べてほしい名前がある」

「名前を調べるのは口で言うほど簡単じゃないんだ。だれを調べる？」

「その前に、調べた結果どんな人物が出てこようと、カーターにもほかのだれにも言わないように。わたしがいいと言うまで黙っていること。了解？」

「なんだかうさんくさいな、コール。うさんくさいことはしたくない」

「ひょっとしたら例のジャケットの男かもしれない」

スコットは無言だったが、息づかいが聞こえた。

「あの男だと言うつもりはないが、その可能性はある。あの家の本当の所有者だ」

「調べてみるよ」

「ここだけの話だ」

「わかってる。名前を教えてくれ」

「名前はロイヤル、R・O・Y・A・L。苗字はコリンスキー」

コリンスキーの綴りを伝えた。

「データベースにあるはずだ。すべての記録と顔写真を印刷してくれ。必要なんだ」

数分後、シルヴァー・レイクに到着し、建設現場の少し先にジョンのローヴァーを見つけた。丘をのぼってカーブを曲がった先に駐車して徒歩で引き返し、ジョンの車に乗りこんだ。ジョンは運転席を後ろにさげて、コンソールボックスにパソコンを立てかけていた。

「エイミーの車は調べたか?」

「無理だ。あれからまったく動きがない」

エイミーはカウチで身体を伸ばして雑誌を読んでいた。パソコンと携帯電話はコーヒーテーブルの上。微動だにしない。画面を凝視しているジョンも、やはり微動だにしない。

わたしはエイミーを見守っているジョンを見守った。ローヴァーにこもってかれこれ二十八時間になるというのに、鋭敏で、油断なく、ひげを剃ったばかりのように見える。ヒンドゥークシ山脈の樹木限界線を越えた岩の上に二週間寝そべっていられる男には、レンジ・ローヴァーで一夜を明かすくらいどうということもないのだろう。

「きみの例の仲間、インターネットの雑談では埒が明かないときみに言った男だが、信用できるのか？」

ジョンがちらりと、興味深げにわたしを見た。

「ああ。どうして」

「国土安全保障省はネットに例の投稿をしていた人物を特定できなかった、だからその件はワシントンにもどしたと、彼はきみに言った」

今度は顔をしかめた。

「ああ」

「わたしを雇った女性は国土安全保障省の連邦捜査官だった。しかも、ＬＡ支局の主任捜査官、名前はジャネット・ヘス」

ジョンがはじめて動いた。

「それはたしかな事実か？」

「パイクが尾行して支局まで行った」

国土安全保障省のウェブサイトから彼女の写真を表示し、ジョンに見せた。

「これがヘス」

「主任捜査官」

「そう書いてある。ＬＡ支局でトップクラスの役職だ」

ジョンは座席にもたれた。

「で、その主任捜査官が自分の事件にあんたをかかわらせたい理由は？」

「きみの仲間がこの件はもう終わったと言っている理由は？」

ジョンはベッドから起きだすピューマのような動きで電話を取りだした。

「たしかめよう」

ジョンは画面を一度タップして、電話を耳にあてた。すぐにこう言った。

「オバデテ・ミ・セ・ヴェドナガ、ヴヴ・ヴルスカ・シ・ポスレドニャト・ニ・ラズゴヴォル。プレディシュニャタ・ヴィ・インフォルマトシア・セ・オカゼ・プルニャ・グルポスト」

電話をしまい、ぽかんと見ているわたしを見た。

「悪いな、相棒。安全のためだ。向こうが折り返しかけてくれる」

ぽかんと見ているわたしに、ジョンはまた肩をすくめた。

「なんだ、ブルガリア語がわからないのか」

びっくりだ。

エイミーが身を起こし、雑誌を横に置いて、寝室へ行った。ジョンが時刻をメモする。

「一時間四十一分もぶっ通しで読んでた」

ジョンが寝室のカメラに切り替えた。画面の右上からエイミーが現われ、浴室に向かった。開いたドアが見えるが、エイミーは見えない。

「あそこで電話をかけてもこっちで聞こえるか？」

「たぶん。しーっ」

ジョンが音量をあげた。静寂が続いたあと、ちょろちょろと水音がした。

トイレの水が流され、エイミーはクローゼットにはいっていった。しばらくしてもどってきたときには、フリンジのついたジャケットと派手な色の大きなバッグを手にしていた。ジャケットはゆうべ見たものだが、バッグには見覚えがなかった。ルガーがはいっているのだろうか。

エイミーは携帯電話をバッグに入れ、さらにジェイコブの写真も入れて、寝室をあとにした。居間にはいってくると同時にジョンはカメラを切り替え、ローヴァーのエンジンをかけた。

「出かけるようだ。降りるなら急いでくれ」

エイミーはパソコンもバッグに入れて、ジャケットをはおった。幾重にもなった長いフリンジが水中の髪のように揺れた。バッグを肩にかけて重みを調節し、ドアに向かった。

「乗るか降りるか、どっちだ。おれは彼女に張りつく」

わたしはシートベルトを締めた。

「乗る」

ふたりで見守るなか、エイミーがいよいよ動きだした。

# 45

エイミーは玄関に鍵をかけ、階段を降りはじめた。手すりをしっかりと握っている。転げ落ちるのを恐れてでもいるように。公認テロリストの危険な兆候。

状況を伝えるためにパイクに電話をかけた。三人で通話できるようにジョンはローヴァーのスピーカーフォンを使った。

「こっちは二十分離れてる。爆弾も持って出たのか？」とパイク。

ジョンが答えた。

「わからない。車に近づけないいんだ」

エイミーは少しずつ断続的に車をバックさせ、のろのろと通りに向かった。

「まったく、いらいらするぜ」とジョン。

エイミーがようやく通りに出てきて、ガレージの扉が閉まるのを待った。後ろに四台の車がたまり、ローヴァーが五台めだった。

「出だし好調とは言えないな」とジョン。

丘のふもとでまた車が停滞し、距離があるのでエイミーの曲がる方向が見えなかった。わたしは飛び降りて、車の列を走って追い越し、ぎりぎりで曲がる方向を確認した。急いでローヴァーに駆けもどる。

「左。左に曲がった」

ジョンは対向車線にはみだして車の列を猛然と追い越し、強引に曲がった。わたしは窓を開けて風のなかに身を乗りだした。

「エイミーがいない、ジョン。どこにも見えない」

ジョンは猛スピードで車の列をまわりこみ、ローヴァーのターボチャージャー付きエンジンが悲鳴をあげた。青い水をぼんやりと視界に入れながら湖畔を疾走した。エイミーのボルボが丘をのぼっていくのが一瞬ちらりと見えた。

「いたぞ！　湖から離れていく」

ジョンはアクセルを踏み、距離を縮めた。

貯水湖の北側の通りは、丘のあいだを抜けてゴールデン・ステート・フリーウェイとアトウォーター・ヴィレッジと呼ばれる気持ちのよいコミュニティに通じている。アトウォーターに近づくと気分がよくなった。ランチにはもってこいのきれいな場所だ。

「ランチ」とわたしは言った。

「ランチ」とジョンも言った。

そのときエイミーが道を折れてアトウォーターを離れ、フリーウェイに乗って、またどんどん走りだした。

ジョンもスピードをあげ、わたしはパイクに電話した。

「アトウォーターの五号線北行き車線にいる」

「十二分で追いつく」

遅い朝の渋滞を這うようにのろのろ進みながら、ボルボが一瞬見えたかと思うとまた見失った。

スピーカーからパイクの落ち着き払った声がした。

「五号線に乗った」

「エイミーはヴェンチューラに近づいている」

ジョンも徐々に近づいていた。

「ヴェンチューラ・フリーウェイを越えた。バーバンクだ」

パイクは無言だったが、ジョンは悪態をついた。

「ボブ・ホープ空港か。空港へ行くつもりだ」

「かもしれない」

「行き先は空港だ」

「もっと近づけ」

このまま五号線を走ってくれればシアトルまででも追っていけるが、もしもエイミー・ブレスリンが搭乗券と写真付き身分証を持っていたら、彼女は次の便でどこかへ飛んで、こちらはセキュリティ・ゲートに取り残されるという可能性もある。

六台後ろについていたとき、エイミーがフリーウェイを左に折れてボブ・ホープ空港方面へ向かった。

「もっと近づけ、ジョン。ぴったりつけろ」

「あと八分」とパイク。

パイクも飛ばしている。

ローヴァーの高さを利用して前の車列の先を見ようと背伸びをした。

四台先にいたエイミーがちょうどウィンカーを出して空港方面へ曲がった。

「ジョー」

「聞いてる」

「飛行機に乗せるわけにはいかない。ジョン」

「なんだ」

「ターミナルで降ろしてくれ。きみは駐車場までついていって、でも駐車はするな。彼女が車を降りたらわたしにメールして、そのままもどってくるんだ。エイミーはだれかを迎えにきたのかもしれない。わたしはいっしょに歩いてなかにはいるが、搭乗券を見せるか手荷物検査の列に並んだら、すぐに引っぱってくる」

「悲鳴をあげられたらどうする」

「その前に引っぱる」

「あんたが女を拉致してくるのをおれは表で待つということだな」

「そうだ」

三台後ろについたとき、エイミーは空港を通り過ぎ、さらにスピードをあげてヴァレーへと向かった。

ジョンがにんまりした。

「空港はなし。北のどこかへ向かってる」

パイクの声。「五号線を降りた。もう追いつく」

ふたたび後退し、エイミーを追ってヴァレーの東の端にある荒廃した工業地区にはいると、小型ショッピングモールやトレーラーハウスの駐車場がギャング団の落書きにまみれて縮こまっていた。豪邸の並ぶハンコック・パーク地区とはまるで別世界だ。目的地は近い、それが肌で感じられた。ジョンが周囲の環境に目を丸くした。

「ランチをしにきたんじゃなさそうだな、相棒」

「ウィンカーだ。車が曲がる」

ジョンはスピードをゆるめた。

二ブロック先で、エイミーは車の流れを横切り、〈セイフティ・プラス貸倉庫〉なるドライブイン方式のだだっ広い貸倉庫施設へはいっていった。角にある広告板には《トレーラーハウス・ボート・キャンピングカー――二十四時間警備――倉庫数百以上》とある。ローヴァーの向こう端でジョンが一瞬にやりとした。

「ここが目的地だな、兄弟。〈デス・スター〉だ」

「見失うぞ。急げ」

〈セイフティ・プラス〉の警備は厳重だった。倉庫群は上部に蛇腹《じゃばら》形鉄条網のついたシンダーブロックの塀に囲まれている。見えるのは、ずらりと並んだ金属製の建物の屋根の部分と、ぴったりした覆いをかけられたキャンピングカーの上部と、頑丈な金属の棒のてっぺんに設置された防犯カメラだけだ。イースト・ヴァレーの落書きアーティストたちはスプレーペイントの〈クライロン〉をたびたび塀に噴きつけ、その塗料は都会版カムフラージュの様相を呈していた。

ジョンは爆走し、急ブレーキをかけて通りの向かいの保育園の前に車をとめ、貸倉庫の入口が見通せるようにした。ガラス張りの事務所と狭い駐車場は見えるが、それだけだった。ここにも上部に有刺鉄線のついた金網フェンスがあり、外からキャンピングカーや倉庫群には近づけないようになっていた。カード・キーを持つ顧客だけがフェンスの途中にある自動ゲートを通過して自分の倉庫へ行くことができる。駐車場はがら空きで、事務所脇に光沢のある青いピックアップ・トラックとゴルフカートがとまっているだけだ。エイミーはカード・キーを持っていたということだろう。本人もボルボも、全天候型倉庫とビニールに覆われたトレーラーハウスの迷路のなかへと姿を消していた。チャールズもなかにいるのかもしれない。ジャケットの男もいっしょかもしれない。なかにはいかれたテロリストがうようよしているかもしれないというのに、ここから見えるのは壁ばかり。

「パイクにこっちの居場所を知らせてくれ。エイミーをさがしてみる」

わたしはローヴァーから降りて、駆け足で通りを渡り、事務所を通過してゲートまで行った。

エイミーの車が見えるかと期待したが、だめだった。

「そこの方！　なかにははいれませんよ！」

ごついベルトをした無愛想な目つきのいかつい女性が事務所の戸口に立っていた。フェンスについている標識を指さした。

「利用者以外立入禁止」

わたしは人の好さそうな笑みを浮かべて目をそらした。ミスター・フレンドリー。

「ちょっと見てただけなんだ。申しわけない」

女性は事務所のなかへもどっていった。屋根から防犯カメラが生えていて、なかで駐車場の映像が見られる。もう一台のカメラがゲートを映している。〈セイフティ・プラス〉ではいたるところにカメラがあり、映像はすべて事務所内のモニターに送られる。

わたしは事務所まで行ってなかにはいった。

先ほどの女性がカウンターのなかの机について映画を観ていた。棚には箱や気泡シート、南京錠、梱包材がびっしり並んでいて、買うこともできる。カウンターの表示板には《心のこもった応対——お手頃な価格》とある。

「引っ越しをするので家具を保管しておきたくてね。ざっと見せてもらってもかまわないかな」

机の上にある防犯カメラのモニターは、パソコンで映画を観るために脇へ押しやられていた。画面が見えない、つまりエイミーも彼女の倉庫も見えないということだ。

彼女は積んであるパンフレットを指さした。

「価格はそこに書いてあります。ご自由にどうぞ」

パンフレットを一部手に取った。

「かなり広いスペースが必要なんだけど、どれくらいあれば充分かわからなくてね。実際に見れば、うちの荷物がはいるかどうか見当がつくと思うんだが」

彼女は顔をあげもせず、パンフレットのほうに手をひと振り。

「広さも載ってます」

パンフレットを開いて、見るふりをした。

「できれば倉庫を見たいんだ。そうすれば雰囲気がわかる。ざっと見てまわるというのはどうだろう」

彼女は映画を一時停止した。わたしが腎臓《じんぞう》でも要求したみたいに。

「ロニーが二時に来ます。わたしはここを離れられないので」

「ああ、そうだろうね、わかるよ。だいじょうぶ。わたしならひとりで見てくるから」

「規則違反です。責任を問われる」

映画の一時停止を解除し、続きを観はじめた。銃声とタイヤのきしむ音がした。

わたしは防犯カメラのモニターを指さした。

「こうしたらどうだろう。そこのビデオの映像をちょっと見せてくれないかな。そうすればなかのようすがだいたいわかる」

「二時。ロニーが案内します」

映画の音量をあげた。

「心のこもった応対はどうした?」

「二時」

「国家の安全がかかっていると言ったら?」

また映画を一時停止して、携帯電話に手を伸ばした。

「お引き取りください、さもないと警察を呼びますよ」

「たったいまなかにはいった女がこの敷地内に爆発物を保管している。彼女の倉庫はどこだ」

9・1・1が押された。

「知らないし、どこだろうと関係ない。すぐに警察が来ます」

拳銃で殴りつけたい衝動と闘っていると、ゲートが開き、エイミーのボルボの鼻先が通りに出てきた。運転しているのはエイミーで、連れはいないようだった。車が曲がったので、わたしは事務所から出て通りへと走った。

入口まで行くと、保育園の前にジョーのジープがとまっていた。ローヴァーが派手な音をさせて強引にUターンし、ジョンが叫んだ。

「見つけたのか?」

「いや。エイミーを追え。早く。こっちは見つけるから」

ジョンが猛スピードで走り去り、わたしはバイクのもとへと急いだ。

「ここだ。自分の生活からできるかぎりかけ離れた場所を選んだ。ここにちがいない」

通りの向かいにある塀に囲まれた要塞を眺めた。二十四時間警備——倉庫数百以上。小ぶりの段ボール八箱分のプラスティック爆弾が、ここの倉庫のどれかに隠されているかもしれないのだ。

「どうやって見つける」とパイク。

「魔法で」

わたしは電話を取りだし、スコット・ジェイムズにかけた。

## 46

# スコット・ジェイムズ

スコットは空いたブースのなかにすわり、刑事たちのようすをうかがいながら、どうしたものかと思案していた。そのブースにはデータ通信端末と電話機が見あたらなかった。端末のないブースを使いたがる刑事はいないので、スタイルズがスコットを空室に入れたのだ。いまはどうしても端末が必要だった。

部屋のなかでは刑事たちが忙しそうに働いていた。スタイルズは会議室と刑事部屋を行き来している。会議室から出てくるたびにスコットに目を向け、そばまで来てどんな調子かと尋ねたことも二度あった。スコットがここに到着したとき、カーターは会議室にいたが、いまは共謀罪担当のマンツや情報部門の警部補、そして警備部を指揮する副部長らといっしょに指揮官のオフィスにいる。

刑事部屋にあるワークステーションのうち三台は空いているようだ。すぐ近くにあるものはどれも使用中だが、選択の余地はほとんどなかった。スタイルズが会議室のなかでまた電話にもどったので、スコットはいちばん遠く離れたワークステーションまで行った。

警察のデータシステムにアクセスするには、氏名とバッジの番号とパスワードを入力しなければならず、それ以降のキー操作はすべて、あとで確認できるよう記録に残される。この監視されるという脅威が、弁護士や私立探偵に情報を売る行為の歯止めになるのだ。もしあとで問われたら、エコー・パークの家とつながりがあるかもしれない人物を検索していたと正直に話せばいい、そう自分に言いきかせた。

スコットは仕切りの陰に身をかがめて、コリンスキーの名前を打ちこみ、検索をかけた。スタイルズがまだ電話中なのをたしかめて、端末に目をもどすと、そこにいたのはあのジャケットの男だった。

アドレナリンが噴出して胸のなかがざわついた。

ロイヤル・コリンスキーはあのジャケットの男だ。実物より若く、しわが少なく、髪が長いが、たしかにあのジャケットの男だった。

顔をあげると、胸のざわつきはいよいよ激しくなった。周囲の刑事たちと、そして十メートルほど離れたところにいるスタイルズの顔を見た。全員が、正体不明の容疑者の身元を特定して見つけだそうとがんばっており、その男がロイヤル・コリンスキーであることをいまの自分は知っているのだ。

コールのおかげで。

コリンスキーの顔をにらみ、他言しないことに同意した自分を呪った。自分がひとこと言えば、コリンスキーの写真と令状が全パトカーに通達され、街じゅうに伝えられて、一万人からの警官が捜索に乗りだすだろう。

コールにかけようと思って電話を取りだした。

「なあ」

ぎくりとして、見ると、隣のブースの白髪まじりの刑事が仕切りの向こうから顔をのぞかせていた。

「ディーツがこっちに向かってる」

「え？」

「そこはあいつの席なんだ。だから言っておこうと思って」

スコットは急いで画面を消した。

「悪かった。気を悪くしないといいんだが」

「いやいや、だいじょうぶだ。いちおう言っておこうと思っただけさ。あいつが来たら端末を使うはずだから」

「わかった。ありがとう。長くはかからないよ」

もう一度検索をかけて、コリンスキーの記録にざっと目を通した。ファイルはコリンスキーの個人識別情報にはじまり、次に逮捕記録が延々と続いた。意外なことに、最新の逮捕は十六年前で、現在は特になんの令状も出ていない。前歴には、服役が二回と、重犯罪と軽犯罪の逮捕歴がそれぞれ複数回あり、その大半は窃盗や武装強盗や凶悪な強奪事件だった。

ふと顔をあげると、スタイルズが会議室から出てきたので凍りついた。あわてて端末をシャットダウンしかけたが、スタイルズは指揮官のオフィスに向かい、なかで行われている会議に加わった。

スコットは仕切りをノックした。

「あの、刑事」

白髪まじりの刑事が振り向いた。

「プリンターはどこかな」

「休憩室。右に行って角を曲がったところだ」

スコットは印刷キーを押してシステムからログアウトし、休憩室へ行った。だれもいないとわかって胸をなでおろした。逮捕記録の紙をまとめて、急いで折りたたみ、元のブースへもどった。電話を取りだしてコールにかけようとしたが、先を越された。電話が鳴り、画面にコールの番号が表示された。スコットはとっさに声をひそめた。

「やつを見つけたな。コリンスキーがあの男だ」

「だれかに話したか?」

スコットは一瞬いらだちを覚えた。

「いいや、だれにも話してない、コール、だけど考えてみてほしい。カーターならこいつをさがすのに一万人の警官を動かせる。あっという間に見つけられる」

「カーターはだめだ。いずれちゃんと話す、でもいまじゃない。なにか書くものはあるか?」

スコットは顔をあげて部屋のようすを確認し、身を低くした。

「カーターはひとつ正しかった。あんたはこの件にどっぷりかかわってる、最初からずっとかかわってたんだ。そうでもなければ、こんなに早くコリンスキーを見つけられるわけがない。警察のだれも知らないことをあんたは知ってる」

「そのとおりだ。たとえばこの住所も。メモしてくれ、これでふたりとも知ってることになる」

コールが早口でサン・ヴァレーのある場所を教え、そのあと質問してきた。

「きみの犬が車に仕掛けられた爆弾を見つけたんだな?」

「それがコリンスキーとどう関係するんだ?」

「それがエコー・パークで見つかったものと同じ爆薬だったら、すべてが関係してくる」

コールがどこへ向かっているのかわからない。

「同じものだった。どうして」

「その爆薬が二百キロ、ここにあるかもしれない。それをたしかめる必要がある、しかも極秘で。カーターには知られずに」

「冗談だろ?」

「爆薬を作った人物を突きとめた。その人物を追ってこの施設にたどりついたが、ここには百以上の貸倉庫がある。きみの犬が必要だ」

スコットはブースのなかでいっそう身を縮めた。

「なあ、聞いてくれ。もしあんたの言うとおりで、それだけ大量の爆発物が一般の倉庫にあるなら、カーターに知らせなきゃならない。爆発物処理班を現場に行かせないと」

「いや、スコット、それはだめだ。わたしを信用してほしい。カーターといっしょに仕事をしている者全員が彼に対して正直とはかぎらない」

「正直じゃないのはだれだ？」

声が大きくなっているのが自分でもわかった。顔をあげると白髪まじりの刑事がこっちを見ていたが、すぐに顔をそむけた。スコットはブースのなかでさらに身体を縮め、声をひそめた。

「エコー・パークでなにをしてたんだ？　あの盗品の武器弾薬についてなにを知ってる？」

「逮捕記録は印刷してくれたか？」

「どうやってこんなに早くコリンスキーを見つけたんだ？」

「これを終わらせたいなら、犬を連れてきてくれ」

「正直じゃないのはだれだ？　それはどういう意味だ？」

「犬を連れてきてくれ。知ってることを全部きみに話そう、そしてコリンスキーをきみに引き渡す」

「あの子の名前はマギーだ」

「マギーを連れてきてくれ。カーターにも、ほかのだれにも、話すな。それが約束だ」

コールは電話を切った。

部屋の反対側でドアが開いた。カーターとスタイルズが出てきて、そのあとに副部長と情報部門の警部補が続いた。ふたりでしばらく話をしたあと、スタイルズはみんなのところへもどり、カーターは会議室に向かった。副部長がなにかおもしろいことを言い、スタイルズが大きく笑った。

〝カーターといっしょに仕事をしている者全員が彼に対して正直とはかぎらない〟

会議室へもどりかけたスタイルズが、急に向きを変えてこっちへやってきた。

「顔写真のほうはどんな感じ？」

スコットはバインダーを差しだした。

「空振り。ここにはいない」

「じゃあ、次の二百人を見てもらうことにするわ」

スコットはゆっくりと腰をあげた。

「またにするよ。今夜の新しい寝床をさがさないと」

「こんなことになるなんて本当に残念だわ。じゃあ、あの犬のお世話をしに行って。あしたまた別の写真帳を渡すわね」

「ありがとう」

スタイルズが会議室へもどっていくのを見送った。カーターは部屋のなかで電話中だ。さっきからずっとこっちを見ていたのに、いまは目をそらした。

〝犬を連れてきたら、コリンスキーをきみに引き渡す〟

スコットは荷物をまとめ、マギーを迎えにいった。

## 47

## エルヴィス・コール

四十分後に紺色のおんぼろトランザムが後ろにとまり、スコットが降りてきた。犬は車のなかに残してきた。大型の犬で、がっしりとたくましく、前の座席を占領している姿はさながら黒と茶色の狼だった。

「犬を前の座席に乗せていて危なくないのか?」わたしは訊いた。

スコットは逮捕記録をわたしのほうに突きだして、〈セイフティ・プラス〉に目をやった。

「コリンスキーだ。ここがその場所?」

「ああ。事務所の女性はなかなか手強い、策を練る必要がある」

「策を練る前に、知ってることを話してくれ、どうやって知ったのかも。それと、あらかじめ断っておくよ、あんたの話が嘘くさかったら、おれも犬も帰る」

わたしはスコットになにもかも話した。エイミー・ブレスリンとジェイコブのことからはじめて、ジェイコブが死んだ経緯、エイミーが息子を殺した犯人を突きとめるためにアルカイダと接触しようとしていることも。

「チャールズという男が協力しているらしい、おそらくそいつが接触の段取りをつけた人物だろう。あの家はコリンスキーのものだ、つまりあいつも取引にかかわっていた。仲介人なのか、あるいは買い手とつながっていたのか」

スコットは通りの向こうをにらんだ。

「買い手はアルカイダのテロリストか」

「ナイジェリアでエイミーの息子を殺した連中は、アルカイダに同調している」

スコットは首を横に振り、犬に目をやった。

「すばらしい。おれの車に爆弾を仕掛けたくそ野郎が、アルカイダのいかれたテロリストとはね」

「その爆弾を組み立てたのがだれかはわからないが、きみはわたしの知っていることを知りたいと言った。これで知ったことになる」

スコットが自分の車のそばへ行った。窓は開いており、マギーが身を乗りだしていた。スコットは犬の鼻に触れ、耳のあたりをかいてやった。

「カーターはこの件についてはいっさい知らない。特捜班のだれひとり、この件にはひとことも触れてない。正直じゃないやつっていったいだれなんだ?」

わたしは携帯電話を取りだし、国土安全保障省の公式サイトに載っているジャネット・ヘスの写真を見せた。

「この女性を知っているか?　主任捜査官のジャネット・ヘスだ」

スコットは写真を凝視した。

「いや。会ったこともない」

「ミッチェル捜査官は？」

「本部に来たことがある」

「カーターとスタイルズがわたしの自宅に来たとき、ミッチェルも同行してきた。ヘスはそのミッチェルの上司だ」

もう一度電話を持ちあげて写真を見せた。

「ジャネット・ヘスがエイミー・ブレスリンを見つけるためにわたしを雇ったのは、きみとわたしがあの家で出会う二時間前のことで、ただしそのときは連邦捜査官という身分を隠していた。エイミーの友人のふりをした。トマス・ラーナーという男が手がかりになるはずだと言って、その男の住所へわたしを送りこんだ」

スコットは写真に目をやった。

「ヘスがあんたをエコー・パークに行かせたのか」

「そうだ。わたしがどうしてあそこにいたか、なにをしていたか、これでわかっただろう」

「そんな男は存在しないとスタイルズは言ってる。あんたのでっちあげだと思ってるよ」

「半分は正しい。トマス・ラーナーは存在しない、でも、でっちあげたのはわたしじゃなくてジャネット・ヘスだ。カーターと特捜班がこの件についていっさい知らないとしたら、それはヘスと部下のミッチェルが情報を共有しなかったからだ。わたしがきみに話したことをヘスはすべて知っている、それ以上のことも」

　スコットは苦々しげに顔をしかめ、また犬の頭をかいた。

「コリンスキーがあのジャケットの男だってこと、ヘスは知ってるのか？」

「わからない、ヘスがどちら側の人間なのかもわからない。エイミーとチャールズのことを知っていたし、ふたりがコリンスキーとかかわっていることも知っていた。彼女がわたしをあの家へ送りこんだ、そしてその家はコリンスキーのものだった」

　スコットが犬をじっと見つめた。このとき犬はもうのんびりとくつろいではいなかった。両耳をぴんと立て、いまにも咬みつきそうな顔をしている。

「こんなのはばかげてる。カーターに話すべきだ。カーターにヘスをつかまえさせて、この件を公にしよう」

「カーターに話せばヘスにも知れる。わたしに知られたことを彼女は知らない、まだ正体はばれていないと思っている。コリンスキーがきみを狙っているとしたら、やつもまだ正体はばれていないと思っている。ふたりがつながっているのかどうかも、どうつながっているのかもわからない、でもわれわれがここにいることをふたりは知らないんだ、スコット。このままにしておけば、われわれが迫っていることを知られずにすむ」

　スコットは入口にちらと目を向けた。

「コリンスキーか」

「取引はあしただ。エイミー・ブレスリンが無事なら、コリンスキーも、残りの連中もつかまえられる。でもその前に、ここにある爆発物を押さえないといけない」

スコットはうなずき、自分の車に乗りこもうとした。

「やろう」

「あわてるな。策が必要だ。わたしはここの女性に嫌われている」

「策はこうしよう。パイクは助手席に。コールは後ろに乗ってくれ」

「犬といっしょに？」

「そのほうが外から見えにくいし、パイクのほうが警官らしく見える。さあ、乗って」

わたしは犬の向こう側の狭い後部座席に乗りこみ、パイクは助手席に落ち着いた。犬はコンソールボックスに無理やりすわろうとしたが、身体の大部分は後部座席にはみだしている。

座席も床もアームレストも犬の毛にまみれていた。雪のように漂う毛が、ドアと天井に張りつき、座席の下やパネル沿いに降り積もった。毛は空中をふわふわと舞い、ふけのようにわたしの身体にくっついた。

犬がわたしをくんくん嗅いだ。

窓からのぞく犬が大きく見えたとしたら、鼻先数センチのところにいる犬は大きいどころではない。

わたしはにっこり笑い、友好的に見えるようがんばった。

「覚えてるだろう？　きみはうちの猫に会った」

はあはあとあえぐ犬の熱い息がわたしの顔に吹きかけられるなか、車は通りを渡った。

## 48

狭い事務所の表に駐車してあるトラックのそばに車をとめた。スコットがマギーを降ろし、連れ立ってなかにはいっていった。

「あいつがやり方を心得ていることを祈るよ。敵は女戦士だ」

「うむ」とパイク。

五分後、スコットとマギーと女戦士が出てきた。女戦士がパイクに笑顔を向け、うれしそうにわたしを見た。

「警官なら警官って言ってくれればよかったのに、なにもお客のふりなんかしなくても」

わたしが答える前にスコットが口を開いた。

「それがおとり捜査というものですよ、ハンナ。ぼくにこんなポンコツ車を運転させてるのもそのためです」

ハンナ。

「このお姉さんにお礼を、マギー。握手」

犬が前脚をあげると、ハンナは満面の笑みを浮かべた。

「なんてお利口さんなんでしょう」

スコットが広告モデルばりのえくぼを見せて応じた。

「相手がいい人だとわかってるときはね」

ハンナはくすくす笑いながら事務所へ引きあげた。犬がわたしの隣に飛び乗り、スコットは運転席にもどってきた。

「この場所を訓練に使わせてほしいと頼んだんだ」

「それだけであんなに態度が変わるのか？」

スコットがルームミラーをちらりと見た。

「みんな犬が大好きなんだよ」

ゲートを通り抜けて、ざっとなかをひとめぐりした。

〈セイフティ・プラス〉は、長方形を縦横に切り分けたような格子状の通路に沿って倉庫が配置されていた。通路の両側に並ぶくすんだベージュの建物がさまざまな大きさの倉庫に分割されている。客は万全を期すためにおのおの独自の錠前をつけていた。

スコットは時計まわりに捜索を行うことにして、ゲートのそばに車をとめた。事務所の戸口から見守っていたハンナが手を振った。スコットとわたしも手を振って応えた。パイクは振らなかった。

スコットが言った。「リードをつけずに仕事をさせるから、少し離れて後ろにいてくれ。マギーがにおいを嗅いだりぶつかってきたりしても、手を出さないように」

「この子は咬まないという話だった」

「仕事となれば、この子は任務に徹する。だろう、マギー？　そうだよな、お嬢ちゃん」

スコットは幼い子供のような声で犬に話しかけ、ふたりのあいだでなにかが変わった。犬は胸を地面につけ、尻を高く持ちあげた。これからなにをするか知っていて、それをするのが待ちきれないみたいに。

スコットがリードをはずし、最寄りの倉庫を指さした。

「見つけてくれよ、お嬢ちゃん。マギー、さがせ！」

犬は流れるような動きで走りだし、スコットの指示に従った。パイクの口の端がわずかにゆがむ。

「海兵隊」

スコットは犬が先へ進むのに任せた。犬が地面を嗅ぎながら五つか六つの倉庫の前を通り過ぎると、今度は通路の反対側へ行かせた。パイクとわたしはなんの役にも立たず、ただあとをついていった。

みんなで最初の角まで行き、そこで曲がった。頭上にそびえるカメラの木がいくつものカメラの花を咲かせている。ハンナは見ているだろうか。犬のあとについていく三人の男より映画のほうがおもしろいに決まっているが、映画が握手してくれることはない。

奥の角に着いて、そこも曲がった。犬は通路の反対側へ行き、またもどってきて、中央の交差点近くまで来ると、いったん引き返し、そわそわしはじめた。地表近くで首を左右に揺らし、足を速めた。同じ場所を行きつもどりつしたあと、唐突に、あるドアに顔を向けてその場に伏せをした。

「まずいな」とスコット。

「見つけたのか？」

「おれの車と例の家でもこれと同じ姿勢をとった。これがこの子の警告なんだ」

マギーはジャーマン・シェパード流の笑顔を見せ、スコットは犬を呼びもどした。

最寄りのカメラが背後の角から監視しており、遠くの角からも別のカメラが監視している。女戦士からは丸見えだが、画面に映るわたしたちの姿は小さいだろうし、距離もかなりある。

パイクがドアの近くへ移動してカメラの視界をさえぎった。

錠前はU字の掛け金部分が覆われ、中心部はドリルプレートに保護された厄介な代物で、手持ちのピック・ガンで簡単に開くようなセキュリティのレベルではなかった。わたしが道具を取りだすと、スコットはそわそわした。

「なあ。それはコード459だ。住居侵入罪」

「事務所を見張っててくれ。彼女が出てきたら知らせろ」

スコットは動かなかった。

「それで開かなかったら？」

「見張ってろ」とパイク。

スコットは犬にリードをつけ、急いで立ち去った。

わたしはテンション・バーを差しこみ、ラックピックで作業を開始した。鍵は三分で開いた。

エイミーの倉庫は小部屋ほどの広さで、中央のテーブルが作業台になっていた。テーブルの上にははさみや糸、ロール状の黒い布があり、電池式のスタンドもふたつあった。テーブルの後ろの壁ぎわには安価な組立式の棚があり、箱や袋、白いプラスティックのボトルがびっしり並んでいる。部屋の隅では、仕立屋にあるようなマネキンがフリンジのついたジャケットを着て、壁に立てかけられた鏡にわが身を映していた。エイミーの倉庫は爆薬の隠し場所というよりまるで仕立屋のようだった。

パイクとわたしは棚へ直行した。爆薬はひと箱にまとめてあるのか、それとも保管しやすいように細かく分けてあるのか。

地元のホビー・ショップの紙袋にブザーと玄関の呼び鈴を作るキットがはいっていた。紙袋の隣には液状樹脂の瓶数本と食品用のラップが数本、瓶のあいだには小型パンの焼き型がはさんである。プラスティックの裁縫セットの山、その隣には工作用ナイフがあり、エイミー自身がホビー・ショップを開けそうなほど大量の工作や手芸道具がそろっていた。

次の袋にはずっしりと重い二リットル用のプラスティック保存容器がはいっており、中身は工作用の粘土に似た白い物質だった。表面を親指で押してみると、へこみが残った。

「ジョー」

パイクが振り向き、なめらかな白いブロックを投げてよこした。わたしが見つけたパテのようなものは重くて成形できるが、そのブロックは軽くて硬かった。

「樹脂《レジン》か?」とパイク。

形と大きさから、さっき見たパンの焼き型を思いだした。そこには六つのへこみがあり、それぞれが幅八センチ、長さ十八センチ、深さ二・五センチほどある。そのレジンのブロックの大きさはぴったり一致した。

「ああ。彼女が作ったんだ」

エイミーの自宅で見た写真がふと頭をよぎった。ジェイコブや彼の学校新聞の仲間たちと並んで、チョコレート色の長方形のものが積まれたトレイを手にしていたエイミー。あのブラウニーはこの焼き型で作れそうだし、実際にそうだったのだろう。エイミーはいまでも息子のためにケーキを焼いているのかもしれない、ただし今回は昔ほど楽しい目的のためではなく。

ふたたび棚を捜索しはじめたとき、スコットが戸口に駆けこんできた。

「ハンナが出てきた。見つけたか？」

「数キロだけ。いまさがしている」

「急いでさがせ。こんなことをしてるのがばれたら、おれたちはおしまいだ」

「引きとめろ。五分稼いでくれ」

スコットは急いで立ち去った。

次の棚にも、ロール状の布やクレヨン色のループ状の絶縁ワイヤー、電気製品を自分で修理するのに必要なありとあらゆる道具のそろったツールキットなどが並んでいた。

「見ろ」とパイク。

また別のレジンのブロックを掲げてみせ、なめらかで白いところは最初のものと同じだが、ひっくり返すとちがっていた。

レジンからうっすらとスチールの目がのぞいている。その正体は、パイクにボールベアリングの袋を見せられるまでもなくわかった。

型のなかにボールベアリングを何層にも入れ、その上からレジンを流しこんだのだ。スチールの目はカニの目のように冷たく無慈悲だったが、それ以上に驚愕させられたのは、棚の最下段で見つかったものだった。

ジップロックの袋にぎっしり詰めこまれた銀色のチューブ。一本が短い鉛筆ほどの大きさで、一方の端からワイヤーが二本生えている。軍隊時代の経験からこれがなにかはわかったが、当時はワイヤーがもう少し長かった。ここにあるものは先を切ってめくってあり、すぐにも使える状態だった。ジップロックの下を確認し、そこにあった袋を持ちあげてテーブルへ運んだ。

「起爆装置と、それに爆発物がまだある」

起爆装置の下に積まれていたのは、ラップで丁寧にくるまれたプラスティック爆弾だった。ひとつひとつの大きさと形はレジンのブロックとまったく同じだ。

パイクがそばに来た。

「どれくらいある」

「十五キロから二十キロ。たぶん二十に近い」

袋からかたまりをひとつ取りだしてひっくり返した。目。もうひとつ調べた。目。もうひとつ。目。パイクとわたしは一瞬視線を交わし、ジャケットを見やった。

フリンジのたっぷりついた素敵な革のジャケットは、エイミーには大きすぎるが、その点を除けば彼女が着ていたものとそっくりだ。

スコットが犬を連れてばたばたともどってきた。

「残りは見つかったか?」

わたしは上質の革に手を触れた。革はやわらかく、フリンジは空気のように軽い。

「二袋分だけ。車をまわせ」とパイク。

スコットがそばへやってきた。

「これじゃ二百キロもない」

「車をまわせ」

スコットは悪態をつき、急いで立ち去った。

わたしはジャケットをめくった。両袖の下と脇、そして裏地一面にずらりとポケットが縫いつけられ、それぞれが派手な色のワイヤーで丁寧に隣のポケットと縫い合わされていた。おぞましいスチールの目のついたレジンのブロックはこのポケットにぴったり収まる。

切れかけた蛍光灯が発するような絶え間ない低いざわめきが頭のなかに広がった。エイミーが、彼女の過去と未来が、彼女がすでにしたことこれからしようとしていることが、見えた。彼女の亡霊がすぐ横にいるみたいに。

エイミーは独自のパテを小型パンの焼き型に入れて成形した。誕生日のびっくりプレゼントのようにきっちりと、それをひとつずつ慎重にラップでくるみ、継ぎ目にテープを貼った。包んだほうが扱いやすいし使いやすい。ブロックもポケットも数えなかったが、両者の数は同じになるはずで、そのびっくりプレゼントの重さは約二十キロ、四歳の男の子の体重と同じくらいだろうか。エイミーは四歳のジェイコブを抱きあげてくるくるまわしたことがあったのだろう。それくらいの重さなら抱いて運べるとわかっていた、だから当時と同じ愛情をもって、ふたたびその重さを抱こうとしたのだ。

ブロックを全部ポケットに収めたら、それぞれにチューブを押しこみ、お祭りの華やかな見世物になるよう、クレヨン色のワイヤーで花輪のようにつなぎ合わせる。カラフルなワイヤーはすべてひとつのスイッチに、みずからの手で組み立てたスイッチに巻きつけられ、そのスイッチが銀色のチューブの一本一本に、瞬時に、同時に、電気のキスを流しこみ、それはほんの一瞬のできごとで、エイミーが激しい爆発を感じる間もなく、周囲の大気とそこに居合わせた人々を木っ端微塵に吹き飛ばすことだろう、ひとりの母親の苦悶の絶叫とともに。

「ああ、エイミー」わたしは言った。

スコットが急ブレーキで車をとめ、戸口に駆けこんできた。

「見つけたと言ってくれ。ブツを確保したと」

「二袋だけ」とパイク。

わたしはジャケットのやわらかい革をそっとなでた。エイミー・ブレスリンへの愛おしさで胸が張り裂けそうだった。エイミーに関してチャールズとジャネット・ヘスとわたしが思いこんでいたことは、すべてまちがっていた。わたしたちは彼女を見くびっていた。

スコットが怒りの目をわたしからジャケットへと移しながらそばへやってきた。

「これはなんだ？　彼女はここでなにをしてる？」

パイクがジャケットを閉じて、袋を持ちあげた。

「自爆コートだ。エイミーの」

「彼女はこれを着るつもりだ、スコット」わたしは言った。

パイクがわたしを戸口へ押しやった。

「行け。早く」

この倉庫を燃やしてしまいたかった。上質の革のジャケットとワイヤーとはさみと糸に火をつけて、煙で空を覆ってしまいたかったが、そうはしなかった。わたしはマネキンからジャケットをはずし、たたんで腕にかけた。

エイミーの倉庫に鍵をかけて、わたしたちは静かに立ち去った。

# 49

パイクのジープの後ろにゆっくりと車をとめた。パイクとスコットが先に降り、わたしが座席を乗り越えているあいだに、パイクが袋とジャケットをジープに積んだ。スコットは歩道でわたしが降りるのを待っていた。

「よし、ここにはない。次はどうする？」

どうしたものか。ひとつだけわかっているのは、エイミーを見捨てるという選択肢はないということだ。

「このまま続ける。ジョンがエイミーに張りつく。きょうかあしたには彼女がそこへ案内してくれるだろう」

「コール、よく考えてくれ。この気の毒な女性は答えをさがしてるんじゃない。あの連中を殺したくて、そのために自分の命まで捨てようとしてるんだ。これは５１５０にあたる」

５１５０は市警のコードで七十二時間の精神科への措置入院を意味する。

「これは人助けというやつだ。いまのところエイミーの身に危険はない。ジャネット・ヘスがなにをしているのか突きとめて、チャールズとコリンスキーを仕留める時間はまだある」

「待つまでもないかもしれない。彼女は息子を亡くした中流家庭の中年女性だ。たぶんおれたちにつかまった時点で、チャールズとコリンスキーのこともそれ以外のことも全部白状するだろう」

「それはない」とパイク。

「どういう意味だ」

わたしが答えた。

「きみの言うエイミーは、ナイジェリアの事件のあとどこかの時点で死んだという意味だ。彼女は頭が切れるし、みんなが思っている以上に気丈だ。黙秘権を使われたら、たとえ一日でも、取引はご破算になって、コリンスキーとチャールズは行方をくらます」

わたしは電話を取りだし、ジョン・ストーンにかけた。

「エイミーはどうしている?」

「ガソリンを入れて、〈イン・アンド・アウト〉のドライブスルーに寄って、花を買った。いまは〈フォレスト・ローン〉にいる」

「墓地に?」

「ジェイコブの。息子の墓にかれこれ二十分ほどいる」

さよならを言うため。それとも告白か。

わたしは倉庫で見つけたものを報告した。

「はじめからあの連中に売るつもりなどなかったんだ。だからこそ買い手に直接会わせろと執《しつ》拗《よう》に言い続けた。爆薬は連中を戦場へ引っぱりだすための餌だ」

ジョンの沈黙は二分の一秒ばかり長すぎた。

「じゃあほかのやつのために作ってるのか」

「自分のためだ。このジャケットはエイミーがいま着ているジャケット、ゆうべも着ていたものとそっくりだ。見分けがつかない。連中が見慣れるように、あえてそっくり同じものを着ているんだろう」

ジョンが長々と息を吐きだした。

「ブツは確保したんだろうな」

「二十キロと起爆装置。残りはここじゃない」

「車のなかにもないぞ。花を買ってるあいだに調べた」

「エイミーが倉庫にもどったら、一巻の終わりだ。万一もどったら――」

鞭《むち》がぴしゃりと鳴るような答えが返ってきた。

「おれに任せろ」

わたしは電話をしまい、スコットに向き直った。

「エイミーは正気を失っているのかもしれない、5150かもしれない。でもこの女性はもう充分につらい思いをしてきたんだ。息子を奪われて、政府はなにひとつ教えてくれない、そこへジャネット・ヘスが、大物連邦捜査官が登場して、なにをしている？　もしかしたらすべては極秘の潜入捜査で高度な作戦行動なのかもしれないが、そんなことはどうだっていい。気がかりなのはエイミーだ。わたしはこの女性を護りたい。ヘスがなにをしているのか突きとめて、もしもそれが気に入らなかったら、チャールズやコリンスキーと同様、彼女も仕留める」

一気にまくしたてたところで、ふたりがわたしを凝視しているのに気づいた。

「いいノリだ」とパイク。

スコットは疲れて悲しげに見えた。

「で、具体的にはどうする?」

「あしたのどの時点かで、電子送金が行われることになっている。送金が確認できたら、エイミーはチャールズを連れて爆薬を取りにいって、それからふたりで買い手に届けるはずだ。電話での会話からすると、コリンスキーも買い手に同行してくると思われる」

スコットはうなずき、犬に目を向けた。

「あとひと晩か」

スコットはズボンのポケットからビニール袋を取りだして、脂っこいかけらをひとつひねりだし、犬に向けて差しだした。犬の繊細な気配りにわたしは驚いた。少女が蝶に触れるような優しさで、そっと指先から肉をくわえたのだ。

「やつはおれがどこに住んでるか知ってる。ゆうべこの子を殺そうとしたんだ」

なんの話かわからず、それから理解した。

「コリンスキーが?」

「庭でアライグマが死んでいて、毒入りのミートボールが見つかった。生肉に毒がまぜてあった」

ビニール袋をしまった。

「犬に吠えられたら近づけないからだろう。つまり近づこうとしたってことだ。今夜はどこかよそに泊まらなきゃならない」

「よかったらうちに泊まらないか。ふたりとも」

スコットは声をあげて笑った。

「カーターが喜ぶだろうな。おれがあんたのところに泊まったら、カーターには願ってもない展開だ」

「カーターは自分の庭に毒をまかれたわけじゃない。いまのは本気だ」

「彼女の部屋に泊めてもらうよ、それか同僚のだれかのところに」

犬をなでて、首を振った。

「アルカイダか。普通のアメリカの殺し屋だけでも充分だってのに」

スコットは怖がっているのだろうか。わたしも危ない連中に命を狙われたことがある。そのたびに怖い思いをした。

「取引を有効にしておけば、あしたにはなにもかも終わる。きみはコリンスキーの心配をしなくてもよくなるし、わたしはエイミーがしかるべき助けを得られるようにできる」

「カーターには言わずにおくよ、コール。約束どおり」

スコットはひとしきりわたしを見つめた。本当にそれでいいのかと思案するように。

「警察を介入させるのか、それとも、あくまでも自分たちで片をつけるのか?」

「エイミーの安全を確保してからだ。なんなら直接カーターに連絡してもいい」

スコットの電話がメールの着信を知らせた。メッセージに顔をしかめて、スコットは手早く返信を打った。

「噂をすれば。本部から呼びだしだ。顔写真の件で」

わたしは手を差しだした。

「協力に感謝するよ、約束を守ってくれたことも」

握手を交わした。

「あんたも変わった人だな、コール。パイクほどの変人じゃないけど、でも変わってる」

スコットは自分の車に乗りこみ、走り去った。わたしはパイクに顔を向けた。

「われわれは変人だろうか」

パイクは無言でジープにもどり、わたしも自分の車に引きあげた。

# 50

## スコット・ジェイムズ

本部へ行く前に、スコットはグレンデールの訓練所へマギーを預けに行った。駐車場はがらがらでK9の車両が一台とまっているだけだが、これはよくあることだった。ハンドラーの大半は警察学校のジムでトレーニングをしてから勤務につく。全員が駐車場に集まるので、リーランドはそこで点呼をとり、それから各自が車で数百メートル走って、ドジャー・スタジアム、通称〝メサ〟の裏手にある元SWATの訓練場へと向かう。

スコットはそのK9車両の横に車をとめ、マギーに用を足させて、犬舎のなかに落ち着かせた。ソーセージの最後のひと切れを与えて、できるだけ早く迎えにくるからと言いきかせ、オフィスに行った。

上司にあたるメイス・シュティリク巡査部長が、リーランドの机に悠然とすわって訓練記録に目を通していた。

「どうも、巡査部長。マギーを置いていきます。一時間かそこらでもどりますから」

シュティリクは顔もあげずに手だけ振った。

スコットは犬舎に寄ってマギーをひとなでしてから、駐車場に向かった。車にたどりついたところで躊躇《ちゅうちょ》し、周囲の状況を確認した。コリンスキーはここで見張っていた。この場所で敵に姿を見られ、ラニオン・キャニオンまで尾行されたのだ。コリンスキーはいまも見張っているだろうか。相手は高性能のライフルを持っていて、この胸に照準を合わせているかもしれない。スコットは中指を立ててみせた。

十八分後、〈ボート〉に車をとめて、エレベーターで重大犯罪課まであがった。スタイルズが戸口で待っていたが、いつもの笑顔はなかった。

「今夜泊まるところは見つかった?」

「ああ。なんとかなりそうだ」

スタイルズのあとについて会議室へ行った。イグナシオ副部長、カーター、それに制服の警部補がなかで待っていた。驚いたが、ミッチェルとケンプ警部補の姿を見たとき、その驚きは不安に変わった。五人そろって葬儀屋のような沈痛な面持ちだった。ケンプの目がぴくりと動き、それは怒りを懸命に抑えようとしているときの癖だった。

スタイルズがドアを押さえ、スコットがなかにはいると、ドアを閉めて脇へ退いた。ケンプの顔色をうかがったところ、状況はよくないとわかった。

イグナシオが椅子を指し示した。

「すわれ。ヴァンメーター警部補以外は全員知っているな。内務調査室のヴァンメーター警部補だ」

ヴァンメーター警部補は荒れた肌と染めた黒髪の四十代の女性だった。紹介を受けた警部補は、うなずいただけで言葉は発しなかった。

「わたしが頼んで来てもらった、ケンプ警部補にも」

スコットはうなずいた。ミッチェルがこの場にいるのは妙な感じだった。目の前にいるのは、カーターやスタイルズやほかの全員に隠し事をしている連邦捜査官であり、自分はその事実を知っている。喉がからからだったが、なにか言わねばならないと思った。

「これはどういう集まりですか」

イグナシオがちらりとカーターを見た。

「カーター刑事、この巡査に見せてやってくれ」

カーターがテーブルからタブレットを持ちあげて写真を見せた。コールやパイクといっしょに〈セイフティ・プラス貸倉庫〉の前にいる自分の姿が写っていた。

いきなりトラックにはねられたような衝撃を受けた。カーターとスタイルズに尾行をつけられていた、もはや万事休すだ。

イグナシオが写真を手で示した。

「自分が写っているのがわかるか？　これはきみだろう、一時間ほど前、コール氏とその仲間といっしょにいた」

スコットは両手を腿の下に差しこんだ。

「はい。おれです」

イグナシオがうめき声をあげた。

「きみにはドラッグやアルコールの問題はないようだ。コール氏には近づかないようにとわたしが直接命じたことを、まさか忘れたわけではあるまいな。この命令を覚えているか」

「はい。覚えてます」

助けを求めてケンプのほうをちらりとうかがったが、なんの励みにもならなかった。

イグナシオは内務調査室の警部補に顔を向けた。

「警部補、頼む」

ヴァンメーターが手帳から読みあげた。

「マニュアルより。二一〇・三〇。合法的命令の順守。上司の合法的命令に従うことは、法執行機関の安全かつ迅速な任務遂行にとって不可欠である。合法的命令、要求、指示を意図的に無視した者には懲罰《ちょうばつ》が課せられる場合もある」

イグナシオはあえてこんな芝居がかったことをしてお膳立てを整えている。なにか狙いがあるのだ。その狙いがわかったような気がして、スコットは落ち着かない気分になった。

イグナシオがうなずいた。

「よく聞くんだ、スコット。カーター刑事の考えでは、コール氏は今回の事件の捜査にかかわる重要な情報を握っている、そして、きみはおそらくコール氏と事件とのかかわりを具体的に知っている。きみがきょうちょっとした現地調査に出かけたことで、カーターの見立ては正しいとわたしも確信するに至った。そこでだ、わたしはきみにもうひとつ合法的命令を下そうと思う。捜査に協力して、カーターの質問に答えるんだ」

ケンプ警部補が咳払いをした。テーブルから椅子を引きだして回転させ、スコットと向き合ってすわった。

「八二八。警察官が虚偽もしくは誤解を与える発言をすることは、市警の方針に対する違反行為である」

その表情はイグナシオに劣らず険しかったが、スコットはケンプ警部補が警告してくれているのを感じ取った。〝なにをするにしろ、嘘だけはつくな〟と。

「組合の代理人か弁護士と話したい」

スタイルズがため息をついた。

「どうかしてるわ、スコット。どうしてこんなことをするの?」

カーターが、だれもなにも言わなかったみたいに、前に進み出て、最初の質問を口にした。

「きみとコールはあそこでなにをしていた?」

スコットはイグナシオに顔を向けた。

「副部長、状況を考えて、組合の代理人か、もしくは弁護士と話をさせてください」

頭のなかを考えが駆けめぐった。嘘をつくつもりはないが、かといってコールを差しだすつもりもない。ミッチェルに目をやった。ミッチェルを差しだしたかった。コールをこの件に引きずりこんだのはミッチェルの上司だとカーターに言ってやりたかった。

「警部補」とイグナシオ。

ヴァンメーターがまた読みあげた。

「八〇五・一〇。懲戒処分の理由。警察官は不正行為により懲戒処分を受ける場合がある。不正行為とは以下に定めるものである。市警の方針、規則、手順に対する違反、すなわち合法的命令に対する不服従、虚偽もしくは誤解を与える発言など」

「こんなことをしてはだめよ、スコット」とスタイルズ。

カーターがまたタブレットを持ちあげて、パイクが袋とジャケットをジープに運んでいる写真を見せた。

「袋の中身はなんだ」

スコットは首を横に振った。

「彼はきみの車から袋を取りだした。これはきみの車だ、そうだろう、このおんぼろのトランザムは。袋はきみの車のなかにあった」

なにか言いたかったが、なんと言えばよいのかわからない。

「代理人か弁護士と話したい」

イグナシオの顔は厳しかったが、こんな茶番は勘弁してほしいと思っているのが察せられた。

ミッチェルがはじめて口を開いた。

「いずれ告発されることになれば、この件は連邦政府が扱うだろう」

イグナシオが連邦捜査官に怒りの目を向けた。

「だれも告発するなどとは言っていない。これは単に管理上の問題だ」

イグナシオはヴァンメーターと協議し、手帳を読んだ。

「わたしとしてはこの勧告を読まねばならない。きみの黙秘は不服従と見なされて、行政処分に至るかもしれず、最終的に解雇もしくは免職の可能性もある。これがどういうことかわかるか」

「はい」

言うとおりにしろ、さもないとクビだぞ。

ヴァンメーターが印刷された用紙とペンをテーブルに置いた。

「きみが勧告を受け入れたという確認書だ。ここにサインと日付を書きなさい。きみがサインを拒否するなら、わたしは〝拒否〟の欄に印をつけて、立会監督者としてサインすることになる。決めるのはきみだ」

スコットはサインした。

イグナシオが言った。「この書面により、わたしはきみに命ずる。きみは訊かれた管理上の質問に答え、管理上の目的にかなうよう証言しなさい」

形式を重んじる厳格な物言いが恐ろしかった。

「組合の代理人か弁護士と話したい」

イグナシオがまたしてもミッチェルに怒りの視線を向け、スコットに向き直った。

「混乱を避けるために言っておこう、証言するよう命じられたことにより、きみの証言がきみの不利になるよう使われることはない。その点はわかっているな」

「組合の代理人と話したい」

イグナシオのあごに力がはいった。テーブルの端にあった一枚の用紙を手に取る。

「ではこういうことになる。これは記入済みの告発用紙で、カーター刑事のサインがはいっている。告発の内容は、きみが合法的命令に従うことを意図的に拒否し、それによって市警の方針に違反したと証言するものだ。きみがカーターの質問に答えるなら、これは破棄しよう。あくまでも拒否するなら、これをヴァンメーター警部補に提出する、そして調査が開始されることになる。われわれのだれもそんなことは望んでいないが」

一枚めの用紙を下に置き、二枚めを掲げた。

「一六一・〇〇、すでに上司のサインはもらってある。きみには一時的に勤務を離れてもらう。協力を拒むなら、調査の結果が出るまで停職処分となるだろう。わたしの言っている意味はわかるな」

口のなかが真昼のイーストLAの歩道なみにからからになった気がした。

「はい」

ケンプが身を乗りだした。

「停職処分になれば、市の所有物をすべて返却することになるんだぞ。なにもかも全部だ、スコット」

ケンプはさらに身を乗りだし、鼻先数センチまで顔を近づけてきた。

「マギーも」

いっそなにもかも白状してしまいたかった。あの女性やコリンスキーのこと、自分たちをだましている国土安全保障省の捜査官たちのこと、そしてコールの計画のことも。だが、言葉はどうしても口から出てこなかった。

カーターがあらためて質問し、このときの口調は穏やかだった。

「きみはなにを知っているんだ、ぼうず。コールはいったいなにをしている?」

ステファニー・アンダースを亡くして以来感じたことのなかった無力感を覚えた。同じ部屋にいるケンプやカーターやほかの人々が、何千キロも離れた場所にいるようだった。目がひりひりして、まばたきをしてみても、痛みは増すばかりだった。カーターの声がこだまする。

「コールになにを言われたんだ?」

自分がこう言うのが聞こえた。

「ずっとここにすわっていてもいいけど、カーター、おれは代理人と話したい」

マギーに会いたかった。マギーの隣にすわり、しっかりと抱いて、説明したかった。

ケンプが椅子に身体をもどした。

「いい加減にしろ、スコット」

イグナシオがカーターからヴァンメーターに視線を移し、首を横に振った。長身なので、頭上にそびえるようだった。

「ここまでだ。もう行っていい」

スコットが立ちあがれずにいると、ケンプが腕を取った。

「立て」

戸口へ誘導し、会議室の外へ連れだした。振り返ってスコットと向き合い、顔をぐっと近づけてきた。

「本気か？　本気なのか？　ひと月後には解雇されるぞ。それがきみの望みか？」

スコットは首を振った。

「犬はどこにいる」

「グレンデールに」

「リーランド巡査部長が犬の世話を手配してくれるだろう。市の所有物はほかにあるか？」

「あの子に会わせてください」

「上司がうちへ帰れと言ってるんだ。きみはあの子を失った。ほかに市の所有物をなにか持っているか」

「いいえ」

「さっさとここを出てうちへ帰れ。きみとコールのあいだになにがあるにせよ、そいつをうまいこと片づけたほうがいいぞ。できるものならきみを救ってやりたいが、あてにはするな」

廊下に出るまでの道は果てしなく遠かった。エレベーターにたどりつくまではさらに長かった。自分が創りだしたわけでもない世界で、だれか他人の人生にはいりこんでしまったような気分だった。最初からやり直したかった、でもどうしたらいいのかわからない。なにもかもなかったことにして、振りだしにもどりたかったが、事態はここまで来てしまい、エレベーターのボタンを押すことさえ億劫に感じられた。

　ミッチェルが廊下に出てきて、エレベーターのほうへと曲がった。スコットを見ると足をとめ、顔をしかめて、オフィスにもどった。

　その直後にスタイルズが出てきた。やはりスコットの姿を目にし、だがオフィスに隠れはしなかった。廊下を横切って化粧室に行った。スコットはコールに尋ねられたことを思いだし、その記憶が小さな希望の火花を熾《おこ》した。

　スコットは化粧室へ行き、二回ノックして、なかへはいった。

「スタイルズ刑事」

　足を踏み入れたとき、スタイルズはちょうど個室のドアを閉めようとしていた。とっさに怒りと驚きの表情が顔に浮かぶ。

「いますぐ向きを変えてここから出ていって」

　スコットはあとずさりし、廊下に通じるドアを開けたまま手で支えた。脅すつもりはまったくなかった。

「すまない。どうしても訊きたいことがあって。ひとつだけ」

　驚きは消えたが、怒りはまだ残っていた。

「なに？」

「コールの監視を解いたのはどうして？」

　不愉快な話題だったのか、口元が引き結ばれた。

「うちが決めたわけじゃない。国土安全保障省のお友だちが、コール氏のことは任せてほしいと言ったから、どういう意味だか知らないけどね」

「ミッチェルか」

「彼は監視を勧めたわ。これは上からのお達し」

ジャネット・ヘス。

スタイルズは個室から出てきて、憤慨のため息をついた。

「お願いだから正気にもどって、カーターに話したらどう？　それであなた自身も救われるのよ」

「たぶんそうなんだろう」

スコットはエレベーターに引き返し、自分の車にもどった。小さな希望の火花が炎となった。ジャネット・ヘスが鍵を握っている。ヘスが、すべてを正当化するための最後にして最善の頼みの綱だった。

# 51

## ドミニク・リーランド

ドミニク・リーランド巡査部長は、グレンデールにある訓練所の自分のオフィスにすわってダコタのことを思いだしていた。ほかの隊員たちは全員〝メサ〟にいるので、ここにいるのはリーランドひとりだった。煙草の葉を嚙むのは規則で禁じられているが、知ったことではない。発泡スチロールのカップにぺっと吐きだし、オレンジ・ソーダを飲んだ。ソーダは嚙み煙草の〈レッドマン〉よりひどい味だが、規則には違反しない。

ハンドラー歴三十二年を超えるリーランドは、軍、保安官事務所、ロサンゼルス市警と渡り歩いてきて、九頭の公認警察犬の相棒に恵まれた。ジャーマン・シェパードが五頭、ベルジアン・マリノアが三頭、そしてダッチ・シェパードが一頭。うち二頭は殉職、二頭は不慮の病死、二頭は腰を痛め、三頭は高齢になって引退するまで職務を全うしたのち、リーランド家に引き取られた。当人が〝かみさん〟と呼ぶ、三十六年連れ添った妻と暮らす自宅の書斎の壁には、子供たちや孫たちの写真と並べて、警察犬のパートナー九頭のそれぞれと写った記念写真が飾られている。

ダコタはなかでも特別な犬だった。ほっそりとした黒いメスのジャーマン・シェパードで、体重は三十二キロ。ジャーマン・シェパードとしては小柄な部類にはいるが、シェパードらしい精悍《せいかん》な顔つきと角を思わせる耳は、悪党どもの目には悪魔の使いの犬と映ったことだろう。実際のダコタはとても愛らしい子だった。鞭《むち》のように鋭く、粘り強く、子供たちとかみさんには絶大な人気があった。

そんなわけで、ダコタが引退した日、リーランドはいつものように自宅に連れて帰り、車から降ろして、たっぷりとなでてやった。

「おかえり、ダコタ。あしたからおまえは休暇をとっていいんだぞ」

その夜、帰宅して車から降りたところまではいつもと変わらぬ日常だったが、翌朝、ダコタを家に残してK9のパトカーに向かったときが最悪だった。それまでの八年間、毎朝してきたように、ダコタは当然自分もいっしょに行くつもりでいた。犬はクーンと鼻を鳴らし、悲しげな声をあげ、大声で吠えたて、チワワのようにぶるぶる身を震わせて、フェンスを食いちぎろうとした。これほどまでに切ない犬の顔をリーランドは見たことがなく、たとえるなら、親友でもある父親にどうか置いていかないでと必死に訴える見捨てられた子供の顔だった。そんなことが毎朝続いた。リーランドは激しい罪悪感と、それよりいっそう激しい羞恥心にさいなまれた。じつのところ、ドミニク・リーランドなら犬のそんなふるまいを訓練で直すことはいくらでもできたのに、このパートナー犬の胸の内で燃える深い愛情と本物の忠誠心を自分は失いたくなかったのだ。

翌日、リーランドはいつもより早めに家を出て、ダコタをドライブに連れていった。それからは毎朝のようにそうして、仕事が終わって帰宅したあと疲れていないときや非番の日にも、車に乗せてやるようにした。たまに褒美《ほうび》として、回転灯をつけてサイレンを鳴らし、コード3で現場へ急行するようにハイウェイを疾走したりもした。車を飛ばすとダコタは大喜びした。

数年前、ダコタは〝警察犬として〟生涯を閉じた。リーランドはダコタのことを、ふたりでドライブしたことを懐かしみ、しばしばあの子のことを思いだす。人間はときとして犬の繊細な心を苦しめるようなことをする、それを思い知らされたりすると特に。

静かなオフィスにすわっていると、車がとまって犬舎のドアが開く音がした。ダコタのことが、あの朝あの子が大騒ぎしたことが思いだされた。リーランドはしばらくふたりに時間をやり、それからおもむろに腰をあげて、鼻をかみ、犬舎に向かった。

ドアを開けたが、なかにははいらなかった。スコットは囲いのなかで相棒の犬といっしょにすわっていた。

「ジェイムズ巡査、うちへ帰れ。それはわたしの犬だ」

リーランドはドアを閉め、オフィスへもどった。数分後、犬舎のドアの閉まる音がした。スコットの車が駐車場から出ていくと、マギーは悲痛な声で鳴き、大騒ぎした。痛ましいかぎりだった。

リーランドはひと口分の嚙み煙草をちぎった。それを嚙みながら、犬の声に耳を傾け、ダコタとの数多くのドライブを、ひとつひとつの貴重な体験を、思い返した。車に乗せれば少しはマギーの気分を晴らしてやれるだろうか。おそらく無理だろうが、それでも一応は試してみることにした。

# 52

## エルヴィス・コール

パイクはシルヴァー・レイクにとどまってエイミーとジョンを待ち、わたしは爆薬のパテとエイミーのおぞましいジャケットを持って家路についた。丘をのぼっているとき、ジョンから連絡がはいった。

「いま帰宅した」

「エイミーは爆発物のありそうな場所に立ち寄ったか？」

「イタリアンに寄った。きょうはもう出かけないようだ」

「あとでそっちに行く。なにか持っていこうか」

「いや、だいじょうぶだ。例の仲間から返事がきた。彼がおれに話したことは変わっていない」

「なあ、ジョン。あの連中がかかわってるんだ」

「もう一度調べてくれと頼んで、答えは同じだった。事件は未解決で今後の展開待ち。ＨＳＩは事件を却下したんだ」

「彼は嘘をついている」

「おれみたいなことをやってる人間に嘘をつくのは賢いやり方じゃないし、彼は賢い。頭が切れるから、ざっと計算して、LA支局では優良な事件が解決しない例が多すぎると判断した」

優良な事件とは成功の確率の高い事件のことだ。

「多すぎるというのはどれくらい？」

「この一年で三件、その前の年は四件。どれも爆弾か武器弾薬かハイテクがらみだ」

「インターネットから派生した事件か？」

「いや、全部じゃない。共通するのは情報の質だ。手がかりは確実なものだったのに、LA支局はそれらの事件を却下したらしい。これは怪しいとおれの仲間はにらんでる」

わたしも怪しいとにらんでいる。

車をカーポートにとめたとき、三角屋根の家は静かで平和そのものだった。なかにはいり、水を一本飲んでから、ジャケットと袋を家のなかに運びこんだ。二十キロ近い爆薬を自宅に置くのは気が進まなかったので、外へ持ちだし、斜面を降りて、テラスの下に隠した。自宅のテラスの下に置くのも気が進まないが、キッチンに置くよりましだろう。

コリンスキーの逮捕記録は、数々の凶悪犯罪に手を染めてきた筋金入りのプロの犯罪者であることを物語っていたが、記録のなかに、爆弾や政治的な過激派グループと本人を結びつけるものはなにもなかった。最後に逮捕された日付は十六年前で、記録のどこを見てもコリンスキーを見つける手がかりらしきものは見あたらない。そこでエディ・ディットコーに電話をかけて協力を求めた。

エディは盛大に痰《たん》を切った。

「十六年たってようが、そんなこたあ関係ないね。こういうやつは警察がちゃんと情報をつかんでるもんさ。なにが知りたいって？」

「その情報。この男を監視したい」

エディはしばしば考えた。

「強奪にしろ武装強盗にしろ、全部拳銃がらみだな。強盗特捜班に話を聞ける友だちがいる」

「すばらしい。ついでにこの男がどこかで爆弾や過激派とつながっていないかたしかめてほしい」

「過激派？」

「アルカイダ」

「あほぬかせ。イーストＬＡ出身の悪党だぞ」

「十六年もたてば人間いろいろある」

ハラペーニョ入りのスクランブルエッグを作り、シンクで食べて、シャワーを浴びにあがった。肩と首に湯を浴びながら、考えた。コリンスキーとチャールズはいまごろ不安になっているだろうか、それとも自信満々でいるだろうか、あるいはあしたの準備を整えているのだろうか。ジャネット・ヘスは善人側のひとりなのか、それとも悪人なのか。それはどうでもよかった。いま考えるべきはエイミーのことだ。

シャワーが冷たくなったので、タオルで身体をふいて、洗いたての服を着た。階段を降りていると、電話がかかってきた。エディだ。

「口をとんがらせろ、ベイビー。きっとおれにキスしたくなるはずだからな」

「人をおちょくるんじゃない」

「コリンスキーは六、七年前にこの世から消えた。だれも居場所を知らない」

「やつはエコー・パークにいた」

「この街にいないとは言ってないだろ、レーダーから消えたってこと。やつを見つけられたら、おれの友だちがぜひ話したいと言ってる」

「なんの件で？」

「パームデールの近くで現金輸送車の強奪事件が二件、それとパームスプリングスでも一件」

「警察はコリンスキーの犯行と考えているのか？」

「いやいやいやいや。警察が狙ってるのは強奪犯のイーライ・スタージェスって泥棒だ。コリンスキーは盗品を売買する側に鞍替えしたと考えてる。十六年も休んで姿を消してたんだろ？今度は昔よりもっと賢く立ちまわる男になってもどってきたんだな。いっしょに強奪して、リスクはほかのやつらに負わせる。こっから先が、おまえさんが口をとんがらせるとこだぞ」

「待ちきれないな」

「もし警備員が輸送車の扉を開けなかったら、イーライは吹っ飛ばして開ける。軍用品で。ロケット弾を使って車をとめたりひっくり返したりするんだ。簡易爆弾《IED》で車をこじ開けたときは、あとにスイミングプールほどのでかい穴が残ってた。もしコリンスキーがエコー・パークにあったブツを売るつもりだったとしたら、買い手はだれだと思う」

どう考えたらいいのかよくわからなかった。

「あの爆薬はイスラム過激派のテロリストの手に渡るはずだった、そう考える根拠がある」

エディは笑い飛ばした。

「イーライ・スタージェスはヴァレー出身のケチなピストル強盗だぞ。テロリストになるほど暇じゃない。盗みを働くのに大忙しだからな」

「写真は手にはいるかな」

「やってみよう。メールで送るよ」

電話をおろして、峡谷の向こうに目をやった。テラスに出て、爆薬の三メートル上に立った。テラスの板の隙間からのぞいて見ようとしたが、見えなかった。それでいい。

エイミーが情報を求めて手を伸ばし、チャールズがその手を握り返した。チャールズは爆薬がコリンスキーに売れることを知っていた、しかしエイミーはアルカイダと取引すると言って譲らなかった、そこでチャールズは彼女が聞きたがるような話を聞かせた。コリンスキーも調子を合わせているのかもしれないし、チャールズが全員をだましているのかもしれないが、いずれにしろ結果は同じだ。買い手はアルカイダのテロリストだとエイミーに信じさせなければならない、爆薬を手に入れるまでは。そのあとはエイミー・ブレスリンがどうなろうと関係ない。

「きみはやつらに利用されているんだ」

なかにもどってビールを一本飲み、ぐずぐずとそのことを考えているうちに日が暮れて、家の前に一台の車がとまった。玄関に行くと、思いがけずスコット・ジェイムズが立っていた。

「カーターに見られてもいいのか?」

「もう関係ない。倉庫であんたたちといるところを見られた。おれをつけてたんだ」

ジェイムズ巡査は退院直後かと思うほど顔色が悪く、生気がなかった。

「なにをしていたかカーターに話したのか?」

つかのま目が怒りに燃えたが、それは一瞬で消えた。

「あんたとの約束は守ったよ、コール。なにも言わなかった」

後ろにある車に目をやると、前の座席が空っぽだった。

「犬はどうした」

「取りあげられた。調査委員会の結論が出るまで停職処分だ」

スコットをなかに入れて、ドアに鍵をかけた。彼は途方に暮れたようすでのろのろと居間へやってきた。

「で、どうなるんだ?」わたしは訊いた。

「なにが」

「きみとあの犬」

「名前はマギーだ」

「マギー」

「なかなかいい家だな」

犬のことは話したくないようだ。

わたしは冷蔵庫へファルスタッフを二本取りにいった。もどると、スコットは同じ場所に立ったまま、テラスの向こうに広がるなにもない暗闇を凝視していた。

「ほら。飲んでみろ」

缶をしげしげと眺めた。

「ファルスタッフ。聞いたことないな」

「製造中止になってから何年もたつ。〈ｅＢａｙ〉で見つけて一ケース落札した」

スコットはビールを手にしたが、口はつけなかった。

「ジャネット・ヘスだったよ。ヘスが監視を解いた。カーターは続けたかった、でもヘスが手を引かせたんだ」

「ヘスにまちがいないか？」

「スタイルズがそう言った」

「ヘスは理由を言ったか？」

スコットの顔に笑みが浮かんだが、わたしに向けられたものではなかった。

「ヘスがなんて言ったか知らないけど、そんなのは嘘だ。監視チームを引きあげさせたのは、隠すためだ、あんたが見つけてくれると期待してるものを」

「エイミーか」

また笑みを浮かべ、首を振った。

「エイミーじゃない。これはエイミーとはなんの関係もない。仮にカーターがいま偶然エイミー・ブレスリンに出くわしたとしても、だれだかわからないだろう、だからあんたがエイミー・ブレスリンのことを尋ねまわってるのを監視チームが見たとしても、それがなんだ？　そんなことにはなんの意味もなかったろうな」

話の流れがなんとなく見えてきて、これはいったいどこへ行き着くのだろうかと考えた。

「カーターやスタイルズや特捜班にとっては」

スコットはファルスタッフの缶をあらためて観察し、口をつけた。

「そう、彼らにとっては。特捜班のだれもエイミー・ブレスリンのことは知らない、だからほかにだれかいるはずなんだ、そうだろう？　ヘスはその人物に、あんたがエイミーをさがしてることを知られたくなかった。その人物を暗がりに置いておきたかった、だから明かりを消したんだ」

スコットの言うことはいちいちもっともだという気がした。

「だんだん腑に落ちてきた」

携帯電話がまたさえずった。だれからか、画面を確認するまでもなかった。

「ヘスだ」

スコットはいっそう大きな笑みを浮かべたが、楽しそうではなかった。

「出てくれ。いくつか訊きたいことがある。おもしろくなりそうだ」

わたしは留守番電話に応答させた。

「あとで。話してくれ。心当たりがあるんだろう」

わたしが椅子にすわると、スコットはカウチに腰をおろした。

「ヘスは特捜班とカーターと警察をごまかしてる。なにか言えないことがある、つまりなにかを隠してるってことだ。あんたと同類だな」

わたしは肩をすくめてファルスタッフをもう少し飲み、スコットは話を続けた。

「ヘスがなにかを隠してるとしたら、それは失うものがあるからだ。おれたちはそれを利用できる。それでおれの犬を取りもどせる」

突然わたしをじっと見つめた。

「あんたとの約束を破るつもりはない、でもいずれ、終わったら、ヘスを警察に引き渡すつもりだ。それでおれの首もつながるかもしれない」

スコットは何度も激しくまばたきを繰り返し、やがて暗闇に顔を向けた。わたしは立ちあがった。スコットに気恥ずかしい思いをさせまいとして。

「夕食になにかこしらえるよ。楽にしててくれ」

キッチンにいるときにまた携帯電話がさえずった。ヘスかと思ったら、ジョン・ストーンだった。

「出られるか?」とジョン。

「どうした。なにかあったのか？」

「チャールズが来た。野郎、花を持ってきやがった」

わたしは居間にもどってスコットに合図した。

「チャールズだ。パイクはどこにいる？」

「裏庭。雲行きが怪しくなったらダイニングルームに突入する構えだが、それはなさそうだ。チャールズはくつろいでる。いまふたりでしゃべってる」

「エイミーはそいつを名前で呼んだか？」

「ああ。チャールズと。いま画像を送る」

スコットがジョンにも聞こえるように大きな声で言った。

「ふたりでコリンスキーのことを話してないか？」

「いまのは？」

「スコット・ジェイムズ」

「だれもその名前は口にしてない。やつはエイミーにあしたの準備をさせてる」

「わたしが着く前にふたりが出ていったら、あとを追ってくれ」

「やつが出ていって、エイミーが残ったら、おれはここに残る」

「そのときはパイクにやつを追うように言ってくれ」

通話中にわたしの携帯電話が鳴り、それがジョンの耳に届いた。

「いまのはおれだ。スクリーンショットを送った」

「ちょっと待っててくれ」

スクリーンショットの画像には、カウチの端にすわっているエイミーと、反対の端にすわっている紺のスーツの男が映っていた。画像がかなり小さいので、顔を見るには拡大しなければならなかったが、チャールズの顔が見えたとき、わたしはにんまり笑った。あるはずの爆薬は見つからなかったが、チャールズが見つかったのは幸いだった。

「ジョン、パイクはチャールズを追わなくていい」

「いいのか？」

「いい」

わたしは画像をスコットに見せた。

「ヘスを仕留めたいって？　これがチャールズだ」

スコットは画像を凝視し、唇をなめた。腹をすかせた犬のように。

チャールズを追う必要がないのは、居場所がわかっているからだ。チャールズはカーターやスタイルズといっしょにわが家に来たこともある。本名はラス・ミッチェル特別捜査官。

複数のピースがぱちんと音をたててはまっていき、ひとつの絵を完成させた。ジャネット・ヘスがしていることも、エイミーを助ける方法も、わたしにはわかった。スコットを助けることだってできるかもしれない。

世界は突如として単純なものになった。ジャネット・ヘスはわたしに協力するか、でなければわたしを逮捕するかだ。

## 53

ジャネット・ヘスのSUVがわたしのほうへ向かってくると、赤いネオンフィッシュがその車体を横切った。ヘッドライトや信号機やハリウッド大通りの明滅する街灯が投げかける白いネオンフィッシュや緑のネオンフィッシュも、光沢を放つ塗料の上を泳いでいった。ヘスは互いの車がキスしそうなほど鼻先を近づけて停止した。実生活ではどんな車に乗っているのだろうか、夫や子供はいるのだろうか、とわたしは考えた。今夜を機にヘスの人生は破綻するのだろうか、それとも彼女がわたしの人生を破綻させるのだろうか、と。

毎回してきたように、わたしは相手の車に乗りこんだが、今回はノートパソコンを持参した。

「わたしはきみの最良の友だ。わたしを愛することを学んでほしい」

「ふたりは見つかった？」

ふたり。エイミーではなく。

「ほら。自分の目でたしかめるといい」

いっしょに見られるようにパソコンを手で支えた。

「なんだかふたりでドライブイン・シアターにいるみたいだ」

「実地説明の必要があるの？　これはどういうこと？」

「まあ見てて」

ビデオはすぐにはじまる位置でとめてあった。カウチの左側にすわったエイミーが、両足を床につけ、両のてのひらを腿にのせて、虚空を見つめている。

ヘスがよくわからないというように顔をしかめる。

「エイミー」

「そうだ」

「この場所は？」

「見てて」

「どこでこれを手に入れたの？」

「見てて」

エイミーが身じろぎもせずにすわったまま二十五秒が過ぎ、それから二秒間ドアに顔を向けた直後、軽いノックが三回聞こえた。エイミーは立ちあがり、ドアに向かった。画面の左下にしばらく姿を消したあと、ドアを開けてまた画面にもどってきた。そこでわたしはビデオをとめた。

ヘスが困惑して顔をあげる。

「どういうこと？　なぜとめたの？」

「チャールズが部屋にはいってくる。きみに見せたくなかった」

「ふざけないで。見せなさい」

「顔を見たら、だれだかわかるはずだ、ジャネット。きみの部下だ」

「いまなんて呼んだの?」

わたしはビデオをあごで示した。

「ただし、これは彼の仕事じゃない。勤務時間外にやっていることだ。きみと同じで」

わたしはパソコンを閉じて脚の下に入れた。

「わたしはきみをジャネットと呼んだ。ヘスでもいい。これでわかった」

政府の公式ウェブサイトから印刷した彼女の資料と、パイクが尾行した日に撮った写真を見せた。写真はもう一枚あるが、それは伏せておいた。

「これがきみだ、国土安全保障省の公式ウェブサイトにちゃんときみのページがある。いまはこうしてふたりでこの車に乗っている。このあときみはまたロングビーチでこの車から自分の公用車に乗り換える。公共の駐車場を使えば、同僚のだれにも見られることなく車を乗り換えられる」

印刷した紙をダッシュボードに滑らせた。

「わたしが雇われたのは、エイミーではなくチャールズを見つけるためだった。そして、わたしにはまだチャールズを引き渡す準備ができていない」

影が彼女の顔を半分に切って目を覆い隠した。車が一台通過し、そのライトによって目隠しが取り払われた。その目は冷静に思案していた。わたしをじっと見ているうちにまた影がもどってきた。

「あなたは思いちがいをしてる、コールさん。わたしはある特殊な作戦を実行してるだけ」

「なるほど。局長がその言葉を信じるだろうか」

「もちろん。それが真実だから」

「わたしはより真実に近い真実を彼に話そうかと思っている。具体的に言うと、彼の率いるこのLA支局で、この二年間に、爆弾とハイテクがらみの厄介な事件が七件も闇に葬られたことだ。それから、爆薬と爆弾技術をアルカイダに提供しようとしている正体不明の人物が現われたことも彼に話そうと思う。これは八件めの事件になるだろう、なぜならこの件も葬られたから。その時点でSACは――この主任捜査官とはきみのことだ、ジャネット――自分のところの捜査官が関与しているのではないかと疑いはじめ、そしてそのSACは――つまりきみは――通常の手順を無視して、民間の調査員を引き入れた――それがわたしだ」

ヘスはじっと見返した。

「どうしてわかったの？」

「魔法で」

ヘスは資料をちらと見て、口の端をゆがめた。笑み。

「あなたを雇ったのは正解だったようね」

「嘘はひとつでも多すぎる、ジャネット。トマス・ラーナー。実在するのか？」

「ゲームはもうたくさん。チャールズはだれ？　ふたりはどこ？」

「きみはしくじったんだ、ジャネット。トマス・ラーナーなんていないんだろう？　わたしをだませると思ったのか？」

「わたしが思ったのは、あなたが見つけるのは空っぽの家とせいぜい盗品くらいだろうということ。夢にも思わなかった、まさか殺しの現場と盗品の武器弾薬の隠し場所に踏みこんでいくなんて」

「エイミーがアルカイダと接触を図っていたことは知っていたのか？」

「エイミー・ブレスリンの名前を知ったのはほんの二週間前。本物のメリル・ローレンスが電話をかけてきた。エイミーのようすがおかしいので心配して、それでわたしたちに相談してきた。そこからあれこれ考え合わせた」

「そして問題があることに気づいた」

「そういう言い方もできる、たしかに」

「その問題にアルカイダは含まれていない。そもそもテロリストなんかどこにもいない」

「当然でしょ。アルカイダ！　勘弁してよ、新しいブギーマンなんて。買い手はイーライ・スタージェスという強奪犯。イーライが仲間を集めてることをATFが聞きつけて、そこのSACがわたしに連絡してきた。あとはあっという間。イーライはコリンスキーという故買屋とつながっていて、コリンスキーはあの家とつながっていて、だからあの家を調べる捜査官が必要だった、でないとせっかくのチャンスを逃してしまう」

「その捜査官がわたしか」

「いい、コール、部下のなかに腐った捜査官がひとりいる。内部調査をしてる暇はなかったし、わたしが感づいてることを相手に悟られるわけにはいかなかった」

「エイミーは横領をしたのか？」

ジャネットは目をそらした。いかにも気まずいといった顔で。

「いいえ。チャールズのことをさりげなくあなたの耳に入れたかっただけ」

「エイミーがなにを売ろうとしているか知っているのか？」

「彼女は自分の専門技術をアルカイダに提供しようとした、それと大量の物質を。どれくらいかは知らない」

「プラスティック爆弾を二百キロ。その特殊な爆薬には追跡用のタガントが使われていない」

ジャネットはくるりと目をまわし、懸念の色を浮かべた。

「どこにあるかわかってるの？」

「あした見つける、そして押収する」

「あなたはなにもしなくていい、コール、関係者の居場所だけ教えて」

「いいや、ジャネット、わたしはいろいろやるつもりだ。まずはきみを局長の目の前に差しだす、こちらの要望がかなえられないかぎり」

ジャネットはまたしても目をくるりとまわした。

「脅し。勘弁して」

わたしはパソコンを軽くたたいた。

「あるいはなにもしないという手もある。これを消して、きみを腐った捜査官といっしょに放置するかもしれない。そうなったら、きみは毎日職場に行って、どの捜査官だろうかと気をもむことになる」

「ちょっと！　ちょっとちょっとちょっと、コール、これは連邦政府の捜査よ。わたしを脅すなんて何様のつもり」

わたしはにこりともせず、ぐっと身を乗りだした。

「いいや、ちがう。これはジャネット・ヘスの捜査だ。というわけで、これからしてもらうことを具体的に言うと、まずきみは連邦検事に電話をかける。明朝八時までに同意書を用意してもらい、エイミー・ブレスリンをいっさい罪に問わないという免責特権を認めて――」

ヘスはダッシュボード上の書類をぴしゃりとたたいた。怒りもあらわに声を張りあげた。

「こんなものはなんの証明にもならない。わたしはある調査についてあなたに相談した。わたしは複雑な地元の事情に通じたあなたの専門的技術を求め、そしてあなたはみごとにやり遂げた。こんなのは日常的にだれでもやってることでしょう」

「主任捜査官のやることじゃない。昔はただの熱血捜査官だったかもしれないが、いまのきみは管理職だ」

「わたしは主任捜査官。主任捜査官はだれを使おうと自由よ」

「きみが自分をどう使ったか見るかぎり、局長が知らないことはたしかだ。きみは非公式に動いている、メリル・ローレンスになりすまして。きみは組織から逸脱している、ジャネット、そして法律に違反している」

何時間にも思えるほどにらみあいが続き、やがてヘスがため息をついた。

「そっちの要望は？」

「免責特権を認める同意書を――」

途中でさえぎられた。

「無理よ、コール。あの女性は外国のテロリストに協力を申し出た。心の傷がトラウマになってるのはわかるけど、彼女のしてることを見過ごすわけにはいかない」

「エイミーがなにをしているか、きみにはわかっていない。これっぽっちも」

「彼女は支援と武器の提供を申し出た、いかれた狂信者どもに。テロリストに」

わたしは最後の写真を見せた。それはわたしが撮ってきたエイミーの作業部屋の写真で、上質の革のジャケットが写っている。

「それはエイミーが彼らにそう思わせようとしているだけで、実際にしているのはそういうことじゃない」

「この写真は？」

「あした、エイミーはこれを着ていくつもりだ、彼女がアルカイダだと思っている連中と会うときに。内側にポケットがいくつもあるだろう？　彼女はテロリストに協力しているんじゃない、ジャネット。みずから爆弾を届けようとしている。連中を殺す気なんだ」

ジャネット・ヘスは写真を凝視し、わたしを一瞥して、顔をそむけた。

「冗談じゃない」

「あすの朝八時までに全面的な免責を。交換条件として、エイミーには捜査への協力と証言を約束させ、精神鑑定とカウンセリングを受けさせる、裁判所が命じるなら。こっちは正式な同意書を手に入れ、そっちは問題の捜査官を手に入れる」

ヘスはまだわたしを凝視していたが、目つきはいくらかやわらいでいた。

「そんな短時間で用意できるどうか」

「同意書がなければ、捜査官もなし。それと、もうひとつ」

「やらないとは言ってない。時間までに用意できないかも」

「同意書がなければ、捜査官もなしだ。きみは警察本部長に電話をかける。今夜のうちに」

「ロサンゼルス市警に？」

「そうだ。スコット・ジェイムズというＫ９の巡査が、わたしに協力したことで停職処分になった」

「エコー・パークにいた警官？」

「きみにはジェイムズ巡査の代わりに銃弾を受けてもらう。本部長に、スコット・ジェイムズはきみの下で働いていたと言うんだ。そして、彼を関与させたことは合法で国家の利益のためだったと断言する。きみは、容疑者と顔を合わせていた彼をこの任務に抜擢し、自分の地位を利用して、捜査への関与を秘密にするよう言い含めた、それが市警の方針に反すると知りながら」

「わたしに悪役を演じろと」

「きみは謝罪し、このまちがいを正すよう本部長を説得する」

「もういい、コール、わかった」

ヘスは腕時計を見て眉を寄せた。プレッシャーを感じているのがわかったが、それでも彼女ならやるだろうということもわかっていた。

「ヘス捜査官」

ヘスが顔をあげると、わたしはパソコンを軽くたたいた。

「きみのために彼をつかまえた。彼はきみのものだ」

「で、どうするの？　ここにあるものはなにひとつ証拠として認められない」

「われわれが合意する内容が真実だ」

ヘスはわたしを見ながら待っている、そしてたぶんわたしも待っていた。

わたしは言った。「トマス・ラーナーは実在する。カーターに供述したとおり、わたしは彼と会った」

ヘスは座席にもたれてわたしをじっと見ている。

「きみはわたしを雇わなかった。供述書のなかで証言したとおり、わたしはトマスをさがしていて事件に巻きこまれ、この性分なので、自分で調査に乗りだした。あの家とコリンスキーのつながり、さらには〈ウッドソン・エナジー・ソリューションズ〉の社員とも関係がありそうだということを突きとめた。事件にはかかわるなとカーターに厳しく言われていたので、わたしはその情報を警察には持っていかなかった。きみのところへ持っていった、そうしてわれわれは知り合った。きみはすぐにその情報を調査して、部下の捜査官のだれかが犯罪に関与していることに気づいた」

そこで中断し、もうしばらく待った。ヘスが考えているのはわかったが、考えていることまではわからなかった。

「ことが起こるのはあしただ、ジャネット。エイミーを救うのに手を貸してほしい、そうすれば、きみは部下の捜査官と、だれだろうと現場に居合わせた人間を手に入れることになる」

ヘスはうなずき、影のなかでその顔がやわらいだ。

「あなたを雇った甲斐があった」

わたしはドアを開け、降りてから振り返った。

「免責を手に入れて、ジェイムズ巡査のことをよろしく頼む。わたしの携帯電話は知っているだろう。次に電話をくれたときはちゃんと出るよ」

わたしはドアを閉めて自分の車にもどり、ふたたびシルヴァー・レイクに向かった。

# 第六部　われわれの尊重する真実

# 54

## ジョン・ストーン

エイミー・ブレスリンが眠っているあいだに、ジョンは銃の手入れをした。四五口径が二挺とM4、おそらく使うことはないだろうが。儀式。ローヴァーの後部座席にすわって暗がりのなかで手入れをした。

拳銃をしまうと、電源ユニットを再充電するために車のエンジンをかけた。電源ユニットはノートパソコンと衛星電話、携帯電話数台に電気を供給している。充電しているあいだに洗面道具を持ってローヴァーから降り、暗闇のなかに立った。午前四時三分、小さな通りは眠りについている。

ジョンは腰のストレッチからはじめ、ハムストリングスと背中の筋肉を伸ばし、ひねりを加えて身体の芯を温めた。腕立て伏せを百回数え、ストレッチをして、ランジを百回こなした。仕上げにバーピーを百回やると、気持ちよく汗がにじんだ。たいした運動量ではないが、できるだけのことはした。

ひげを剃って歯を磨き、服を脱いだ。ウェットタオルとボトルの水で身体を洗い、コールが持ってきてくれた洗いたての服に着替えた。朝食はミックスナッツとバナナ一本、プロテイン・バー二本。そのころには空が白みはじめたので、定位置の運転席にもどった。

コールが連れてきた警官どもは頭痛の種だった。ヘスとかいう女？　あほだ。おまけにくっついてきた連邦捜査官ども？　いつしくじるかわからない。〈デルタ・フォース〉ではしくじりは許されない。しくじれば人が死ぬ。

ヘスは自分が責任者のような顔で登場し、エイミー・ブレスリンへの接近プランを披露した。〝初接触〟チームの構成は、女性が二名と、年配だが威圧感のない男性が一名。メンバーはヘス本人と男女ひとりずつで、女性は四十代の精神科医、男性は穏やかで落ち着いた物腰の連邦検事になるだろう。初接触——エイミー・ブレスリンはエイリアンか。〝初接触〟の舞台設定をどうすべきかヘスが説明している途中で、ジョンは話をさえぎった。

「チームは必要ない。おれが彼女と話をつける、単独で。以上」

ヘスとその一味が烈火のごとく怒りだしたので、ジョンは無線を切った。

しばらくして向こうからジョンの電話に連絡があり、隠しマイクをつけてほしいと言われた。

「断る」

レンジ・ローヴァーという繭《まゆ》のなかにすわって、エイミーの寝息に耳を傾けながら、闇の向こうのどこかに人々がいるのを意識した。話し合い、計画を立て、脱出地点に車を配備して家を包囲し、例の貸倉庫で準備を整えている。エイミーがどう反応するか、この計画がどっちに転ぶのか、だれにも予測できないので、柔軟に対応する必要がある。彼らの介入がジョンには腹立たしかった。

一面紺色だった空が白みはじめ、家の明かりがぽつぽつともりはじめた。朝の渋滞前にやってきた建設作業員たちが、車をとめて座席にもたれ、最後のわずかな睡眠をとる。

夜明けとともにエイミーの部屋が明るくなり、ジョンのパソコン画面の映像も見えてきた。五時五十一分、エイミーの腕が動いた。五時五十二分には脚が。五時五十八分に時計を確認し、長い眠りから覚めた人間がするように、ぎこちない動きで身を起こした。

ジョンは通話ボタンを押した。

「彼女が起きた」

「了解」とパイク。

「必要なものは？」とコール。

「ある。あの連中をおれに近づけないでくれ」

コールはなにも言わず、ヘスも同様。話を聞いているのはわかっている。

エイミーは用を足し、それからキッチンへ行った。しばらくするとコーヒーのカップを手にして寝室へもどった。服を選んで、ベッドの上に広げ、コーヒーを持って浴室にはいっていった。洗面所を使う音、そしてシャワーの音。服が広げられた光景が葬儀場を連想させた。葬儀屋は遺体に着せる服をこうして広げて準備する。考えまいとしたが、そのイメージが頭から離れなかった。

エイミーの胸の内にある景色に思いをはせた。あと数時間もすれば、爆発装置を身につけてみずからの人生を終わらせる、それなのに彼女はぐっすり眠った。ベッドにはいる前は落ち着いてのんびりとしたようすだったし、いまもゆったりとくつろいでいるように見える。この恐ろしい結末に安らぎを覚えているのかもしれない。ほっとしているのかもしれない。

エイミーが全裸で現われ、ベッドに向かった。

ジョンは画面のなかの彼女に触れた。

「そんなことはさせない」

エイミーは服を着て、二杯めのコーヒーを注ぎ、パソコンを持って居間のカウチにすわった。メールをやりとりするのではないかと警戒したが、ニュースを読んでいるようだった。

七時二分、エイミーはコーヒーカップをキッチンにさげて、寝室にもどり、クローゼットから大型のバッグとフリンジのついたジャケットを取りだした。

ジョンは通話ボタンを押した。

「あと五分ほどだ。いま支度をしてる」

ジョンはローヴァーのエンジンを切り、キーをポケットに入れた。

双方向の通信機器からヘスの声がした。

「しくじらないように」

むかつく女だ。

エイミーは居間で立ちどまってジャケットをはおり、大型のバッグを肩にかけた。

ジョンはローヴァーから降りてエイミーの家に向かった。ジェイコブのことを知ってからというもの、エイミーと会って直接話したいと思っていた。いまがそのときだ。ありがたい。ヘスはなにもわかっていない。なにも知らずに、不純な動機でここにいる。

エイミーが玄関ドアに鍵をかけているあいだに、ジョンは階段まで行った。彼女はいつものように手すりをつかんで降りはじめた。足元に注意しながら、一度に一段ずつ、まるで転げ落ちるのを恐れてでもいるように。ジョンのことは見えていない。

ジョンは数段のぼって、そこで待った。

エイミーが一段、また一段と降りてくる。ようやくジョンに気づいて、ぎくりとした。脅かされたみたいに。

ジョンは笑みを浮かべ、片手を差しだした。

「ジョンです。ジェイコブのことで来ました」

またぎくりとしたような顔になった。

「息子とはどういうお知り合い?」

「知り合いじゃない、でもあそこにいました、彼が亡くなった場所に。そのことであなたと話がしたい。上にもどりましょう。そこで話します」

ジョンはあとについて家にあがり、エイミー・ブレスリンと並んですわった。ジョンの話は、隠しマイクをつけていたらとても口にできないようなことだったが、その話はエイミーの気分を楽にして、彼女に希望を与えた。

55

# エルヴィス・コール

ハリウッド大通りの駐車場でジャネット・ヘスと別れてから三時間二十分後、わたしたちは別の駐車場、シルヴァー・レイクにある駐車場でふたたび顔を合わせた。一介の捜査官には逆立ちしてもできないことだが、なにしろ主任捜査官だ。ヘスは連邦検事局の署名入りの正式な同意書を用意してきた。同意書にはわたしが要求した保証と保護が条項として記されていた。これでエイミー・ブレスリンの身は安泰だ。

ここまでいろいろあったにもかかわらず、わたしはヘスが好きになっていた。

「なかなかやるな、ヘス」

「調子にのらないで」

「ジェイムズ巡査のほうは？」

「もうやった」

わたしはヘスが大好きになっていた。

ヘスはビデオの続きを見たがったが、彼女はひとりで来たのではなかった。三台の車に分乗した爆発物取締局の捜査官六人と、危機対応チームを引き連れてきた。特殊部隊のＡＴＦ版であるＣＲＴは大型の黒いサバーバンで乗りつけた。わたしたちは駐車場で捜査官たちに取り囲まれていた。

「ここで？」わたしは訊いた。

ヘスはわたしをみんなから引き離して自分の公用車に連れていった。わたしはパソコンを開き、ビデオを停止したところから再開した。

エイミーがドアを開けて後ろにさがり、ラス・ミッチェルがはいってきた。ヘスにはすぐにわかった。見えるのは頭のてっぺんだけだというのに。

「最低。ラス、この悪党」

「もうすぐ顔が見える」

「だれかはわかる。ろくでなし」

ビデオのなかでミッチェルがロリンズの名を口にした時点で、ヘスがわたしをとめた。

「ロリンズがコリンスキー？」

「だと思う。ジェイムズとわたしがあの家で見た男だ」

ヘスは首を振った。怒りと不快感をこめて。

「ばかなラス。なんて愚かな」

「パソコンは渡せないから、ビデオを渡そう。彼があきらかにしてくれる、取引の段取りも、自分たちがなにを売るつもりかも、全部」

ヘスは顔をそむけた。

「できるだけ早く用意して」

「了解」

わたしたちは危機対応チームの指揮官といっしょにサバーバンに乗りこんだ。ATFの捜査官のひとりが運転し、ヘスは助手席にすわった。彼らはエイミーの家を見たがった。

車で走りながら、わたしは知っていることをかいつまんで話した。主にエイミーとミッチェルの会話の内容の繰り返しと〈セイフティ・プラス〉の説明だった。指揮官はエイミーの貸倉庫についてわたしを質問攻めにし、第二の危機対応チームを〈セイフティ・プラス〉へ配備するよう命じた。それからヘスに爆発物処理班の出動を要請した。

わたしは言った。「爆発物はもうない。わたしが回収した」

「いまどこにある?」

「うちのテラスの下。自宅へ持ち帰った」

車はエイミーの家とジョンのローヴァーを通り過ぎた。通過しながら指揮官がローヴァーに目をとめた。

「彼をここから連れださなければ」

「彼はエイミーの監視役だ。ここに残る」

「本人の安全のためだ」

「彼はここに残る。わたしと、相棒と、ローヴァーの男で、この件は予定どおり進めている、だからこちらで仕切らせてもらう。了承願いたい」

ヘスが指揮官のほうを向いてわたしを援護した。

「彼らが予定どおり進めている。着実に一歩ずつ進めましょう」

先ほど駐車場でヘスとわたしがサバーバンに乗りこんだとき、危機対応チームの指揮官と同チームの危機交渉人、そしてダロウという名の赤毛のATF捜査官も同乗した。エイミーが進んで協力するかどうかで、ミッチェルとコリンスキーにどう対応するかが決まってくる。エイミーが協力する気になり、なおかつそれが可能だとわからないかぎり計画の立てようがなく、わかるのは実際に顔を合わせてからになる。エイミーの返答が鍵を握っていた。ヘスは無線でパイクやジョンとつながり、エイミーへの接近方法を説明した。ジョンが途中でさえぎり、自分がエイミーと話をつける、と告げて通話を切った。

「なんなのこれ」とヘス。

「そういうやつだ」わたしは言った。

主任捜査官は話を打ち切られることに慣れていない。

わたしはヘスの腕に触れた。

「ここまできたんだ、ジャネット。彼を信じよう」

数分後、わたしは彼らを残してもう一度エイミーの家に向かった。外はまだ暗かった。坂をのぼっていき、三軒手前で車をとめた。エイミーの家は見えるが、ジョンのローヴァーは見えない。パイクはもう少し先の高い場所から見張っている。エイミーはいまごろ夢を見ているだろうか。

　空が白みはじめたころ、ヘスが到着した。二台めのATFの車が現われ、わたしの下にとまった。日がのぼり、近隣の住民たちが出かけはじめ、夜明けが完全な日中の明るさになった。七時を数分まわったとき、無線で連絡がはいった。

「あと五分ほどだ。いま支度をしてる」とジョン。

　エイミーは、家を出て車で貸倉庫へ行き、自分の人生を終わらせるための装備を仕上げようとしている。いまどんな気持ちでいるだろうか。

　無線からヘスがジョンに向けて言った。

「しくじらないように」

　エイミーの気持ちは不安だろうか、それとも怯えだろうかと考えた。あるいはいまごろ考え直しているのではないかと。わたしの知るエイミーならそんなことはしない。わたしのエイミーは死にたがってなどいない。彼女は賢くて、気丈で、意思が強く、本人にとっては筋が通っていると思える行動を重ねてきてここに至った。深い心の傷のなせる業だ。

　ローヴァーから歩いて坂を降りてきたジョンの姿が見えた。階段で足をとめ、エイミーの家を見あげた。

　この位置からエイミーは見えないが、もう外に出て階段を降りているはずだ。急いであのジャケットを仕上げなければならず、たぶんこれからやるべき作業を頭のなかでおさらいしていることだろう。

ジョンが階段をのぼりはじめ、見えなくなった。

エイミーは、すぐにはジョンに気づかないだろう。筋の通った死へと自分を導いてくれる筋の通った手順を確認し、そのひとつひとつの手順を完璧に、確実にこなす、そのことで頭のなかはいっぱいだろう。

それもジョンに気づくまでのこと。

ジョンに気づいた時点で、状況は一変するだろう。ジョンは別の生き方を提案するはずだ。

# 56

ジョンがエイミーと会って五十分が経過したとき、連絡がはいった。

「来ていいぞ。こっちは問題ない」

ジャネット・ヘスとわたしは、赤毛のダロウ捜査官と、ケルマンという長身の屈強な捜査官を伴って行った。

こうして見知らぬ人間がぞろぞろと、何人かはバッジを呈示して、エイミーの世界になだれこみ、彼女が聞かされて信じていたことの大部分は嘘だったという残酷な真実を突きつけたのだった。

最初は動揺していたエイミーだが、ジョンがいることで安心したようだ。ジョンはエイミーと並んでカウチにすわっている。ヘスとわたしはその向かいに。ダロウとケルマンはわたしたちが話しているあいだに家のなかを調べた。

エイミーには自殺願望や情緒不安があるようには見えなかった。そうした問題をかかえた人間には往々にしてあることだが、彼女の場合は、受け答えも明快で理性的だった。現状を理解し、自分の置かれた状況という新たな現実をきちんと把握《はあく》していた。

わたしはロイヤル・コリンスキーの似顔絵と顔写真を見せた。

「ロリンズ氏です。あの家にいました」とエイミー。

ヘスがラス・ミッチェルの写真を見せた。この人がチャールズ・ロンバードだ、とエイミーは断言した。

ヘスは、イーライ・スタージェスのこと、彼とコリンスキーとの関係を説明し、まだ所在のわからない爆薬のことを尋ねた。エイミーの答えは思いがけないものだった。

「ほかにはありません。あなたがたがさがしている物質は本物じゃないんです」

ジョンがエイミーに顔を見られないよう後ろにもたれ、にやりと笑った。すでに聞いていたのだ。

わたしの疑念はつのった。

「エコー・パークにあったのは本物だった。あのジャケットといっしょに見つかったのも本物だ」

エイミーはうなずいた。

「ええ、あれは本物です。本物の爆薬は二十キロありました。残りはわたしたちが練習用に作っているもの。見た目も感触も同じで、でも化学的には無害です」

ジョンがにやにや笑った。

「おもちゃの粘土」

ダロウが部屋にもどっていた。

「あの連中をだませると思ったんですか」と訊いた。

「いいえ。本物はいくらでも用意できますが、悪人の手に渡るようなことになっては困りますから」

ジョンが今度は声をあげて笑った。

「その偽物はどこにあるの、エイミー」ヘスが訊いた。

エイミーがわたしをちらりと見た。

「あなたがはいった貸倉庫の隣の倉庫。ふたつ借りてるんです。隣合わせに」

エイミーはカード・キーと倉庫の鍵を差しだした。ヘスは捜査官二名と危機対応チームを派遣し、両方の倉庫とその中身を確保するよう命じた。まだ所在のわからない爆薬は無害だとエイミーが言ったとき、わたしにはそれが真実だとわかった。本物なら、マギーは隣の倉庫でも警報を発したはずだ。爆発しない爆薬を見つけるようには訓練されていない。

ヘスが腕時計を確認した。時間は大事な要素で、時は刻々と過ぎていた。

「さてと、エイミー、ここであなたの力を借りたいの。コリンスキーとイーライ・スタージェスにたどりつくにはどうしたらいい？　取引はどういう段取りになってるの？」

エイミーが大まかな流れを説明した。それはわたしがすでに知っていることと一致した。コリンズはけさ海外の銀行口座に現金を振りこむことになっている。送金がすんだらミッチェルに知らせ、ミッチェルがエイミーに知らせる。エイミーが入金を確認したのち、ミッチェルを秘密の隠し場所へ連れていって、ミッチェルはコリンスキーとその買い手に商品を手渡す段取りをつける。

わたしは訊いた。「口座はどうやって確認する？　パソコンで？」

「チャールズが電話をくれることになっています」

エイミーはまだ彼をチャールズと呼んだ。

「確認しましょう。あなたは大金持ちになってるかも」とヘス。

エイミーはパソコンを開けて、自分の口座にログインした。数秒後、首を振った。

「いいえ。まだです。見てください」

ダロウが隣にすわって画面を確認する。

ヘスがふたたびエイミーのほうへ身を乗りだした。

「さっきのはどういうこと、チャールズを連れていくというのは。あなたが迎えにいくことになってるの？」

エイミーはわずかに顔をしかめた。いまはじめてその話題が出たみたいに。

「いいえ。向こうが迎えにきます。ここで彼の車に乗って、それからわたしが行き先を指示する。彼は知りません。教えたくなかったんです、変な気を起こされると困るから」

ジョンがにやりと笑い、首を横に振る。

「たいしたもんだ」

わたしはふとミッチェルのことを考え、ヘスに訊いた。

「ミッチェルは抵抗するだろうか、それとも投降する？」

「投降する。釣られた魚みたいにあっさりと。あの男をさっさとこのゲームから降ろしたい」

「ひとつ言っておく」ジョンが口をはさんだ。

きっぱりと。

全員が振り向いた。ジョンは〈デルタ・フォース〉の顔になっていた。

「みんなも合意していることと思うが、ミズ・ブレスリンはこのゲームに参加しない。いかなる場合も、あの連中の前には姿を見せない、連中が拘束されないうちは」

「絶対に」とヘス。

ダロウの電話に着信音がした。メッセージを見て立ちあがり、窓辺へ急ぐ。

「白人男性。この家に近づいてくる」

ヘスとわたしも窓辺に行き、ケルマンが玄関に向かった。ジョンがいち早く拳銃を手に立ちあがり、エイミーを立たせた。

「おれたちは奥へ。さあ」

エイミーは困惑している。

「チャールズから電話がなかったわ」

カーテンの端からのぞくと、階段をのぼってくるラス・ミッチェルが見えた。右手には赤と白のカーネーションの花束。わたしがミッチェルだと気づくのと同時にヘスがその名前を口にした。

「ミッチェル。あの悪党」

ジョンとエイミーはダイニングルームへ避難していた。ジョンがエイミーをかばうようにして前に立っている。

「エイミー、やつは鍵を持ってるのかい?」

「まさか!」

「ジョン」

わたしは自分の唇に触れてジョンに意図を伝えた。

ジョンはなにごとかささやき、エイミーの背後にまわって、片手でそっと彼女の口をふさいだ。

ヘスの指示でケルマンがドアを開ける位置につき、ダロウが側面を守った。ヘスは居間の向こうの廊下の端に、わたしはキッチンの入口付近に立ち、四人とも銃を構えていた。ミッチェルが最初に目にする捜査官はヘスだ。ヘスがケルマンとダロウに指を突きつけた。

「倒しなさい、うつ伏せに」

わたしは言った。「なるべく殺さないように。必要な人間だ」

ヘスがにやりと笑う。

「抵抗はしないはずよ」

カーテンの向こうを人影がよぎり、ドアの陰に消えた。玄関の呼び鈴が鳴り、そのあと続けてノックが二回。ケルマンがヘスをうかがう。ヘスが首を振る。ふたたび呼び鈴が鳴り、ヘスが今度はうなずく。ドアが開くと、ミッチェルが半歩なかにはいった。ヘスを見て足をとめ、迷わず両手を上にあげた。

「両手を横に出しなさい。膝をついて」とヘス。

ミッチェルの顔が真っ赤になった。涙をこらえているみたいに。

「降参だ。頼む、悪かった」

ヘスが声を張りあげた。

「なかにはいって。さっさと膝をつきなさい、ラス」

ミッチェルは両腕をさらに開いて高くあげ、ますます必死になって泣くまいとした。

「取引したい。なんでも言うとおりにする。協力するから」

「すわりなさい！」

ミッチェルが花束を手放し、花がばさりと床に落ちた。

「なんでも言うとおりにする」

ミッチェルがだしぬけに走りだした。ダロウとわたしもいち早く動いたが、玄関ドアにたどりつく前にミッチェルが急にとまった。ポーチで一瞬凍りついたように静止したかと思うと、その手のなかの拳銃が目にもとまらぬ速さで火を噴いた。赤い霞の下でラス・ミッチェルの身体ががくんと折れ、地面に倒れた。

# 57

ヘスが逆上した。

遺体に背を向けて、エイミーのところへ急いだ。

「ばかな男！」

「ミッチェルと連絡がつかなかったら、コリンスキーはどうする？」

エイミーは遺体を見ようとしたが、捜査官たちが戸口に立ちふさがった。銃声を聞いて下から駆けあがってきた部下の捜査官たちが、駐車場に残っている仲間に電話で連絡をとった。

エイミーが訊いた。「彼を撃ったの？」

ヘスがエイミーの前に立ちはだかった。

「話をちゃんと聞いて、エイミー。集中して。彼はもう死んだ」

「落ち着け」とジョン。

ヘスは一瞬にらみつけたものの、声をやわらげた。

「コリンスキーは送金がすんだらミッチェルに連絡することになってると言ったわね。もしミッチェルがつかまらなかったら、あなたに電話してくる？」

「彼と電話で話したことはありません。一度だけ会ったときも、直接話はほとんどしなかった」

「つまり向こうはあなたの番号を知らないということ？」

「チャールズが教えていないかぎりは」

「あなたも彼の番号を知らないわけね」

「やりとりはチャールズがしてました。彼が全部仕切っていたんです」

わたしは捜査官たちを押しのけて遺体のところへ行った。ミッチェルの銃はすでに回収されていたが、遺体のほうはそのままだった。わたしは財布がないか調べた。

「おいおい。あんたにそんなことする権限はないだろう」とケルマン。

「いいから」

わたしは遺体をひっくり返し、ポケットを順番に調べた。コリンスキーの住所か宝の地図が書かれた紙切れでもないかと期待したが、あったのはミッチェルの携帯電話と財布と鍵束だけだった。車のキーをそばにいた捜査官に向かって放り投げた。

「車を調べてくれ。電話番号、住所、連絡先の情報を」

取引をするにあたってミッチェルとコリンスキーは電話やメールでやりとりをしていた、ということはミッチェルの電話にコリンスキーの番号が登録されているということだ。電話と財布を家のなかに持っていってヘスに渡し、エイミーのそばへ行った。エイミーはジョンといっしょにカウチにもどっていた。ダロウがヘスから電話を受け取って詳しく調べた。

「いざとなったら、コリンスキーと直接話せますか」わたしは訊いた。

「番号を知りません」

「連絡がついたらの話。こっちから電話できたら、話をしてもらってもかまいませんか」

引っかけ問題ではないかと疑ってでもいるように、エイミーはじっと見返した。

「どうしてできないと思うんです？」

「相手は怖い男だから」

「わたしだって怖い女です」

ジョンが頬をゆるめ、だが笑い声はあげなかった。

「たとえばわたしがコリンスキーだとして、あなたから電話がかかってきたら、わたしはどう思うでしょう」

エイミーは即答した。

「チャールズはどこだ？　どうしてチャールズじゃなくてこの女が電話してきたんだ？」

ジョンが励ますようにうなずく。

「あなたはどう答える？」

視線がちらりと玄関に向けられ、そこでは捜査官たちが遺体を隠しているので、エイミーはまだ目にしていなかった。

「チャールズは死んだ、と伝えます。わたしが撃った、これで取引に影響が出るようなことにはしないでほしいと言います」

わたしは振り向き、ヘスが聞いているのを確認した。

「彼女ならだいじょうぶだ。うまくやれる」

ヘスが空腹を覚えたみたいに唇をなめた。

「戦略が必要になる。なるべく単純にいきましょう。不確定要素が多いから」

ミッチェルの電話が鳴った。ダロウはまだ電話を調べている最中だった。驚きのあまりあやうく電話を取り落としそうになった。発信者名は〝ウィンストン・マシーンズ〟とある。

わたしはエイミーのほうに手を伸ばした。

「出るか、それとも留守電にするか」

ヘスが電話を取ってエイミーに差しだした。

「無理にとは言わない。できそうなら、でいいの」

エイミーは電話を受け取り、応答した。

「もしもし」

相手の声を聞き取ろうと、ヘスとわたしは顔を近づけたが、聞こえたのは沈黙だけだった。

エイミーが言った。「ロリンズさん?」

沈黙。

「ロリンズさん、いまチャールズといっしょにいて、ちょっと問題があるの」

男の声がした。険悪な。

「あんただれだ」

「エイミー。あなたの家で会った。チャールズといっしょに」

コリンスキーは警戒を解き、声をやわらげた。

「やあ、エイミー。もちろん、覚えているとも。チャールズと話をさせてくれないか」

「チャールズは死んだわ。わたしが銃で撃った。そうするしかなかったから」

コリンスキーはふたたび沈黙し、そのときダロウが両腕を振って、パソコンを指さした。唇の動きで〝金〟と伝え、両の親指を上に向けた。

コリンスキーが送金をすませたのだ。

エイミーが言った。「ロリンズさん、聞いてますか？　これで取引に支障が出るようなことにはしたくないの」

沈黙。

わたしは身を寄せて耳打ちした。

「写真を送ると言って」

外にある遺体のところへ走っていったが、手を貸してくれたのはケルマンだけだった。ふたりでミッチェルを居間へ運びこみ、顔が見えるようにひっくり返した。

エイミーがすかさずそばへやってきた。

「じゃあ、証拠を見せるわ。いまから写真を送ります」

エイミーは顔の写真を撮り、カメラに向かって眉をひそめた。

「写真を撮りました、でも電話番号がわからないと送れない」

ヘスがわたしの腕を引っぱって、ささやいた。

「エイミーをやめさせないと。わたしたちでなんとかするしかない」

エイミーが言った。「わかった、ええ、ありがとう。すぐ送ります」

番号を打ちこみ、写真を送信した。

わたしはもう一度耳打ちした。

「きみはだれかに銃声を聞かれたんじゃないかと心配している。確認しないといけない。こっちから電話をかけ直す」

後ろにさがり、見守った。

コリンスキーがなんと言ったのか聞こえなかったが、エイミーの口調が冷ややかになった。

「彼は失礼なことをしたの。その話はこれで終わりにしましょう。失礼な態度にはがまんできない。さっきも言ったように、これで取引に支障が出ないことを願いたいわ」

しばらく耳を傾けたあと、相手の話をさえぎった。

「待って、なにか聞こえた。近所の人たちが銃声を聞きつけたんでしょう。確認しないと。こちらから電話をかけ直します」

エイミーはうまくやった。説得力のある迫真の演技でやってのけ、電話を切った。

# 58

## ロリンズ氏

チャールズは頭にレモン大の穴をあけて血に染まった片目を大きく見開いており、その姿はエコー・パークの家に来たあの若造のようにも見えた。イーライがよこしたあの役立たずが、そもそも今回のごたごたの元凶だった。ロリンズ氏としては、この写真をイーライに送りつけてこう言ってやりたかった。見ろ、くそったれ、こんなことになったのは全部おまえのせいだ。

だが、そうはしなかった。

ロリンズ氏は激怒していたが、ルールのおかげでどうにか平静でいられた。次の動きを慎重に考え抜いた。

「二十万はこっちで埋め合わせよう、イーライ。損失を埋め合わせるには自腹を切るしかないが、そろそろ手を引く潮時だ」

二十万はイーライが爆薬に支払う予定の金額だった。

くそ野郎のイーライは、怒り狂った。

「損失ってなんのことだよ。おれがあした自分の仕事をできなくなるせいで被る損失のことか?」

「冷静になれ。この事態をじっくり考えて——」

イーライは聞く耳を持たない。

「あしたは四百から六百万の金が待ってるんだぞ。あんたが埋め合わせてくれる損失ってのはこれのことか?」

「ここまできて、土壇場になってこんなことが起こった以上、警戒する必要がある。これは警告のようなものだ、イーライ」

「こっちも警告しとくよ。おれの予定はわかってたはずだ。トラックに金があるのもわかってたはずだ。四百から六百万。きょうじゃない、あさってでもない、あしただ。爆薬がなきゃ話にならない」

「あの女は嘘をついている、イーライ。いいからよく聞け。ここで手を引くべきだ」

「四百から六百万を埋め合わせてくれるのか?」

「トラックならほかにもある」

「いいや、そっちこそ、よーく聞け。おれたちはブツを手に入れる。おれの予定は、以上だ」

電話が切れた。

## 59

## エルヴィス・コール

野良猫のようにうろうろするヘスに、エイミーが電話での会話の内容を伝えた。

「このことでわたしたちの関係を変える必要はないと言ってました。なんの異存もないという口調で」

わたしは言った。「きみはやつの金を二十万ドル手に入れた、エイミー。それで向こうも取引をまとめようと必死なんだろう。たぶんそういうことだ」

ヘスが歩きまわるのをやめて、わたしたちを見た。

「向こうが取引を望んでるとしたら、やり方はふたつにひとつ。連中をこっちに来させるか、彼女が出向いていくか」

ジョンが反応した。

「さっきの台詞《せりふ》をまた言わせるのか」

ヘスは聞き流し、またうろうろしはじめた。

「イーライ・スタージェスの一味とコリンスキー、この下司野郎どもは武装した殺し屋よ。この界隈に足を踏み入れさせるのは避けたい」

ケルマンがうなずく。

「それは向こうも望まないだろう。この細い通りを見たとたんにスタージェスとコリンスキーは引きあげる。スタージェスは手下を何人か送りこんでくるかもしれないな。で、どうする？」

わたしは言った。「あの貸倉庫。あそこはすでに人を配置してある。もっと大勢必要になるだろうが、とりあえず封鎖をはじめることはできる」

「現場はどうなってる？」

入口、駐車場、ゲートの状況を詳しく説明し、そのすべてが塀に囲まれていることを話した。

わたしの話が終わるのを待たずにジョンが言った。

「それがいい。あそこは戦場にもってこいだ」

ヘスがジョンに向かって眉をひそめた。

「素敵なご意見だこと」

時は刻々と過ぎていく、そこでわたしは話を前に進めた。

「向こうがほしがっている爆薬は約二百キロ。それを利用しよう。エイミーがひとりで運ぶのは無理だから、ほしければ向こうから取りにくるしかない。ロリンズには、買い手も連れてきて、駐車場で落ち合おうと言えばいい」

わたしはエイミーの横にすわり、話の続きをおさらいさせた。

「やつにきみの乗っている車種を伝える。実際に会ったら、お互いすぐにわかるように、いいね？」

うなずいた。

「まずそれを言う。監視カメラのことは口にせず、ゲートとカード・キーのことを伝える。向こうが到着したら、きみがゲートを開けて、自分の倉庫まで誘導する。それでいいかな」

ふたたびうなずいた。

「わかりました」

ヘスがそばに来て、励まそうとした。

「うまくやれそう？」

「どうってことないわ」

ジョンがまた笑い、わたしもつられて笑ったが、その笑い声は不安げに響いた。

ヘスが電話を差しだした。

「じゃあ、ブレスリンさん。恨みを晴らして」

エイミーが顔をあげ、ふたりの目が合った。エイミーの目に一瞬よぎった怒りは、彼女のなかでくすぶりながら噴火のときを待っていた火山のような憤怒の情だった。いま目の当たりにしているのは、エイミーが抱き続けてきたすさまじい怒りだとわかり、ヘスはそれを解放させようとしたのかもしれないと思った。

「電話しよう」わたしはうながした。

エイミーは電話をかけ、その話しぶりはさっきよりはるかに自然で説得力があった。コリンスキーは最初のうち乗り気ではなかったが、エイミーが納得させた。

「ロリンズさん、申しわけないけれど、取引が終わったら、商品を持ち帰る前に遺体の始末を手伝ってもらえないかしら」

ヘスが静かに片手を差しあげ、わたしに向かって無言のハイタッチをした。

コリンスキーが待ち合わせに同意し、エイミーが電話を切ると、わたしたちは現場へと急いだ。ダロウがエイミーのボルボを運転した。エイミーはジョンと同乗し、わたしはパイクとともに車で向かった。

わたしたちの車がいちばん乗りだったが、それはなんの役にも立たなかった。

## 60

## スコット・ジェイムズ

スコットが本部庁舎の十階まであがったのはこれがはじめてだった。市警の本部長はいつも十階にいる。三名の副本部長と、八名の本部長補佐も、十階にいる。地上の通りや警察学校では、この十階は通称〈天国〉、〈天国〉の統治者たちは上から順に、神、父と子と聖霊、八使徒と呼ばれている。

十階の廊下は意外なほど質素だった。ほとんどのドアはカード・キーか暗証番号がなければ開かないが、イグナシオ副部長がその両方を持っていたので、ドアを開けるのに問題はなかった。

この日の朝、イグナシオから電話がかかってきたとき、スコットは驚いた。制服を着用してただちに〈ボート〉に出頭せよとの命令だった。電話が鳴ったのは朝の七時四十分で、説明はいっさいなかった。

イグナシオはひとことこう言った。

「きみには守護天使がついてるようだ」

イグナシオとロビーで落ち合ったスコットは、十階に連れていかれ、使徒のひとりに紹介された。紹介がすむと、イグナシオは立ち去った。

本部長補佐のエド・ウォーターズはノートルダム大学の卒業生だ。南カリフォルニア大学で博士号を取得し、法執行機関における立派な経歴と業績のリストは何ページにもおよぶ。議会やホワイトハウスで証言したことも多々あり、現本部長の引退後はその後継者になると目されていた。

ウォーターズは目下警備部のトップであり、すなわち市警の組織図では警備中隊〝メトロ〟の上に位置する。警察犬隊は〝メトロ〟の一部門なので、スコットはウォーターズの命令系統に属していることになる。

ウォーターズは赤ら顔に鋭い目をした堅苦しい雰囲気の男だった。スコットを椅子にすわらせ、ジャネット・ヘスと本部長とのあいだで交わされた会話を聞かせた。ヘスの言葉を借りれば、スコットはアメリカを国家的規模の災害から救うために協力していたのであり、彼の不祥事の責任はすべてこの自分にある、ということらしかった。

「本部長にはヘス主任捜査官との協力体制が不可欠だ。従って、今回の告発の件は忘れていい。無効とする」

釈然としなかったが、スコットはどうにかうなずいた。ヘスが本部長に言ったことの大部分は嘘だった。

「ありがとうございます」

「〝メトロ〟の指揮官と内務調査室の責任者にはわたしから書面で伝えておこう。きみの上司には午前中に通達がいくはずだ。いつ復職するかは上司が判断する」

もう一度うなずいたものの、ますます釈然としなかった。ウォーターズはこんなたわごとを鵜呑みにしたのだろうか。

「うれしいニュースです。ありがとうございました」

一刻も早くマギーを迎えにいきたかった。ここを出て点呼に向かい、仕事にもどりたかったが、ウォーターズは解放してくれなかった。

本部長補佐は身を乗りだし、両手の指を組んだ。

「主任捜査官がルールを逸脱してまできみを救った。一線を越えたことは本人もわかっているし、内心忸怩たる思いだろう。いずれにせよ、彼女はきみのためにひと肌脱いで、期待どおりの結果を出したわけだ」

顔がほてるのがわかり、早く立ち去りたかったが、もう一度うなずくのが精いっぱいだった。

「とはいえ、わたしなら、きみがしたようにはたして彼女に協力したかどうか。わたしはむしろ自分の宣誓のほうを重視したいと思う、市警に対するみずからの義務を。そう思うのはわたしだけかもしれないが」

ウォーターズはそこで口をつぐみ、待つようなそぶりを見せた。おそらくこちらを値踏みしているのだろうとスコットは思った。

「本部長代理、カーター刑事が告発した内容はすべて事実です。自分はイグナシオ副部長の命令に従わず、カーター刑事に情報を伝えませんでした。すべては自分ひとりの判断でやったことで、ヘス主任捜査官やほかのだれかに言われたからではありません」

本部長代理の表情に変化はほとんどなかった。ほんのわずかしか。

「なぜだ」

「悪党がわたしとわたしの犬を殺そうとしたからです」

ウォーターズがようやく立ちあがり、手を差しだした。

「復帰おめでとう、スコット」

# 61

## ロリンズ氏

　ロリンズ氏がイーライやその一味と落ち合ったのは、貸倉庫から三ブロックのところにある、文明からはほど遠いさびれた田舎の〈ピザ・ハット〉の駐車場だった。イーライは手下ふたりを連れて愛車のクラシック・カー、ブロンズ色の一九六九年型SS396に乗ってきた。このとてつもなくいかした車は看板をしょっているも同然だった――《見て見て！》と。

　ロリンズ氏にはひとつのルールがある。人目につかないこと。ロリンズ氏が乗っているのは盗難車の白いカムリで、ナンバープレートはUCLAで見つけた同じ型のカムリについていたものと取り替えた。ロサンゼルスでいちばん多い車はトヨタとホンダ。なかでもいちばん多い色がシルバーと白だ。

　ロリンズ氏はイーライの車に向かって身をかがめた。イーライはどこにでもいるような黒いモップ頭のひょろりとした男だ。

「おまえの車は教えてあるから、向こうはわかるはずだ。女はベージュのボルボに乗ってる。なかにはいったらすぐ目につくだろう」

「いっしょに行かないのか?」

「おれは自分の車で行く、でもまだ出発するな。こっちから電話するまで待て。まず現場をよく見て、問題がないか確認する」

「わかった。待つよ」

「問題がなければ、ブツを受け取って、ひょっとしたら死体の始末をすることになるかもしれない」

イーライが横に身を乗りだして見あげた。

「女のごみを始末したいんなら、しろよ。おれはごみの収集人じゃないからな。ミートボールのときよりうまくやれよ」

車のなかにいたチンピラふたりがげらげら笑った。

ロリンズ氏は立ち去った。

「ああ。笑うがいい」

十分後には〈セイフティ・プラス〉の向かいの保育園の屋上にあがり、ニコンの双眼鏡でボルボを観察していた。運転席に女がすわっているが、日差しとガラスの反射のせいで顔が見えない。エコー・パークで会った女は太めで背が低かった。ボルボの車内にいる女は運転席に深く沈みこんでいて、それは背が低いということか、それとも長身の女が背を丸めているのだろうか。

ロリンズ氏はたしかめることにした。イーライに電話をかけた。

「いま昼寝してたとこだ、遅いじゃないか。ピザを注文したぜ」

ばかどもが大笑いしている。

「問題はなさそうだ。女に会いにいけ。忘れるな、おまえたちはテロリストだぞ」

「あんたはどこにいる?」

「自分の車にもどる。そっちの車のすぐ後ろにつく」

ロリンズ氏はチャールズの電話番号を押した。さっきは女が出て、今度もそうだった。

「いま着いた。車のなかにいるのはあんたか?」

エイミーが答えた。「ええ。ここにいる。さっきから待ってるわ」

ボルボのなかの女が手を振った。

「よし。すぐに行く。十秒ほどだ」

ロリンズ氏は電話をしまい、ようすを見守った。まもなくイーライの車が現われ、入口を通過して、とまった。二台の車が停止したまま十秒ほどたつと、イーライが車から降りて、両手を脇に広げ、おい、いつまでそこにすわってんだ、という意味の仕草をした。

イーライがもう一度車に乗りこもうとしたそのとき、ことは一気に起こった。ロリンズ氏はその場にとどまって最後まで見届けたりはしなかった。すみやかに屋上から降りて、所有者不明の自分の車にもどり、逃走ルールのリストを復唱した。

急がない。

右車線を維持する。

ブレーキは早めに。
ロリンズ氏はルールを守って、逃走した。

# 62

## エルヴィス・コール

狭い空間に大勢の人間がぎゅう詰めになっているせいで、貸倉庫の事務所内はたちまち熱気でむんむんしてきた。危機対応チームの指揮官とケルマンが前方のガラスのそばに陣取った。指揮官は配置についている各部隊と話をするためのマイクをつけている。ダロウはわたしたちに近いほうにいて、ヘスと交信できるようヘッドセットを装着している。ヘス主任捜査官はエイミーのボルボのなかだ。

主任捜査官《SAC》がみずからボルボに乗ると宣言したとき、部下たちは反乱を起こしかけたが、ヘスは折れず、しっかり援護しろと言った。主任捜査官はだれを使おうと自由。ヘスの態度にわたしはついにやりとするようになってきた。

パイクとわたしはジョンやエイミーといっしょに部屋の奥に立っていた。エイミーは犀《さい》でも食いとめられそうなほど重たい防弾ベストを着けている。ジョンが危機対応チームの車から拝借してきたのだ。

エイミーが事務所にいるのは、電話を持っているからだった。コリンスキーがかけてきた場合、エイミーが出ると思っているはずだ。現場の状況が見えていなければ正しく応答できない。

まさにその電話が鳴ったとき、危機対応チームの指揮官を除く全員がエイミーに注目した。指揮官だけはボルボから目を離さなかった。

「もしもし」

エイミーは耳をすました。

「ええ。ここにいる。さっきから待ってるわ」

エイミーが片手をあげ、ダロウがヘスに小声で伝えた。

「手を振って。やつが見てる。手を振って」

ボルボのなかで、ジャネット・ヘスが手を振った。

エイミーが電話をおろした。

「すぐに来ます。十秒と言ってました」

ダロウがその情報をヘスに伝え、危機対応チームの指揮官がマイクに向かってつぶやく。

ブロンズ色のSS396が入口からはいってきて前に進み、停止した。捜査官ふたりが双眼鏡を持ちあげ、ケルマンがすかさず声に出して識別した。

「運転席にイーライ・スタージェス。助手席にレミ・ジェイ・ウォラック、爆弾係。後ろに男一名、顔が確認できない」

わたしはガラス越しに目をこらした。

「コリンスキーが見えない。車には乗っていない」

ダロウに告げた。

「ヘスに伝えろ。コリンスキーはやつらといっしょじゃない」

ダロウがヘスに伝え、指示を仰いだ。「どうしますか、待つ？　やつはここにいない」

スタージェスが車から降りた。何秒かボルボをにらんだあと、両手を脇に広げた。なにをぐずぐずしているとばかりに。

わたしはダロウをぐいと引っぱり、マイクに向かって言った。

「車から出るな、ヘス。コリンスキーが見ている。エイミーじゃないのがばれる」

スタージェスが車にもどろうとしたところで、ダロウがヘスの命令を大声で伝えた。

「確保しろ！　早く！　行け行け行け！」

わたしは傍観者だった。ガラスの箱のなかからみんなが仕事をするのを見ていた。

命令を受けた危機対応チームの隊員たちが、壁ぎわの隠れ場所や事務所の裏手からいっせいに飛びだし、拡声器の声が車のなかの連中に大声で命じた。スタージェスが運転席に飛びこんでアクセルを踏みつける。逃げきれると思ったのだろう、映画ではよくあるように。車が大きく尻を振って後部タイヤから煙があがった。後部座席から光が放たれ、最初は数回、そのあとはひとしきり光が狂ったようにやみくもな弧を描いた。助手席のドアがいきなり開いて、なかの男が外に落ちたか、あるいは自分から飛びだしたのかもしれないが、いずれにしても間一髪だった。危機対応チームが車と車内の人間を狙ってＭ４で反撃に出たのだ。イーライ・スタージェスが撃たれた瞬間はわかった。足がアクセルから離れ、横滑りしたタイヤの回転がとまった。車ががくんと前のめりになり、鈍い衝撃音とともにボルボに追突した。

隊員たちが車に群がり、地面に倒れていた男を組み伏せ、現場の安全を確保した。わたしはヘスのようすを見に外へ走ったが、たどりつく前に彼女はもうボルボの外にいて笑っていた。わたしは誇らしかった。ヘスはみごとにやってのけたのだ。

良い一日だった。エイミーは無事で、必要な支援を受けることになるだろう。ヘスはスコットのために約束を果たしてくれた。停職処分は解かれ、彼は大好きな仕事に復帰できるだろう。いろいろな意味で良い一日だったが、完璧とは言えなかった。

わたしはコリンスキーを引き渡すとスコットに約束した。

約束は果たせなかった。

63

## スコット・ジェイムズ

十一日後

・

　イーライ・スタージェスの一味でひとりだけ生き延びたレミ・ジェイ・ウォラックの証言で、ロイヤル・コリンスキーも貸倉庫まで来ていたことがわかった。おそらくラス・ミッチェルが自殺したあと疑念を抱き、自分は一歩さがってイーライを罠に向かわせ、そして逃げたのだ。このことでエルヴィス・コールを責める気はなかった。こうしたことは起こる。

　コリンスキーの所在は依然として不明だった。この男を死刑に値する重罪と結びつけるために証言できる人間が、いまなら三人いる。レミ・ジェイ・ウォラックと、エイミー・ブレスリンと、スコットだ。スコットはもう唯一の目撃者ではなく、コリンスキーの顔は夕方のニュースで大々的に流れたので、カーターもスタイルズもそのほかの刑事たちも、もうこの街にはいないと決めつけている。カウリーとコールまでがそう考えている。コリンスキーの逃亡によってスコットがひとつだけ譲歩したことがあり、それは武器だった。多くの警官とちがってナイトテーブルに拳銃を置いて眠ることはこれまで一度もなかったが、いまはそうしている。拳銃は常に手の届くところに置いていた。

コリンスキーが行方をくらましてから三日間は、パトカーが一台スコットの自宅前に残った。その三日間とそれからの八日間、マギーが深夜に猛然と吠えて警告を発することは一度もなかった。静かな晩が三日続いたあと、スコットは警護チームに引きあげてほしいと頼み、彼らはそうした。

コリンスキーの逃亡から十一日がたち、この日スコットは非番だった。午後の遅い時間にマギーを連れて公園に向かっていたとき、電話が鳴った。

コールだった。「やあ、相棒。急な誘いで悪いが、これから夕食に来ないか？　よかったら犬も連れて」

「マギー」

「マギーだ。ごめん」

コールはいいやつだということがわかってきて、いっしょにいると楽しかった。

「また今度でいいかな。ジョイスとなにか食べにいこうと思ってるんだ」

「彼女も誘えばいい。パイクも来る。グリルに火を熾《おこ》すよ」

「ジョンは？」

「行方知れず。いつものことだ」

「ジョイスに電話してみるよ。一時間以内に連絡してもいいかな」

「もちろん」

スコットはジョイス・カウリーの電話にメッセージを残して、マギーに笑いかけた。

「もし行くことになっても、あの猫に近づいちゃだめだぞ」

マギーは尻尾をパタパタ振った。

公園に着くと、ちょうどサッカーの試合が終わったところだった。運動場からチームが引きあげていくのをスコットは歓迎した。角切りにしたソーセージの袋と、走ったあとで遊ぶタグ・トイを持ってきている。

ジム・バッグを常に目につく場所に残して、いつものんびりペースで三十分ほど公園を周回した。マギーはシェパード特有の長い舌をピンクのロープのように垂らして、いつもどおりスコットの左側にぴたりとついてまわった。

「おまえは世界一忍耐強い犬だな、こんなのろのろペースで公園をまわるおれに飽きもせずつきあってくれるんだから」

パタパタ。

スコットといっしょにいるときのマギーは退屈するということがなかった。スコットのそばにいることがマギーの幸せだった。それはスコットの幸せでもあった。

スコットは最後の一周をまわってジム・バッグのところにもどった。バッグの鍵を開け、マギーの折りたたみ式の水のボウルを取りだし、水をたっぷり入れた。あっという間に飲み干したので、もう一度水を入れて、マギーが飲むのを見守った。勤務にもどった日、スコットはリーランドに脇へ呼ばれた。

〝このすばらしい生き物といっしょに過ごす時間の一秒一秒が、天の恵みなんだ。これほどひたむきにおまえを愛し、これほどおまえに全幅の信頼を寄せてくれる生き物は、人間だろうとそれ以外の動物だろうと、ほかにはいないぞ。それを忘れるな、ジェイムズ巡査。犬たちはその尊い心をありのままおまえにさらけだし、自分からはなにひとつ隠すことをしない。おまえの情けない人生のなかで、同じことを言える人間がいるか？　こういう信頼関係は全能の神からの贈り物だ、だから全力でそれにふさわしい人間になれ〟

スコットはマギーの背中に手を滑らせ、長くひとなでした。リーランドに教わったとおり。

「あやうくおまえを失うところだったよ、マギー。もう二度とそんなことはしない。約束する」

マギーは尻尾を振り、うれしそうにスコットに寄り添って身体を丸めた。

スコットは水のボウルをしまって、ソーセージを取りだした。袋を目にしたとたん、マギーがぴくりと反応した。

「ソーセージ・ボールを追っかけるのはどうだ、マギー。どんなに早く走れるか見せてくれないか」

袋から最初のひとつをつまんで、力いっぱい遠くへ投げた。大きなかけらは優に三十メートル以上飛んで、駐車場の向こうのクローバーの茂みのなかまで転がっていった。まだ完全に動きがとまらないうちにマギーは追いついた。

「いい子だ、マギー！　すごいぞ！」

マギーが小走りでもどってくるとき、白のカムリからバスケットボールを手にした男が降り立った。五、六回バウンドさせたが、スコットは気にもとめなかった。バスケットボールのコートは駐車場の反対側にある。

もどってきたマギーはもう一度おやつを追いかける気満々で、その場にぴたりと静止した。スコットはソーセージのかけらを見せた。

「これと、あともうひとつ投げたら、うちへ帰るんだぞ、いいな」

まるで子供に言いきかせるように説明している。

スコットは弾丸ライナーを投げた。ソーセージは弧を描いて駐車場をはるかに越え、歩道でバウンドして、四十五メートル以上離れたブランコの周囲の砂のなかに着地した。

バスケットボールを持った男は、マギーが疾走して通り過ぎるのを見送り、ボールを脇にはさんでスコットのほうへ歩きだした。

ソーセージが転がって砂地にはいるのを見て、スコットは内心うめき声をあげ、コマンドを叫んだ。

「マギー、伏せ！　待て！」

はっとして急に振り返ったマギーはあやうく転びそうになった。おやつまであと一メートルのところでマギーは悲しみに暮れた。

「マギー、伏せ！　伏せ！」

食べそびれたおやつを恨めしそうに見て、マギーはどすんと腹這いになった。途中でとめるのは忍びなかったが、砂にまみれたものを食べさせたくなかった。スコットはジム・バッグを持って駆け足でマギーのほうへ向かった。

バスケットボールを手にした男は近づいてきた。どことなく見覚えがある気もしたが、サングラスと目深にかぶったドジャースの帽子のせいで顔まではわからない。公園のこちら側には自分たちふたりしかいないのに、男はスコットに向かって歩いてくる。

スコットは足をとめた。

男がボールを脇へ放り投げ、スウェットシャツの下に手を入れた。肌色のビニール手袋が目についた。

「おい、おれを覚えてるか？」

コリンスキー。

「ああ。おれの犬に毒を盛ろうとしたやつだ」

拳銃を抜いたコリンスキーが、足を速めて向かってきた。

## マギー

マギーはしぶしぶ地面に腹をつけた。スコットを振り返り、すぐにまたソーセージに目をもどす。期待のあまりよだれがわいて口から垂れた。砂や多少の塵《ちり》は気にしない。大きなかたまりからポークの脂とチキンの塩っぽいにおいがぷんぷんして、尻尾が期待で地面をパタンパタンたたく。

　マギーはそわそわして、もう一度スコットに訴えるようなまなざしを向けた。駆け足でこっちに向かっていたスコットが急に立ちどまって、バスケットボールを持った男をじっと見た。スコットが立ちどまるまで、その男はなんの意味もなかったが、いまマギーは四十五メートル離れた位置からスコットの態度の変化を読み取った。なにかがおかしい。

　両耳がぴんと立って、くるりとまわった。集中するあまり顔の黒い部分が濃くなった。

　警備犬や軍用犬は自分のハンドラーを護るよう訓練されている。ハンドラーが攻撃を受けて意識を失ったり、犬の命を護るために闘ったりしているとき、犬たちは言われなくても自分がどうすべきかを知っていなければならない。〝この犬たちはロボットじゃないんだぞ、ばかたれ！　この子たちはちゃんと考えてる！　おまえが正しく訓練すれば、この美しい犬はな、出来の悪い海兵隊の一部隊よりも確実におまえを援護してくれるんだ！〟とリーランドが言うとおりに。

　スコットのほうへ近づいていく男が、鋭い動きでいきなりバスケットボールを脇へ投げ捨て、その敵意のしるしは、マギーにとって真正面からの銃撃と同じくらい明白だった。男がスコットに拳銃を向けたので、マギーは〝伏せ〟をやめた。

　スコットが危ない。

　仲間が危ない。

警察犬マギーは加速し、世界最速の短距離走者の半分の時間で全力疾走にはいった。スコットと銃を持った男との距離は競技場の半分ほどあったが、マギーならいちばん足の速いプロサッカー選手よりも一秒半速くこの距離を走ることができる。

負傷した腰の痛みなどどうでもよかった。

男の武器が自分に向けられてもどうでもよかった。

マギーは四肢を限界まで引き伸ばした。走りながら視線は男をひたと見すえ、ほかのものはいっさい見えていなかった。

大事なのはスコットだけ。

歯で骨を嚙み砕くようなうなり声が喉の奥からもれた。

## スコット

マギーがもどってくる。男の態度に脅威を感じたのか、近づいてくる足取りに攻撃性を読み取ったのか、スコットには知るよしもない。この瞬間、マギーへの愛おしさがこみあげて目がうるんだ。

コリンスキーは犬を見ていなかった。マギーは四十メートルほど後方から飛ぶように走ってくる。

スコットはマギーにうなずきかけた。

「せっかくのチャンスを逃したな、コリンスキー。あの子がおまえを仕留めるぞ」

マギーはまだ三十メートルほど後方にいて、決定権がコリンスキーにあることはわかっていた。まずスコットを撃って次に犬か、犬を撃ってからスコットか。スコットとの距離は約十五メートルで、スコットにつかまる前にマギーを撃つ時間は充分にある。

好きにしろという合図に、スコットは両腕を横に広げた。

コリンスキーが不敵な笑みを浮かべる。

「ばか犬め」

コリンスキーの銃口がマギーに向けられた瞬間、スコットはジム・バッグから拳銃を取りだした。大声で警告もせず、銃を捨てろと命じもしなかった。ただ引き金を引いた。

銃弾を受けてコリンスキーは背中を丸めた。倒れる前にスコットはさらに二発撃った。

コリンスキーが地面に倒れて動かなくなると、マギーは教えられたとおり攻撃をやめ、周囲をぐるぐるまわった。駐車場の反対側にいた男が大声をあげた。

スコットは急いでそばへ行き、コリンスキーの拳銃を回収して、マギーにリードをつけた。

バスケットボールのコートとサッカー場のはずれに人が集まってきたが、だれもそれ以上近づいてはこなかった。

コリンスキーが小さくしゃっくりのような音を発し、口から血がどっとあふれた。なにかつぶやいたが、よく聞き取れなかった。

「しゃべるな。体力を温存しろ」

スコットはジム・バッグから電話を取りだして緊急通報した。電話をかけていると、コリンスキーがスコットの足首をつかんで、ルールが云々と言った。

スコットは脚を引き抜いて後ろにさがった。

オペレーターが応答すると、スコットは身分を告げ、救急車と警官を要請した。オペレーターに電話口でそのまま待つように言われたが、通話を切って拳銃をジム・バッグにもどした。

ロイヤル・コリンスキーは救急車の到着を待たずに死んだ。

スコットはマギーを少し離れた場所へ連れていき、青々とした草地にすわって、その身体に腕をまわした。マギーの息づかいを感じた。その鼓動は本物で力強かった。その呼吸は生気に満ちていた。

64

# エルヴィス・コール

十六日後

二羽のアカオノスリが、眠たげな歩哨のように渓谷の上空をのんびりと飛んでいた。見たところなんの苦もなく水中の魚のように悠然と空をたゆたい、雲と同じくらい大気の一部と化している。

パイクが言った。「あいつらももういなくなるだろう。暗くなってきた」

ふたりでテラスにいた。グリルには炭火が燃えている。自分用に極上のポーターハウスのラムチョップ四本、ふたりで食べるために茄子と袋入りのミックス野菜をグリルで焼く予定だった。オーヴンにはベジタリアン用の豆のキャセロールがはいっている。キャセロールは菜食主義のパイクのために用意したが、わたしも好きだった。

わたしは空になったファルスタッフの缶を持ちあげた。

「あと二本ある。一本飲むか？」

「飲む」

家のなかからファルスタッフの最後の二本を持ってきて、一本をパイクに放った。それぞれ缶を開けて飲んだ。きょうはふたりで一日の大半をテラスで過ごした。しかも一日の大半を飲んで過ごした。

「ジョンはまだ留守か」わたしは訊いた。

「ああ」

「いつもどる？」

「聞いてない。いつものことだ」

パイクも昔はよくそんな旅をしていた。

わたしは缶を掲げた。

「ジョンに」

「ジョンに」

ふたりで飲んだ。こういうことははじめてではない。

「エイミーに会った」わたしは言った。

「どうしてる」

どう答えたものか、少し迷った。

「裁判所の指示で精神科医に診てもらっている。まだ二週間しかたっていない。医者はいくつか質問して、エイミーと話をして、メモをとっている。なかなかいい医者らしい」

パイクが缶を傾けて空を示した。

「見ろ」

オスのアカオノスリが羽を折りたたみ、横向きになって、矢のように急降下した。長くゆるやかな弧を描いてゆっくりと向きを変え、パラシュートのように羽を開いて、猛スピードでうちのテラスの前を飛んでいく。鷹特有の小さな頭を動かしてこちらのようすを観察しながら通り過ぎた。

わたしは言った。「ガールフレンドにいいところを見せたいんだ」

パイクはうなずいた。

ラムと野菜を取りに家のなかへはいったとき、玄関の呼び鈴が鳴った。ドアを開けて驚いた。

「主任捜査官」

「がみがみ女と呼ばれるよりはまだまし」

ジャネット・ヘスは言われる前にあがりこみ、テラスにパイクがいるのを見た。

「あら。先客。電話すればよかった」

「ああ。電話をくれればよかった」

ヘスはだれもがするように部屋のなかと景色を眺め、カウンターに置かれた料理を見た。

「わたし、あなたに謝罪と説明をする義務があると思う。電話してもよかったけど、切られそうで怖かった」

「きみの態度からして、怖がりとはとうてい思えないな、ヘス」

ヘスはそわそわして目をそらした。

「怖いものだってある」

おずおずとふるまうヘスはなんとなくかわいかったが、わたしはしこたま飲んでいた。

「いまから料理するところなんだ。テラスに来ないか。ジョーにもあいさつしてほしい」

わたしはキッチンから食料を出して外へ運んだ。ヘスも後ろからついてきた。

「主任捜査官が来た」

「頼むからその呼び方はやめて」

パイクが立ちあがって手を差しだした。

「どうも、ジャネット。あれはみごとだった、駐車場で」

グリルにラムをのせると、ジュージューといい音がした。

「彼女は駐車場が大好きなんだ」

ヘスは赤くなってもじもじしたが、あの日〈セイフティ・プラス〉でもそうだったように、しっかりと持ちこたえた。

パイクの口の端がゆがんだ。ほとんどわからないほどの小さなゆがみ。視線がヘスをとらえた。

「また会おう」

パイクは家にはいり、玄関から出ていった。

ヘスがその後ろ姿を目で追う。

「彼はどこへ？」

「帰るんだ。きみがわたしに会いにきたと思っている、さてこれでふたりきりだ」

また顔が赤くなった。いっそう濃く。

「わたしは謝罪しにきただけ」

「じゃ、謝罪して。これはちょっとした見物だな」

「飲んでたの？」

「そう。ラムは好きかい？」

わたしは眉を吊りあげて、返事を待った。

つかのまわたしをじっと見て、ヘスはうなずいた。

「ええ」

「そうか。謝罪はどうなった？　ひと晩じゅうは待てない」

「その前にビールをもらえる？」

わたしは肘で家のなかを示した。

「冷蔵庫。勝手にやってくれ」

ヘスはなかにはいり、勝手にした。

65

## ジョン・ストーン

ブレスリン様

元気でお過ごしのことと思いますが、この手紙が多少なりともあなたの心の慰めになれば幸いです。仲間からの情報で、アブジャでの攻撃の裏にいた人物は、ナイジェリア北部のイスラム過激派グループの著名なメンバー、サンビサ・イェミと特定されました。イェミ氏本人が爆弾をアシャマ・ムサという若い女性の身体にくくりつけ、その女性を標的となったカフェまで連れていくよう別の人間に指示した現場を複数の人間が目撃していました。ムサという女性については、彼女もまた犠牲者であったと言わざるをえません。イェミ氏によって家族のもとから拉致され、約四年にわたり彼の奴隷兼人質として監禁されていたのです。仲間の話では、イェミ氏は私的な会話のなかで一度ならず自分の果たした役割を認めており、さらに尋問されたときにすべてを自白しました。

この情報はしかるべき機関にもすでに伝えてあります。司法手続きがとられることになるでしょう、ただしイェミ氏抜きで。彼は昨夜、ヤナ村付近で銃撃により死亡しました。彼の死は部族紛争によるものと思われますが、真相はわかりません。これまでのところ個人やグループからの犯行声明はいっさい出されていません。
帰国した折には、ぜひ訪問させていただければと思います。ジェイコブの話をもっと聞かせてください。

あなたの友、J・ストーン

# 訳者あとがき

お待たせしました。ロバート・クレイス『容疑者』の続編『約束』をお届けします。

前作では、ジャーマン・シェパードの警察犬マギーが、犬好きの方はもちろん、たいして犬好きでもなかった、あるいはむしろ猫派だったという読者の心までもぐっとつかみ、相棒のスコット・ジェイムズ巡査を完全にしのぐ人気者となった。それぞれパートナーを任務中に亡くして身体と心に深い傷を負い、仕事への復帰は絶望的、もう使い物にならないと見なされた警察官と警察犬。いまだ悪夢にうなされるふたりがチームを組み、傷を癒やしあうように寄り添いながら、やがてかけがえのない〝相棒〟となっていく。その過程が心揺さぶられるバディ小説として多くの読者の共感を呼び、涙を誘った。

本書では、そのスコット＆マギーのコンビが、ロサンゼルスの私立探偵エルヴィス・コールと相棒のジョー・パイクという粋なコンビと出会い、そこに頼もしい助っ人として傭兵のジョン・ストーンが加わり、全員で協力して複雑にからんだ事件をみごとに終結させる。前作でスコットの無実を信じてともに闘った特捜班の優秀な女刑事ジョイス・カウリーも登場する。マギーの次にファンが多かった万年しかめっ面の（でも犬にはめっぽう甘い）リーランド主任指導官も。だが、もちろん、事件解決の立役犬となるのはマギーだ。

ロサンゼルスの私立探偵エルヴィス・コール&ジョー・パイクの名を今回はじめて目にした方も多いのではないかと思う。このシリーズの翻訳が刊行されるのは、コールが主人公の『サンセット大通りの疑惑』(扶桑社ミステリー刊)からじつに十七年ぶり、相棒のパイクを主人公にした『天使の護衛』(講談社文庫刊)から数えても六年ぶり。思い起こせば一九八九年に邦訳が出たデビュー作の『モンキーズ・レインコート』(新潮文庫刊)を読んだとき、エルヴィス・コールという探偵に惚れこみ、これぞ理想の男!と胸をときめかせたものだった。

そう、本書『約束』は『容疑者』の続編であると同時に、じつはコール&パイク・シリーズの十六作目でもある。はじめて登場したときは生きのいいアニキたちだったコールとパイクも、歳月を経て少しは落ち着いた大人になっただろうか。そして軍用犬から警察犬になったばかりのマギーと少々頼りない新人ハンドラーだったスコットは、その後どうしているのだろう。いろいろな意味で、この最新作は興味深く、日本で紹介できることが本当にうれしい。これもひとえに前作『容疑者』に温かい感想や熱い声援を送ってくださった読者のみなさまのおかげです。

さて、二組の主要キャストが豪華に共演する今回のストーリーはというと——。

はじまりは、ある雨の晩。ロサンゼルスの住宅街エコー・パークにある小さな家で、ロリンズ氏と名乗る男が、チャールズとエイミーという奇妙な男女の客を迎えて、なにやら密談を交わしている。

同じ晩、自称〝世界一優秀な探偵〟のエルヴィス・コールは、メリル・ローレンスなる女性から同僚のエイミーをさがしてほしいと依頼され、与えられたわずかな情報をもとに、エコー・パークのある小さな家を訪ねた。エイミーの亡き息子の親友だったトマスが住んでいるはずだが、家は真っ暗で応答もない。

そして同じ晩、逃亡犯の捜索に駆り出されたロス市警の警察犬隊、通称K９のスコット・ジェイムズ巡査と相棒のマギーは、犯人が潜伏しているエコー・パークに向かった。マギーが足跡から臭跡を追い、ある小さな家にたどりつく。そこにいたのは、逃亡犯とは似ても似つかぬジャケット姿のごく普通の中年男性だった。

警察のヘリコプターが上空を飛び交い、大勢の警察官が地上で捜索にあたるなか、問題の家で、逃亡犯とおぼしき男が遺体で見つかった。それと大量の武器弾薬や爆発物も。

たまたま現場に居合わせ、問題の家からこそこそ出てきた男を追跡したことで、コールは警察の事情聴取を受けることになる。だが依頼人のメリルとの約束――エイミーのことは絶対に他言しない――を守るために口を閉ざした結果、容疑者扱いされるはめに。警察の監視をかわしながら調査を進めるうちに、エイミーの最近の暮らしぶりに不審を覚え、またトマスの所在がいっこうにつかめないことから、疑念が芽生えた。あの晩、メリルの情報をもとに訪ねた家で事件に遭遇したのは、はたして偶然だったのか、と。

パイクとジョンを助っ人に呼んで調査を進めた結果、エイミーが息子を亡くした絶望感からある計画に関与しているらしいとわかった。急いで見つけなければ彼女の身が危ない。一方スコットは、事件当夜、殺人容疑者と目される男と直接顔を合わせた唯一の目撃者として、捜査に協力していた。容疑者側にとってもスコットは唯一の目撃者だった。スコットとマギーの身にも危険が迫る。

関係者のだれが信用できるのかわからず、事態は混迷を深めていく。多くの謎をかかえたまま、コールはエイミーを救うために、スコットは自分とマギーの命を守るために、警察の裏をかいて独自に事件の解決を図ろうと奮闘する。

ロバート・クレイスの作品、とりわけコール&パイク・シリーズを読むたびに感じるのは、彼らの持つ人としての矜持《きょうじ》のようなものだ。社会的弱者に対する視線がどこまでも温かく優しい。傷ついた人、虐《しいた》げられた人、捨て置かれた人たちを看過できない。ひとことで言うなら義《ぎ》俠心《きょうしん》にあふれている。ベトナム戦争で人間の最低最悪の部分を見て地獄を味わってきたふたりなのに（だからこそと言うべきか）、それでも人生は生きるに値する、いつだって希望はある、と思わせてくれる。それを声高に叫ぶのではなく、あくまでも行動によって語る。そこが読後感のよさにつながり、直球勝負のハードボイルドとも称される所以だろう。

今回、男たちが協力して救うのは、ナイジェリアで起こった自爆テロ事件で愛するひとり息子を失った母親のエイミーだ。作中でジョンが、一面識もないエイミーを〝どこかで見た覚えがある〟と評する場面がある。ジョンの目に映るのは、戦争やテロである日突然大切な家族を奪われてしまったごく普通の人々の顔だ。エイミーの喪失感がこの小説の核であり、ジョンはわれわれ全員の代弁者だ、と著者はインタビューのなかで語っている。

さらに「読者の声でいちばんうれしいのは？」との質問にクレイスはこんなふうに答えた。「どんな賛辞もありがたいが、特にうれしいのは、僕の本を読んで生き方が変わったとか、つらい体験を乗り越える一助になったという声だ。そういう読者の体験に、僕もまた強く心を動かされる。創作とはつまるところそうしたものではないだろうか」

そして『容疑者』の成功でなによりうれしかったのは、ふだんほとんど小説を読まない人たちがマギーのおかげでこの本を手に取って読んでくれたことだという。サイン会には犬連れの読者やK9の警察官が何人も来てくれて、大勢の人がマギーのなかに自分の犬を、そして自分の犬のなかにマギーを見ていた。それはじつに美しい光景だった、と。

そんなわけで、スコット&マギーのコンビに強い愛着を抱くようになり、ぜひコール&パイクに会わせてみたいと思ってこの本を書いたそうだ。『容疑者』ファンはもちろん、コール&パイク・シリーズの復活をひそかに待ちわびていたファンにも、あるいは今回たまたまクレイスの本を手に取ってくれた方にも、充分に楽しんでいただけることと思う。

こうなると、次作の主人公がだれなのかが気になるところ。今回のような共演はいまのところ予定にないが、スコット&マギーのコンビはもう自分の一部なので、かならずまた書くだろうとのこと。私立探偵のコールは（パイクという相棒はいるが）本来一匹狼であり、彼を主役とするシリーズは今後も続くと思われる。

マギー・ファンとしてはスコットとマギーの活躍をもっと見たいし（そろそろマギーがしゃべりだすのではないかと期待して）、コールの一人称視点で書かれるユーモア全開の軽妙な作品も読みたいし、個人的にはコール&かわいげのない黒猫コンビもいいなあ……などと妄想していたら、なんと次の主人公はジョー・パイクで、しかも相棒はジョン・ストーンだとか。寡黙で決して微笑まない元海兵隊員のパイクと、おしゃれで贅沢好きの傭兵ジョン。このエキセントリックな兵《つわもの》ふたりが、いったいどんなふうにからむのだろう。

いずれ日本語でもご紹介できることを祈りつつ、わくわくしながら待ちたいと思う。

検　印
廃　止

**訳者紹介**　関西外国語大学外国学部卒。英米文学翻訳家。訳書に，ケラーマン「水の戒律」「聖と俗と」「豊饒の地」，クレイス「容疑者」，キング「ビッグ・ドライバー」，クリスティ「蒼ざめた馬」，ケイン「原罪」，ウェイウェイオール「人狩りは終わらない」など。

約束

2017年5月12日　初版

著　者　ロバート・クレイス

訳　者　高《たか》橋《はし》恭《く》美《み》子《こ》

発行所　(株)　東京創元社
代表者　長谷川晋一

162-0814/東京都新宿区新小川町1-5
電　話　03・3268・8231-営業部
03・3268・8204-編集部
URL　http://www.tsogen.co.jp
振　替　00160—9—1565
フォレスト・本間製本

乱丁・落丁本は，ご面倒ですが小社までご送付ください。送料小社負担にてお取替えいたします。

©高橋恭美子　2017　Printed in Japan

ISBN978-4-488-11506-7　C0197

東京創元社のミステリ専門誌

# ミステリーズ！

《隔月刊／偶数月12日刊行》
A5判並製（書籍扱い）

国内ミステリの精鋭、人気作品、
厳選した海外翻訳ミステリ…etc.
随時、話題作・注目作を掲載。
書評、評論、エッセイ、コミックなども充実！

定期購読のお申込みを随時受け付けております。詳しくは小社までお問い合わせくださるか、東京創元社ホームページのミステリーズ！のコーナー（http://www.tsogen.co.jp/mysteries/）をご覧ください。